世界華文新文學史

中國現代文學的兩度西潮

戰禍與分流

西潮的中斷

馬森

著

目錄

中國人民，除殷汝耕的「冀東防共自治政府」早已存在外，又建立王克敏在北京的「中華民國臨時政府」、梁鴻志在南京的「中華民國維新政府」、德王在蒙古的「蒙疆聯合自治政府」等。

1938年11月日本近衛首相發表「東亞新秩序應由中日共同主導」的第二次聲明。在此情況下，本主張與日本講和的國民黨副總裁汪精衛忽然出走越南，於該年12月29日發表「艷電」響應近衛的聲明，主張與日本恢復和平。1939年元旦，中國國民黨召開緊急會議，認爲在抗戰最緊急的時刻，汪精衛的言論等同叛國，於是解除他所有職權，永遠開除黨籍。3月國民黨的特務刺汪未中，5月汪精衛抵上海，與日本祕密談判。年末私下簽訂《日華新關係調整綱要》。於1940年在日軍護衛下抵南京，以還都的名義於3月29日成立「中華民國國民政府」，與重慶的中央政府抗衡。1941年4月，蘇聯與日本簽署中立條約，並附列彼此尊重各自附庸國蒙古人民共和國及滿洲國領土之完整與神聖不可侵犯性。中共也即刻表示支持。同時日軍逼近重慶，發動隨棗會戰和棗宜會戰逼迫國民政府投降，第三十三集團軍司令張自忠將軍陣亡。但蔣介石領導的國民政府始終沒有低頭。

俗語說：「人心不足蛇吞象」，正形容出當時日本的野心與愚蠢。日本這樣的一條小蛇，居然想吞下中國這一頭大象，焉有成功之理？既吞不下大象，竟愚蠢地挑釁另一隻猛虎，於1941年12月7日日本的空軍敢死隊偷襲美國的珍珠港，致使美國被迫對日宣戰。美國本來採取隔山觀虎鬥的態度，雖聲明對雙方都不提供武器，但美國的軍火商向中日雙方兜售軍火原料，如今對日宣戰後當然實施對日本禁運，且呼籲世界各國對日本實行貿易制裁，對中國也開始有所援助了，包括陳納德率領的美國航空志願軍「飛虎隊」。中國於12月9日終於正式向日本宣戰。美國的同盟國，除蘇聯外，也一一對日宣戰，於是中國的抗日戰爭成爲二次世界大戰的一部分。日本繼之攻克香港，向中南半島及印尼、菲律賓等地進軍，日人兵源不足，開始徵用台灣和朝鮮人民參軍，但終因地廣力分，已顯露敗象。1943年11月，中美英三國元首在埃及開羅聚會，通過《開羅宣言》，要求戰後日本歸還佔領的中國所有領土，包括台灣及其附屬島嶼在

內。這時日軍在中國的戰場上因爲華北、華中一帶有汪精衛政府的僞軍維持治安，可以集中兵力對付中國的正規軍，攻勢異常凌厲。1944年日本發動「豫湘桂會戰」，擊潰了湯恩伯兵團。乘勝追擊，在第四次「長沙會戰」中又擊敗薛岳兵團。華中與華南的日軍聯手發動「桂柳戰役」，打通湘桂鐵路，佔領廣西，一直進軍到貴州的獨山。重慶爲之震動，一度計畫流亡印度，因日軍撤退而未果。日軍旋又南北聯手打通粵漢鐵路，完全控制了華南的交通命脈。幸而1944年5月中國的遠

美軍對日本廣島投下第一顆原子彈，產生猛烈的蕈狀雲。

征軍從印度發動對滇緬大反攻，收復部分西南失地。

　　1945年2月，美、英、蘇三國在中國背後簽訂《雅爾達協定》，規定歐戰結束後三個月內蘇聯必須對日本宣戰，條件是承認外蒙古獨立，等於出賣了中國的利益。該年3月後，日軍先後發動豫西、鄂北、湘西、豫中等會戰，前鋒直逼西峽口。4月8日攻陷老河口。不過以後，中國軍隊開始反攻，5月27日收復南寧，6月29日收復柳州，7月27日收復桂林，8月初收復全廣西。在中國以外的東亞戰

中國戰區的日本投降典禮在南京舉行，由陸軍總司令何應欽接受日本降書。

線上日軍仍在頑抗，直到美國於8月6日對日本廣島投下第一顆原子彈，三天後再對長崎投下第二顆，日本才被迫於8月15日由日本天皇親自宣布無條件投降。

　　投機的蘇聯於1945年8月8日美國投下第一顆原子彈兩天後才對日宣戰，立刻出兵中國東北，以圖接收日軍所遺下的土地、工廠與軍備。

蘇聯宣稱日皇雖於8月15日發表《終戰詔書》，宣布無條件投降，日軍尚未停止戰鬥，故蘇軍繼續攻擊日軍，直到23日佔領旅順才作罷。9月2日日本外相重光葵登上美國密蘇里號戰艦正式簽署投降書。9月9日，日軍侵華總司令岡村寧次在南京向中國陸軍總司令何應欽呈遞降書，正式結束了中日之戰和東亞之戰。中國的勝利，乃沾美國之光，沒有什麼值得驕傲之處。蘇聯最後對日本宣戰，也只能說是投機取巧。

1951年，美國不顧「聯合國憲章」單方面邀集五十二個國家召開「舊金山和會」，中國因為國府已撤退到台灣，而美國及多數國家尚未承認中共政權，故未能參加。結果四十八個戰勝國與戰敗的日本於9月8日簽訂《舊金山和約》，規定日本承認朝鮮獨立，放棄台灣、澎湖、千島群島、庫頁島南部、南沙群島、西沙群島等的權力。日本同意美國對琉球群島實行聯合國託管。但是與會的越南、朝鮮、蒙古未簽字，宣布不予承認。未參與會議的中共也宣布不予承認。1952年4月28日，在台北的中華民國政府單獨與日本簽訂《中華民國與日本國間和平條約》，日本承認歸還台灣、澎湖群島、西沙群島及南沙群島之主權。中華民國政府則答應豁免日本對發動侵略戰爭賠款的義務。1972年中華人民共和國與美國建交後也宣布放棄向日本提出戰爭賠款的要求。

三、第一度西潮的中斷與國共內戰的影響

如果說1931年「九一八事變」還沒有完全影響到中國正常的對外關係，1937年的「蘆溝橋事變」卻使中國陷入了全面的抗日總動員，在全國各地都燃起了熊熊的戰火，而人民開始為逃命而顛沛流離。這時候中國的文人作家也投入抗日的救亡隊伍，再也沒有閒暇和心情關顧西方的文藝潮流。加上日本強勢的海陸空軍對中國團團圍困，使中西的交通幾乎斷絕，西方的資訊無法正常傳遞到中國，最有代表性的就是好萊塢的電影無法到達，拍攝電影的器材也停止進口，中國的影業只能停擺，形成抗戰時期無電影可看的時代。正常的遊學、參訪以及商業貿易也一併停頓。以前出國的留外學人及留學生多半阻留在海外，

無法返國，使仰賴西方資訊的各界都一時原地打轉。而不幸的是西方英、美、法等國不久也陷入對抗德、義法西斯集團的大戰中，本身的藝文活動也進入停滯的時期。這種客觀的局勢造成了第一度西潮的中斷。

1945年9月4日，國共「重慶會談」。

1945年8月以後，日本投降，本應該一切恢復正常，然而中國無此幸運，外敵一去，內亂立刻發生。蔣介石領導的國民黨早視共產黨為心腹大患，抗戰前才會有「攘外必先安內」的主張。即使在抗日戰爭期間，名義上雖然是國共攜手共同抗日，其實雙方各懷鬼胎，時有摩擦，其中最著名的當屬1940年10月蘇北地區共產黨的新四軍對國軍發動攻擊的「黃橋戰役」和1941年1月國軍第三戰區部隊與新四軍衝突的「皖南事變」。前者共軍勝利，後者新四軍遭到嚴重損失。到了外敵已去的時刻，國府在美國的大力援助下，認為可以全副力量來對付共產黨了。在中共的一方面，利用抗日戰爭時期的種種方便藉機擴充勢力，又屬行土地改革，用清算地主富農的方式贏得農村中貧下中農的支持，不但佔領了廣大的農村，也組成了大批的民兵以補兵源之不足，軍力已比從前更加壯大；再加上蘇聯從日本關東軍手中所獲的資源、裝備轉手支援了共軍，使共產黨自覺已具有與國民黨抗衡的實力，於是內戰遂成為不可避免的去除對方的手段。但是因美國從中斡旋，一開始雙方曾經嘗試以和平談判來解決問題。1945年8月中旬蔣介石三次電邀毛澤東前來重慶商討和平問題。中共也接受了邀請，8月28日中共的談判代表團由毛澤東親自率領周恩來、王若飛等由美國大使赫爾利（Patrick Jay Hurley）陪同飛抵重慶，與國民黨的代表王世杰、張治中、邵力子等展開談判。從8月29日談到10月10日，最後簽訂了一紙《雙十協定》。雖然尚未解決任何實際問題，至少在談判期間雙方同意停火，此協定也成為以後不斷進行的政治協商會議的前奏。接下來雙方談談打打，打打談談，直到1947年的3月國共的談判才以失敗告終。關於內戰何時爆發，中共認為1946年6月「中原戰事」是爆發內戰之始；國府則認為共軍對國軍

的攻擊始終未斷，在1946年4月共軍圍攻長春內戰已經爆發了。可以肯定地說，全面內戰乃在1947年3月中共代表團撤離南京，國軍大舉進攻延安，國府下令通緝共產黨領導人毛澤東、朱德、周恩來等正式燃爆。

　　毛澤東的戰略是以農村包圍都市，到了1948年，廣大的農村已為共產黨盤據。國軍集中在大都市中，都市與都市之間的交通多為共軍所破壞，因此成了一些彼此難以溝通的孤立的據點。5月，東北的共軍包圍長春，但圍而未打。9月，共軍包圍濟南，經過一日夜猛烈的砲轟，守軍司令吳化文叛變，省長王耀五被俘，濟南遂迅速淪陷，成為以後國共決戰的序曲。同月，中共東北野戰軍包圍錦州，國軍救之不及，於10月15日被共軍攻克，消滅國軍第六兵團十萬餘人，俘虜東北剿匪副總司令范漢傑，並阻絕了國軍向關內撤退的通道。在錦州陷落的壓力下，被包圍了數月的長春守軍六十軍軍長曾澤生率部倒戈，東北剿匪另一個副總司令兼國軍第一兵團司令鄭洞國也於10月21日率十萬餘眾投降，於是長春未戰而入共軍掌握。這時東北的局勢對國軍已非常不利，原企圖救錦州的廖耀湘兵團想放棄瀋陽，從營口走海道返回關內。但由於解放軍斷絕通路，阻擊成功，在黑山一帶消滅國軍第九兵團十萬餘人，並生俘兵團司令廖耀湘。10月29日共軍完全包圍瀋陽，又以三個縱隊直攻營口，翌日國軍東北剿匪總司令衛立煌飛離瀋陽，指揮權交予第八兵團司令周福成。11月1日共軍發動總攻，第二天佔領瀋陽，消滅國軍十三萬多人，俘虜兵團司令周福成。同一天又攻克營口，於是共黨的東北野戰軍佔領了東北全部，結束了國共三大戰役之一的「遼瀋戰役」。此戰由1948年9月12日開始，同年11月2日結束，歷時五十二天，林彪、羅榮桓率領的東北野戰軍以傷亡約七萬人的代價消滅、吞併了衛立煌統御的一個剿匪總司令部、四個兵團、十一個軍部、三十三個師、飛機一百四十三架、戰艦二十六艘，國軍在東北共損失四十七萬多人，造成與共軍兵力比率的大逆轉。

　　東北失陷之後，於1947年11月原駐連雲港的國軍黃百韜兵團向徐州集結時，為中共華東野戰軍攔截，在大運河附近將其包圍。11月18日黃百韜兵團全軍覆沒，黃百韜自殺。同時國軍黃維兵團從山東進徐州，11月26日在雙堆集被共軍

中原野戰軍包圍。12月初兵團司令杜聿明見集結計畫失敗，遂放棄徐州南下。蔣介石發現杜聿明正為共軍追擊，於是以空投急令杜部與共軍決以死戰。不幸，杜部行動遲緩，12月4日在河南孟集地區被華東野戰軍包圍。12月15日，黃維兵團全軍覆沒，僅胡璉逃走。到了1949年1月10日，杜聿明兵團也全被華東野戰軍消滅，杜聿明被俘。這場決戰國府稱為「徐蚌會戰」，中共稱之為「淮海戰役」。

　　國共最後一次決定性的決戰在華北戰場，稱為「平津會戰」或「平津戰役」。 1948年末，共軍華北野戰軍楊成武部在新保安包圍了傅作義的精銳第三十五軍，全部殲滅。12月21日，林彪的東北野戰軍迅速進關，攻佔鹹水沽，切斷華北國軍海運的路線。1949年初，東北野戰軍成功地對北平、天津和塘沽三城分別包圍。1月14日，東北野戰軍對天津發動猛攻，一天的時間佔領天津，俘虜守軍司令陳長捷。傅作義以二十萬眾孤守北平，在無外援，又恐摧毀北平的國寶古蹟的情況下，不再聽命中央政府，自行決定與共軍協議和談，被迫出城接受共軍整編。林彪部隊於1月底勝利進駐北平，結束了國共內戰的最後一大戰役。這時候國軍在華北只剩下閻錫山部孤守太原一城了。

　　三大會戰後，國軍大部分精銳部隊損失約一百五十餘萬眾，幾乎等於全軍覆沒。不但剿匪未成，反被匪所剿。1949年1月21日，蔣介石引咎辭職，美其名曰引退，由副總統李宗仁代行職權，宣布願與中共和平談判。4月，國共雙方在北平再展開和談。這時中共已經勝利在握，自然提出非常苛刻的條件，4月20日南京政府予以拒絕，談判破裂，於是共軍的第二、第三野戰軍強渡長江，於23日攻陷南京。24日華北的共軍攻陷孤城太原，五百餘人自殺殉難（後來在台北圓山腳下建立「五百完人塚」以資紀念）。5月3日，再陷杭州，22日佔領江西省會南昌，27日攻克上海。另外共軍第四野戰軍於5月中旬從武漢附近渡長江於17日佔領武漢三鎮。本月共軍第一野戰軍攻佔西安。此時駐青島美軍開始撤離，共軍於6月2日攻佔青島。8月佔領甘肅省會蘭州。

　　兵敗如山倒，國軍在節節敗退中，國府各部先於1949年初南遷廣州，4月23日南京陷落，代總統李宗仁從南京直飛廣州。下野的蔣介石仍在幕後指揮，即刻

下令將國庫金、銀、外匯儲備及部分效忠的部隊運往台灣。8月4日，湖南省主席程潛和國軍第一兵團司令陳明仁宣布起義，長沙因而易幟。9月，共軍第四野戰軍在湖南消滅白崇禧集團的主力。10月14日，共軍佔領廣州，國民政府再次遷往重慶，試圖在西南地區頑抗。9月下旬，共產黨與民盟等親共團體在北平召開「中國人民政治協商會議」，通過「共同綱領」，完成建國的準備工作。於10月1日，毛澤東遂宣布中華人民共和國的建立，並改稱北平為北京。

　　國府方面，11月蔣介石赴重慶重返政府，李宗仁則出走香港。共軍從湖南進軍西南，11月15日佔據貴州省會貴陽，月底攻佔重慶。國府先遷至成都，又於12月7日宣布遷往台灣台北。12月9日，雲南省主席盧漢、西康省主席劉文輝分別投共。27日共軍破成都，除台灣、金門、澎湖、馬祖及附屬島嶼外，中國大陸已經全部落入共軍掌握中。蔣介石於12月10日從成都直飛台灣（南京陷落後蔣於5月已抵台灣，然中間曾數度飛返大陸）。1950年元月，美國總統杜魯門宣布繼續經援中華民國後，蔣介石於3月1日在台灣復行總統職權，於是形成兩個中國政府隔岸對立的局面。從長期的極端敵視互不往還，隔斷了無數家庭與親情，到今日雖尚各自為政，但已經三通，互許探親、旅遊、經貿往來，時光匆匆已經過了一甲子。（註1）

　　中日戰爭後，據說美國先後援助國府二十餘億美元裝備國軍（Shepherd et al 1996：259）。在優勢的兵力與裝備下，國軍何以竟敗於遠處劣勢的共軍之手？究其原因，固非只一端，但論者咸以為領導人剛愎自用，所用官員貪腐無能，先失知識份子之心，再失民心，乃失敗的主因。此論固然不錯，但共產黨所用的以鄉村包圍都市的戰略，在軍事上實在發揮了決定性的作用。中國是一個農業國家，農村的土地與人口佔了百分之八十以上，佔有了農村等於最少佔有了中國土地與人口的百分之八十。當日共產黨每佔有一處農村，立刻實施土改，鬥爭地主與富農，手段非常殘酷，為的就是贏得貧下中農的擁戴，第一鞏固了農村的共黨政權，第二為了徵兵，幾把農村的青壯人口全部轉化為共軍的正規

註1：有關中日戰爭及國共內戰，曾參考眾多資料，然後取其正確者綜合敘述。有關主要參考資料如以下「引用資料」所列。

軍或民兵。這樣一來，自然破壞了農村的生產，使全國的經濟立刻惡化，國府的金融政策步步失敗，影響了都市人口的生計。同時，在戰術上，既然裝備粗劣，只能運用人海戰術，以血肉之軀抵擋槍子砲彈，大大打擊了國軍的士氣，才能在如此短暫的時間贏得決戰的勝利。而蔣介石及國軍的高級將領欠缺盱衡全局的才略，沒有看破這種戰術的厲害，而終無破解之道，遂至一敗塗地。贏得勝利的共產黨，也正因為如此順手，遂將土改的手段與人海戰術繼續運用在治國上，以致使全國的經濟陷於停頓將近三十年之久，而三面紅旗所引起的大飢荒死人無數，終於自食惡果。

國共內戰雖然短短的四年，然而對中國整體經濟和人民生計的破壞尤過於抗日戰爭。抗日時代，在後方或汪政府統治的地區，尚有些安定的日子可過，內戰時期則從北到南，全國均處於戰火燎燒之中，再加上共產黨在農村厲行殘酷的清算鬥爭，再無一分淨土。在這種情況下，更無西潮可言了。因此西潮的中斷非只八年，而繼續有十二年之久。這是針對撤退到台灣的國府而言，至於大陸，因為1949年後實施社會主義，除與蘇俄有短暫的交往外，與其他資本主義的西方國家完全斷絕了往來，形同鐵幕低垂，阻絕了過去種種正常的遊學、參訪以及商業貿易的關係。再加上意識形態上以西方國家為敵，視資本主義以及相關的文學藝術為洪水猛獸，避之唯恐不及，焉有學習引進之理？因此第一度西潮的中斷在中國大陸長達三十多年之久，直到毛澤東去世，四人幫倒台，鄧小平實施對外開放的政策以後，才有第二度西潮的來臨。

四、抗戰時期的文學發展

西潮東漸以前，中國的文學，或廣義的文化，本有廟堂與民間之別。西潮所衝擊的主要是上層的廟堂文化，所以五四一代受西潮影響的知識份子無不以反孔、反對傳統文化的姿態出現。西潮的力量固然龐大，但尚難以完全摧毀上層的廟堂文化，不論是北洋軍閥，還是國民黨的領導階層，都仍然以尊孔與發揚固有文化而自任。五四以後，在西化的過程中，西化的知識份子極力推行白話

以取代廟堂文學的載體文言，看來似乎是站在民間文化的立場上，其實其心目中的文化榜樣來自西方，距離中國民間文學及文化非常遙遠，以致西潮影響下的知識份子，常以啓蒙者的姿態企圖來啓發、改造廣大的民間文化，認爲民間文化包容了太多迷信、愚昧、粗俗的成分。所以到了抗戰前夕，這三種各具特色的文化領域形成三足鼎立的樣貌。大陸學者陳思和曾經分析說：

> 自上世紀末葉起西學東漸，打破了本土文化在廟堂與民間之間封閉型自我循環的軌跡。本世紀以來，學術文化裂爲三分天下；國家權力支持的政治意識形態、知識份子爲主體的外來文化形態和保存於中國民間社會的文化形態。這三大領域包含的文化內容不是固定的，而是隨著文化格局的分化和組合而不斷變動。（陳思和 2002：131）

正因爲文化彼此交錯、滲透的特性，三種各有中心、各有偏向的文化領域在大環境的變動中，也不能不受到影響而隨之變動。抗日戰爭的爆發，使外在環境發生驟變，原來都市中自組社團、自成世界的知識階層忽然間需要面對廣大的人民群眾，還得要想盡了方法鼓動群眾起而抗敵的熱情（譬如田漢、老舍等作家都轉而努力地採用民間形式創作），這才發現不能不看人民大眾的臉色，也不能不顧及到人民大眾的喜好，於是開始認眞考慮過去左派文人早已提出過的「平民文學」、「普羅文學」、「大眾文藝」等口號。共產黨在抗日時期的最高領導毛澤東也於1938年因利乘便地提出「民族形式」的議題。也許毛澤東提出「民族形式」議題的原始動機，正如陳思和所言本來是「針對理論上的老對手——教條的馬克思主義提出了詰難，爲了避免那些來自國外的政治對手所擅長的理論糾纏，他很策略地提出了一個新的議題『民族形式』，並且用『中國作風和中國氣派』這樣一個含義豐富的概念加以修飾」（陳思和 2002：129-130）。民族形式在作爲政治競爭的工具以外，後來竟成爲後方的眾多文人，特別是左派文人，爭論不休的話題。

在左派文人中代表五四傳統的胡風，並不看重「民族形式」，反認爲民間文化含有太多封建落伍的毒素（這正是五四一代接受西潮影響的知識份子的觀點），堅持五四以來所形成的新文學是「世界進步文學傳統的一個新拓的支

流」（胡風 1984：234）。但有更多的人附和毛的言論，認為「民族形式」正保留在民間文化中，像周揚、郭沫若、何其芳等都持此論調，尤其是向林冰一再為文肯定「民間文藝形式是民族形式的中心源泉」（陳思和 2002：135）。那時候對於此議題的爭論，使我們今日更加看清了1949年後中共文學的走向，也更加明白胡風為什麼終於悲慘地被整肅、投入黑獄的原因，不管他多麼衷心地歌頌毛主席的偉大形象都沒有用。（註2）後來中共文藝的走向基本上在抗日戰爭期間已經形成了。

抗日戰爭時期，由於國共表面攜手，掩飾內在敵對的關係，二者各佔有自己的地盤，分別稱為「國統區」和「解放區」。另外還有敵人佔領區，包括上海的「孤島」在內。三區的文人作家雖然也有往還，但大部分是生活在分離的狀態，在各自的政治領域意識形態的左右下從事文學活動。如以那時作家們創作的成就而論，國統區和上海孤島，因為沒有堅強的政治影響和堅強的意識形態左右，創作比較自由，成果可期。解放區有些殺氣騰騰，譬如王實味、丁玲、蕭軍等都先後受到嚴厲的整肅，創作自然大受影響。但是解放區的文藝是1949年後中共文藝創作的前奏，所以其重要性也不容忽視。正如欒梅健在《二十世紀中國文學發生論》中所言：

　　儘管從抗戰一開始就存在有國統區和解放區的兩種文學，但是，如果考慮到國統區文學中爭取全民抗戰的情緒意向，幾乎就一下子就淹沒了「五四」以來所開創的改造國民性的文學傳統；考慮到為抗戰服務是當時國統區文學與解放區文學近乎相同的傾向；考慮到從1949年直到1976年「四人幫」粉碎這段時間裡，中國文學的發展事實上是在延安文學所開啟的道路上的繼續前行，那麼，仔細分析延安文學中主題的起源、發展與變遷，對於理解二十世紀中國文學的主題流向就有了非常重要的意義。（欒梅健 2006：37）

註2：例如胡風在中共建國時所作的大型交響樂式的長詩《時間開始了》，其中第一部〈歡樂頌〉，盡情渲染毛澤東的豐功偉業和偉大形象。（胡風 1949）

抗日戰爭時期，一方面由於西潮中斷，另一方面由於現實向民間傾斜的要求，五四以來以西方文化爲榜樣而企圖教育、改造國民性的文學傳統被推向邊緣地帶。但是本來具有實力的作家卻也有亮眼的表現，例如巴金、錢鍾書、張愛玲、師陀的小說，曹禺、夏衍、楊絳的劇作，戴望舒、艾青的詩，梁實秋的散文等都是繼承五四的成就繼續發展的成果。特殊的是在延安解放區從民間文藝發展出來的《兄妹開荒》秧歌劇、民間歌謠的《王貴與李香香》、趙樹理的農民小說《小二黑結婚》、《李有才板話》以及新歌劇《白毛女》等，這些才是民間形式加上社會主義意識形態以後的脫胎換骨而成的產品。我們以下先分別討論從1937年到1949年抗日戰爭及內戰時期國統區與上海孤島期的文學成就，而將延安文學另章討論，因爲其內涵與形式與以上兩區大異其趣，而且直接影響了1949年共產黨當政以後的文學走向。

引用資料

中文：

李　新主編，2000：《中華民國史》第三編第五卷，北京中華書局。

汪朝光，2000：《中華民國史》，北京中華書局。

胡　風，1949：〈歡樂頌〉，11月20日《人民日報》。

胡　風，1984：《胡風評論集》（中），北京人民文學出版社。

軍事歷史研究部編，2000：《中國人民解放軍全史》，北京軍事科學出版社。

陳思和，2002：《中國當代文學關鍵詞十講》，上海復旦大學出版社。

郭廷以，1972：《近代中國史綱》，台北商務印書館。

郭汝瑰、黃玉章，2002：《中國抗日戰爭正面戰場作戰記》，南京江蘇人民出版社。

郭沫若，1928：〈桌子的跳舞〉，5月1日《創造月刊》第1卷第11期。

麥克道格爾，B. S.，1990：〈西方文學思潮對中國現代文學的影響〉，賈植芳主編《中國現代文學的主潮》，上海復旦大學出版社。

國防部史政局編，1962：《戡亂戰史》，台北國防部史政局。

墨　爾，2009：《蔣介石的功過——德使墨爾駐華回憶錄》，台北學生書局。

欒梅健，2006：《二十世紀中國文學發生論》，桂林廣西師範大學出版社。

外文：

Fairbank, John K. (ed.), 1978: *The Cambridge History of China: Vol.10, Late Ch'ing 1800-1911,* Part 1, Cambridge University Press.

Fairbank, John K. and Liu, Kwang-ching (eds.), 1980: *The Cambridge History of China: Vol.11, Late Ch'ing 1800-1911,* Part 2, Cambridge University Press.

Fairbank, John K. and Twitchett, Denis (eds.), 1983: *The Cambridge History of China: Vol.12, Republican China 1912-1949,* Part 1, Cambridge University Press.

Fairbank, John K. and Feuerwerker, Albert (eds.), 1986: *The Cambridge History of China: Vol.13, Republican China 1912-1949,* Part 2, Cambridge University Press.

MacFarquhar, Roderick and Fairbank, John K. (eds.), 1987: *The Cambridge History of China: Vol.14, The People's Republic,* Part 1, Cambridge University Press.

MacFarquhar, Roderick and Fairbank, John K. (eds.), 1992: *The Cambridge History of China: Vol.15, The People's Republic,* Part 2, Cambridge University Press.

Shepherd, Sandy et al (eds.), 1996: *Our Glorious Century*, Montreal, New York, Reader's Digest.

第二十一章　抗戰與內戰時期的戲劇

一、抗戰時期戲劇的宣傳與娛樂功用

　　1937年7月7日全面抗戰爆發，立時使中國人民陷入總動員的非常時期，燎原的戰火破壞了人民正常的生活，從此一切都服從戰爭的要求。現代戲劇本來就著重展現當代的社會情貌，在戰時正可以用作對廣大民眾宣傳抗日的媒介。原來在上海的戲劇和電影工作者，這時自動組成演劇隊，分別到前線及農村從事勞軍及宣傳的演出。又因爲戰爭切斷了對外交通，仰賴外資與技術的電影業進入停滯狀態，城市中人民的娛樂也只剩下話劇、舊劇與民間雜藝了，因此給予新興的話劇一個大好的發展機會，致使話劇在抗日戰爭時期比以前和以後都更加活躍。

　　爲了配合軍隊的機動性和一般民眾的活動場所，話劇也不得不改變劇情的結構與演出的方式，以適應以上的要求，例如簡短的活報劇、街頭劇、遊行劇、朗誦劇、茶館劇等形式一一出現。當時最有名的幾齣街頭劇，像《三江好》、《最後一計》和《放下你的鞭子》（合稱「好一計鞭子」）受到群眾的熱烈歡

迎，曾經在民間和軍隊中風行一時。一些有名的作家，也開始爲了宣傳抗日、鼓勵民心士氣而寫出一些簡單的小戲，例如夏衍的《咱們要反攻》、沈西苓的《在烽火中》、于伶的《省一粒子彈》、凌鶴的《火海中的孤軍》、荒煤的《打鬼子去》等。

到了1939年後，戰事進入膠著狀態，在後方與敵佔區都有一段安定的時光，人民在苦悶中更需要精神的調劑，因此大城市中劇院與劇團十分活躍，劇作家也認真創作，有的劇作直接與抗戰有關，有的不一定鎖定抗戰的主題，但重視藝術的經營，產生了不少具有人文性兼戲劇性的佳作，例如本有成就的劇作家曹禺、夏衍、田漢、郭沫若等人在戰時均有新作。年輕一代的劇作家像陳白塵、宋之的、陽翰笙、阿英、于伶、吳祖光、姚克、陳銓、楊絳等在這一個時期開始大展身手，都有出色的表現。也有些作家，原來是成名的小說家，只因這時眼見話劇的興盛，忍不住也提筆寫起劇本來，像老舍、茅盾等人。

二、曹禺的劇作

在抗日戰爭時期，繼續創作不懈而富有成績的首推曹禺。在抗戰前，曹禺已完成了三部受到好評又賣座甚佳的劇作：《雷雨》、《日出》與《原野》。一舉成名之後，曹禺受到鼓勵，又正當精力旺盛的年紀，且正在劇校任教，各方面的條件都使他有更上層樓的機會。

七七事變的前一天，因爲曹禺的哥哥萬家修去世，曹禺正好回到天津去看望他的繼母，不想就遇到驚天動地的抗日戰爭爆發，天津也燃燒起戰火，日軍的坦克車橫行市區，曹禺說：「河東一帶被炸得到處都是斷壁殘垣，到處都是死屍，那種慘狀令人目不忍睹。」（田本相 1988：221）到8月13日日軍狂炸上海和南京之後，曹禺獲知他執教的南京國立劇專遷往長沙的消息，於是偷偷地搭乘英國太古公司的輪船離開天津，繞道香港轉赴長沙。一到長沙劇專，曹禺立刻投身於抗日的戲劇工作，導演了抗日劇《毀家紓難》、《炸藥》、《反正》和駱文作的街頭劇《瘋了的母親》等。在長沙抗日的熱潮中曹禺與相戀多

年的鄭秀結婚。因戰火的迫近，1938年初曹禺以教務主任的身分帶領劇專師生遷往重慶，並聘請到黃佐臨、張駿祥、梁實秋、陳白塵、陳鯉庭等名師來校任教。爲慶祝戲劇節，曹禺與宋之的合寫了抗戰劇《全民總動員》（出版時改名爲《黑字二十八》），於1938年10月在重慶國泰大戲院盛大公演，由張道藩、曹禺、宋之的、沈西苓、應雲衛聯合導演，應雲衛執行導演，白楊、趙丹、舒繡文、張瑞芳、王爲一等名演員及曹禺、余上沅、張道藩、宋之的等劇作家主演，轟動一時。

一年後，劇校又搬遷到偏遠的小城江安，在這裡曹禺完成了鼓舞士氣的抗日劇作《蛻變》（1939）及描寫北京破落家庭的《北京人》（1940），並且改編了一個獨幕劇《正在想》（1940）。《蛻變》寫一個藏汙納垢的醫院如何在一位勇於負責的官員領導下蛻變成一個有效率的傷兵醫院。該劇結構緊湊，人物眞實，語言生動，有不少感人的場面，在張駿祥的導演下，當日在重慶的演出效果極佳。胡風認爲比起曹禺從前的作品來，「《蛻變》裡的肯定的人物，才正確地全面地和現實的政治要求結合。或者說，向現實的政治要求突進。作者的藝術追求終於和人民的願望所寄託的政治要求直接地相應，這就構成了劇本的感染力的最基本的要因。」然而「可惜的是這個崇高的人格（指劇中肯定的人物）同時也就凌空而上，離開了這塊大地。……這一致命點，是歷史認識上因而也就是創作方法上的致命點。」（胡風 1943）該劇由於國民黨覺得那位勇於任事的官員不像國民黨人，倒像是共產黨的潛伏分子，共產黨又覺得是一齣基本上在爲國民黨塗脂抹粉的戲，兩面不討好，以致戰後沒有再上演的機會。

在江安的那段日子，曹禺因爲與妻子鄭秀的個性不合，兩人的關係產生危機。這時劇校一個學生的姊姊來到江安，名字叫方瑞（原名鄧譯生），與曹禺漸有交往，據說就是曹禺的《北京人》中愫方的原型（田本相 1988：256）。而方瑞後來在曹禺離婚後成爲他的第二任妻子。曹禺曾親口對筆者說《北京人》是他自己最喜歡的一齣戲，也曾自言受了契訶夫的影響，很想寫出那種在平淡中自然透露出人物的感傷和憧憬以及契訶夫式的社會多餘人。《北京人》的人物是有相當眞實的生活基礎，茅盾就說過：「這一群人物寫得非常出色，

每人的思想意識情感都刻畫得非常細膩，非常鮮明，他們是有血有肉的人物，無疑問的這是作者極大的成功。」（茅盾 1941）劇中悲喜混雜的情緒，也來自契訶夫的戲劇，然而客觀而論，《北京人》中用了太多過於明顯的象徵符號，像老鼠象徵破落，鴿子象徵自由，特別是其中那個象徵「北京人」（原始人）的人物實在太過突兀，無法達到契訶夫那種深沉而詩意的寫實風格。

獨幕劇《正在想》是根據墨西哥劇作家尼格里（Josefina Niggli, 1910-83）的英文劇 *The Red Velvet Goat* 改寫而成，大概又像《鍍金》，是為方便劇校的學生排演而作的。

巴金是曹禺的知音，從《雷雨》到《蛻變》，曹禺的劇作都受到巴金欣賞和協助發表、出版。由於對巴金的友誼和感謝，1942年曹禺動手把巴金的著名小說《家》改編成舞台劇，在重慶初演後雖有不同的批評意見，但後來經過累次演出的成功，一般評者終認為是改編話劇舞台上的一個成功的範例（王正 1963）。甚至讀來比巴金的原作更為精鍊、耐讀。

在改編《家》以後，曹禺轉到重慶復旦大學任教。導演張駿祥想排演莎劇《羅密歐與朱麗葉》，鑑於當日的譯本都不適合舞台演出，便邀請曹禺重譯，曹禺欣然從命，1943年譯成了五幕舞台劇《柔美歐與幽麗葉》。這一年曹禺還在張駿祥導演的《安魂曲》中飾演主角莫札特。在重慶，曹禺曾計畫寫一齣岳飛抗金的詩劇，因為缺乏歷史參考資料而未果。也曾想過寫李白與杜甫，並為此跑了一趟西安、敦煌，想搜集有關的材料，結果也未寫成。但是接下去曹禺著手寫一齣反映官僚壟斷資本的戲，取名《橋》，只寫出兩幕，就到了抗戰勝利，不久因訪美之行而擱筆，雖然前兩幕在1946年4月起發表在鄭振鐸、李健吾主編的《文藝復興》第一卷三至五期上，而始終未完成全劇。

1946年3月，曹禺和老舍應美國國務院之邀赴美訪問，從美國西岸西雅圖到東岸紐約，訪問了眾多城市和學府，並在紐約巧遇到訪美的德國劇作家布雷赫特

1947年曹禺的電影作品《艷陽天》劇照（石揮、李麗華、李健吾主演）

（Bertolt Brecht）。曹禺於1947年1月先行返國，回到國內他所看到的是滿地內戰的硝煙和流離失所的民眾。他先應熊佛西的邀請，在上海實驗戲劇學校任教，後又經黃佐臨介紹，擔任上海文華影業公司的編導，在這裡他編導了他唯一的電影作品《艷陽天》（石揮、李麗華、李健吾主演）。1949年共軍佔領北平後，曹禺和其他的名人馬寅初、柳亞子、鄭振鐸等經香港又回到了分別十五年的北平。

抗戰時期曹禺的劇作不但維持以前的水平，而且對人物的刻畫更見成熟，特別是劇中的對話切合日常生活的口語，為當日眾多南方的劇作家所不及。從1937年到1949年，在長達十二年的抗戰和內戰時期，曹禺交出了一張漂亮的劇作成績單，使他的盛名遠遠領先了同時代的其他劇作家。

三、夏衍的劇作

在抗日戰爭時期，夏衍是另一個成就較大的劇作家。繼1937年完成的《上海屋簷下》之後，他又一連寫出了《一年間》（1938）、《心防》（1940桂林新知書店）、《愁城記》（1941上海劇場藝術社）、《水鄉吟》（1942重慶群益出版社）、《法西斯細菌》（1944重慶文地出版社）、《離離草》（1945昆明進修出版教育社）、《芳草天涯》（1945重慶美學出版社）等劇。

夏衍（1900-1995），原名沈乃熙，字端先，浙江省杭州市人。小學畢業後，因家貧無力升學，進杭州泰興染房做學徒，一年後入浙江省立甲種工業學校染織科。1920年畢業，成績優異，得保送公費留學日本，入福岡明治專科學校電機科。1924年末，孫中山途經日本，夏衍和幾個留日同學登船謁見，於是有機緣加入國民黨。留日

夏衍（1900-1995）

期間常參與日本的左翼活動，因而於1927年被迫返國。時逢蔣介石清黨，夏衍因同情受迫害的左派而在上海加入共產黨，表現了他的正義感。他一面從事工人運動，一面翻譯介紹國外的左派文學，1929年譯出高爾基的《母親》（大江書鋪），又偕同鄭伯奇、馮乃超等組織「藝術劇社」，主編劇社刊物《藝術》與《沙侖》，並參與組織左派作家聯盟，成爲在文藝界活躍的共產黨員。1932年加入明星電影公司，擔任編劇顧問，其間寫出《狂流》、《春蠶》、《脂粉市場》、《上海二十四小時》、《女兒經》、《壓歲錢》、《自由神》等電影劇本及眾多電影評論，並且翻譯了俄國普多夫金的《電影導演論》。1934年開始話劇創作，作有獨幕劇《都會的一角》（1934）、《中秋月》（1936）、多幕劇《賽金花》（1936上海生活書店）、《秋瑾傳》（1937上海生活書店）。業餘劇人協會預備演出《賽金花》時，發生王瑩與藍蘋爭演賽金花的事件，因爲擺不平，王瑩和金山另組四十年代劇社，獲得《賽金花》的演出權，由洪深導演，於1936年11月在上海公演。此事種下文革江青（藍蘋）當令時夏衍被殘酷整肅的遠因。1937年寫出他的代表作《上海屋簷下》（上海雜誌公司）。抗日戰爭爆發後，夏衍先後在上海、廣州、桂林、香港等地主編《救亡日報》、《華商報》、《南僑日報》等，並擔任中共南方局重慶辦事處文化組副組長，兼任《新華日報》特約評論員。抗戰期間，寫出了不少劇作（見上文）。1942年曾把托爾斯泰的《復活》改編成六幕舞台劇，與田漢、洪深合作《風雨歸舟》。1943年爲了慶賀應雲衛導演的四十生辰，他又與宋之的、于伶合撰了《戲劇春秋》。49年後，出任中共上海市委常委、宣傳部長、文化局長、上海市文聯主席等職。1954年後，歷任文化部副部長、對外友協副會長、全國文聯副主席。這時他又寫出話劇《考驗》，改編了不少電影劇本，諸如《祝福》、《林家鋪子》、《革命家庭》、《烈火中永生》等。1966年文化大革命起，夏衍也像諸多重要幹部一樣被打成「反革命修正主義分子」，掛牌、戴高帽遊街，尤其是被冠以「電影界修正主義總頭目」的罪名，關入秦城監獄，一關八年，而且被打斷了右腿。夏衍是爲革命出過力、賣過命的老黨員，竟也有如此下場！1975年出獄後，已是垂垂暮年的老人，對人避談這段悲慘的過去，道來

臉上實在無光。1977年平反後，又重任全國文聯副主席、中國影協主席、中國作協顧問等職。夏衍除劇作外，也有多種雜文集出版，晚年曾出版回憶錄《懶尋舊夢錄》（1985三聯書店）。

評者咸認《上海屋簷下》是夏衍的代表作，作者也自言此劇乃其開始現實主義創作方法後的第一部作品，並且說：「引起我這種寫作方法和寫作態度之轉變的，是因為讀了曹禺同志的《雷雨》和《原野》。」（夏衍1957a）夏衍雖然年長於曹禺，但從事話劇創作卻較晚，因而才會受到曹禺的影響。由此亦可見，當日的文人是把曹禺的劇作當作寫實作品看待的。那一代的人，對寫實主義羨慕得不得了，甚至會認為是達到藝術高度的唯一道路，所以夏衍從具有浪漫色彩的《賽金花》和《秋瑾傳》轉變到他自認為「現實主義」的《上海屋簷下》是不足為奇的。再加上，那時他剛剛看過一部《巴黎屋簷下》的電影，在形式上有所借鑑，也是在同一棟公寓大樓裡安排了多個家庭，似乎是讓每個家庭都自然地展現自己的故事，這樣最容易達到寫實的目的。該劇內容也有夏衍自譯的日本作家藤森成吉《光明與黑暗》一劇的痕跡。然而，這齣戲結果並不像作者期待的那麼寫實，緣於劇情的主線在演繹或強調兩個共產黨人（或左派工人）的同志愛。匡復因反國民黨入獄，他的同志林志成受託照顧他的妻小，在匡復久無音信的情形下與其妻日久生情而賦同居。不期十年後匡復歸來，發現真相，遂形成難解的局面。這本來可能釀成悲慘的後果，至少可能顯露出人性的卑微與複雜，可是作者基於發揚同志間的情誼，使二人均表現出君子風度，互相禮讓，卻未顧及到女方的感受，以致違離了一般正常人的心理。加上全劇的氛圍透露出明顯的政治批判企圖，正像茅盾的《子夜》一樣，只能說是批判的現實主義，或標準的擬寫實主義，卻跟客觀寫實距離很遠。夏衍自己也說：「我學寫戲，完全是『票友性質』。主要是為了宣傳，和在那種政治環境下表達一點自己對政治的看法。」（夏衍1957b）夏衍說得很坦白，他也一直主張「政治決定一切，你不管政治，政治要來管你」（語見《法西斯細菌》）。但大都寫出擬寫實作品的人並不如此坦白，反倒自詡寫的是客觀的真實。

因為夏衍的身分與工作，我們難以期待他客觀，他的戲雖然寫得很細膩，也很具可觀的戲劇性，但是都具有某種政治宣傳的意圖，譬如《一年間》、《心防》和《愁城記》都是以上海為背景，藉家庭的事件反映敵佔區人民生活的困苦和抗日的決心。《水鄉吟》則是寫浙江鄉村抗日游擊隊長的愛情糾葛，情節近似陳銓的《野玫瑰》，其共同的情節來源則是法國劇作家薩都（Victorien Sardou, 1831-1908）的《杜斯克》（*La Tosca*, 1887，春柳社曾在東京以《熱淚》的名稱演出過）。《法西斯細菌》，五幕六場，篇幅較長，寫一位在日本成名的醫學家，本認為科學與政治無關，但目睹日本軍國主義的暴行後逐漸醒悟，投身於反法西斯的行列。作者寫此劇的目的乃在說明法西斯與科學互不相容，而法西斯細菌之害尤甚於任何疾病的細菌。法西斯細菌一語雙關，既指涉日本軍國主義，也暗諷國民黨。《離離草》是演東北人和韓國人共同抵抗日本武裝移民團的英勇而悲慘的故事，當然目的也是為了鼓舞抗日的熱情。在抗日戰爭期間，寫出有關抗日的作品本是很正常的，但作者急切的介入，無法排除心中的愛惡，當然難以追求客觀的寫實。

　　很例外的，夏衍居然在戰火中寫出一齣與抗戰無關的愛情戲來，那就是這時期他的壓卷之作《芳草天涯》。也許是他受了托爾斯泰一句話的影響，那句話說：「人類也曾經過地震、瘟疫、疾病的恐怖，也曾經歷過各種靈魂上的苦悶，可是在過去、現在、未來，無論什麼時候，他最痛苦的悲劇，恐怕要算是床笫間的悲劇了。」（夏衍 1945）也許是在寫了許多為主義、為國家身負宣傳重任的言不由衷的作品後他真對人性的探索發生了興趣，於是寫了一齣在戰亂背景下的愛情戲，寫一個知識份子因與妻子的不和睦離家出走而愛上另外一個女子，這兩個當事人如何克制自己的情欲，不願把幸福建立在別人的痛苦上，最後做出了分別的決定，空留無盡的遺恨。戲劇學者會林與紹武評論說：「作家將豐富的社會生活凝聚於一條線索，將眾多的社會人物集中於六個角色，從平淡的生活裡發掘出內在的戲劇衝突，而具有動人的藝術力量。在藝術表現上，這部作品突出地體現了夏衍劇作情節單純而集中的特點。」（會林、紹武 1985：253）但是也有負面的聲音，譬如詩人何其芳就認為夏衍的這部作品

主題錯誤，他說：「對於今日中國的一般知識份子，最重要的問題是在政治上覺悟，對於已經傾向革命的知識份子，最重要的問題是認識自己的思想還需要經過一番改造，並從理論學習與社會實踐去實行改造。」又說：「至於戀愛糾紛，則處理得好也罷，壞也罷，一般地說，對於知識份子沒有什麼決定性的影響。」（何其芳 1959）可見那時候在毛澤東文藝政策影響下，文學、戲劇批評採取的是一種什麼尺度。

夏衍並不以文藝為重，諷刺的是他所重視的政治已成過眼煙雲，倒是他一點都不重視的劇作使他留下了名字。

四、田漢的劇作

1935年田漢（1898-1968，生平見第十二章）因參與共黨活動而被捕，先關押在上海，後移送南京。直到1937年抗戰開始國共協議共同抗日，中共的代表團到了南京後，被捕的共黨分子才得以恢復自由。是年年底他在武漢參加「中華全國戲劇界抗敵協會」，起草〈中華戲劇界抗敵協會成立宣言〉，宣稱：

> （1）我們的團結是為著抗敵；（2）只有抗敵使我們團結；（3）我們在為抗戰服務的過程中不忘記對於新藝術形式壯烈地追求；（4）我們不可忘記把我們的戲劇藝術作為國際宣傳的工具，因為獲得全世界的同情和援助而使敵人孤立，實為我們爭取勝利的一個重要條件。（田漢 1983b：39-40）

然後田漢回到上海，恢復了共產黨的組織關係，參加上海文化界救亡協會，積極籌組戲劇界救亡協會及救亡演劇隊。在郭沫若就任軍事委員會政治部第三廳廳長的職位後，任命田漢為第三廳第六處處長，於是田漢也在郭沫若手下從事抗日宣傳的工作。為了達到向民間宣傳的目的，抗日戰爭期間田漢寫了大量的戲曲劇本，諸如《明末遺恨》、《殺官》、《土橋之戰》、《新雁門關》、《江漢漁歌》、《旅伴》、《新兒女英雄傳》、《岳飛》、《新會緣

橋》、《武松與潘金蓮》、《情探》、《金鉢記》等，其中有京劇，也有湘劇。話劇劇本相對的不算多，只有五幕劇《秋聲賦》（1941）、四幕劇《黃金時代》（1942）、獨幕劇《門》（1945）、多幕劇《麗人行》（1946-47）、《朝鮮風雲》（1948），以及與洪深、夏衍合作的《風雨歸舟》（四幕，1942，又名《再會吧！香港》）幾齣。還有一本電影劇本《勝利進行曲》（又名《長沙大捷》，1939）。

田漢抗戰時的劇作《麗人行》

田漢的劇作一向都以情調浪漫著稱，戰時的作品也不例外，其中較重要的兩齣《秋聲賦》和《麗人行》就是如此。《秋聲賦》寫兩女一男三角戀的糾葛，其實寫的就是田漢自己和妻子林維中、愛人安娥之間的糾紛。在戲中，作者一廂情願地寫兩個女人最後丟棄個人恩怨攜手投入抗日工作，但在現實生活中可並非如此，而是三人鬧得不可開交，最後以田、林離婚收場。評者認爲這齣戲在「藝術技巧上存在著致命的缺陷——戲劇動作發展的無力與戲劇衝突的鬆懈」。（田本相等 1998：272）《麗人行》原名《新三個摩登的女性》，是從他過去的電影劇本《三個摩登的女性》發展而來，其中也擷取了以前的獨幕劇《梅雨》和三幕劇《火之跳舞》中的人物或情節。田漢自言在此劇中「我們批判了追求官能享受的資產階級女性虞玉和感傷的殉情的小資產階級女性陳若英，而肯定了、歌頌了熱愛勞動，爲大眾利益英勇奮鬥的女接線生周淑貞」。（田漢 1983a：464）其中也有一個英勇助人的共產黨人，可見此劇的意識形態所在了。1948年田漢還寫過一個電影劇本《黎原英烈》。比之於曹禺與夏衍，田漢在這個時期的劇作不算出色。

五、陳白塵的劇作

陳白塵在戰前寫了不少小說，但是到了抗戰時期在劇作上始嶄露頭角，是卓有成績的一位。陳白塵（1908-95），原名陳增鴻，筆名征鴻、江浩、姜皓、墨沙，江蘇省淮陰縣人。早年就讀於上海文科專校，是那時候的學店，因慕田漢之名，轉入田漢擔任文科主任的上海藝術大學，一樣也是野雞大學，1928年又追隨田漢進入南國藝術學院，參加南國社。1930年赴日留學，回國後曾在安徽江蘇工作。然後至上海，與鄭君里等脫離南國社，另組左派的摩登社，迫使田漢左轉。

陳白塵（1908-1995）

1932年參加共產主義青年團，九月被捕入獄，在獄中繼續小說創作，並嘗試將舊劇改編爲話劇。1935年出獄後從事話劇創作。抗戰爆發，參與組織上海影人劇團赴後方宣傳演出，同時任教於國立劇專及四川省立戲劇音樂實驗學校、參與組織中華劇藝社，其中包括有當日的名導演應雲衛、陳鯉庭、馬彥祥、屠光啓，名演員白楊、陶金、張瑞芳、舒繡文等，對他的創作影響很大。1943年，領導文協成都分會，主編《華西日報》、《華西晚報》副刊，並一度兼任中央大學教授。抗戰期間，陳白塵非常活躍，也是他創作的黃金時代，他重要的作品都產生在這一個時期。1947年參與電影工作，擔任崑崙影業公司編導委員。1949年後，歷任上海戲劇電影工作者協會主席、中國作家協會祕書長、書記處書記、《人民文學》副主編、中國戲劇家協會副主席、江蘇省文聯名譽主席、南京大學中文系主任等職。雖然做了些文藝官，只能寫一些所謂的「遵命作品」，像《哎呀呀！美國小月亮》（1958）、《美國奇談》（1958）、《紙老虎現形記》（1959）等，再也寫不出像樣的作品來了。一個如此才華橫溢的劇作家，在社會主義的社會中竟然也束手無策。後來他自己說：「我個人的情況算不得典型，但怕犯錯卻是前輩作家、同輩作家，甚至更年輕的作家們共同的

心情。這種心情之產生，不能不歸『功』於各級的文藝領導。他們對創作的領導抓得過死、過嚴了！生怕作家犯這個錯誤，犯那個錯誤，於是左一個條條，右一個槓槓，向作家大念其緊箍咒。」（陳白塵1981）

陳白塵的主要著作有長篇小說《一個狂浪的女子》（1929上海芳草書店）、中篇小說《漩渦》（1928上海金屬書店）、《罪惡的花》（1929上海芳草書店）、《歸來》（1929上海泰東圖書局）、《泥腿子》（1936上海良友圖書公司）、短篇小說集《風雨之夜》（1931上海大東書局）、《曼陀羅集》（1936上海文化生活出版社）、《小魏的江山》（1937上海文化生活出版社）、《茶葉棒子》（1937上海開明書店）；劇作《石達開的末路》（1936上海文學出版社）、《恭喜發財》（1936）、《太平天國第一部：金田村》（1937上海生活書店）、《魔窟》（1937漢口生活書店）、《漢奸》（1938漢口華中圖書公司）、《亂世男女》（1939上海雜誌公司）、《汪精衛現形記》（1940重慶中國戲曲編刊社）、《大地回春》（1941桂林文化供應社）、《秋收》（1941桂林上海雜誌公司）、《結婚進行曲》（1942重慶作家書屋）、《歲寒圖》（1945重慶群益出版社）、《大渡河》（1946四川人民出版社、上海群益出版社）、《陞官圖》（1946重慶群益出版社）、

《懸崖之戀》（1947上海群益出版社）、《大風歌》（1979四川人民出版社）、《阿Q正傳》（1981北京中國戲劇出版社）、《陳白塵劇作選》（1981四川人民出版社）；另有電影劇本《宋景詩》（1954北京藝術出版社）、《烏鴉與麻雀》（1960北京中國電影出版社）、《魯迅》（1963上海文藝出版社）、《大風歌》（1980北京中國電影出版社）、《阿Q正傳》（1981北京中國電影出版社）等。

陳白塵的劇作成就是多方面的，既有歷史劇（像《石達開的末路》、《太平天國第一部：

陳白塵抗戰時的劇作《陞官圖》

金田村》、《大風歌》等）、正劇（像《大地回春》、《歲寒圖》等），也有喜劇（像《恭喜發財》、《魔窟》、《亂世男女》、《秋收》、《結婚進行曲》、《陞官圖》等）。特別是喜劇，陳白塵是抗戰及內戰期間最有成就的一位。他的喜劇採取誇張、辛辣的路線，以動作和場面的熱鬧取勝，近於鬧劇。即使像《結婚進行曲》這樣貼近生活的喜劇，其中誇張之處依然眾多。到了後來的《陞官圖》，因為旨在諷刺國民黨的高官，又是寫夢，那就更無保留地誇大了。但是誇大到某一個程度，也就成了表現主義劇作家所用的背離現實的手法，以特異的形象凸顯某種特異的人物心理或某種特異的內涵了。

六、宋之的的劇作

另一位更年輕的在戰時受到注目的左翼劇作家是宋之的。宋之的（1914-56），原名宋汝昭，筆名宋一舟、洛夫、蘋、懷昭、艾淦等，河北省豐潤縣人。1930年就讀於北平大學法學院，1932年與友人組織苞莉芭劇社，演出抗日戲劇。是年參加中國左翼戲劇家聯盟北平分盟，主編《戲劇新聞》。1933年後赴上海，組織新地劇社，因參與左派活動曾兩次入獄。1935年到山西太原西北電影公司和西北劇社擔任編劇，創作第一部劇作《誰之罪》（又名《罪犯》）和第一部電影劇本《無限生涯》。1936年返上海，發表報告文學《一九三六年春在太原》，並從事「國防戲劇」

宋之的（1914-1956）

活動。1937年發表歷史劇《武則天》。抗戰爆發後，率上海救亡演劇第一隊赴內地宣傳。然後在重慶、香港等地先後組織重慶業餘劇人協會、中國劇藝社，並進行創作及與人合作大量劇作。勝利後應陳毅之邀赴蘇北解放區，在新成立的山東大學執教，後調往哈爾濱東北文協擔任《生活報》主編。1948年參加共

產黨及人民解放軍，擔任第四野戰軍隨軍記者。武漢解放後，出任武漢軍管會文藝處副處長。1950年出任中國人民解放軍總政治部文化部文藝處長兼《解放軍文藝》總編輯。抗美援朝期間，曾赴朝鮮戰地採訪。主要劇作有《罪犯》（又名《誰之罪》，1935）、獨幕劇《烙痕》（1937上海雜誌公司）、《武則天》（1937上海生活書店）、獨幕劇集《舊關之戰》（1938生活書店）、《民族萬歲》（與陳白塵合作，1938上海雜誌公司）、《總動員》（1938上海雜誌公司）、《黑字二十八》（與曹禺合作，1938重慶正中書局）、《自衛隊》（一名《民族光榮》，1938上海雜誌公司）、《國家至上》（與老舍合作，1940上海雜誌公司）、《霧重慶》（又名《鞭》，1940重慶生活出版社）、《刑》（1940上海大東書局）、《祖國在召喚》（1943遠方書店）、獨幕劇集《群猴》（一名《人與畜》，1948光華書店）、《保衛和平》（1956人民文學出版社）、《宋之的劇作選》（1958人民文學出版社）等。

　　宋之的也是一位多面手，他寫過《武則天》這樣的歷史劇，也寫過《群猴》一類的政治諷刺劇，但是他主要的劇作還是揭露社會黑暗的正劇。他最著名的作品是五幕劇《霧重慶》，是一齣寫流亡到大後方的愛國青年在糜爛的社會中如何掙扎、沉淪的悲慘遭遇。四幕劇《刑》則旨在揭發抗戰時期一群土豪劣紳囤積居奇、買賣壯丁的非法行為。評者認為：「如果說《霧重慶》著重表現黑暗現實對人的吞噬，那麼《刑》則試圖表現一種敢於與黑暗勢力做鬥爭的正面力量。」（陳白塵、董健 1989：545）以後的《祖國在呼喚》、《春寒》等表現的也是這一類的題旨，可見那時左派的劇作家都有一定的意識形態，努力尋找、揭發社會的罪惡，以便達到社會革命的目的。

　　宋之的也是與人合作最多的一位，他曾參與集體創作的《保衛蘆溝橋》、與曹禺合作《全民總動員》（又名《黑字二十八》）、與陳白塵合作《民族萬歲》、與夏衍、于伶合撰《戲劇春秋》、與老舍合作《國家至上》等。他與老舍的合作，使老舍也走上劇作家的道路。

七、吳祖光的劇作

吳祖光也是在戰時崛起的一位年輕劇作家。吳祖光（1917-2003），筆名楊霜，江蘇省常州人，自幼受熱中詩畫、書法的父親影響，也愛好文藝。中學時代迷上京戲，常跑戲院。1936年考進北平中法大學文學系，次年未卒業即應他的姑丈時任甫成立的劇專校長余上沅之邀，赴南京擔任校長室祕書，兼教學生北京話，並開始戲劇創作。抗戰爆發後，跟隨學校遷往四川，一面參與戲劇活動，一面從事戲劇教學與創作，

吳祖光（1917-2003）

其戰時所寫的《正氣歌》、《風雪夜歸人》、《少年遊》等頗受好評，在1937至47十年間創作話劇十一部，可說是多產的劇作家。1944年到重慶，出任《新民報》副刊《西方夜譚》主編。勝利後的1946年到上海，任《新民晚報》副刊《夜光杯》主編，並與丁聰合編《清明》雜誌。又為香港永華影片公司改編其劇作《正氣歌》為電影劇本《國魂》。1946至47年寫了政治諷刺劇《捉鬼傳》和《嫦娥奔月》，左派文人齊聲喝采，郭沫若甚至賦詩稱頌，致使吳祖光受到當局的警告，不得已於1947年遠赴香港避禍，先後擔任過香港大中華影片公司和永華電影公司的編導，編過《國魂》、《風雪夜歸人》、《公子落難》、《莫負青春》、《山河淚》、《春風秋雨》等影片。1949年後，任北京製片場編導，執導了《紅旗歌》、《梅蘭芳的舞台藝術》和戲曲片《荒山淚》（程硯秋主演）。這時吳祖光正行好運，與評劇皇后新鳳霞結婚。不幸57年後掉入毛澤東「引蛇出洞」的陽謀陷阱，以「二流堂」的罪名打成右派分子，成為戲劇界重點批鬥的對象，過去的好友老舍、曹禺等都曾落井下石。翌年發配到北大荒從事「監督勞動」。1960年重回北京，調任中

吳祖光戰時劇作《正氣歌》

國戲曲學校實驗京劇團編導，奉命編寫京劇劇本《武則天》、《三打陶三春》等。到文革一起，他又霉運當頭，「二流堂」的舊案復發，再加上「反革命的裴多菲俱樂部」的罪名，他的朋友畫家黃苗子、丁聰、音樂家盛家倫都被牽連，受到無情的批鬥，幸而其妻新鳳霞堅忍相挺，在難耐的壓力下而致風癱在床，迄未痊癒。文革後獲得平反，續有新作問世，仍不失其敢言的風骨。主要劇作有《鳳凰城》（1939生活書店）、《正氣歌》（1942文藝獎助金管理委員會出版部）、《牛郎織女》（1943成都啓文書局）、《風雪夜歸人》（1944開明書店）、《少年遊》（1945開明書店）、《林沖夜奔》（1947開明書店）、《捉鬼傳》（1947開明書店）、《嫦娥奔月》（1947開明書店）、《咫尺天涯》（1980四川人民出版社）、《闖江湖》（1980中國戲劇出版社）。此外尚有京劇劇本《武則天》（1979香港《海洋文藝》）、《三打陶三春》（1979香港《海洋文藝》）、《踏遍青山》（1979群眾出版社）及評劇劇本《花為媒》（1981河北人民出版社）等。

　　吳祖光像曹禺一樣，是個早熟的作家，1937年父親提供材料完成第一個劇本《鳳凰城》時只有十九歲，故當時有神童之譽。他的作品方面也很廣，有歷史劇像《正氣歌》、《林沖夜奔》，有愛情劇像《風雪夜歸人》，有神話劇像《牛郎織女》，有喜劇像《少年遊》，也有政治諷刺劇像《捉鬼傳》、《嫦娥奔月》。吳祖光本來並非左派，他之所以也寫了政治諷刺劇，據他自言是因為「我這個寶貝國家、這個社會和我們的可憎惡的生活。不有那樣的長官、那樣的將軍、那樣的惡霸，哪裡會產生出我的《捉鬼傳》的眾家英雄？」（吳祖光1947）

　　一般評者咸認《風雪夜歸人》是他的代表作，原因是此劇在戰時大受歡迎，據說周恩來特愛此劇，竟前後看過七次之多，可能因為此劇與戰爭無關，是一齣愛情戲，反倒受到厭戰的觀眾青睞。但是就戲論戲，此戲非常濫情，人物欠缺心理深度，劇情違反常情，甚至無邏輯可言。主要的情節是京戲的乾旦魏蓮生與達官的小妾相戀，私奔不成而釀成悲劇。問題是二人在第一幕初識，一共沒說過六句話，到了第二幕，也就是第二天，二人再見時已成為推心置腹的戀

人，合理嗎？第三幕是第二幕的兩天後，二人居然決定捨棄目前的生活私奔他鄉。不幸事機不密（看不出有洩密的可能），遭到達官府的管家破壞和阻攔。更不合理的是這位管家是三天前魏蓮生介紹給達官府上的，三天中應該連主人的脾氣還沒有摸透，怎敢貿然捉起主人寵妾的姦來？何況還關係到他的介紹人呢？私奔失敗，魏遭到驅逐出城的命運，紅伶夢碎，小妾則被達官當禮物送給了朋友。二十年後在一個風雪之夜兩位戀人不約而同地同時回到初識的達官故宅，蓮生貧病交加死在雪地裡，小妾雖二十年來克盡婦職（她並不知蓮生之死），卻突然在同一個雪夜裡從馬車上失蹤不見了。人物的相戀沒有過程，最後的尾聲沒有原因，似乎連基本的邏輯都沒有顧到，這樣的劇情何以會使戰時的觀眾瘋狂？令人不解。在台灣演出時，就完全失敗！其實作者寫文天祥就義的《正氣歌》是一齣中規中矩的戲。晚年寫妻子新鳳霞演劇生涯的《闖江湖》，人物、語言都十分出色，可惜像老舍的《龍鬚溝》和《茶館》一樣，都把共產黨的「解放」寫成窮人唯一得救之路，而兩位作家本人卻恰巧是「解放」的受害者，這也是命運的反諷吧！

八、戰時的歷史劇

郭沫若在文壇一向是一個極端活躍的人物，他不但是個文人，也是個投機的政客，抗戰開始後，他由日返國立刻向蔣介石認罪輸誠，營謀到軍事委員會政治部第三廳廳長兼文化工作委員會主任的職位，統轄了抗日的文化宣傳工作，對當日後方的文藝工作者頗具威權。那時他雖然做的是國民政府的官，實際上卻暗中替共產黨做事，每天工作可想十分繁忙，然而他竟寫了不少詩文，出版了不少著作，而且兩年中完成了六部史劇，足見其精力之旺盛，頭腦之機敏。

郭沫若（1892-1978）

六部史劇中最著名的是《屈原》（1942），是從早期的劇作《湘累》（1920）

發展而來，跟其他劇作一樣，這也是部借古諷今的作品，藉著屈原的被貶，楚懷王不肯抗秦，來諷刺當時的重慶政府。郭沫若自詡在十天中寫成，多少是一種急就章，難免粗糙淺陋之弊。然而以當日郭的聲勢，此劇不但由國民黨的黨報《中央日報副刊》連載（1942年1月24-2月7日），而且由著名的劇團「中華劇藝社」、一流的演員（金山、白楊等）在國泰戲院盛大演出。演出

1942年《屈原》公演劇照

後，中共的機關報《新華日報》大力捧場，盛讚演出成功，認爲是左派政治鬥爭的勝利，並且特闢專欄刊載當日名流祝賀的詩詞百餘首。當然國民黨的其他刊物也有貶損的文章，認爲《屈原》一劇不但不合史實，也厚誣古人，是僞冒詩人的政客醜態。左右雙方均從政治上著眼彼此攻伐，沒人談到戲劇藝術的問題。此亦足見作者創作的出發點原本就是政治的，與戲劇藝術關係不大。其他五部歷史劇作：《堂棣之花》（1941）、《虎符》（1942）、《高漸離》（1942）、《孔雀膽》（1943）和《南冠草》（1943）類皆如此。《沫若史劇概論》一書的作者認爲「郭沫若的歷史劇創作，始終是以爲現實服務，即『古爲今用』爲出發點的」（張志勛 1989：62）。又說：「在本時期（指戰時），他強調史劇創作是『借古抒懷以鑑今』，是『借古喻今』，強調爲現實的革命鬥爭服務，充分地發揚了現代歷史劇的戰鬥作用。」（張志勛 1989：175）

陽翰笙（1902-93，生平見第十五章華漢）與華漢都是歐陽本義的筆名，此一筆名用在他的劇作上。1925年參加共產黨，先做政治工作，後轉入文學界，抗戰開始後，一度在國府軍委會政治部第三廳擔任郭沫若的祕書，並兼任文化工作委員會副主任。1936年與田漢合作獨幕劇《晚會》，同年底完成表現全面準備抗戰的《前夜》後，一連寫出了有關太平天國的五幕史劇《李秀成之死》（1937）、六幕《天國春秋》（1941）和反映四川省保路同志會反抗清廷的五幕劇《草莽英雄》（1942）。

他一向主張「無產階級的文藝運動應該和無產階級的革命運動合流」（陽

翰笙 1930）。所以陽翰笙撰寫太平天國的歷史劇，是有政治目的的，用他自己的話說，是因為「蔣介石反動派在五次『圍剿』時期，把『攘外必先安內』的反革命主張作為根本政策，瘋狂進攻中國共產黨領導的紅色根據地；將鎮壓太平天國人民革命的劊子手、引狼入室的賣國賊曾國藩極力吹捧為他們的精神偶像，大肆宣揚。在這種情況下，我決定寫歷史劇，讚揚太平天國反帝反封建的英勇鬥爭，藉以譴責國民黨反動派反共反人民的賣國投降政策」（陽翰笙1982）。

抗戰後期，陽翰笙還寫過一齣四幕政治諷刺喜劇《兩面人》（1943）和反映朝鮮人民反日鬥爭的五幕劇《槿花之歌》（1944）。1933年起陽翰笙參與電影編劇工作，所以此一時期他也寫了不少電影劇本，像《塞上風雲》（1937）、《八百壯士》（1937）、《萬家燈火》（1948）、《三毛流浪記》（1949）等。

歐陽予倩（1889-1962，生平見第七章）在抗戰爆發後積極投入戲劇界的救亡活動，1937年在上海組織中華京劇團演出愛國劇目《梁紅玉》、《桃花扇》等。1938年赴桂林，從事桂劇改革。1940年出任新成立的省立廣西藝術館長兼戲劇部主任，並創辦了話劇、桂劇實驗劇團及第一所桂劇學校。1944年，與田漢共同主辦了西南第一屆戲劇展覽會。勝利後，離開桂林重返上海，在上海實驗戲劇學校兼課。1946年底，率新中國劇社赴台灣演出，導演《鄭成功》、《日出》及自撰的《桃花扇》。

在抗戰期間，歐陽最重要的作品是他的五幕歷史劇《忠王李秀成》（1941桂林文化供應社）及根據孔尚任原作改編的三幕九場話劇《桃花扇》，前者是繼1937年陽翰笙《李秀成之死》之後的另一齣太平天國史劇。陽翰笙的劇本重點在抵抗外敵，歐陽的劇本則重在太平天國的內鬥，終至敗亡。在話劇《桃花扇》中則強調了劇中人的民族氣節。此外，他還寫了抗日劇《青紗帳裡》（1937）、《桂林夜話》（1946）和喜劇《越打越肥》（1940）、《言論自由》（1946）等。

楊村彬（1911-89），原名楊瑞麟，北京市人。中學畢業後考入國立北京藝術

專門學校戲劇系。1932年追隨熊佛西到河北定縣,在中華平民教育促進會支持下推廣話劇,抗戰爆發後又跟隨熊佛西到後方從事戲劇教育,先後任教於成都四川省立戲劇學校、國立戲劇專科學校及上海戲劇專科學校。他的大部分劇作都完成於戰爭時期。主要是歷史劇,而以《清宮外史》三部曲最爲知名,其中包括《光緒親政記》(1943)、《光緒變政記》(1944),和《光緒歸政記》(1946),描寫了戊戌政變及甲午中日之戰的前因後果,對光緒皇帝的懦弱、慈禧太后專橫無知、李鴻章等人的顢頇無能都有所批評。評者認爲:「宏偉壯觀的場景,緊湊自然的結構,張弛有致的矛盾衝突,以及語言的精心提煉,氣氛的生動渲染等,都是值得稱道的。」(陳白塵、董健 1989:600)

顧一樵,即顧毓琇(1902-2002,生平見第十二章),1938年任教育部政務次長,1940年間任國立音樂學院院長,抗戰勝利後出任上海市教育局長。1947年赴台灣,1950年赴美,任麻省理工學院客座教授。1954年轉任賓夕法尼亞大學教授。1959年當選中央研究院院士。抗戰時期出版歷史劇《西施》、《岳飛》、神話劇《白娘娘》等,收入《顧一樵全集》(1961台北台灣商務印書館)。

戰時歷史劇作家尚有陳白塵(見前節)、阿英、姚克(見「上海孤島的劇作」一節)。

九、戰時的喜劇

由於抗戰時期人心情緒的低沉,更需要一些歡欣的娛樂來提振士氣,同時文人對當時政府的作爲多有不滿,特別是左派的劇作家通過劇作更對國民政府的抗日不力及腐化的現象冷諷熱嘲,因此出現了大批喜劇,有溫和幽默的,如丁西林、李健吾、楊絳的作品,也有潑辣誇張的,如洪深、陳白塵、張駿祥的作品。李健吾與楊絳的作品留在以下上海孤島一節中討論,現在討論其他在後方的劇作家。

丁西林(1893-1974,生平見第十二章)的幽默喜劇雖然很出色,但早期只

寫了六個獨幕劇，未有新作問世，直到抗日戰爭爆發，才又拾起劇作之筆。他一連寫了獨幕劇《三塊錢國幣》（1939）、四幕劇《等太太回來的時候》（1939）和四幕劇《妙峰山》（1940），仍然都是喜劇。在《三塊錢國幣》中，延續了他過去的機智和幽默，在兩齣多幕劇中，因為一者批判了賣國的漢奸，一者寫佔山為王的王教授的愛國抗日情操，太過於熱中抗敵報國，以致失去了他所擅長的冷靜與平和的氣氛，事過境遷無法保有他一貫的喜劇光彩。

洪深（1894-1955，生平見第十二章）主要的工作是導演，但同時也撰寫劇作。抗戰爆發後，他在郭沫若與田漢手下擔任軍委會政治部第三廳第六處下屬的戲劇科科長，他的立場自然也不能不向左轉。這時期，他寫了獨幕劇《飛將軍》（1937）、四幕劇《包德行》（1939）和三幕劇《雞鳴早看天》（1945），都是喜鬧劇。洪深的劇作常為他傑出的導演工作所掩蓋。

張駿祥（1910-96），筆名袁俊，江蘇省鎮江縣人。在清華大學與李健吾、曹禺是先後期同學。1931年在清華大學外文系畢業後適逢擔任助教的李健吾赴法留學，遂接替留校擔任助教。1936年赴美，進耶魯大學戲劇研究所學習西方戲劇，並未攻讀學位，他只想學一些實用的課程。1939年返國後，任教於撤退到四川的國立戲劇專科學校，與曹禺同事。1941年轉任重慶中央青年劇社社長，導演多齣名劇。1943年起，先後任中央電影廠、香港永華影業公司導演，曾執導《乘龍快婿》、《火葬》、《還鄉日記》等。49年後，歷任上海電影製片廠導演、副廠長、上海電影

張駿祥（1910-96）

局局長、文化部電影局局長等職。拍製《雞毛信》、《新安江上》、《翠崗紅旗》、《淮上人家》、《燎原》、《大慶戰歌》、《白求恩大夫》等影片。著有《關於電影的特殊表現手段》、《導演基礎》等書。

在電影導演與行政工作以外，張駿祥以袁俊的筆名發表了多部話劇劇作《小

城故事》（1940重慶文化生活出版社）、《邊城故事》（1941重慶文化生活出版社）和《山城故事》（1944重慶文化生活出版社）合稱「三城故事」。此外，尚有《美國總統號》（1942重慶文生活出版社）、《萬世師表》（1945文化生活出版社）。他還把美國的喜劇電影《浮生若夢》改編爲話劇《富貴浮雲》。

袁俊的劇作多採用喜劇的形式，帶有美國好萊塢式喜劇的風味，掌握到人性的某些弱點，加以誇張，缺點是流於浮誇而缺乏深度，對話帶有文藝腔，人物動作失之誇張。這種缺點對他嚴肅的正劇《萬世師表》而言更顯嚴重。他塑造了一位不具任何世俗欲念的聖人，把他周圍的人都寫成無行缺德的小人。聖人之所以學問博大居然是能熟背三十六部莎士比亞的劇作。有趣的是在此劇中所有歸國留學生都是反面人物，比曹禺《日出》中的張喬治還要惡劣。這樣的觀點出自本身也是留學生的作家之手難免令人詫異，但如果明瞭當日反帝、反資、反買辦的社會氣氛也就不足爲怪了。

沈浮（1905-94），原名沈哀鵑，天津市人。出身貧困家庭，父親以拉排子車維生，餬口困難，故只讀過三年小學後就不得不輟學去照相館做學徒了。後來又經親友介紹進入陸軍部音樂連習吹奏軍樂，五年後回家照顧父親拉車的小毛驢，空餘時間用心自學。1925年前後，天津成立數家電影公司，得以進入渤海電影公司工作，適巧導演離職，沈浮得以頂替拍成滑稽片《大皮包》。不想賣座奇慘，使渤海的投資血本無歸，一炮而倒。於1933年赴上海，進入聯華電影公司，負責編

沈浮（1905-94）

輯聯華的宣傳畫報。同時開始編寫電影劇本，後又加入導演行列，從1935到抗日戰爭，或編或導電影六部之多。抗戰後他與陳白塵、孟君謀合組「上海影人劇團」到後方從事宣傳。因爲無電影可導，轉而導演舞台劇，也因此開始撰寫舞台劇本，一連寫出三齣喜劇：三幕劇《重慶二十四小時》（1943重慶聯友出版社）、四幕劇《金玉滿堂》（1943成都華西晚報出版社）和四幕劇《小人物

狂想曲》（1944重慶新生圖書文具公司），都是喜劇。勝利後，沈浮重回電影界，先後導演了《聖城記》、《追》、《萬家燈火》、《希望在人間》等片。1949年後，沈浮自言與時代脫節，但也繼續導過《萬紫千紅總是春》、《老兵新傳》、《李時珍》、《北國江南》、《曙光》等片。幸而爲人憨厚，又不是出頭鳥，文革時安然度過。

沈浮雖然只寫過三齣喜劇，但表現出傑出的喜劇才華。他對世俗生活觀察入微，有能力掌握到日常生活中的笑點。他又沾了生爲天津人的光，對北方的口語運用純熟，劇中人的對話絕不帶文藝腔或書面語，流利自然，入耳動聽。

十、上海孤島的劇作

七七事變後在1937年7月15日「中國劇作者協會」在上海成立，發動集體創作三幕劇《保衛蘆溝橋》，28日成立「上海文化界救亡協會」，不久上海的戲劇工作者組成十三個救亡演劇隊分赴前線進行宣傳工作。到了11月，日軍佔領上海後，並未立刻進入英、法租界，不少文人可以躲入租界避難，並繼續進行文化活動，故從1937年11月到1941年12月，史稱「上海孤島的時期」。因爲上海本是三〇年代的話劇與電影中心，因此那時有不少劇作家、導演和演員留在那裡繼續創作和演出，像李健吾、楊絳、阿英、于伶、姚克、吳天、顧仲彝、楊村彬、柯靈、師陀等在這時期都有劇作問世。但是租界當局害怕觸怒日軍，不准成立抗日團體，也不准公開發表抗日言論，戲劇工作者只好一方面通過各級學校和各種企業機關成立戲劇交誼社公演話劇，另一方面成立職業劇團，如上海劇藝社（一度稱青鳥劇社）、中法劇社、中國銀行劇社、上海職業劇團以及來到上海的中國旅行劇團等，小劇場也紛紛出現，以致使話劇「在幾百萬人口的上海廣大市民中，已經牢牢地取得了自己的地位，成爲文化生活中不可缺少的一種受人歡迎的劇種。」（姜椿芳 1980）

1941年12月7日日軍突襲美國珍珠港後，太平洋戰爭爆發，日軍侵入租界，上海完全淪陷，抗日愛國的戲劇家不得不被迫出走或轉入地下。因爲後來敵僞

採取懷柔政策，一些新劇團，例如上海藝術劇團、新華藝術劇團、黃宗江、洪謨等的同茂劇團，李健吾、黃佐臨、柯靈等的苦幹劇團等相繼出現。劇作家雖然無法公然地宣傳抗日，但是可以通過歷史劇、喜劇、言情劇等間接地透露出愛國反日的訊息。他們也頗重視戲劇藝術的鑽研，加上上海原有的一些戲劇期刊，像《戲劇雜誌》、《獨幕劇創作月刊》、《戲劇與文學》、《戲劇新聞》、《小劇場》等，使上海的劇壇仍然維持相當的影響力。

李健吾（1906-82，生平見第十六章）在抗戰時期身居孤島及淪陷後的上海，創作外，更多從事改編西方的劇作，例如改編莎劇《馬克白》（*Macbeth*）的《王德明》、《奧塞羅》（*Othello*）的《阿史那》以及從法國佳構劇作家薩都（Victorien Sardou, 1831-1908）的劇作重寫的《金小玉》等。勝利後，他又根據古希臘喜劇家阿里斯多芬尼斯（Aristophanes, 448-380 B.C.）及德國浪漫主義劇作家席勒（Johann Christoph Friedrich von Schiller, 1769-1805）的作品改編為諷刺時局的喜劇。

創作方面較少，僅有多幕劇《黃花》（1939）、《青春》（1944）和只寫了上半部的《販馬記》。其中悲喜雜揉，帶有明顯的佳構劇的影響。除劇作外，李健吾也是個劇運的推動者，熱心組織劇團，參與演出。

阿英（1900-77），原名錢德富，又名德賦，錢杏邨、魏如晦、阿英都是他常用的筆名，另有筆名錢謙吾、張鳳吾、張若英、黃英、王英、黃錦濤、牟珠、殘夫、寒峰居士、阮無名、鷹隼等，安徽省蕪湖市人。筆名之多說明他是個多產的作家，除了劇作、散雜文之外，他也是個頗有成就的小說史家。早年就讀於上海中華工專土木工程系。畢業後曾任郵務員、語文教員。因為參加過蔣光慈在蕪湖

阿英（1900-1977）

組織的無政府主義團體安社，思想左傾，1926年遂參加共產黨。北伐期間，在武漢中華全國總工會宣傳部工作，1927年國民黨清黨後，他轉赴上海，與蔣光慈等組織「太陽社」，提倡無產階級革命文學，成為左翼文學理論的辯護人。1930年，參加中國左翼作家聯盟，並任常務委員。抗戰爆發後，擔任《救亡日

報》與《文獻》雜誌主編。1941年赴蘇北抗日根據地，在新四軍工作。國共內戰期間，連任華中文協常委、華中建設大學文學院長、中共中央華東局文委書記、大連市文委書記等職。49年後，歷任天津市文化局長、文聯主席、華北文聯主席、中國文聯副祕書長等職。主要著作有學術著作及評論：《現代中國文學家》一、二集（1928、30上海泰東圖書局）、《現代文藝研究》（1929上海泰東圖書局）、《作品論》（1929上海滬濱書店）、《文藝批評集》（1930神州國光社）、《現代中國文學論》（1933上海合眾書店）、《晚清小說史》

阿英劇作《海國英雄》一劇曾以《鄭成功》的劇名在台灣盛大演出。

（1937上海商務印書館）；劇作《春風秋雨》（1937上海一般書店）、《群鶯亂飛》（1939現代戲劇出版社）、《五姊妹》（1940亞星書店）、《桃花源》（1940亞星書店）、《碧血花》（1940國民書店）、《海國英雄》（1941國民書店）、《不夜城》（1941劇藝出版社）、《洪宣嬌》（1941國民書店）、《李闖王》（1948佳木斯東北書店）、《楊娥傳》（1950晨光出版公司）、《阿英劇作選》（1980北京中國戲劇出版社）；詩集《暴風雨的前夜》（1928上海泰東圖書局）、《餓人與飢鷹》（1929現代書局）、《荒土》（1929上海泰東圖書局）；小說集《義塚》（1928亞東圖書館）、《一條鞭痕》（1928泰東圖書局）、《白煙》（1928現代書局）、《瑪露莎》（1930現代書局）；隨筆《夜航集》（1935良友圖書公司）、《海市集》（1936北新書局）、《阿英散文選》（1981北京人民文學出版社）、《阿英文集》（1982北京人民文學出版社）等。

　　阿英早期的劇作不脫革命加愛情的影響。比較成功的劇作是寫於孤島時期的一系列南明史劇和太平天國史劇，其中的《海國英雄》一劇曾以《鄭成功》的劇名在台灣盛大演出。寫得最好的是《李闖王》一劇，對闖王的農民性格及其失敗的悲劇有極生動的表現。此劇草稿完成於1945年，那時共產黨尚未獲得全

面勝利，此劇頗具預示性，共產黨雖未完全步上李闖王的命運，但其中有些脈絡實可資共產黨的農民性格借鑑。阿英的史劇與郭沫若的最大不同是，郭沫若信筆胡寫，阿英則多根據史實下筆。

于伶（1907-97），原名任錫圭，字禹成，筆名尤兢、任伽、于人、葉富根、任用梁等，江蘇省宜興縣人。1923年入江蘇省立第二中學，1926年畢業，加入中國共產主義青年團。後入江蘇省立師範學校，1929年畢業，任教於南京女子師範實驗小學。1931年在北平大學學習期間參加北方左聯及中國左翼戲劇家聯盟。1932年參加共產黨，擔任劇聯北平分盟負責人。在郭沫若、田漢的影響下開始戲劇創作。1933年到上海，抗戰爆發後，擔任上海戲劇界救亡協會祕書長兼組織部長，參加組織十三個救亡演劇隊赴內地宣傳演出。在上海孤島時期，領導青鳥劇社、上海藝術劇院、上海劇藝社等，堅持抗日戲劇活動。皖南事變後去香港，發起組織旅港劇人協會。抗戰後期到重慶，與宋之的等組織中國藝術劇社。1949年後，出任上海文化局長、上海電影製片廠廠長、中國戲劇家協會副主席、作協上海分會主席等職。其作品多為劇作，主要有《漢奸的子孫》（1937生活書店）、《夜光杯》（1937上海一般書店）、《浮屍》（1937上海雜誌公司）、《女子公寓》（1938上海劇藝社）、《血灑晴空》（1938漢口大眾出版社）、《我們打衝鋒》（1938漢口大眾出版社）、《夜上海》（1939劇場藝術社）、《花濺淚》（1939上海風雨書屋）、《滿城風雨》（1939上海現代戲劇社）、《大明英烈傳》（1940上海雜誌公司）、《女兒國》（1940國民書店）、《長夜行》（1942新知書屋）、《杏花春雨江南》（1943重慶美學出版社）、《心獄》（1944末林出版社）、《戲劇春秋》（與夏衍、宋之的合著，1945重慶美學出版社）、《于伶劇作選》（1958北京人民文學出版社）、《于伶劇作集》（1984北京中國戲劇出版社）等。

因為于伶也是忠誠的共產黨員，他的作品當然以宣傳他自己的信仰為第一要務，所以人稱他的劇作為「報導劇」。于伶自言：「我往往被我所要寫的事件和人物壓制和衝動得不暇追求與探究形式或技巧，而像報導劇或敘事詩一般地抒寫了。」（于伶 1984：298）因為重在報導，重在宣傳，很難期望其劇作中

的藝術性，他早期的作品類皆如此。抗戰爆發，國軍撤出上海之後，于伶也是留在孤島的一位劇作家。正像其他孤島的劇作家一樣，只能藉歷史劇或言情劇等迂迴地抗日，于伶也不能再寫直接抗日的報導劇了，這反倒使他較用心於戲劇技巧及人物的塑造，使他的作品比以前細膩了。從1931到1937，他的劇作是用筆名尤兢發表，1937以後才開始用于伶的筆名。孤島時期他寫的三齣戲：四幕劇《女子公寓》、五幕劇《夜上海》和五幕劇《花濺淚》都是寫上海人民生活的，特別關懷到女性的命運。雖然他於1941年離開上海，他的《長夜行》和《杏花春雨江南》仍然繼續上海的題材。總體而言，評者認為「他的劇作一開始就與政治鬥爭緊密配合，以紀實性、報導性和宣傳鼓動性取勝」（陳白塵、董健 1989：509）。

　　楊絳（1911- ），原名楊季康，江蘇省無錫縣人。1932年畢業於蘇州東吳大學。1933年進入北平清華大學研究院。與錢鍾書結婚後於1935年赴英國牛津大學與法國巴黎大學進修。1938年返國後曾任蘇州振華女中上海分校校長、上海震旦女子文理學院外文系教授。在上海孤島時期，因為友人石華父（原名陳麟瑞，曾寫過《雁來紅》、《孔雀屏》、《職業婦女》等喜鬧劇）的鼓勵，開始從事劇作。1944年完成初作《稱心如意》，獲得李健吾的賞識，推薦給上海劇藝社導演黃佐臨搬上舞台。上海孤島時期不易演出抗日的戲，此劇為風俗喜劇（comedy of manners）正好合適。據錢鍾書先生對筆者言，那時的劇作除了出版社的版稅外，還有演出費可拿，楊絳第一個劇本的收入可抵一個公務員的半年薪資，故她才有興趣繼續寫下去。第二齣戲《弄真成假》喜劇效果更佳。第三齣戲《遊戲人間》也是喜劇，可惜演出後未能及時出版，49年後沒機會出版了，經過文革，再也找不到原稿。最後的悲劇《風絮》則是出版後未能上演的一齣戲。1949年後，楊絳與夫婿錢鍾書赴北京，

錢鍾書、楊絳伉儷

任北京清華大學外語系教授、中國科學院文學研究所研究員等。文革時與錢鍾書下放幹校，住過牛棚，遭到女婿自殺等家庭劇變。已出版主要的作品有劇作《稱心如意》（1944世界書局）、《弄眞成假》（1945世界書局）、《風絮》（1947上海出版公司）、譯作《小癩子》（西班牙短篇小說，1951平名出版社）、《堂·吉訶德》（西班牙塞萬提斯原著長篇小說，1978北京人民文學出版社）、文學評論《春泥集》（1979上海文藝出版社）、散文集《幹校六記》（1981三聯書店）、短篇小說集《倒影》（1982北京人民文學出版社）、長篇小說《洗澡》（1988北京人民文學出版社）及回憶錄《錢鍾書與圍城》（1986湖南人民出版社）等。

楊絳的喜劇喜而不謔，幽默溫存而不故意誇張，與丁西林的風格近似。勝利後嘗試寫的悲劇《風絮》，則成績平平。

吳天（1912-89），原名洪爲濟，又名方君逸，筆名葉尼、一舟、丹楓、馬蒙、違忌、洪葉等，江蘇省揚州人。1927年在中學時代即加入共產黨。1931年進入上海新華藝術專科學校，曾參加左翼戲劇家聯盟。1935年赴日本，翌年轉去馬來西亞，任教於芙蓉華僑中學。1939年返回上海，在上海劇藝社、中法劇藝學校、上海華藝劇社、聯藝劇社等擔任編導。上海孤島及淪陷期間留在上海從事戲劇創作。1949年後，歷任中央電影局電影演員劇團副團長、長春電影製片廠及珠江電影製片廠編導。1972年後在廣東作協分會從事專業寫作。主要劇作有《傷兵醫院》（1938）、《海戀》（1939）、獨幕劇集《孤島三重奏》（1939）、《家》（改編巴金小說，1941）、《銀星夢》（1942）、《滿庭芳》（1943）、《無獨有偶》（1948）、電影劇本《喜迎春》（1949）、《走向新中國》（1950）、《換了人間》（與胡蘇合著，1962）及長篇小說《絲場淚》（1984廣州出版社）等。譯有《表演藝術論》（法國柯克蘭原著，1941）、《演劇論》（蘇聯泰洛夫原著，1941）。

吳天有喜劇的才分，他的《滿庭芳》和《無獨有偶》都是辛辣的諷刺劇。他同時又長於導演，孤島時期，曾導過曹禺的《北京人》和夏衍的《上海屋簷下》。

姚克（1905-91），原名姚成龍，字莘農，安徽省歙縣人。曾就讀東吳大學，受業於戲曲家吳梅門下。三○年代在上海從事寫作，曾任《天下》月刊編輯，並譯出蕭伯納（George Bernard Shaw, 1856-1950）的劇作《魔鬼的門徒》（*The Devil's Disciple*, 1897），且協助史諾（Edgar Snow, 1905-72）翻譯《活的中國》（*Living China: Modern Chinese Short Stories*）一書中的短篇小說。1937年赴美，進耶魯大學研究西方戲劇。1940年返回孤島時的上海，與黃佐臨等組織苦幹劇團並開始歷史劇創作。1948年赴香港，擔任香港中文大學中文系主任。1968年退休後移民美國。主要劇作有《清宮怨》（1944世界書局）、《楚霸王》（1944世界書局）、《美人計》（1945世界書局）、《銀海滄桑錄》（1945世界書局）等。

姚克代表作《清宮怨》

《清宮怨》是姚克的代表作，劇情曲折但不違史實，人物生動，語言流暢，在眾多的清宮戲中屬上乘之作。此劇改編爲電影《清宮祕史》，在文革時成爲鬥爭劉少奇的藉口，因其曾稱讚《清宮祕史》爲愛國影片，而毛派則貶其爲賣國影片，因而使在香港的姚克聲名大噪。

顧仲彝（1903-65），原名顧德隆，浙江省餘姚縣人。曾就讀於南京高等師範學校及東南大學文學院。1924年後在商務印書館編譯「少年史地叢書」。後任暨南大學教授及復旦大學教授兼外語系主任。抗日戰爭期間與于伶等人組織上海劇藝社。勝利後，曾任上海市立實驗戲劇學校校長及復旦大學教授。49年後，歷任上海戲劇學院校長、上海電影工作者協會副主席等職。主要劇作有《劉三爺》（1931開明書店）、《劇場》（1937商務印書館）、《戀愛與陰謀》（1940光明書局）、《重見光明》（1944世界書局）、《新婦》（1944世界書局）、《野火花》（1944世界書局）、《古城烽火》（1945世界書局）、《八仙外傳》（1945世界書局）、《殉情》（1945光明書局）、《上海男女》

（又名《孤島男女》，1946世界書局）、《黃金迷》（1946世界書局）、《衣冠禽獸》（1946永祥印書館）、《嫦娥》（1946永祥印書館）、《大地之愛》（1946永祥印書館）、《水仙花》（1947光明書局）、《還淚記》（1948永祥印書館）、《白蓮花》（1948寰星書店），翻譯與改編劇本《同胞姊妹》（1928新月書店）、《三千金》（1944世界書局）、《人之初》（1946世界書局）、《羅梅香》（1946世界書局）等。

顧仲彝的產量雖多，但多為迎合上海的小市民口味而作，也沒有左派的革命氣息，評價不高；但最成功的是他與費穆、黃佐臨根據秦瘦鷗的小說改編的同名話劇《秋海棠》（1942），曾在上海轟動一時。

十一、右派的劇作家

陳銓（1903-69，生平見第十五章），早期寫有長篇小說《天問》（1931新月書店）、《革命前的一幕》（1934良友圖書發行公司）、《徬徨中的冷靜》（1935商務印書館）、《死灰》（1935大公報社）等。抗戰時期開始劇作，著有《野玫瑰》（1942商務印書館）、《藍蝴蝶》（1943青年書店）、《金指環》（1943載《軍事與政治》月刊第二卷第六期）、《黃鶴樓》（1945商務印書館）和獨幕劇集《婚後》（1945商務印書館）。勝利後內戰時期他又發表過長篇小說《再見冷荇》（1947上海大東書局）、《歸鴻》（1947上海大東書局）和《狂飆》（1949上海大東書局）。

他最聞名的劇作是《野玫瑰》，寫中央政府派遣的女間諜對抗日偽漢奸的故事，其中穿插了愛情情節，開出奇情間諜的一類劇作，又是套用法國佳構劇作家薩都名作《杜斯克》（La Tosca）（曾為春柳社改編為《熱淚》，或名《熱血》）的模式。此劇在勝利後搬上銀幕，改名《天字第一號》（屠光啓導演），賣座鼎盛。

徐訏（1908-80），字伯訏，筆名徐于、東方濟白，浙江省慈溪縣人。1931年畢業於北京大學哲學系，留校擔任助教，同時進修心理學。1934年任《人世

間》月刊編輯，1936年參與創辦《天地人》半月刊。同年赴法留學，抗日戰爭爆發，遂返國，居上海，從事小說創作，成爲當時流行作家。1942年赴重慶，執教於中央大學。1944年發表長篇小說《風蕭蕭》（成都東方書店），風行一時。因其始終非左派作家，於1950年大陸變色後遷居香港，曾擔任香港中文大學教授、浸理會學院文學院長兼中文系主任。並與曹聚仁等創辦創墾出版社，合辦《熱風》半月刊。

　　徐訏雖以小說聞名，在抗日與內戰時期所寫劇作數量也不少，計有四幕劇《生與死》（1940夜窗書屋）、五幕劇《月亮》（1940珠林書店）、《契約》（1940成都東方書店）、《孤島的狂笑》（1941夜窗書屋）、《月光曲》（1941夜窗書屋）、《野花》（1942成都東方書店）、《鬼戲》（1942成都東方書店）、五幕劇《兄弟》（1942夜窗書屋）、四幕劇《母親的肖像》（1944成都東方書店）、《燈屋集》（1947懷正文化社）、三幕劇《潮來的時候》（1948夜窗書屋）、《黃浦江頭的夜月》（1948懷正文化社）等。五〇年代後，在香港又有《靈的課題》等劇集出版。

　　徐訏的劇作頗含哲理，形式上比較前衛，具有現代主義的色彩，又因身不在左派陣營，難以獲得上演的機會，多半流於案頭劇本。但後來的文學界與戲劇界多給予正面的評價，不過仍爲他的小說聲名所掩蓋。

　　唐紹華（1908-2008），筆名南巢父、華尚文，安徽省巢縣人。南京中央大學畢業，曾任《中央日報》記者，主編《文化雜誌》、《新世紀》等刊物。抗戰勝利後，曾在上海籌設中國第一電影企業公司、群星影藝公司。1949年後赴港，任香港新華影業公司製片主任。1951年來台，執教於台灣藝專、政工幹校、輔仁大學、中國文化大學等校，並曾出任台灣影業公司副總經理、嘉禾影業公司董事長。退休後定居美國。作品以舞台及電影劇本爲主，兼及詩與散文。舞台劇作有《祖國》（1937上海現代出版社）、《碧血黃花》（1940重慶國民出版社）、《日落》（1940重慶國民出版社）、《財奴》（1941重慶國民出版社）、《一群馬鹿》（1942重慶獨立出版社）、《十月十日》（1943重慶國民出版社）、《黨人魂》（1946上海商務印書館）、《董小宛》（1947上海

大東書局）、《小鳳仙》（1947上海大東出版社）、《唐紹華劇集》（1947上海獨立出版社）、《藍狐狸》（1956台北文藝創造社）、《慾海無邊》（1958台北桂冠圖書公司）。

十二、老舍與茅盾的習作

因爲抗戰爆發後話劇越來越成爲群衆愛好的娛樂，越來越受到作家的重視，本來專寫小說的老舍與茅盾也忍不住手癢起來。特別是老舍，作爲「中華全國文藝界抗敵協會」的領導人，一心想爲抗戰效力，嘗試過不少民間曲藝等說唱藝術，諸如鼓書《王小趕驢》、京劇《王家鎮》、《忠烈圖》等，當然也不會放過當時需求甚殷的話劇創作。他一連寫出了《殘霧》（1939）、《張自忠》（1940）、《面子問題》（1941）、《大地龍蛇》（1941）、《誰先到了重慶》（1942）、《歸去來兮》（1942）等劇，以及與宋之的合作的《國家至上》（1939）、與蕭亦五、趙清閣合作的《王老虎》（又名《虎嘯》，1942）及與趙清閣合作的《桃李春風》（又名《金聲玉振》，1943）等。

這些劇本似乎都是老舍的有感而發，用他諷刺的筆揭露當時官僚作威作福的腐敗行爲及奸商發國難財的貪婪無厭，但是在技術方面老舍還沒把握住舞台劇的特性，都有結構散漫，沒有層次和焦點的毛病。只有《國家至上》因爲有編劇老手宋之的的合作，是一齣較有聲色的戲。

茅盾也是紅極一時的小說家，過去曾經翻譯過愛爾蘭劇作家葛雷戈里夫人（Lady Augusta Gregory, 1859-1932）的名劇《月亮升起》（*The Rising of the Moon,* 1907），但是自己從未寫過劇本，卻在勝利前夕寫出了一齣五幕劇《清明前後》（1945）。此劇也是在揭露政府的腐敗，使民族資本家無能爲力，被迫變成投機商人。因爲茅盾本來就是擁護共產黨的文人，大陸學者認爲「如果老舍僅僅想以喜劇家的嘲諷掃除重慶社會上空的幾片『殘霧』，那麼茅盾卻是以飽蘸悲憤之情的筆刺向了那個腐敗社會的心臟。」（陳白塵、董健 1989：562）當然這樣的戲在藝術上仍然受了意識形態之累，無法顯出寫實的力量。

十三、戰時的劇團與演出

七七事變之後，原來在上海、北京等大城市的戲劇及電影界的菁英多半都群集後方，特別是重慶與成都兩地。著名的劇作家就有丁西林、熊佛西、曹禺、夏衍、老舍、郭沫若、余上沅、陳白塵、宋之的、吳祖光、陽翰笙、于伶、沈浮、陳銓、徐訏、楊村彬等，著名導演有洪深、史東山、應雲衛、鄭君里、張駿祥、馬彥祥、賀孟斧、陳鯉庭、焦菊隱、章泯、司徒慧敏等，著名的舞台與電影演員那就更多了，最聞名的就有白楊、金山、陶金、張瑞芳、舒繡文、秦怡、藍馬、金焰、謝添、魏鶴齡、項堃、石羽、施超、顧而已、章曼萍、吳茵、耿震、沈揚、江村、黎莉莉、路曦、鳳子等。如此多的戲劇界菁英群聚在重慶和成都兩地，他們自然有所行動，又適逢抗日需要宣傳和鼓舞軍民的士氣，加以娛樂方面缺少了電影，於是話劇才適得其時地成為軍民共同需要的文娛活動。

抗戰爆發後，中國劇作者協會、上海劇團聯誼社等共同發起組織上海戲劇界救亡協會，成立了十三個救亡演劇隊，除了兩隊留在上海，其他各隊都開往前線和後方從事宣傳活動，後來改組成十個抗敵演劇隊。流亡的孩子們組成孩子劇團，東北的流亡學生也組成了一支演劇隊。在各種有利的條件支援之下，在重慶劇團紛紛成立，例如國立劇專校友劇團、育才學校戲劇組、怒吼劇社，三民主義青年團的中央青年劇社、公營的電影製片場，因為無電影可拍也組成了中央電影攝影廠劇團、中國電影製片廠中國萬歲劇團。1940年重慶演出話劇十餘齣。1941年應雲衛、陳白塵、陳鯉庭等組成中華劇藝社、1942年夏衍、宋之的、于伶、金山等創立中國藝術劇社。1941至44年重慶每年演出話劇二十餘種，而且每演必轟動。

在桂林，1940年歐陽予倩主持廣西省立藝術館，下設話劇實驗劇團。1941年。田漢、瞿白音、杜宣等成立新中國劇社，常在桂林、昆明等地演出。上海、香港淪陷後，兩地的戲劇工作人員多撤退到桂林。1944年，在桂林舉行「西南第一屆戲劇展覽會」，有來自廣東、廣西、湖南、雲南、江西等省的

三十多個劇團參加演出，除話劇外，也演出平劇、桂劇、楚劇、皮影戲、傀儡戲等民間劇種。

上海孤島時期，話劇演出也因同樣的原因而更形熱鬧起來。各級學校首先成立了戲劇團體大學聯、大教聯、中學聯、中教聯、小教聯等。工商企業界也紛紛組成自己的演劇團體，例如郵局、銀聯、海關、大同、藝蜂等，最多時達到一百餘。職業話劇團也相繼成立，例如阿英、于伶以留在上海的救亡演劇第十二隊為基礎改組的上海劇藝社，黃宗江、胡導、洪謨等領導的同茂劇團，黃佐臨、李健吾、柯靈、吳仞之等的苦幹劇團，中法劇社、中國銀行劇社、上海職業劇團等。唐槐秋的中國旅行劇團也來到上海。到1943年末，有數十個劇團齊聚上海，劇院也有十多家。留在孤島的導演有黃佐臨、費穆、吳天、吳仞之、洪謨、朱端鈞等，名演員有石揮、張伐、韓非、馮喆、孫道臨、喬奇、黃宗江、黃宗英、上官雲珠、丹尼、夏霞、藍蘭等，因此話劇的演出比抗戰前更頻繁，劇作家也努力生產。這一個階段，因為演出的需要，創刊了不少有關話劇的刊物，諸如《戲劇雜誌》、《戲劇新聞》、《戲劇與文學》、《小劇場》、《獨幕劇創作月刊》等。

總之，在抗日戰爭期間，不論是後方，還是在上海孤島，話劇的演出比以前更盛，這其間創作的劇本也最多，形成自話劇在中國的土地上建立以來最興盛的時期。

引用資料

于　伶，1984：〈未寄的信──《漢奸的子孫》前言〉，《于伶劇作集》第一卷，北京中國戲劇出版社。

王　正，1963：〈從巴金的《家》到曹禺的《家》〉，《文學評論》第3期。

田本相，1988：《曹禺傳》，北京十月文藝出版社。

田本相、吳戈、宋寶珍，1998：《田漢評傳》，重慶出版社。

田　漢，1983a：《田漢文集》第十一卷，北京中國戲劇出版社。

田　漢，1983b：《田漢文集》第十五卷，北京中國戲劇出版社。

何其芳，1959：〈評《芳草天涯》〉，《關於現實主義》，上海文藝出版社。

吳祖光，1947：〈後記〉，《捉鬼傳》，上海開明書店。

胡　風，1943：〈《蛻變》一解〉，4月《文學創作》第1卷第6期。

茅　盾，1941：〈讀《北京人》〉，12月9日香港《大公報》。

姜椿芳，1980：〈「孤島」時期上海的戲劇運動〉，《新文學史料》第4期。

夏　衍，1945：〈前記〉，《芳草天涯》，重慶美學出版社。

夏　衍，1957a：〈後記〉，《上海屋簷下》，北京中國戲劇出版社。

夏　衍，1957b：〈談《上海屋簷下》的創作〉，4月號《劇本》。

陳白塵，1981：〈編後記〉，《陳白塵劇作選》，成都四川人民出版社。

陳白塵、董健，1989：《中國現代戲劇史稿》，北京中國戲劇出版社。

張志勛，1989：《沫若史劇概論》，長春東北師範大學出版社。

陽翰笙，1930：〈普洛文藝大眾化的問題〉，5月《拓荒者》第1卷第4、5期合刊。

陽翰笙，1982：〈《陽翰笙選集》戲劇及自序〉，3月號《人民戲劇》。

會　林、紹武，1985：《夏衍傳》，北京中國戲劇出版社。

第二十二章　抗戰與內戰時期的小說

西潮影響後的新小說，在五四後的後十年從事創作的作家越來越多，已經獲得相當可觀的成績，如果沒有抗日戰爭發生，自然會繼續步向成熟。但不幸的是日本的侵略打亂了文學正常發展的步驟，使有些作家不得不棄家離職，為抗戰、為謀生而奔走，無暇顧及文學；使另一些作家不得不把文筆轉向抗日宣傳，不能一味追求小說藝術的精進。更不幸的是戰爭阻礙了新血的遞進，在如此戰亂的時期，本該進入小說場域的青年不太可能像和平時期那麼毫無顧忌地追尋一己的愛好，因此在戰時能夠繼續表現而又有成績可言的，除了本有深厚文學傳統的上海地區外，在後方大都不是早已有成就的老作家，就是在戰前小有名氣的新生代，戰時初步入文壇的青年作家相對地就比較少了。

一、抗戰前已有成績的老作家

茅盾在完成了《蝕》三部曲、《虹》和《子夜》等多部長篇之後，本該更上層樓的，但由於抗日戰爭爆發，作為一個關懷社會與政治的左派作家，他當然不能置身事外，必須要加倍地投入政治宣傳的工作。因此在長達八年的抗戰時

期，再加上四年的內戰有十二年之久，他的小說作品實在不多，僅有《第一階段的故事》、《腐蝕》、《霜葉紅似二月花》、一本短篇集《委屈》和一部抗戰勝利後開筆的大長篇《鍛鍊》開始的一小部分而已。

抗日戰爭爆發之後，從1938年4月開始，茅盾在他自己主編的《言林》上一連八個月連載了他抗戰時期第一部長篇小說《你往哪裡跑》，到1945年重慶文光書店出版時題目改爲《第一階段的故事》。這本小說寫1937年上海保衛戰時期所發生的事，其中的人物類似《子夜》，有民族工業家、股票投機商人、愛國的知識份子等。因爲意在鼓動抗日，寫得匆促，又要表彰左派革命分子對抗日的貢獻，難免意識形態掛帥，而無法兼顧小說的藝術。接下來寫於香港的《腐蝕》（1941年5-9月連載於香港鄒韜奮主編的《大眾生活》，同年上海華夏書店出版）就更加明顯地爲揭露國民黨的特務罪惡而寫，特別影射了1941年1月共黨新四軍被殲的「皖南事變」是國民黨勾結汪精衛僞軍做下的罪行。如此以政治目的作爲優先考量的作品，自然無法期待其藝術上的成就。夏志清認爲是「一本寫得很糟的書」（夏志清 1979：303）

接下來是1942年寫於桂林的《霜葉紅似二月花》（1943桂林華華書局出版），故事發生在一個江南的小城，時間在五四前後，主要寫的是中國社會變革之艱難，其中的人物多是些不徹底的革命者。據作者自言：

> 這也是我之所以把書名取作《霜葉紅似二月花》的原因，書中的主人公大多是霜葉，不是紅花。全書的規模比較大，預計分三部，第一部寫五四前後，第二部寫北伐戰爭，第三部寫大革命失敗以後。但是寫了十五萬字，只完成了第一部，還沒有沾大革命的邊，我就離開桂林去了重慶，不料到了重慶，環境變化，竟未能繼續寫下去。（茅盾 1985）

因爲這部小說的重心放在家庭與愛情的糾葛，不能不加意描寫人物的性格與心理，反倒脫出了政治宣傳的框架，而成爲一部較爲耐讀的作品。可惜架構過於龐大，又是部未完成的大河小說。評者曾指出：

茅盾的創作常常是心有餘而力不足，對宏大敘事的追求使他的創作一開始總是雄心勃勃，連短篇小說也像是一部壓縮了的中篇或某部長篇中的一個組成部分，而長篇更是多卷本的系統工程模式和「長河式」格局，但最後又多不能如願。《霜葉紅似二月花》未能完成即與此有關。（曹萬生 2010：205）

雖然未能湊成三部曲，也未能展現史詩性的面貌，評者卻都一致予以好評，楊義就說這是一部「令人神往的藝術精品，圓潤精緻，風姿卓越，別具風采。」（楊義 1993：123）

上述茅盾的幾部作品都完成在1943年前。抗戰期間，他的生活很不穩定，上海淪陷之後，他先至香港，再轉長沙，然後又從廣州赴香港，主編《立報》副刊。1938年末，到新疆一家大學擔任教務長，1940年5月經延安到重慶，1941年「皖南事件」後他離開重慶再赴香港，一直到1942年春遷居桂林，不到一年光陰，於1942年他從桂林再度轉回重慶，參加郭沫若主持的文化工作委員會。大概工作繁忙，無暇執筆，只寫成一齣話劇《清明前後》以及收在勝利後出版的一本短篇小說集《委屈》中的篇章。抗戰勝利後他又返回香港，在那裡開始寫他的大長篇《鍛鍊》，計畫中又是野心勃勃的五部大河小說，「這五部連貫的小說，企圖把從抗戰開始至『慘勝』前後的八年中的重大政治、經濟、民主與反民主、特務與反特務鬥爭等等，做個全面的描寫。」（茅盾 1980）可惜1949年以後中國的作家再也沒有任意揮筆的自由了，茅盾的野心當然也就胎死腹中。

巴金是一個多產的作家，一面寫作，一面經營出版社，到抗日戰爭時，不但文名鼎盛，而且是當日最暢銷的作家之一。巴金在淪陷後的上海孤島完成了他的《激流三部曲》的後兩部《春》與《秋》。由於愛國的情操與對戰爭的憤恨，他又寫出了抗戰三部曲《火》（分別於1940年12月文化生活出版社、1942年1月及1945年7月開明書店出版），主要描寫青年人抗日救國的熱情及一位基督徒的愛國行動。但是巴金自認為這是一部為了宣傳抗戰而寫的作品，在藝術上是失敗的（巴金 1940）。不久，他像眾多的作家一樣從繁華的上海來到相對

寂寥的後方，反倒帶給他一種沉潛的機會，同時他在1944年四十歲的時候結了婚，使他漸漸脫出過去的激情及過於高遠的理想，轉而面對現實的生活，注意到社會上種種小人物的遭遇，因而寫出了一系列小人物的故事，集成《小人小事》（短篇集）一書。接下來，他一連又寫出三部長篇小說：《憩園》、《第四病室》和《寒夜》。

《憩園》（1944年10月文化生活出版社）寫該園前後兩家主人，楊家和姚家的兩代敗落的經過。其中揭示了中國傳統的家庭除了大家長的獨斷專橫（像在《激流三部曲》中所描寫的）以外，還有另一種致命的缺陷，就是包容蔭護了不成材的敗家子。憩園的前主人楊家的上一代就有一個吃喝嫖賭不務正業的父親，才敗光了家產使憩園轉手。後來的主人姚家，同樣又有一個不成材的兒子，依靠祖蔭而不知上進，同樣成為社會的敗類。這部小說像是《激流三部曲》的續書，把巴金對傳統家庭的揭發和攻擊做了一次完整的呈現。不過，雖然這兩家人都以悲劇收場，令人震撼的力道還是不足。

《第四病室》（1946年1月良友復興圖書公司）大概來自作者於1944年中因病住院的一次經驗。這是一間擺了二十多張病床，容納內外科（包括傳染病）各種病人在內的病房。環境陰森、髒亂，瀰漫著騷臭的氣味。醫生護士多是見錢眼開之輩，貧窮的病人因付不起昂貴的醫藥費，只有一個個死去。但是其中有一位女大夫卻富有仁慈之心，同情病人的疾苦，無奈由於醫院本身的貧窮簡陋，使這樣的好大夫也力不從心。在這部作品中表現了巴金對小人物高度的同情心，但對人性的分析卻不夠深入。真正使巴金表現出成熟的敘述才華，深入分析人物的心理，使其更加真實生動地呈現在讀者面前的是他下一部作品：《寒夜》。

《寒夜》（曾於1946年8月至1947年1月在《文藝復興》第二卷一期至六期連載，1947年3月晨光出版公司）是巴金抗戰時期的壓卷之作，其中只寫了三個人物：妻子、婆婆和丈夫。正因為人物少，反倒可以細寫三個人物間

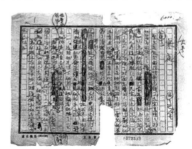

巴金的戰時小說《寒夜》手稿

的微妙的心理變化。妻子曾樹生和丈夫汪文宣都是學習教育的大學畢業生，因自由戀愛而賦同居，而且生了一個兒子，這樣看來新式的小家庭，卻多出了一位婆母。婆媳之間本來就不易相處，再加上兩代人的社會背景和教育程度相差懸殊，婆母是未受過新式教育的傳統婦女，媳婦卻是接受到西式文化的現代女性，兩人的觀點和行為作風大相逕庭，住在同一個屋簷下，分享同一個男人的愛，焉能不發生齟齬？

　　抗戰時期的外在環境的艱苦對一般個人的生活也造成很大的威脅。汪文宣是個善良而懦弱的人，沒有投機倒把的本事，只能規規矩矩地做一個低微的出版社的校對，收入菲薄。擔任銀行祕書的同居人曾樹生，憑了年輕美貌，收入反倒多一些，甚至獲得上司的青睞和追求。因為工作繁重，營養不良，上司的欺壓和家中的煩惱，不久就使忠厚老實的汪文宣染上當時流行的窮人病：肺結核。雖然有病在身，仍然日日要承受母親和妻子的爭吵。不管他多麼放低姿態希望獲得母與妻的憐憫，似乎都無濟於事，兩個女人之間的戰爭越演越烈，終致使曾樹生再也無法忍受，而隨同追求她的上司離家出走。這時八年抗戰勝利的鐘聲敲響了，可是也到了汪文宣病入膏肓棄世的時刻。曾樹生並未再嫁，等到她回心轉意回家尋找丈夫和兒子的時候，早已人去樓空，不知下落了。這一齣平凡的小人物的悲劇，因為細寫出人間的愛以及因愛而產生的妒與恨，表現出新小說以來罕有的寫實的感人力量。夏志清曾稱讚說：

> 《寒夜》是牢牢植根於日常生活中的創作。讀者在目擊男主角一步步走向身心交瘁的境地時，簡直不忍卒讀。因為和一般中國家庭生活太過逼肖，所有柔和傷痛的場面，遂具備了動人的力量。憑著這部小說，巴金成為一個極出色的心理寫實派小說家。（夏志清 1979：330）

　　已經產生過大量作品的巴金，始終不曾真正達到過寫實的深度，直到寫出了《寒夜》，少了反抗封建社會的激情，多了觀察世態的沉著與冷靜，比較貼近寫實主義美學的要求了，才令人不得不刮目相看，贏得眾多評論家的讚譽。楊

義在他的《中國現代小說史》中也有如下的讚語：

> 《寒夜》落筆綿密蘊藉，穿插細緻圓熟，全書以汪文宣在寒夜中尋找尚未歸
> 來的曾樹生起筆，又以曾樹生在寒夜中尋找難以尋蹤的汪文宣結尾，結構完整
> 自然，意境陰冷悲涼，確實是巴金小說中最見功力的壓卷之作。（楊義 1993：
> 169）

　　以巴金的創作活力，這部小說不應該是他的壓卷之作，那時他正值壯年，前
途大有可為，預期更為成熟的作品指日可待。但不幸的是邁過1949年，政治環
境不變，所有中國的作家都失去了任意創作的自由，巴金何能例外？正如其他
有才華的作家一樣，巴金也不能避免成為社會主義緊箍咒下的犧牲品。

　　另一位老作家老舍，自從寫出了《駱駝祥子》這樣的扛鼎之作，早已聲名卓
著，被視為重要的小說家。1937年，他剛從濟南轉往青島的山東大學執教，就
趕上抗日戰爭爆發，不得不像其他眾多的文人一樣遠走後方參加抗日救亡的工
作。到達武漢以後，因為老舍為人幽默，人緣好，做事積極，又沒有明顯的政
治色彩，遂被選為中華全國文藝界抗敵協會的理事兼總務主任，也就是協會的
實際負責人，因此成為抗戰時最活躍的文人之一。老舍並未放棄小說的寫作，
他預備寫一個暴露北方地方政府不抵抗政策及打壓愛國青年的長篇《蛻》，其
中的前十六章連載於《抗到底》半月刊，可惜沒有寫完他就轉赴重慶去了。到
了重慶以後，老舍全力投入抗日的宣傳工作，除了學習利用民間的技藝寫些通
俗的作品，像鼓詞、相聲、小調外，也嘗試寫作他本來很陌生的話劇，甚至舊
劇，以致長達五年的時間沒有再寫小說，直到1943年他才寫了一本薄薄的抗日
作品《火葬》。故事發生在一個日軍佔領的小城中，事實上老舍自己從沒有在
淪陷地區生活的經驗，不得不求助於想像。架空的想像是最容易欺人的，再加
上作者熾烈的愛國心，以致把書中的人物簡單地劃分成兩類：一類是抗敵的英
雄，另一類是賣國的漢奸。太過戲劇化的情節也使故事的發展失去自然及邏輯
性。老舍自認是部失敗的作品，他說：「要是擱在抗戰前，我一定會請它到字

紙簍去的。」（老舍 1948：6）

個性倔強的老舍不肯認輸，不久就雄心勃勃地開始撰寫他的百萬字的超長篇《四世同堂》。這部長篇大作包括三部分：《惶惑》、《偷生》與《飢荒》，一直寫到抗戰勝利之後訪美之行才完成。這部小說又回到老舍熟悉的北京，寫的是日軍佔領下的八年噩夢，正像寫《火葬》一樣，他並沒有在淪陷的北京親歷的經驗，完全靠道聽途說和自己的想像。小說以四世同居的一個祁姓的傳統老家庭為骨幹，透過祁家，故事向其鄰里與親友各方鋪敘，在日軍的暴力下書中的人物向兩極分化：懦怯的賣國求榮，勇敢的走上抗敵的道路。祁家第三代的三兄弟就具體地代表了三種不同的方向：老大身負全家的經濟大任，雖頭腦清明，性格卻失之軟弱，總在家庭與國家的責任間躊躇不定；老二天生鄙怯，貪圖名利，自然走上了賣身求榮的道路；老三是三兄弟中最勇敢的，成為抗敵的英雄。這裡三兄弟顯然代表了抗戰時期國人的三種作為。老舍總喜歡以具體的人物代表某些抽象的觀念，使人物心理的複雜性難以呈現，而且容易使他創造的人物患上貧血症。另一點使人不易認同的是老舍在這部長篇巨著中完全接受了傳統的因果報應觀念。雖然他自己不一定真正相信，但是他的一腔愛國熱情使他無法不狠狠地懲罰賣國的小人，以致書中沒有一個漢奸不走上天理報應的路子。這說明了作者的愛國情感遠遠超過了一位寫實作家所應保持的客觀與冷靜。結果使他細膩而寫實的筆法，因為一條不夠真實的主線而失去平衡。看在老舍如此用心努力的分上，很多評論者不忍加以苛評，但若以老舍企圖呈現的寫實美學而論，這算不上一部夠水準的作品。第一，作品整體的架構等於《火葬》一書的放大與複雜化，主題仍然是愛國、抗日，沒有揭示出更深刻的人生意義。第二，人物過於簡單化，愛國的是一類，做漢奸的是另一類，善惡、

老舍戰時的大河小說《四世同堂》

忠奸分明，絕無模糊的地帶，離我們所熟悉的真實人物非常遙遠。第三，人物的命運不外傳統說部的善有善報，惡有惡報，沒有例外。當然我們也明白，讓那些賣身投靠的漢奸和奸詐小人得意善終，實在令人覺得沒有天理，然而真實的生活的展現卻通常並非遵循天理，因此「詩的正義」（poetic justice）只能出現在通俗劇（melodrama）中。《四世同堂》雖有諸多缺失，也有兩點值得注意的地方：一是濃厚的地方色彩，為小說增添光彩；二是此作透露了作者較多的思想，雖無助於小說的藝術，但有助於對作者的瞭解。

戰後，老舍與曹禺應美國國務院之邀離國赴美，曹禺先行返國，老舍則一直留到共產政權建立以後的1950年方才回到北京。在留美期間，《四世同堂》由郭愛蘭（Ida Prtuitt）節譯成英文，取名*The Yellow Storm*在美國出版。接下來，老舍又完成一部長篇小說，可能是老舍後來未完成的小說《正紅旗下》以前最後的一部長篇，也由郭愛蘭譯成英文，到1952年在美國出版，書名為*The Drum Singers*。據說原稿遺失，後來為馬小彌從英文譯回中文，書名《鼓書藝人》。這本小說寫原籍北京的一個說大鼓書的方寶慶一家在戰時陪都重慶的生活。社會階級的不平、職業的歧視與婦女的地位等問題構成本書的主題，因為人物少，可以兼顧人物的性格和心理，所以看來血肉豐盈。通過這部小說，足以顯示戰時陪都的一部分社會面貌。儘管經過了辛亥革命、五四運動以及日軍侵略的慘禍，人們的封建意識和社會的不平並未稍斂，預示了中國勢必還需要另一次更凶猛的風暴。這部小說無疑就是老舍後來的話劇《方珍珠》的底本。

老舍於1950年返國參加社會主義建設，頗受當局的看重，顯得意氣風發，一變而成歌德派。為了更有利於政治宣傳，他轉而從事劇作，是少有的幾位未停筆的老作家，並因此獲得「人民藝術家」的稱號，可是他一定未料到悲慘的命運等在他的前頭。

戰時在西南聯大任教的沈從文（生平見第十五章）長時間著力修正他過去已出版的作品，以致創作稀少，不過也寫出了一本與《邊城》同樣優秀的《長河》。這本來是作者計畫寫的三部曲的第一部，但是由於後來政治氣候的丕變，後面的兩部遂失去見天日的可能了。其實《長河》本身已有其完整性，足

可以當作一部獨立的作品看待。抗戰時期作家多半都懷著深沉的家國情仇，無法在寫作時冷靜下來，像茅盾、老舍的作品，都受到過於激越的愛國情緒所累，但沈從文是一個例外，他在寫《長河》時仍能疏離政治與抗敵激情，保持藝術家的冷靜態度。此書寫沅水流域的鄉野生活，其中主要的人物也有一個深通世故的老水手和一個天真美麗的年輕姑娘，在平靜的生活中呈現出農村的純樸與人性的善良。風格在田園牧歌聲中不乏諧趣的場景以及隱隱透露出的悲涼的情懷。在沈從文的小說中，此作應屬他的壓卷之作，論者認為不但超出《邊城》之上，而且也「超越大多數現代中國一般的鄉土作品」。（夏志清 1979：312）

沈從文戰時的另一傑作《長河》惜未完成。

　　勝利後，沈從文回到北平，出任北京大學中文系教授，在朱光潛主編的《文學雜誌》上曾發表另一個長篇的開始幾章，但是未能卒篇即面臨到1949年後被整的命運。他的悲慘的遭遇在本書十五章中已經述及。

　　靳以（1909-59，生平見第十五章）也是個創作豐盛的小說家，戰時出版的小說有短篇集《遠天的冰雪》（1937文化生活出版社）、《渡家》（1937商務印書館）、《靳以短篇小說集》（1937開明書店）、《洪流》（1941文化生活出版社）、《遙遠的城》（1941重慶烽火社）、《生存》（1944文化社）、長篇《前夕》（1942文化生活出版社）、中篇《秋花》（1946文化生活出版社）等。

　　靳以跟巴金的關係密切、友情深厚，也像巴金一樣作品緩慢地成熟。抗戰時期他完成了六十萬字的大長篇《前夕》，主要寫出抗戰前一個破落世家的遭遇及其家中成員各自發展的性格和命運。作者在書前說：「在這一個長篇裡我企圖描寫的並不只是瑣細的家事，男女私情，和日趨衰落的一個大城市的家庭中一些哀感。我希望我的筆是一個放大鏡，先把那些腐爛處直接地顯現出來，或是間接地襯托出來。」（靳以 1942）可能在抗戰的激情中，作者不能不受到外在環境的感染，企圖在作品中發生一些撻伐的作用，以致為評者認為此書「激

情有餘而雕鏤不足」（楊義 1993：657）。但是他後期的短篇小說，例如寫典妻的〈別人的故事〉和寫抗戰後期知識份子窮困生活的〈生存〉，確是精品。

二、抗戰時期中生代作家的成績

張天翼（1906-85，生平見第十五章）的小說本以諷刺及喜劇的情節見長，抗戰時期他寫了一個短篇〈華威先生〉，成為諷刺當日官場風雲人物的代表作品，常為文評家提起，茅盾甚至於1949年寫成〈華威〉的續篇〈春天〉。

其間張天翼因肺結核病纏身，創作量減少，但是仍有不少青少年及兒童文學問世，諸如《大林和小林》（1937文光書局）、《學校裡的故事》（1937上海讀書生活出版社）、《小學五年》（1939上海文化生活出版社）、《金鴨帝國》（1943《文藝雜誌》），也有幾本小說集出版像短篇小說集《同鄉們》（1939上海文化生活出版社）、《速寫三篇》（1943重慶文化生活出版社）、中篇小說《清明時節》（1943生活書店）及長篇小說《在城市裡》（1937上海良友圖書公司）等。

姚雪垠（1910-99），原名冠三，字漢英，曾用筆名雪痕、雪、沉思、姚東白等，河南省鄧縣人。少年時曾被土匪綁票。1929年入開封市河南大學預科，因參加政治活動被開除。去北平，無法進入學府，在北平圖書館自學文史。九一八事變後回河南擔任中學教員，並開設大陸書店。1933年前後開始寫作，發表作品。1937年在開封主編《風雨》

姚雪垠（1910-99）

週刊。1938年武漢淪陷後在第五戰區文化工作委員會任職，發表短篇小說〈差半車麥稭〉、中篇〈牛全德與紅蘿蔔〉等，贏得佳評而受文壇重視。1941年在大別山區擔任《中原文化》雜誌編輯。1943年赴重慶專業寫作。1945年勝利後到四川三台東北大學任教。1947年赴上海，先後任教於浦東農校及上海大夏大學。1951年返河南文聯，從事寫作。1953年遷居武漢，仍專事創作。1957年被

劃爲右派，潛心創作歷史小說《李自成》，後來此作獲首屆「茅盾文學獎」。1978年出任湖北省文聯主席。主要作品有短篇小說集《紅燈籠的故事》（1940上海大路出版公司）、《差半車麥秸》（1943桂林遠方書店）、中篇小說《牛全德與紅蘿蔔》（1942重慶文座出版社）、長篇小說《戎馬戀》（1943重慶大東書局）、《重逢》（1943重慶東方書社）、《新苗》（又名《新生頌》，1943重慶現代出版社）、《春暖花開的時候》（1944重慶現代出版社）、《長夜》（1947上海懷正文化社）、《記盧熔軒》（傳記體小說，1947上海濟東印書社）、《李自成》（1963/76/81北京中國青年出版社）等。

姚雪垠雖然戰前已有作品問世，但其名不彰，遠不如張天翼。不過到了戰時，他的一篇描寫參加游擊隊的老實農民的短篇小說〈差半車麥稭〉把一個愚拙的莊稼漢寫得泥土味十足，忽然大受讚賞，與張天翼的〈華威先生〉同爲文評家稱頌的對象，咸認爲戰時最具代表性的作品。後來另一篇〈牛全德與紅蘿蔔〉雖然寫得不多麼成功，也同樣受到注目，從此姚雪垠遂成爲戰時受人重視的作家了。

姚雪垠的文體本以粗獷著稱，但他也有柔婉的一面，像在《春暖花開的時候》中寫了三個個性不同的女性，比作爲太陽、星星與月亮，極盡抒情之能事，爲後來香港的作家徐速（1924-81）模仿，寫出一本《星星、月亮、太陽》的暢銷書。他後來的《長夜》是部頗具雄心的創作，本來也是預計寫成三部曲的。作者自己說：

> 將這部小說題名叫《長夜》，是因為在我的計畫中還有《黃昏》和《黎明》。在《黃昏》中要寫靜靜的舊農村是怎樣的開始崩潰，怎樣的淪落為半殖民地的悲慘形態。在《黎明》中要寫農村在崩潰後由混亂走到覺醒，雖然是「風雨如晦」，但已經「雞鳴不已」。也許是不自量力，我企圖用這三個姐妹篇去表象中國近代農村的三個階段。（姚雪垠1947）

正像眾多作家的雄心壯志一樣，寫了一部之後其他就沒下文了。這是部寫二

○年代北方兵匪橫行於農村的小說，又恢復到他原來強悍的風格，寫活了幾個殺人放火但又講義氣、有個性的土匪。共產黨的文藝官胡繩稱讚此作是「多少具現著歷史生命的立體雕像」。（胡繩 1948）這部作品可視為他後來的長篇巨構《李自成》的前奏。

沙汀（1904-92，生平見第十五章）與艾蕪是曾經聯名寫信給魯迅而受到過魯迅鼓勵的作家。雖然在戰前已經嶄露頭角，但他主要的作品都是寫在抗日戰爭和國共內戰的時期。抗戰開始的那年，他出版了過去所作的短篇小說集《航線》（1937上海文化生活出版社）和《苦難》（1937上海文化生活出版社），從上海回到成都從事救亡工作，並在協進中學任教。1938年，他與何其芳、卞之琳一起投奔延安，出任魯迅藝術學院文學系代主任。同年冬季，他追隨賀龍去冀中、晉北一帶。1939年他重回四川故鄉，蟄居偏遠的農村十年之久專心寫

沙汀戰時的佳作《淘金記》

作，成績非凡，使他在四○年代連續出版了短篇小說集《播種者》（1946華夏書店）、《獸道》（1946群益出版社）、《呼嚎》（1947新群出版社）、《堪察加小景》（1948上海文化生活出版社）、中篇小說《奇異的旅程》（又名《闖關》，1944當今出版社）和三部長篇小說：《淘金記》（1943上海文化生活出版社）、《困獸記》（1945新地出版社）和《還鄉記》（1948上海文化生活出版社）。

作為共產黨員的作家，他自然將矛頭指向落後的封建社會，繼承魯迅風的批判的寫實主義，深深地挖掘農村的窮困與野蠻以及人性的陰暗和殘酷，與沈從文的田園風光恰成強烈的對比。這在《淘金記》、《困獸記》和他的諸多短篇小說中表露無遺。他對四川方言的運用，使他的小說不但富有鄉土的氣息，同時更逼近生活。《還鄉記》，作者自言是因為讀了毛澤東〈在延安文藝座談會上的講話〉後受到啟發而寫成的比較具有階級意識的作品（沙汀 1951）。雖然作者一直秉持左派的觀點，倒也呈現出一部分四川農村豐富而複雜的真實面

貌。

　　艾蕪（1904-92，生平見第十五章）與沙汀同時在戰前出現文壇，主要作品也同樣完成在抗日和內戰的時期。1937年秋天短篇小說集《芭蕉谷》（1937商務印書館）出版後他離開上海，先到湘南岳家滯留一年，再遷往桂林，不少作品在此完成。直到1944年，經過數月的奔波抵達重慶。其間他出版了短篇小說集《海島上》（1939文化生活出版社）、《逃荒》（1939上海文化生活出版社）、《萌芽》（1939烽火社）、《荒地》（1942文化供應社）、《黃昏》（1942文獻出版社）、《愛》（1943大地圖書公司）、《冬夜》（1943三戶圖書社）、《秋收》（1943新光書店）、《童年的故事》（1945建國書店）、《鍛鍊》（1945華美書店）、《我的旅伴》（1946華夏書店）、《艾蕪創作集》（1947新新出版社）、《煙霧》（1948中原出版社）、中篇小說《江上行》（1943新群出版社）、長篇小說《春天》（《豐饒的原野》第一部，1937良友復興圖書公司）、《落花時節》（《豐饒的原野》第二部，1946上海自強出版社）、《故鄉》（1947自強出版社）、《我的青年時代》（1948開明書店）、《鄉愁》（1948中興出版社）、《山野》（1948上海文化生活出版社）等，可說是戰爭時期的多產作家。

　　艾蕪也是共產黨作家，他早期的作品多寫人物在大自然中的處境，於敘事中凸顯抒情，後期因為越來越有階級意識的自覺，文筆轉為沉鬱，也加重了對人物的社會關係，減少了自然景物的描寫。雖然他也師法魯迅，可是魯迅對舊社會的批判出於個人的自覺，艾蕪（以及其他的共產黨作家）多少受到教條的左右，使人覺得客觀性不足了。像艾蕪、沙汀這樣的共產黨作家，創作力如此的豐沛，但到1949年後竟也衰謝了。

　　蕭乾（1910-99，生平見第十七章），出身新聞記者，以散文聞名。他也有少數的小說作品。先後

艾蕪（1904-92）

出版過長篇小說《夢之谷》（1938上海文化生活出版社）及短篇小說集《籬下集》（1936上海商務印書館）、《栗子》（1936上海文化生活出版社）、《創作四試》（1948上海文化生活出版社）等。他非常珍惜自己早年所寫的小說，覺得這是他人生不可分割的部分，因爲正是寫小說使他開始了創作生涯。

一般把蕭乾看作是京派作家，也就是沈從文與廢名那一派，他們一般沒有左派作家那種革命文學的火氣和共產主義的意識形態，寫愛情不必加上革命，寫農村不必只見其窮困、愚蠢與殘酷。蕭乾的小說多半出自他個人的經歷，帶有自傳的性質，文筆清新委婉，頗受沈從文的影響。後來蕭乾留英，一度鑽研英國的現代小說，他自言對曼殊斐爾（Katherine Mansfield）、赫胥黎（Aldous Huxley）、福斯特（E. M. Forster）、勞倫斯（D. H. Lawrence）、吳爾芙（Virginia Woolf）、喬伊斯（James Joyce）以及美國作家詹姆斯（Henry James）、海明威（Ernest Hemingway）等的作品均耳熟能詳，是他學習的榜樣（蕭乾 1948），可惜的是他以後不再作小說，專心寫散文和從事翻譯工作了。

王西彥（1914-99），原名王思善，浙江省義烏縣人。1930年在杭州民眾教育實驗學校就讀，1933年入北平中國大學國文系，開始寫作，並參加北方左聯的活動。抗戰爆發後赴武漢，參加戰地服務團。又至福建永安主編《現代文藝》。後輾轉各地，歷任桂林師院、湖南大學、武漢大學、浙江大學教授。1953年遷居上海，擔任《文藝月報》編委和華東師大教授。並曾任中國作協理事、作協上海分會副主席等職。他是1949年後少數繼續有作品出版的作家。

戰時的主要作品有短篇小說集《夜宿集》（1942桂林三尾圖書社）、《鄉井》（1942桂林三尾圖書社）、《鄉下朋友》（1947上海萬葉書店）、《尋夢者》（1948上海中原出版社）、《神的失落》（1948上海中興出版社）、《人性殺戮》（1948懷正文化社）、《還鄉》（1948上海中華書局）、長篇小說《村野戀人》（1945福建永安立達書店）、《古屋》（1946上海文化生活出版社）等。

王西彥被視爲浙江的鄉土作家，他同時受到魯迅和沈從文的雙重影響，他寫的除了鄉土人物外，就是知識份子一類，當然在悲慘的戰時大環境中不太可能

有愜意的生活。

　　周而復（1914-2004），原名周祖式，筆名吳疑、荀寰，安徽省旌德縣人。1933年就讀上海光華大學英文系，開始寫作。大學畢業後曾參與《文學叢報》、《人民文學》、《小說家》等刊物編輯工作。1938年到延安，任陝甘寧邊區文學顧問委員會主任，參與編輯《文藝突擊》雜誌。次年赴晉察冀邊區從事文藝宣傳工作。1944年在重慶任《群眾》半月刊編輯，撰寫加拿大白求恩醫師的事蹟。抗戰勝利後以新華社特派員身分參加軍事調處執行部新聞工作。1947年在香港主編《北方文叢》，並參與編輯《小說月刊》。49年後出任中共中央華東局統戰部祕書長、上海市委統戰及宣傳部副部長。1959年調北京，歷任對外文化友好協會、中國拉丁美洲友好協會、中日友好協會副會長、全國政協副祕書長、文化部副部長等職。戰時著有短篇小說集《春荒》（1946華夏書店）、《高原短曲》（1947香港海洋書屋）、長篇小說《白求恩大夫》（1949上海知識出版社）、《燕宿崖》（1949新文藝出版社）、《殲滅》（1949群益出版社）等。

　　田濤（1915-2002），原名田德裕，筆名津秋，河北省望都縣人。1934年即開始寫作，1936年出版短篇小說集《荒》（上海文化生活出版社）。1937年畢業於北平市立師範學校後，參加抗敵工作，歷任鄭州《大剛報》副刊、《戰時文學》及《陣地》編輯、主編。1941年後抵重慶，從事寫作，連續發表長篇小說《潮》（1942重慶建國書店）、《地房》（又名《餤》，1943重慶東方書社）。1946年出任上海法學院教授，繼續出版短篇小說集《希望》（1946上海萬葉書店）、《災魂》（1947上海文化生活出版社）、長篇小說《沃土》（1947上海文化生活出版社）和中篇小說《流亡》（1948上海晨光出版公司）。1949年後歷任中南文聯編輯部副部長、《長江文藝》副主編、河北省文聯副主席、作協河北分會副主席等職。

　　作品師法沈從文，故為人歸入京派作家，不過他寫不出美麗的田園風光，卻表現出苦澀悽楚的一面。他的中篇小說《流亡》描繪了戰時流亡的青年人的痛苦歷程。長篇《沃土》則寫回憶中北方鄉土，但是貧窮的農家仍難脫悲劇的色

彩。

黃谷柳（1908-77），原名黃顯襄，筆名海星、丁冬、古婁、敬之等，廣東省梅縣人。1926年考入雲南省立第一師範學校。1928年在香港《循環日報》擔任校對，開始寫作。1931年在廣東軍閥陳濟棠部隊任職，經常在文藝刊物發表小

黃谷柳1947年撰寫的長篇小說《蝦球傳》轟動香港文壇

說、劇本等。1943年，流亡到重慶，任《文化新聞週刊》總編輯及「中國青年劇社」輔導員。抗戰勝利後到廣州，擔任正中書局業務主任。旋即赴香港，鬻文維生。1947年撰寫長篇小說《蝦球傳》，從1947年12月14日到1948年12月30日在夏衍主編的《華南商報·熱風》連載，轟動香港文壇。後來又發表一些通俗性的小說和劇本，諸如《劉半仙遇險記》（1948香港海洋書屋）、粵語電影劇本《此恨綿綿無絕期》等。1949年後，曾任《南方日報》記者。寫過中篇小說《漁港新事》。韓戰時他曾兩次走訪戰地，寫成三十萬字的長篇小說《和平哨兵》，不幸在文革遭難中遺失，未見天日。

《蝦球傳》的故事性強，雖然接近傳統說部，但是對廣東、香港一帶的地貌、風土人情的描寫獨樹一幟，除了流浪兒蝦球個性鮮明外，舉凡軍政要員、土豪劣紳、貴婦名媛、小家碧玉、販夫走卒、土娼扒手，無不寫得生動傳神，寫港粵的作家無出其右者，在現代文學中堪稱傑出之作。

司馬文森（1916-68），原名何章平，筆名林娜、林曦、耶戈、馬霖等，福建省泉州人。九歲曾到菲律賓馬尼拉當童工。1928年回國讀書，1933年參加共產黨，以十七歲的稚齡出任中共泉州特區黨委委員，並主編地下刊物《農民報》。1934年到上海，參加左翼作家聯盟，開始在文學刊物及報紙副刊發表作品。抗戰爆發，隨《救亡日報》遷廣州，在國軍政治部掛少校銜。1939年赴桂林，在漢民中學和建設幹校任教。1941年創辦《文藝生活》月刊，主編「文藝

生活叢書」。1944年湘桂大撤退，留在敵後組織抗日青年挺身隊，成立桂北游擊隊後出任政委。勝利後，因遭國民政府通緝，避於廣州，恢復《文藝生活》月刊，並另創《文藝新聞》，二者均遭查封，遂去香港。在港再恢復《文藝生活》月刊，並任香港《文匯報》主編、達德學院教授、香港文協常務理事等。1952年被香港英殖民當局遞解出境。回到廣州後，任中共華南分局文委委員、中南軍政委員會委員、《作品》月刊主編。1955年起轉任駐印尼大使館文化參贊、對外文委、西亞、非洲司司長、駐法大使館文化參贊等職。主要作品有：短篇小說集《古時代中的小人物》（1945上海雜誌公司）、《蠹貨》（1948上海文化供應社）、長篇小說《雨季》（1943桂林文獻出版社）、《人的希望》（1945重慶聯益出版社）、《南洋淘金記》（1949香港大眾圖書公司）等。

司馬文森擅長心理的描寫，如《雨季》中的人物心理寫得非常細膩。對出國謀生的華僑的滄桑也是中國現代小說中不多見的主題。

陳殘雲（1914-2002），筆名准風、月客，廣東省廣州市人。中學輟學到香港做店員。1935年回廣州入廣州大學，參與創辦《廣州詩壇》、《詩場》，並出詩集《鐵蹄下的歌手》。1940年赴桂林，執教於逸仙中學。1944年擔任桂林文化界抗敵工作隊隊長。勝利後加入共產黨。返回廣州任民主同盟南方總支組織部副部長，並參加《文藝生活》編輯工作。《文藝生活》遭到查封，赴香港，編輯《大公報・青年週刊／電影週刊》，並兼任南國影業公司編導室主任。1950年重返廣州，任華南藝術學院祕書長。1954年後歷任保安縣縣委副書記、廣州市公安局辦公室副主任、廣東省文聯副主席、作協廣東分會副主席、對外友協廣東分會副會長。戰時主要作品有中篇小說《南洋伯還鄉》（1947香港文生出版社）、《風沙的城》（1947香港文生出版社）、《新生群》（1949《香港學生》連載）及短篇小說集《小團圓》（1948九龍南方書店）等。

陳殘雲所寫除了南國外，也有海外情調的作品，因為兼寫詩，所寫小說富於詩意。

三、東北流亡的及未流亡的作家

李輝英（1911-1991），原名李連萃，筆名東籬、西村、南峰、北陵、胡柴，吉林省永吉縣人，出身大地主家庭。1926年到上海讀書，1930年畢業於中國公學中文系。曾主編《生生月刊》及《創作月刊》。1932年發表東北人民抗日保國的中篇小說《萬寶山》，受到注目。1933年加入左聯。抗戰時期在重慶參加作家戰地訪問團。勝利後返東北，擔任長春大學、東北大學教授，並一度兼任長春市教育局長。1950年赴香港，先後創辦過《熱風》、《文學天地》、《筆薈》等刊物。1963至66年任教於香港大學語言學校，1966年出任香港中文大學聯合書院中文系主任。戰前及戰時主要小說作品有：中篇小說《萬寶山》（1932湖風書局）、《復戀的花果》（1942建國書店）、短篇小說集《豐年》（1933中華書局）、《人間集》（1937上海北新書局）、《山河集》（1937新生書局）、《夜襲》（1940中國文化服務社）、《火花》（1941香港商務印書館）、長篇小說《松花江上》（1942建國書店）、《抗戰的前奏》（1942火線出版社）、《霧都》（1948懷正文化社）等。

因為他入關較早，是最早在上海文壇出現的東北作家。《萬寶山》即寫1931年日本殺戮東北人民的「萬寶山事件」，是第一部東北作家抗日的小說，但就小說而論，激情有餘而藝術不足。他戰時的代表作毋寧是寫陪都的失意軍人與政客嘴臉的《霧都》，雖然李輝英算不上左派文人，但是也不免把陪都象徵成「黑暗的影子遮住了灰色的霧」。李輝英的下半生成為香港的文人，我們在談香港文學時會再論到。

蕭紅（1911-42，生平見第十五章）和蕭軍都是追隨魯迅的重要作家，1937年抗戰爆發同蕭軍赴漢口。1938年應聘到山西臨汾民族革命大學任教，與蕭軍分手。蕭軍投奔解放區，蕭紅則輾轉武漢、重慶數地後於

蕭紅戰時的長篇代表作《呼蘭河傳》

1940年隨端木蕻良到香港，在病中完成長篇小說《呼蘭河傳》。1942年初在香港病逝。戰時出版的作品有短篇集《曠野的呼喊》（1940重慶上海雜誌公司）及長篇《馬伯樂》（1941重慶大時代書局）、《呼蘭河傳》（1941重慶上海雜誌公司）。

　　寫於1939年的《曠野的呼喊》，故事背景又回到東北，寫一位年邁的老父在大風中尋找為日軍殘害的兒子，令人動容。蕭紅寫抗戰的作品，少了些激情，多了些人性，就顯得可讀性較高了。《馬伯樂》則以諷刺的筆法寫一個在戰時逃到上海的財迷、洋奴、膽小鬼的窘相和醜態，從上海又逃到後方，敵人未到先逃之夭夭。這本小說顯示了蕭紅在抒情之外的諷刺筆法。她的代表作毋寧是《呼蘭河傳》，這是她的出生之地，在二十世紀初，依然是一個愚昧落伍的地方，人們過著保守的傳統生活，一點也沒有接觸到現代化的氣息。此書對該城的環境地貌以及僵化的鄉風民俗寫得特別出色，忠實地記錄了民國初年東北小城人民生活的風貌。整體觀之，蕭紅雖學力不足，確是才華出眾。

　　端木蕻良（1912-1996），原名曹漢文，又名曹京平，筆名黃葉、羅旋、葉之琳、曹坪、金詠霓，遼寧省昌圖縣人。1928年進天津南開中學就讀，因組織「抗日救國團」被學校開除。1932年考入北京清華大學歷史系，加入北方左聯，主編機關刊物《科學新聞》。1935年至上海，八一三事變後赴山西臨汾民族革命大學任教，繼轉往重慶復旦大學，並編輯《文摘副刊》。1940年與蕭紅同赴香港，至42年編輯香港的《時代文學》雜誌。1942年初蕭紅病逝後離港，輾轉桂林、遵義、重慶、武漢等地，先後主編《文藝雜誌》及《力報》、《大剛報》之副刊。1948年赴上海，主編《求是》與《無銀色批判》。1949年後出任北京市文聯創作部及出版部副部長、副祕書長、作協北京分會副主席等職。

端木蕻良（1912-96）

端木也是戰前進入文壇的作家，不少短篇小說及長篇小說《大地的海》均完成於1935年前，但到1937年後才陸續出版，如短篇集《憎恨》（1937上海文化生活出版社）、《風陵渡》（1939重慶上海雜誌公司）、《江南風景》（1940重慶大時代書局）及長篇小說《大地的海》（1938上海生活書店）、《科爾沁旗草原》（1939上海開明書店）、《新都花絮》（1940上海知識出版社）、《大江》（1944桂林良友復興圖書印刷公司）等，故也可說是在戰時揚名的作家。

戰時出版的長篇小說《大地的海》寫東北偏遠農村農民抗日的故事，毋寧是端木最佳的作品。作者的最大貢獻是對他故土的抒情書寫，詩意盎然，引人入勝。缺點是其中人物缺乏心理的依據，而且全書的寓意籠罩在抗日愛國的意識中，正像大多數抗日的作品，愛國心迷障了對人世的客觀觀察，反倒削弱了對人性的理解。

駱賓基（1917-94），原名張璞君，吉林省琿春縣人（原籍山東），與蕭軍、蕭紅、端木蕻良等同屬東北流亡作家。1934年曾在北平的大學旁聽。1935年到哈爾濱精華學院學習俄語。抗日戰爭爆發前流亡到上海，不久就趕上參與抗日救亡的宣傳工作，撰寫多篇報導文學。抗戰初期在紹興主編《戰旗》雜誌。1938年參加共產黨。1940年到桂林，以該地為背景，寫知識份子的生活。1944年到重慶，擔任中學教員。後回到東北，任共黨東北文化協會祕書。內戰時在長春為國民政府逮捕入獄，1949年獲釋。49年後出任山東文聯副主席。1953年被調到北京電影製片廠工作。1955年因胡風案受到牽連，下放黑龍江擔任尚志縣葦河鎮副鎮長。1962年調回北京，不久出任北京市作家協會副主席。文革被批鬥後，下放文史館研究古文字。抗戰時期主要小說作品有中篇小說《東戰場別動隊》（1938《文藝陣地》）、《罪證》（1946上海民聲書店）、長篇小說《邊陲線上》（1942文化生活出版社）、《幼年》（1944《人間世》）、《少年》（1946《潔明月刊》）、短篇小說集《北望園的春天》（1944《文學創作》）、傳記《蕭紅小傳》（1947建文書店）及劇本《五月丁香》（1946建文書店）等。駱賓基也是在1949年後繼續有作品出版的少數作家之一。

駱賓基雖出道較晚，卻是個有才氣的作家。他的代表作應該是《北望園的春天》和《幼年》、《少年》（後來以《姜步畏家史》書名出版）自傳體的小說。他在抒情中常透露出落寞之感，對人生的體悟與自我探索有其深刻之處。

　　東北除了流亡的作家外，也有未流亡而留在淪陷區的作家，其中以袁犀與梅娘較著。

　　袁犀（1920-1979），原名郝維廉，又名郝慶松、郝赫，筆名袁犀、梁稻、吳明世、馬雙翼、李克異，以筆名行，遼寧省瀋陽市人。一九三五年中學時代即開始創作，屬於早熟型的作家。抗戰爆發後曾流亡到北平參與地下抗日活動，並擔任《時事畫報》編輯。曾被日軍逮捕下獄。從一九四一到四五年，四年間他出版了四部短篇小說集：《泥沼》（1941瀋陽文選刊行會）、《森林的寂寞》（1942華北作家協會）、《時間》（1945北平文昌書店）、《紅裙》（1945北平海燕書店）、一部中篇小說《釋迦》（未完稿，1943《作家月譯》）和兩部長篇小　《貝殼》（1944北平新民印書館）和《面紗》（1944北平新民印書館），多寫東北人民的生活情況。抗戰勝利後，赴晉察冀解放區工作。內戰時期歷任《哈爾濱日報》副刊主任、松江省人民政府秘書、黑龍江省樺南縣副縣長等職。1949年後曾任《人民鐵道報》特派記者，韓戰時數度赴戰場採訪。1962年寫出東北抗日電影劇本《一片歸心》（拍攝後改名《歸心似箭》）。身後又出版反映十九世紀末東北人民反抗沙俄壓迫的長篇歷史小說《歷史的回聲》（1981廣州廣東人民出版社）。

　　今日學者認為：「他的這些小　無疑代表了四〇年代華北淪陷區文學的最高成就，在淪陷區乃至新文學發展的歷史進程中都有不容低估的價值。不管在主題涵意還是藝術表現上，袁犀的心理剖視小說在四〇年代的華北淪陷區都是首屈一指的。更重要的是他的小　以對人性心理的審視、對現實的特殊感受方式切入了現代主義的詩學領域，因而做為四〇年代華北文壇的藝術奇葩，為四〇年代中國現代主義文學的整體發展做出了不容抹殺的貢獻。」（朱壽桐1998：574）

　　袁犀是一位重要的在抗戰時期步入文壇的新秀，但是由於他既不在國統區的

後方，又不在解放區，也不在文學重鎮的上海，他的早期作品都是在淪陷區的北平或東北出版的，因此他常常被多數的現代文學史或小說史家忽略了。他的作品帶有東北地道的鄉土味，所寫的人物個性也躍然紙上。可惜他像眾多有才華的作家一樣，1949年後無所作為，只寫出一部無涉政治的歷史小說而已。

梅娘（1920-2013），原名孫嘉瑞，另有筆名敏子、柳青娘、落霞等，祖籍山東省招遠縣，生於海參崴，長於長春一個仕宦家庭，早年喪母，故取筆名梅娘（沒娘）。十一歲就讀吉林省立女子中學，十七歲即出版中學時期習作《小姐集》。旋赴日本留學。二十歲出版短篇小說集《第二代》。1942年回國，任職於日據的北平市《婦女雜誌》，並開始在《婦女雜誌》、《中華週報》、《中國文藝》、《中國文學》、《大同報》、《民眾報》、《華文大阪每日》等報刊發表作品，多寫戀愛與婚姻，關懷女性問題，結集出版《魚》、《蟹》等文集，在淪陷區頗受注目與歡迎。1942年，北平馬德增書店與上海宇宙風書店聯合發起評選「讀者最喜愛的女作家」活動，結果梅娘與張愛玲兩人奪魁，遂有「北梅南玲」之稱。1997年，梅娘被列入「現代文學百家」。

四、上海孤島崛起的作家

錢鍾書（1910-98），字默存，號槐聚，筆名中書君，江蘇省無錫縣人。1933年畢業於清華大學外文系。1935年赴英國牛津大學遊學，1937年進法國巴黎大學，同年返國。先後任教於西南聯大、湖南藍田師範學院、上海震旦女子文理學院。抗戰勝利後出任暨南大學外文系主任及中央圖書館外文部總纂等。1949年後歷任清華大學外文系教授、社科院文學研究所研究員。文革時與妻子楊絳下放幹校，受盡折磨，並遭遇女婿自盡的慘劇。文革後恢復名譽，1982年出任中國社會科學院副院長。錢氏博學多才，其學術論著《談藝錄》（1948上海開明書店）、《管錐編》（1979上海中華書局）、《七綴集》（1985上海古籍出版社）甚受學界推崇。小說作品有短篇集《人‧獸‧鬼》（1946上海開明書店）和長篇小說《圍城》（1947上海晨光出版公司），均為新小說傑出之作。

錢鍾書的短篇小說已經透露出其才情，但真正贏得文評家讚譽的是他的長篇小說《圍城》。這本小說寫一個平庸的歸國留學生在抗戰時期的戀愛、就業、婚姻關係等個人遭遇，全與革命或抗敵無關，但是卻寫成一部可以與《儒林外史》媲美的諷刺小說。作者對知識份子的平庸、學院內的鉤心鬥角、夫妻及親朋間相處的微妙心理，描寫得既透闢，又風趣。幽默的文筆與對世情的通達固然是使《圍城》成功的重要因素，其中明喻、暗喻的文學技巧和對兩性關係的深刻透視，也都遠遠超出當時的一般小說之上。總括五四以來的長篇說部，也唯有老舍的《駱駝祥子》、李劼人的《大波》、巴金的《寒夜》和錢鍾書的《圍城》堪稱傑作。茅國權在《圍城》英譯本的〈導言〉中說：

《圍城》既是諷刺社會風俗的幽默小說，又是出色的文人小說，但錢鍾書最終目的是藉著描寫人類的缺點以抒發其對人生的看法。不過，對於本身所見的社會陋習，錢並非以說教形式寫出，而是用諷刺之筆。……《圍城》包含極廣，書中出現的人物眾多，我們所想像的各式階層都有，並引人發噱。然而在諧笑和生動的文筆背後，錢鍾書同時告訴我們到處可見人類荒唐、歹毒和愚蠢的行為。當我們看出這點，原來的笑聲就會不禁戛然而止。小說的表面是諧笑，然而內裡其實對二十世紀中國知識份子做無情諷刺，對戀愛婚姻的真諦冷靜論述，並以

錢鍾書長篇小說《圍城》初版書封

同情之心描繪當中人物方鴻漸——我們在他身上，發現一點你的影子和我的影子。（茅國權 1989）

師陀（1910-88），原名王長簡，筆名蘆焚、君西、康了齋、韓孤、佩芳，河南省杞縣人。曾在開封念中學。1931年到北平，於九一八事變後參加「反帝大同盟」，開始寫小說。1932年與徐盈、汪金丁等創辦《尖銳》文學雜誌。

1936年赴上海從事寫作，翌年以短篇小說《谷》獲《大公報》文藝獎（同時獲獎的還有曹禺的話劇《日出》和何其芳的散文集《畫夢錄》）。抗日戰爭爆發後，留居上海孤島，擔任上海市立實驗戲劇學校教員及上海文華電影公司特約編劇。1949年後出任上海出版公司總編輯，並兼任上海電影劇本創作所編劇。1957年後成爲作協上海分會的專業作家。

師陀（1910-88）

協上海分會的專業作家。主要作品有短篇小說集《谷》（1936上海文化生活出版社）、《里門拾記》（1937上海文化生活出版社）、《落日光》（1937上海開明書店）、《野鳥集》（1938上海文化生活出版社）、《無名氏》（1939上海文化生活出版社）、《果園城記》（1947上海出版公司）、《石匠》（1959上海作家出版社）、《惡夢集》（1981香港文學研究社）、《蘆焚短篇小說集》（1982江西人民出版社）、中篇小說《無望村的館主》（1941上海開明書店）、長篇小說《結婚》（1947上海晨光出版公司）、《馬蘭》（1948上海文化生活出版社）、《歷史無情》（1951上海出版公司）、散文集《黃花苔》（1937上海良友圖書公司）、《江湖集》（1938上海開明書店）、《看人集》（1939上海開明書店）、《上海手札》（1941上海文化生活出版社）、《保加利亞行記》（1960上海文藝出版社）、《蘆焚散文選》（1981江蘇人民出版社）及翻譯改編的劇本《夜店》（與柯靈合作，據高爾基原著改編，1948上海出版公司）、《大馬戲團》（據俄國安特萊夫劇作《吃耳光的人》改編，1948上海文化生活出版社）等。

　　師陀的短篇小說多寫他所熟悉的鄉鎮生活和人物，文筆疏離、諷刺而感傷，表現出作者對中國傳統社會的憎恨大於關愛，故時常流於誇張與醜化。其諷譏冷峻的格調上承吳敬梓與魯迅的遺風，不同的是他沒有魯迅的憤世嫉俗，卻更多著墨在顯示民俗風情的荒誕，常常營造成可笑的戲劇化的場面，譬如在〈百順街〉中的鬧劇。《果園城記》中對傳統小城的素描與所浮現的詩意，是熱中關懷改革社會的作家所難以企及的境界。長篇小說《馬蘭》寫左派知識份子與

鄉村純樸少女的格格不入的結合，也是一種諷刺。在技巧上採取了雙重敘述法，頗爲獨特。另一部長篇小說《結婚》，人物荒謬怪誕，再度凸顯其寫鬧劇的特色。就其風格與技巧而論，師陀的故事很接近英國劇作家狄蘭‧托馬斯（Dylan Thomas）的作品，滑稽、詩意，並不追求寫實，在四〇年代的小說家中可說獨樹一幟。

張愛玲（1920-95），本名張瑛，原籍河北省豐潤縣，生於上海。家世顯赫，祖父張佩綸是清末名臣，祖母李菊耦是清廷重臣李鴻章的長女，父親張志沂則爲典型的遺少，母親黃素瓊是長江水師提督黃翼升的孫女。1922年全家隨張父工作遷居天津。1924年張愛玲四歲入私塾讀書，張母隨同張姑赴英國留學。張父鴉片上癮，且將外室接到家中。1928年張母返國，張家重回上海。1930年爲上中學方便，張瑛改名愛玲，英文名Eileen。該年父母離婚，張隨父親生活。1932年在中學校刊發表處女作短篇小說《不幸的她》。1934年張父再婚。1937年中學畢業，開始在文學刊物

張愛玲（1920-95）
圖片提供／宋以朗、宋元琳（皇冠文化集團授權）

發表小說。1938年，與繼母和父親發生衝突後離家出走，投奔母親。1939年獲得倫敦大學獎學金準備留英，因歐戰方酣而改入香港大學。香港淪陷於日軍之手後，張愛玲於1942年中斷學業重回上海，入聖約翰大學。旋因經濟窘困而輟學，開始鬻文維生，連續發表多篇轟動一時的短中篇小說諸如《沉香屑第一爐香》、《傾城之戀》、《心經》、《金鎖記》等，在上海孤島一舉成名。1944年與在汪僞政府中任職的作家胡蘭成祕密結婚。勝利後，胡蘭成因漢奸的罪名逃亡，1947年與胡蘭成分手。1949年中共政權建立，張愛玲曾隨上海文藝代表團赴蘇北農村參加土改，但無法寫出中共所要求的歌頌土改的作品，感到無法適應，遂於1952年以繼續中斷的學業爲名再赴香港。先任職於美國新聞處，並完成《秧歌》與《赤地之戀》兩部反共小說。在港結識宋淇夫婦，在其引介下成爲電懋電影公司編劇。1955年張愛玲赴美定居，翌年結識美國劇作家賴雅

（Ferdinand Reyher），與之結婚。1961年曾返港並訪台灣。1967年賴雅去世，張愛玲獲邀擔任雷德克里芙女校駐校作家，開始翻譯《海上花列傳》。1969年遷居加州，在柏克萊大學中文研究中心任職。1973年遷居洛杉磯，從此深居簡出，於1995年逝世。晚年在美可說窮困潦倒，夏志清不止一次說：「她真可憐，身體這樣壞，總是來信要求我的幫忙。」（郭強生 2013：44）張愛玲可說生不逢時，如早生些年，憑其作家的身分，在香港和美國並非不可廁身學府，無奈她生在重視學位的年代；

張愛玲戰時的短篇小說集《傳奇》

又無法像台灣的瓊瑤、香港的亦舒，大量生產通俗的言情小說，否則何愁不成爲收入優厚的暢銷作家呢？

她的主要作品有短篇小說集《傳奇》（1944上海雜誌社，1946上海山河圖書公司）、《傾城之戀》（1986中國文聯出版公司）、中篇小說《秧歌》（1968台北皇冠出版公司）、《怨女》（1968台北皇冠文學出版公司）、長篇小說《赤地之戀》（1954香港天風出版社）、《十八春》（又名《半生緣》，1986江蘇文藝出版社）、《小團圓》（2009台北皇冠出版公司）、散文集《流言》（1968台北皇冠出版公司）、《張看》（1976台北皇冠出版公司）及電影劇本《太太萬歲》（1949）、《哀樂中年》（1949）、《南北一家親》（1962）等多部。

在上海孤島時期成名的張愛玲，因爲背負了漢奸家屬的罪名，所寫的作品又多爲個人及家庭的私事，殊未涉及社會及政治等大視野，一向被大陸的文史評家認爲是鴛蝴派的作家而不加重視，甚至在現當代中國文學史中從未提過她的名字。直到留美的夏志清別具隻眼，在他的《中國現代小說史》中獨立一章來介紹張愛玲的作品，認爲「張愛玲是今日中國最優秀最重要的作家」（夏志清 1979：335），且稱《金鎖記》是「中國從古以來最偉大的中篇小說」（夏志清 1979：343），於是張愛玲在伯樂的熱心推薦下不脛而走，漸成爲台港海外文學青年崇拜的偶像。此一風氣在大陸對外開放後也吹進大陸的文壇，遂使張愛玲

成爲今日大陸文壇的一種特異風景。對張愛玲的評論，夏的門生王德威的觀點其實更爲貼切，他說：

> 張的作品，多半發在鴛鴦蝴蝶派的雜誌小報，如《紫羅蘭》、《萬象》等。而她也擅寫半新不舊人家裡的情事恨事，〈金鎖記〉、〈創世紀〉都是這類作品。但張卻又不是完全的鴛蝴派作家——她的五四訓練、西學背景，使她對新的怪的事物一樣好奇。由新感覺派作家一手炒作的那種浮華頹廢、遊戲人間的姿態，在張的書裡書外，於是翻出新的面貌。徘徊在新舊海派間，張確是她常自命的「不徹底」的實踐者。像〈紅玫瑰與白玫瑰〉那樣的作品，不妨也看作是她創作哲學的戲劇化告白。張的小說狎暱與譏誚，耽溺與驚醒相持不下。由此而生的張力，最爲可觀。她的海派前輩爲她打造了一座庸俗紛擾的城市背景，並附贈形形色色的人物原型。在另一個歷史夾縫裡，這位二十來歲的才女要爲這座城市寫下傳奇，並且身體力行。說張愛玲是集清末以來海派小說之大成者，應不爲過。（王德威 1998：324-325）

張愛玲的長處是意象豐富，語言華麗到「俗」的地步。因爲俗，才能贏得一般口味不高的小市民的賞悅。俗不見得都是貶意，張愛玲俗中見美的「俗美」，無人能及。就小說藝術而論，不容諱言張愛玲的作品兼有了傳統的中國風味和來自西方的現代氣息，特別具有西方文學重視的人物心理的描繪，最能贏得嗜好鑽研的學子的歡心，以致研究張愛玲的論文與專書層出不窮，成爲一時的顯學。當然眞正研究張愛玲的主力在台灣，出版張書的主要出版社在台灣，明襲暗仿張風的作家也多半在台灣，幾乎使人誤以爲她是台灣的作家。

張愛玲的作品其實並非都在同一個水平上，上海時期有關張氏個人私生活經驗的作品確是張作中的精華，香港時期的作品，例如《秧歌》和《赤地之戀》，就大有討論的餘地。這兩部小說都與政治有關，按理說足以矯正那些指責張愛玲不食人間煙火的評論者的偏見，爲什麼不曾發生效力？原因是這兩部作品寫得太不夠水準了。寫得差的原因並非是張愛玲的文筆不如從前，或是反

共的意圖太過明顯，染上張作中本無的主題掛帥的毛病，而是因爲張愛玲寫的是她完全不瞭解的農村生活和她完全不熟悉的農民語言。我們只要拿同是反共小說的姜貴的《旋風》比一比，就可看出張作中的農民形象有多麼不眞實了！寫農民，多少要熟悉農民的語言，譬如趙樹理和浩然的小說，人們儘管可以指責他們政治掛帥，但卻不能說他們寫的農民不像農民。寫上海，眞的無人強過張愛玲，但像《秧歌》和《赤地之戀》（前半寫農村）這樣的農村小說就使人無法卒讀了。其實張愛玲一旦離開上海，似乎已江郎才盡，後來一再重寫早期的作品，例如把〈金鎖記〉自譯作英文，又改寫爲英文版的長篇《怨女》，再譯成中文，等於把同一個故事重複寫了四遍，一個靈感充盈的作家何至如此？她的作品自始即發表在鴛蝴派的刊物上，後來又全由出版通俗文學的台灣皇冠出版公司總理，由此亦可見她所訴求的讀者對象，如說張愛玲的作品是比較有藝術性的（或比較有匠心的）通俗小說，倒也恰如其分。

在大陸的文學評論界，隨著對夏志清的評價起起伏伏，對張愛玲也不能再加忽視，但是尙不肯同意夏志清的高度評價，總認爲張愛玲格局太小，缺乏社會、國家的關懷，譬如嚴家炎主編的《二十世紀中國文學史》一書就有如下的評論：

　　封閉衰腐的舊家庭裡缺乏愛與關懷的生活氣氛，繼之以同樣封閉的教會學校偏至的西化殖民教育，無形中推動著張愛玲對家與國的疏離，助長著她對人間責任的淡化，使她既缺乏傳統士大夫所謂的「國家興亡，匹夫有責」的感時憂國情懷，也缺乏五四以來大多數現代知識份子救亡圖存的現代國民意識，而漸漸成長爲一個疏離於家國、疏離於社會、淡然於責任的孤獨個人，一個如她自己所坦承的「自私的人」。（嚴家炎 2010：390）

這種對張愛玲身世與個性的分析並沒有錯，只是文學的成就並非完全奠基在作家的家國情懷之上，這也正是馬克思主義評論者的盲點。

抗戰時期雖然大部分作家都在後方，但上海孤島卻仍然是一個文學的重鎮。

巧的是現在看來幾個重要的作家，像錢鍾書、師陀、張愛玲都是在這時期的上海孤島創作出他們最成功的作品。這個現象實在不容忽視，如果說藝術是在恰當的環境中個人心靈的自由流瀉，那一定是在外在和內在都不受干擾的情況下達成的。是故錢鍾書和師陀在1949年後結束了創作的生命，張愛玲在赴香港以後，脫離了上海的環境，受到另一種干擾，也毫無表現了。

徐訏（1908-80）

徐訏（1908-80，生平見第二十一章）於1936年赴法留學，獲巴黎大學文學博士學位，抗戰爆發後回國，在孤島時期居留上海。1937年在《宇宙風》上發表中篇小說《鬼戀》（1938上海夜窗書屋），其中人鬼莫測的人物與奇詭的情節，頗獲好評，繼又發表中篇小說《吉卜賽的誘惑》（1939上海夜窗書屋）和長篇小說《一家》（1940上海夜窗書屋）、《荒謬的英法海峽》（1941上海西風出版社）、《精神病患者的悲歌》（1943上海光明書局）、《風蕭蕭》（1944成都東方書店）等。

《吉卜賽的誘惑》和《荒謬的英法海峽》都是異國情調的愛情探險故事，把海派的作風發揚得淋漓盡致。徐訏的作品都以第一人稱的我作為敘述者，兼書中的主人翁。這個「我」當然是個翩翩佳公子，周旋在眾多的奇葩艷婦之間，享盡了人間艷福，有點像後來傅萊明（Ian Fleming）創造的轟動歐西的間諜○○七詹姆士‧龐德（James Bond）。當然如果見到徐訏本人以後，遂明白這樣的寫法，應該是出於一種心理的補償作用吧！他的諸多說部總是綜合了愛情、探險的情節，文筆幽艷、奇詭，又相當通俗，適合大眾口味，故十分暢銷。特別是具有奇情、間諜情節複雜的《風蕭蕭》一出，更風靡了那個時代的讀者。這本小說以日軍偷襲珍珠港引起太平洋戰爭為背景，其中日本的、美國的、中國的間諜與反間諜鬥智、鬥力，使情節撲朔迷離，又不乏情愛場面與景色的描寫，難怪如此獲得小市民的歡心。但若與張愛玲的作品比較，又未免

太通俗了。但也有學者認爲徐訏四〇年代的作品已具有現代主義的思維，故評說：

> 　　徐訏在四〇年代的創作中已經有了藝術上的新的追求和超越，這種追求就是對現代主義更其明確更其深刻的追求，而這種超越也就正是對浪漫主義的超越。現代主義的浪漫化或浪漫主義的現代化是徐訏四〇年代小說創作的鮮明特色和成功經驗。《風蕭蕭》雖以浪漫主義激情描寫了一個生動、曲折、緊張、驚險的故事，但是貫穿小說結構核心的卻是對生存的現代主義沉思和哲學追問。（朱壽桐1998：645-646）

　　大陸易幟後，徐訏避難香港，仍然創作不斷，計有短篇小說集《殺機》（1953香港大公書局）、《癡心井》（1953香港大公書局）、《有後》（1954香港大公書局）、《百靈樹》（1954香港亞洲出版社）、《結局》（1954香港亞洲出版社）、《傳統》（1955香港亞洲出版社）、《父仇》（1955香港亞洲出版社）、《花束》（1956香港亞洲出版社）、《私奔》（1957香港亞洲出版社）、《太太與丈夫》（1958香港亞洲出版社）、《燈》（1959香港亞洲出版社）、《女人與事》（1959香港亞洲出版社）、《神偷與大盜》（1959香港亞洲出版社）、《花神》（1977台北黎明文化公司）、中篇小說集《爐火》（1952香港大公書局）、《期待曲》（1952香港大公書局）、《彼岸》（1953香港大公書局）、長篇小說《婚事》（1955香港亞洲出版社）、《江湖行》（1960香港大公書局）、《時與光》（1966台北正中書局）、《悲慘的世紀》（1977台北黎明文化公司）、《巫藍的惡夢》（1977台北黎明文化公司）、詩集《時間的去處》（1958香港亞洲出版社）、《原野的呼聲》（1977台北黎明文化公司）、散文集《三邊文學》（1973香港上海印書館）、《大陸文壇十年及其他》（1973香港大公書局）、《傳薪集》（1978台北正中書局）、《傳杯集》（1978台北正中書局）及《徐訏全集》一至十五卷（未出齊，1966-70台北正中書局）。徐訏可謂多產作家。

無名氏（1917-2002），原名卜寶南，又名卜乃夫、卜寧，江蘇省揚州人。除了曾在北京大學旁聽外，是一位自學成名的作家。抗日戰爭爆發後去重慶，開始寫作，並在《掃蕩報》工作。曾在華山獨居一年。1943年起發表愛情小說，諸如中篇《北極風情畫》（1943眞善美圖書出版公司）、《塔裡的女人》（1944眞善美圖書出版公司），成爲那年代最暢銷的小說。1949年後蟄居杭州。1985年輾轉經香港到台灣，成爲反共作家。晚年定居台北木柵，靠鬻稿維生。身後以六卷《無名書》（包括《野獸·野獸·野獸》、《海艷》、《金色的蛇夜》、《死的岩層》、《開花在星雲之外》、《創世紀大菩提》）聞名於世。

無名氏戰時的暢銷通俗小說《北極風情畫》

　　無名氏早期的暢銷作品，屬於通俗的愛情小說，龍應台認爲他的文字「濃得化不開」，而小說的結構形成公式：「第一步，俊男邂逅美女；第二步，男女主角在激情中狂吻；第三步，風波之後和解，和解之後風波；最後結局總是悔恨交加地分手，而多年之後，憔悴的、不能忘情的、看破人生的男主角出來話當年。」（龍應台1985：113）所謂文字「濃得化不開」，指的是無名氏喜用加強氣勢的疊句，就像郭沫若《女神》中那種直接、激情的句法。其實無名氏第二階段的《無名六書》與前有所不同，灌注了作者幾十年的功力，可說精心構思，將其大半生所讀、所思、所經歷的人生、哲理、宗教感悟都寫在裡面了。甚至有的學者認爲他後期的作品「對於人類的生存意義和生命終極存在的思考和探索是無名氏小說現代主義主題的基本內涵」（朱壽桐1998：669）。最難能可貴的是其中多半是在共產黨的高壓政策下私密寫成的，雖難說是唯一，至少是極少數的大陸作家堅持完成的一種地下作品，或稱之爲「潛在寫作」。大陸學者陳思和不無感慨地說：「在那些公開發表的創作相當貧乏的年代裡，不能否認潛在寫作實際上標誌一個時代的眞正文學水平。」（陳思和2002：121）因此

他給予《無名六書》極高的評價，他說：

> 《無名書》的真正的描寫對象是生命文化現象的本相，從最具體逐步上升到
> 最抽象，它們依次是革命、愛情、罪孽、宗教、宇宙五相，以人性的角度來
> 論，經歷了歡欲—唯美—虛無—莊嚴—自然五層，層層上升，層層盤旋，前四
> 項都從正反兩面展示其內在的陰陽統一。（陳思和2002：102）

陳思和認為《無名書》中所創造的人物印蒂出現後掃除了無名氏小說中的通俗趣味，這個人物是西方文化精神在東方的回應，因此他後期的作品可稱為中國浪漫主義的光榮的結束（陳思和 2002：104-105）。這種論調可說是部分正確，但是另一方面，《無名書》所建構的空中樓閣，正如引人入勝的武俠說部的脫離人生一樣，欠缺人間實際的經驗與感受，卻也顯示出作者蒼白貧血的一面。

五、抗戰時期步入文壇的新秀

《聶紺弩傳》（1903-86）

聶紺弩（1903-86），湖北省京山縣人。1922年在福建省泉州擔任國民黨東路討賊軍前敵指揮部祕書處文書，旋赴馬來西亞吉隆坡運懷義校任教。1923年轉往緬甸仰光擔任《國民日報》及《緬甸晨報》編輯。1924年返國，入黃埔軍校第二期，並參加第一次東征。曾赴蘇聯，在莫斯科中山大學學習。1927年返國，任國民黨中央通訊社副主任。1931年參加中國左翼作家聯盟，翌年加入共產黨。抗戰爆發後，在新四軍軍部編輯《抗敵》雜誌。1939至46年間先後任浙江省中共省委刊物《文化戰士》主編、桂林《力報》副刊編輯、重慶《商務日報》、

《新民報》副刊編輯、西南學院教授。49年後，歷任中國作家協會古典文學研究部副部長、香港《文匯報》總主筆、人民文學出版社副總編輯。

他的第一本短篇小說集《邂逅》雖然出版在1935年，但是抗戰時期在文壇他還是一個新人。其實他寫的小說不多，主要作品是散文與雜文。他的小說作品有短篇集《邂逅》（1935上海天馬書店）、《夜戲》（1941永安改進社）、《兩條路》（1949上海群益出版社）。49年後又出版過一本《紺弩小說集》（1981長沙湖南人民出版社）。

葛琴（1907-1995），筆名柯琴，江蘇省宜興縣人。畢業於江蘇樂益女子中學，曾入上海大學學習。1926年參加共產黨，從事中共地下工作，曾任上海中央局宣傳部內部交通員。1932年在中共江蘇省委宣傳部工作，開始發表作品。1937年在浙江省龍泉縣政府任編審主任。與後來的中共文藝官邵荃麟結婚後，輾轉從浙南、閩西經桂林到重慶。1946年任漢口《大剛報》副刊主編。1947年經上海赴香港從事婦女統戰工作，擔任南方局文委委員。1949年後任中央電影局編劇，1956年轉任北京電影製片廠副廠長。著有短篇小說集《總退卻》（1937上海良友圖書公司）、《生命》（1939福建改進出版社）、《伴侶》（1941桂林文化供應社）、《一個被逼害的女人》（1946重慶中華書局）、《狂》（1947耕耘出版社）、《結親》（1947上海群益出版社）、中篇小說《窯場》（1937上海良友圖書公司）等。

葛琴雖於1932年開始發表作品，但至1937年才正式出版作品，所以可算是抗戰時期的新人。擅長描寫婦女與兒童，但因為政治立場的關係，很難脫出左派的意識形態。

邱東平（1910-41），原名邱碩珍，廣東省海豐縣人。1926年參加共產黨，從事革命活動。翌年參與海陸豐起義失敗，遠走香港。1932年加入十九路軍，參與一二八上海之戰，並參加左聯主辦的工農文藝通訊活動，開始發表作品。1935年東渡日本，成為左聯東京分盟的重要成員。1936年再到香港，在九龍創辦半島書店。抗戰爆發後參與八一三上海保衛戰。1938年至南昌，加入新四軍，重新辦理共產黨員登記，隨軍轉戰各地。1940年出任魯迅藝術學院華中分

院教務主任，並主持出版《江淮文化》、《魯藝叢刊》。1941年7月在蘇北建湖縣為日軍包圍，壯烈犧牲。戰時主要作品有小說散文集《長夏城之夜》（1937一般書局）、短篇小說集《第七連》（1937聯華書店）、《茅山下》（包括未完成的長篇《茅山下》前五章，1944韜奮書店）、《東平短篇小說集》（1944桂林南天出版社）、中篇小說《火災》（1948上海潮鋒書局）等。

邱東平算是戰時成名的青年作家，曾經是《七月》重要的撰稿人，所以是七月派的一員大將。胡風對他非常賞識，曾評論說：「在革命文學運動裡面，只有很少的人理解到我們底思想要求最終地歸結到內容底力學的表現，也就是整個藝術構成底美學特質上面。東平是理解最深的一個，也是成就最大的一個，他是把他底要求他底努力用『格調』這個說法來表現的。」（胡風 1950）所謂「七月派」，源自七七事變後，胡風、艾青、曹白、蕭軍、蕭紅、端木蕻良等在上海所創辦的《七月》週刊，後來遷到漢口改為半月刊，1939年7月遷重慶，改為月刊，1941年又跟隨胡風到了香港，一直出到1941年。其實《七月》的主要負責人是胡風，他有意發掘培養了一批青年作家，像小說家邱東平、路翎、詩人田間、阿壠、魯藜、牛漢等，都是一時之秀，史稱「七月派」。邱東平是一個有潛力的作家，可惜早逝，沒能完全展現他的才華，但也幸運地逃過了後來「胡風案」的牽連。

碧野（1916-2008），原名黃潮洋，廣東省大埔人。高中時代因領導學潮遭政府通緝逃亡北平，參加左派文藝社團「浪花社」。抗戰爆發後，參加華北游擊隊、農村巡迴演劇隊及中華全國文藝界抗敵協會。1942年赴成都，出任莽原出版社總編輯。1943至46年間在重慶任中學教員，1947年赴上海任教，並曾在南京編輯《人報》及《朝報》副刊。1948年進入解放區，在邊區北方大學藝術學院及華北大學文藝學院任教。1949年後，歷任中央文學研究所創作員、中國作協理事及作協湖北分會副主席。戰時主要作品有短篇小說集《遠行集》（1942文化生活出版社）、中篇小說《北方的原野》（1938漢口上海雜誌公司）、《三次遺囑》（1942桂林文學編譯社）、《奴隸的花果》（1943新豐出版公司）、《風暴的日子》（1945重慶建國書店）、長篇小說《風沙之戀》（1943

重慶群益出版社）、《肥沃的土地》（1943桂林三戶圖書社）、《沒有花的春天》（1946重慶建國書店）、《湛藍的海》（1947上海新新出版社）等。

　　碧野是戰時一個典型的流亡青年，足跡自北平而下遍及河洛、蜀中、上海、太原、天山、漢水、江南諸地，他描寫的範圍也廣及各地。文風在寫實中有浪漫，具有農村的泥土氣，譬如他自己認爲比較滿意的作品《肥沃的土地》，就曾獲得茅盾的稱讚說：「風景描寫能從農民眼中去看，不是知識份子眼中所見的風景；不是詩意的，而是充滿了泥土香的，聯繫著農業生產的，飽和著農民的血汗的。」（茅盾1945）

　　路翎（1923-94），原名徐嗣興，曾用筆名冰菱、余林、烽嵩、流烽、嘉木、未明等，安徽省無爲縣人，生於南京。三歲父自殺，父本姓趙，改隨母姓。1935年入江蘇省立江寧中學。抗戰爆發後到四川，入國立四川中學。他也是抗戰後新起的青年作家。1939年十六歲在《大聲日報》發表第一篇小說《朦朧的期待》。因言論賈禍，被學校開除，先後做過煤礦辦事員、中央政治學校圖書館管理員、經濟部燃料管理委員會辦事員等。1942年寫成中篇小說《飢餓的郭素娥》，1944年完成長篇小說《財主底兒女們》，才不過二十一歲，可說是早熟的作家。1949年後曾任南京軍管會文藝處創作組組長，並在南京大學任教。1950年後轉往北京青年藝術劇院及中國劇協劇本創作室工作。因爲曾爲胡風主編的刊物《七月》撰稿，被稱爲七月派作家，也正因此受到胡風案的株連，關入秦城監獄多年，精神受到極大的損傷。出獄後成爲掃地工人，直到1980年才獲得平反，擔任戲劇出版社的編輯。後來雖繼續寫作，但已失去早年的鋒芒。戰時主要小說作品有中篇小說《飢餓的郭素娥》（1943重慶南天出版社）、《蝸牛在荊棘上》（1946上海新新出版社）、《嘉陵江畔的傳奇》（1946上海《聯合晚報》連載）、長篇小說《財主底兒女們》（上部

路翎二十一歲完成的九十萬字架構龐大的長篇《財主底兒女們》。

1945南天出版社；下部1948上海希望社）、《燃燒的荒地》（1950上海作家書屋）及短篇小說集《青春的祝福》（1945重慶南天出版社）、《求愛》（1946上海海燕書店）、《在鐵煉中》（1949上海海燕書店）等。

路翎的早熟，在中國作家中是少見的。胡風曾寫下他初見路翎的印象：「約來見面以後，簡直有點吃驚：還是一個不到二十歲的小青年，很靦腆地站在我面前。」（胡風 1987）因爲胡風的賞識，他遂成爲《七月》雜誌的主要撰稿人。在他發表了《飢餓的郭素娥》之後，文評者邵荃麟不禁驚歎說：「在中國的新現實主義文學中已經放射出一道鮮明的光彩。」（邵荃麟 1944）二十一歲完成九十萬字架構龐大的長篇《財主底兒女們》，即使在世界文學史上也不多見。當然這樣的年齡所靠的是才華，而非經驗，因此難免優缺點互見，優點是濃墨重彩，元氣淋漓；缺點是熱情外溢，不知節制。

綜觀戰爭時期的小說作品，雖然少數老作家有所進步與成熟，像巴金、沈從文，也有少數新進作家表現出出眾的才華，像錢鍾書、師陀、張愛玲、徐訏、無名氏等，但因爲戰爭的影響，顛沛流離，生活艱苦，潛心創作不易，再加上同仇敵愾的愛國心使作家難以冷靜客觀，影響了作品的質素，是以抗戰與內戰的十二年間小說作品的質與量都不算出色。至於有的作家所表現的現代主義的思維內涵，其實仍然覆蓋在浪漫主義的外衣下，相對於五○年代以降的台灣現代主義文學的盛放，只能說是「前現代」的含苞現象。

在以上所論的作家之外，尚有一部分作家投奔或成長在解放區，他們受到共產黨的培育，也受到共產黨的約束與箝制，當然更無法從事小說藝術的鑽研；但是他們緊跟無產階級的革命教條，卻創作出另一種具有泥土氣息和革命八股的文體，深深影響了1949年後中共制度下的文壇，我們將予另章討論。

引用資料

中文：

巴　金，1940：〈後記〉，《火》，上海文化生活出版社。

王德威，1998：〈從「海派」到「張派」──張愛玲小說的淵源與傳承〉，《如何現代，怎樣文學？──十九、二十世紀中文小說新論》，台北麥田出版公司，頁319-335。

老　舍，1948：〈序〉，《火葬》，上海晨光出版公司。

老　舍著馬小彌譯，1980：《鼓書藝人》，北京人民文學出版社。

朱壽桐主編，1998：《中國現代主義文學史》上、下卷，南京江蘇教育出版社。

沙　汀，1951：〈紀念魯迅先生，檢查創作思想〉，10月19日重慶《新華日報》。

邵荃麟，1944：〈評《飢餓的郭素娥》〉，7月《青年文藝》第1卷第6期。

茅　盾，1945：〈讀書雜記〉，5月《文哨》第1卷第1期。

茅　盾，1980：〈小序〉，《鍛鍊》，香港時代圖書有限公司。

茅　盾，1985：〈桂林春秋〉，《新文學史料》第4期。

茅國權著，曾振邦譯，1989：〈《圍城》英譯本導言〉，4月《聯合文學》第54期，頁164-173。

胡　風，1950：〈憶東平〉，《為了明天》，作家書屋。

胡　風，1987：〈重慶前期──抗戰回憶錄之八〉，《新文學史料》第1期。

胡　繩，1948：〈評姚雪垠的幾本小說〉，5月香港《大眾文藝叢刊》第2輯《人民與文藝》。

姚雪垠，1947：〈後記〉，《長夜》，上海懷正文化社。

夏志清，1979：《中國現代小說史》，香港友聯出版社。

曹萬生主編，2010：《中國現代漢語文學史》，北京中國人民大學出版社。

郭強生，2013：〈張愛玲與夏志清〉，2月《聯合文學》第340號（第29卷第4期），頁44-47。

陳思和，2002：《中國當代文學關鍵詞十講》，上海復旦大學出版社。

靳　以，1942：〈卷首題詞〉，《前夕》，上海文化生活出版社。

楊　義，1993：《中國現代小說史》第二卷，北京人民文學出版社。

龍應台，1985：《龍應台評小說》，台北爾雅出版社。

嚴家炎，2010：《二十世紀中國文學史》中冊，北京高等教育出版社。

蕭　乾，1948：〈前記〉，《創作四試》，上海文化生活出版社。

外文：

Lao She, 1951: *The Yellow Storm* (translated by Helena Kuo), New York, Harcourt, Brace & Co.

Lao She, 1952: *The Drum Singers* (translated by Helena Kuo), New York, Harcour Brace & Co.

第二十三章　抗戰與內戰時期的詩與散文

　　詩歌與散文都是比較長於直接表達的文類，在抗日戰爭同仇敵愾激動情緒
中，最容易用來發洩個人的國恨家仇，不但成名的詩人、散文家寫了大量的抗
日詩文，就是原來的小說家、戲劇家也會採用詩歌與散文的形式以抒心中憤
恨。除了自我發洩外，同時也希望能夠鼓動他人，發揮宣傳的效果，因此短
詩、朗誦詩特別發達；同樣的道理，報告文學、速寫、特寫等形式遠多於散文
的正宗：抒情、敘事、議論等體制。

　　抗戰開始不久，在後方的幾個重要城市中就出現了詩社和專刊詩歌的刊物，
例如重慶市的文藝協會每月定時召開「詩歌座談會」，時常參加的詩人有胡
風、何其芳、馮乃超、艾青、高蘭、光未然、王亞平等。到了1942年，又成立
了「春草社」，出版《春草集》、《詩家》、《詩墾地》、《詩文學》、《詩
歌生活》等期刊。後來又有胡風主編的《七月》和接續的《希望》、茅盾主編
的《文藝陣地》，以及各大報的副刊都是發表詩作的園地。成都有杜谷主編的
《平原詩叢》和從重慶遷來的《詩墾地》。桂林有戴望舒、艾青主編的《頂
點》、胡明樹等主編的《詩》月刊及從廣州遷來的蒲風主編的《中國詩壇》；
後來胡風主編的《七月詩叢》也在桂林出版。昆明有朱自清、聞一多等的「新

詩社」，編選《現代詩鈔》和《戰歌》詩刊等。所以戰時發表詩作的園地不少。

至於散文和雜文，發表的園地就更多了。文學刊物、綜合性的雜誌、報章的副刊等，發表最多的就是散文與雜文。可惜的是散文與雜文保存不易，如非收在文集中，很難流傳後世。在本章中，我們先談詩，再談散文與雜文。

一、為抗戰而吶喊的朗誦詩

中國的古詩本來是可唱可誦的，但是模仿西方詩的新詩因為放棄了原來習慣的韻律，不顧口語的語法，再加上使用太多的新詞彙，甚至是翻譯的抽象的詞彙，反倒成為只能目視而不易朗朗上口的詩了。在戰前瞿秋白提倡「大眾文藝」的時候，已經討論到詩歌的大眾化問題。到了抗日戰爭爆發，所有的文人都面臨到如何把個人的心聲有效地傳達給一般群眾的課題，像蒲風、任鈞、楊騷、穆木天等人所組織的「中國詩歌會」就曾大力提倡淺白的朗誦詩。

蒲風（1911-42，生平見第十八章）1934年開始出版詩集，抗戰爆發後又繼續出版了《搖籃歌》（1937詩歌出版社）、《可憐蟲》（長詩，1937詩歌出版社）、《抗戰三部曲》（1937詩歌出版社）以及詩文合集《現代中國詩壇》（1938詩歌出版社）。他於1940年赴皖南參加新四軍軍部的宣傳工作，當然他的詩是既革命又大眾化的，而且多是可以上口朗誦的。可惜他於1942年就去世了。

任鈞（1909-2003），原名盧嘉文，又名盧奇新，筆名魯森堡、森堡、孫博，廣東省梅縣人。1926年在就讀梅縣東山中學時代參加共產主義青年團，擔任團地委學生部長。1928年考入上海復旦大學，並參加太陽社。後赴日本留學，於1932年畢業於早稻田大學文科。返國後參加左聯，與蒲風等發起成立「中國詩歌會」，提倡大眾詩歌運動。1935年起先後任教於上海大夏大學、四川省立戲劇音樂實驗學校及上海劇專。1949年後任教於上海音樂學院及上海師範大學。戰前與戰時出版的詩集有《冷熱集》（1936上海詩人俱樂部）、《後方小

唱》（1941上海雜誌公司）、《為勝利而歌》（1943重慶國民圖書出版社）、
《任鈞詩選》（1946上海永祥印書館）、《新詩話》（1946上海國際文化服
務社）、《發光的年代》（1948上海星群出版社）等。他多寫諷刺社會現象的
詩，語言通俗，易於朗誦。

　　高蘭（1909-87），原名郭德浩，筆名黑沙、郭浩、齊雲，黑龍江省瑷琿
縣人。1912年就讀黑龍江省立第一師範學校，後轉入北京崇實及匯文中學。
1928年考入燕京大學國文系。抗日戰爭時期與馮乃超、光未然等發起朗誦詩運
動，出版朗誦詩集《高蘭朗誦詩》（1937漢口大路書店）、《高蘭朗誦詩集》
（1938成都越新書局）、《朗誦詩集》（1940商務印書館）、《高蘭朗誦詩
新輯》（1943重慶建中出版社）等。今舉其一首朗誦短詩〈放下你那枝筆〉為
例：

　　　　我們咆哮，我們怒吼！
　　　　我們要以牙還牙，以眼還眼！
　　　　我們要擺脫奴隸的鎖鍊！

　　　　拿起另一枝筆吧！
　　　　為真理正義而吶喊！
　　　　衝上民族解放的陣線！

全詩都是驚歎號，是為了加強朗誦時的聲調而設。所以朗誦詩只可朗誦，閱讀就沒
什麼意味了。

　　高蘭1947年返回東北，出任瀋陽《東北民報・文藝週刊》編輯，旋去長春，
任教於長春大學中文系。1949年後，先後任教於山東師範學院中文系、濟南華
東大學文藝系及山東大學中文系等。高蘭是專攻朗誦詩的詩人，他的作品多譜
成歌曲，戰時頗有影響力。

二、成名詩人的表現

　　除了二〇年代的詩人，像郭沫若等繼續發聲以外，三〇年代成名的詩人臧克家、艾青、田間、何其芳、卞之琳等成為抗戰時期詩壇的主力。

　　臧克家（1905-2004，生平見第十八章）在戰爭期間出版的詩集眾多，有《從軍行》（1938生活書店）、《泥淖集》（1939生活書店）、《淮上吟》（1940上海雜誌公司）、《嗚咽的雲煙》（1940創作出版社）、《十年詩選》（1942現代出版社）、《向祖國》（長詩，1942桂林三戶圖書社）、《古樹的花朵》（長詩，1942東方書社）、《泥土的歌》（1943今日文藝社）、《國旗飄在鴉尖上》（1943中西書局）、《感情的野馬》（長詩，1943重慶當今出版社）、《寶貝兒》（1946萬葉書店）、《生命的零度》（1947上海新群社）、《冬天》（1947上海耕耘出版社）和回憶錄《我的詩生活》（1943學習出版社）等。

　　他素有農民詩人之稱，除了代表農民發聲外，也是左派陣營中的重要詩人。《從軍行》和《泥淖集》歌頌了前線抗日士兵的英勇，《淮上吟》寫受水災之害的人民，長詩《古樹的花朵》稱頌抗日英雄范築先的事蹟，長詩《感情的野馬》則唱出戰時的愛情。在這些詩裡他也向大眾化轉變，盡量採用口語。抗日戰爭期間，他出版的作品雖然眾多，基本上並沒有突破自己已有的成就，因而聲名漸為後起的艾青、田間等所凌駕。

　　艾青（1910-96，生平見第十八章），自從寫出了〈大堰河——我的保母〉（1933）一舉成名之後，基本上已從畫家轉行為詩人。到了抗戰和內戰時期，他的詩藝步入成熟期，同時也是他創作最旺盛的時期，他先後出版了《他死在第二次》（1939上海雜誌公司）、《曠野》（1940重慶生活書店）、《向太陽》（1940海燕書店）、《火把》（1941

艾青的戰時詩集《向太陽》

上海文化生活出版社）、《北方》（1942上海文化生活出版社）、《雪裡鑽》
（1944上海新群出版社）、《獻給鄉村的詩》（1945北門出版社）、《吳滿
有》（1946上海作家書屋）、《反法西斯》（1946上海讀書出版社）、《黎明
的通知》（1948上海文化供應社）、《舵手頌》（1948香港海洋書局）等詩
集。

　　曾經留法的艾青既深受法國象徵派詩人包德萊、韓堡等的影響，又懷有濃重
的鄉土情懷，再加上五四以來的前輩（像新月派）浪漫詩風的引導，在他手裡
融會貫通，增加了表現的豐富性，形成艾青的風格。土地和太陽在艾青的詩裡
是兩個重要的意象，前者代表了詩人深愛的國土、母親，後者象徵著明天、希
望和美好的未來。艾青曾說：「最偉大的詩人，永遠是他所生活的時代的最忠
實的代言人；最高的藝術品，永遠是產生它的時代的情感、風尚、趣味等等最
真實的紀錄。」（艾青1980：160）王瑤評論艾青的詩說：

> 　　艾青的特點是散文化，他以為樸素是美的源泉，而散文化是達到樸素的有利
> 的手段。詩中十分注意章法和結構的完整，用散文式的開展的層次來抒寫，而
> 把重點擺在結尾的一節。這種新的形式和他所寫的內容配合起來，的確給人一
> 種新鮮的感覺。他常常用重疊或複沓的詩行來加重抒寫他所要歌頌的感情形
> 象，如光、火把、太陽等，使詩的表現特別有力量。（王瑤1953：50-51）

　　艾青的詩代表了抗日戰爭那個時期人民的感情與願望。但是如果艾青沒有寫
出過〈大堰河——我的保母〉這樣直接表達對窮苦農民的深摯感情的詩，左派
的評論家是否還敢於對出身地主階級的艾青同聲稱讚就大成問題了。

　　田間（1916-85，生平見第十八章）是抗戰時期另一個交出漂亮的成績單的詩
人，他也寫出了豐富的篇章，計有：《呈在大風沙裡奔走的崗衛們》（1938生
活書店）、《給戰鬥者》（1943桂林南天出版社）、《戎冠秀》（長詩，1946
冀晉日報社）、《她也要殺人》（長詩，1947海燕書店）、《趕車傳》（第一
部，1949新華書店）等。

田間的詩以短句與快速的節奏感出名，沒有知識份子的憂鬱，多的是激勵奮發的詞句，被稱作是「時代的鼓手」；同時，由於他的左派的政治立場，當然也要撻伐右派，歌頌人民的力量。

何其芳（1912-77，生平見第十七章）是詩文兼擅的作家，抗戰時期他出版了散文集《刻意集》（1938文化供應社）、《還鄉雜記》（1943桂林工作社）、《星火集》（1945重慶群益出版社）、《星火續集》（1945重慶群益出版社）以及詩集《預言》（1945文化生活出版社）、《夜歌》（1945重慶詩文學社）等。

田間的戰時長詩《戎冠秀》

《預言》雖然是1945年出版的，但其中的詩多半寫於戰前。何其芳的詩本以詞藻華麗的抒情詩見長，自從1938年到了延安參加了共產黨之後，他的立場和觀點不能不有所改變，他在《夜歌·出版後記》中說：「抗戰以前，我寫那些〈雲〉的時候，我的見解是文藝什麼也不為，只為了抒寫自己，抒寫自己的幻想、感覺、情感。後來由於現實的教訓，我才知道人不應

何其芳的戰時詩集《預言》

該也不可能那麼盲目地、自私地活著，我就否定了那種為個人而藝術的錯誤見解。」（何其芳 1945）所以《夜歌》中的作品就開始改調了，譬如〈我為少男少女們歌唱〉一首：

> 我為少男少女們歌唱，
> 我歌唱早晨，
> 我歌唱希望，
> 我歌唱那些屬於未來的事物，
> 我歌唱正在生長的力量。

我的歌呵，

　　你飛吧，

　　飛到年輕人的心中

　　去找你停留的地方。

　　所有使我像草一樣顫抖過的

　　快樂或者好的思想，

　　都變成聲音飛到四面八方去吧，

　　不管它像一陣微風

　　或者一片陽光。

　　輕輕地從我琴弦上

　　失掉了成年的憂傷

　　我重新變得年輕了，

　　我的血流得很快，

　　對於生活我又充滿了夢想，充滿了渴望。

　　這樣的詩的確是淺白了，可同時也淺薄了；樸素了，可同時也簡單了；大眾
化了，可同時也容易寫了。何其芳的這種轉變不但說明了戰時的環境需要，也
透露出共產黨的意識形態所主導的文藝路向，改變了1949年後全中國的文藝面
貌。

　　卞之琳（1910-2000，生平見第十八章）的詩本來重視意境，常有戲劇化的場
面，有人物，有場景，但中間的關係卻不能一眼看穿，需要一番細細地品味。
謝冕說：「卞之琳的重視時空感覺，往往以象徵的方式寫出沉思中悟出的哲
理。有時為了顯示悟性的表達，省略甚多而呈現為空闊滯澀，卞之琳詩作的圓
熟精緻而富有冷靜的理性是公認的。」（謝冕 1986：8）他的詩絕對不是大眾
化的那一類。但是1938年他也跟何其芳一起去了延安，才會寫出《慰勞信集》
（1940桂林明日社）這樣比較大眾化的詩集，後來又收到《十年詩草》（1942

桂林明日社）中。但是他的詩經常具有詩的歧義性、隱晦性，無法達到大眾化的標準。

馮至（1905-93，生平見第十八章）抗戰時期在西南聯大任教，出版《十四行集》（1942桂林明日社）。模仿英詩十四行商籟體的詩，作得圓熟並不容易，雖然有人認為商籟體並不適合中國的語言特質，但馮至寫出的成績是不錯的，只不過這時期他的作品少，也不夠大眾化。

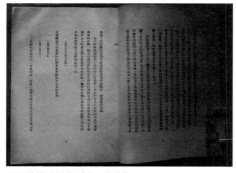

馮至的戰時詩集《十四行集》

愛國從不後人而創作精力旺盛的小說家老舍，在抗戰期間為了宣傳抗日不但嘗試話劇、京劇，也寫民間鼓詞、歌謠，當然他也不會放過新詩這一個文類。他在1940年寫成表現川陝河洛一帶戰時景象的長詩《劍北篇》，通俗是夠通俗了，但是每句都押韻，聽起來像是順口溜。

王亞平（1905-83），原名王福全，筆名白汀、李蔭、李篁、大威、羅倫等，河北省威縣人。早年就讀邢台河北省立第四師範學校。1931年與袁勃等在北平創辦文學刊物《紫薇星》。1932年參加中國詩歌會，並主編《新詩歌》。1934年在青島編輯《現代詩歌》、《詩歌新輯鍛鍊》、《詩歌季刊》等。1936年赴日留學。旋抗日戰爭爆發，回國參加戰地服務隊，並主編《高射砲》詩刊。1946年進入解放區，參加共產黨，主編《平原文化》。1949年後，負責編輯《人民日報》文藝版。後任《新民報》總編輯。不久接任北京市委宣傳部文化處處長、北京市文聯祕書長等職。戰前與戰時出版的詩集有《都市的冬》（1935國際書店）、《海燕的歌》（1936上海聯合出版社）、《十二月的風》（長詩，1936詩人俱樂部）、《中國兵的畫像》（1938重慶抗戰文藝叢書）、《祖國的血》（1939民眾書店）、《紅薔薇》（1940長沙商務印書館）、《生活的謠曲》（長詩，1943重慶未林出版社）、《火霧》（1945重慶春草社）、《中國，母親的土地啊》（1947新豐出版公司）、評論《杜甫論》（1943重慶

商務印書館）、散文集《永遠結不成的果實》（1946上海文通局）等。

王亞平戰時的作品很多，但影響不大，王瑤評論說：「他的詩語句相當通俗，但那情調仍然是知識份子的。敘事詩中喜用抽象的重疊的句子，缺少生活的實感，因此感人不深。但他熱烈地歌頌抗戰與兵士，憎惡反人民的黑暗勢力，那種愛祖國的精神是很充沛的。」（王瑤 1953：73）

袁水拍（1916-82），原名袁光楣，筆名馬凡陀，江蘇省吳縣人。早年在蘇州讀中學時與夏濟安同班。上海滬江大學肄業，以後曾在銀行任職。戰時在重慶與香港等地從事文化工作，並開始詩歌創作。1942年參加共產黨。勝利後在上海《大公報》、《新民報》擔任編輯。1949年後，任人民日報社文學藝術和副刊部主任。1960年起擔任《毛澤東詩詞》英譯本定稿小組組長。1961年出任中國共產黨宣傳部文藝處處長。曾經從英譯本轉譯聶魯達的詩。戰時出版詩集《人民》（1940新詩社）、《向日葵》（1943美學出版社）、《馬凡陀的山歌》

袁水拍（1916-82）

（1946上海生活書店）、《沸騰的歲月》（1947上海新群出版社）、《馬凡陀的山歌續集》（1948上海生活書店）、《解放山歌》（1949新群出版社）、《江南進行曲》（1949香港中國音樂出版社）等。

袁水拍是戰時成名的詩人。他的代表作《馬凡陀的山歌》及《馬凡陀的山歌續集》是採用民間歌謠的方式所寫的政治諷刺詩，諷刺的對象是國民黨。

蘆荻（1912-1994），原名陳培迪，廣東省南海人。三〇年代初開始詩歌創作。1936年參加廣州藝術家協會詩歌組，參與編輯《今日詩歌》、《詩場》、《中國詩壇》等刊物。1939至42年間編輯《廣西日報》副刊《灘水》，並任中華全國文藝界抗敵協會桂林分會理事。1949年後，先在軍管會文藝處工作，1953年任《作品》編輯部主任。1960年後在暨南大學與華南師範學院任教。曾擔任毛澤東晚年的伴讀。戰時出版詩集《桑野》（1937詩場社）、《馳驅集》（1939詩場社）、《遠訊》（1942桂林象山出版社）、《旗下高歌》（1949香

港人間書屋）等。

臧雲遠（1913-91），筆名季沅、辛苑，山東省蓬萊縣人。1930年到北平讀高中。1932年參加北方左聯及共產黨。同年赴日本，與朋友合辦文學刊物《雜文》，開始詩創作。抗戰爆發後返國，在武漢編輯綜合性刊物《自由中國》。1938年曾短時赴延安，1939年到重慶出版詩歌叢刊，並與友人合寫大型歌劇《秋子》及活報劇《法西斯喪鐘響了》。1949年後歷任濟南華東大學、山東大學藝術系教授、系主任。1952年出任華東藝術專科學校副校長，1958年任南京藝術學院副院長。戰時出版詩集《爐邊》（1943重慶群益出版社）、《靜默的雪山》（長詩，1944商務印書館）、《雲遠詩草》（1947上海群益出版社）、詩劇《苗家月》（1944重慶東方出版社）等。

方敬（1914-96），四川省萬縣人。1933年考入北京大學外語系，開始詩文寫作。抗戰爆發後曾在四川大學借讀。畢業後到羅江中學任教。1938年在成都加入共產黨，並與何其芳、卞之琳等合編《工作》半月刊。1941年赴桂林，主辦工作社，出版《工作》文學叢書。1944年到貴陽，擔任貴州大學講師，並主編《大剛報》文藝副刊《陣地》及《時代週刊》。1947年至重慶，歷任女子師範學院、重慶大學教授、相輝學院外語系主任。1949年後，歷任西南大學教務長、副院長、作協四川分會副主席等。戰時出版詩集《雨景》（1942上海文化生活出版社）、《聲音》（1948上海文化生活出版社）、《行吟的歌》（1948上海文化生活出版社）、《受難者的短曲》（1949上海森林社）、散文集《風塵集》（1937上海良友圖書印刷公司）、《保護色》（1944桂林工作社）、《生之勝利》（1948上海文化生活出版社）、《記憶與忘記》（1949上海文化工作社）等。

覃子豪（1912-63），原名譚基，四川

覃子豪的著作及研究書影

省廣漢縣人，出身湘西苗族。1931年就讀於北平中法大學孔德學院，兩年後赴法國里昂中法大學續讀兩年，開始詩歌創作。1935年赴日，入日本中央大學法科。1936年在東京參與組織文海社。抗日戰爭爆發前夕返上海，曾在浙江永嘉縣政府及國民政府軍委政治部任職。1938年任《掃蕩報》編輯，並創辦《東方週報》宣傳抗日。1945年在廈門創辦《太平洋日報》。1947年去台灣，任職於物價調節委員會及糧食局。1951年主編《新詩週刊》。1954年與鍾鼎文、鄧禹平等創辦「藍星詩社」，並主編《藍星週刊》、《藍星詩選》、《藍星詩頁》和《藍星季刊》，發表詩論，批評台灣的現代詩派。戰時出版詩集《自由旗》（1939金華青年書店）、《永安劫後》（1945漳州南風出版社）、散文集《東京回憶散記》（1945漳州南風出版社），其他著作留待討論台灣文學時再續做介紹。

三、散文化的七月詩

「七月派」的名稱源自1937年9月胡風等人在上海創刊《七月》雜誌，後來跟隨胡風遷至武漢，又遷至重慶。《七月》之後，胡風在1945年1月又創刊了《希望》。這兩份雜誌在胡風的主導下凝聚了一批青年作家，有小說家，也有詩人。其中的青年詩人諸如阿壠、魯藜、彭燕郊、徐放、綠原、曾卓、牛漢等的作品被胡風後來選入《七月詩叢》，他們多少都受到胡風現實主義文學理論的影響，在現實生活中追求主觀的戰鬥精神，因而被稱作「七月詩派」。

阿壠（1907-67），原名陳守梅，又名陳守門，曾用筆名紫薇花藕、SM、人僕、聖門、魏本仁等，浙江省杭州市人。早年曾就讀於上海工業專科大學，而後轉入中央軍校。1939年赴延安，入抗日軍政大學。在野戰訓練中受傷，赴西安治療。傷癒後轉往重慶，入陸軍大學。畢業後留校任戰術教官。1946年轉往成都，主編文藝刊物《呼吸》。1947年受國民黨通緝，潛往華東，後隱居杭州。1949年後出任天津市作協編輯部主任。1955年受胡風案株連下獄。作品有詩集《無弦琴》（1942希望社）、報告文學《第一擊》（1947上海海燕書

店）、詩論《人和詩》（1949上海書報雜誌聯合發行所）。

　　魯藜（1914-99），原名魯徒弟，曾用筆名許流浪、流雲、魯加、魯家、老魯、小犁、黎未、許懷格、司馬侖等，福建省同安縣人。少年時僑居越南，1932年回國，入集美鄉村師範實驗學校。1934年赴上海，擔任山海工學團輔導員。1936年參加共產黨。1937年出任安徽省蚌埠第三省立民眾教育館指導員兼鳳台縣教育視導主任。1938年入延安抗日軍政大學。1939年在陝甘寧邊區文化協會工作，後轉任晉察冀軍區幹事及戰地記者。1942年起任教於魯迅藝術學院。1949年後擔任天津文學工作者協會主席，並主編《文藝學習》月刊。1955年受到胡風案株連，下放農村勞動。直到文革後才獲得平反，任天津市文聯副主席。戰時作品有詩集《醒來的時候》（1941希望社）、《鍛鍊》（1941海燕書店）。

　　彭燕郊（1920-2008），原名陳德矩，福建省莆田縣人。抗日戰爭期間的1938年參加新四軍政治部戰地服務團，後調至政治部敵軍工作部，開始在《七月》、《詩創作》、《現代文藝》等刊物發表詩作。1940年後在金華、桂林、重慶等地從事文學創作，並任《力報》、《廣西日報》副刊編輯。1945年起開始研究民間文學。1947年曾被國民黨逮捕下獄一年。1949年後擔任《光明日報》副刊編輯。1950年起在湖南大學、湖南師範學院任教。1955年因胡風案株連，被關押，繼而下放工廠勞動。1979年平反後到湖南湘潭大學中文系任教，兼任中國民間文藝研究會湖南分會副主席及中國民俗協會理事。曾創辦及主編《楚風》雜誌。戰時出版詩集有《春天——大地的誘惑》（1941桂林詩創作社）、《媽媽，我，和我唱的歌》（1943廣東萌芽社）、《戰鬥的江南季節》（1943桂林水平書店）、《第一次愛》（1946桂林山水出版社）、散文集《浪子》（1943桂林水平書店）等。他的關於農村生活的詩具有濃郁的鄉土氣息。

　　徐放（1921-2009），原名徐德錦，遼寧省遼陽市人。1942年因從事抗日活動，遭日軍通緝，逃亡關內。1944年到後方，主編《東北文化》週刊。1945年畢業於四川三台東北大學中國語文學系。參加共產黨後於1946年赴延安。以後執教於北方大學藝術學院和華北大學三部。1949年後擔任《人民日報》綜合

副刊及文教編輯，主編過《現實詩叢》。1955年受到胡風案的株連，入獄、勞改。1980年獲得平反，重回《人民日報》，擔任群眾工作部副主任。晚年任江南詩詞學會名譽會長、江南書畫院名譽院長等。戰時出版詩集《南城草》（1942長春同化印書館）、《起程的人》（1945群益出版社）等。

　　綠原（1922-2009），原名劉仁甫，筆名劉半九，湖北省黃陂縣人。1938年在恩施讀中學，1940年在中國興業公司鋼鐵部當實習生，開始寫詩。1944年畢業於重慶復旦大學外文系，相繼在岳池、重慶等地中學教授英文。1947年在美商德士古石油公司任職。1948年參加共產黨。1949年後擔任《長江日報》文藝組副組長。1953年任中共中央宣傳部國際宣傳處組長。因曾在胡風主編的《希望》雜誌發表詩作，1955年受胡風案株連，遭受隔離審查。1962年恢復工作，在人民文學出版社編譯所任職，1974年轉到國家出版局版本圖書館工作。文化大革命時又遭受迫害，平反後擔任人民文學出版社副總編輯、中國詩歌協會副會長。戰時出版詩集《童話》（1942希望社）及《又是一個起點》（1948上海青林詩社），1949年後有翻譯作品多種。

　　曾卓（1922-2010）原名曾慶冠，筆名柳江、馬萊、阿文、方寧、方萌、林薇等，原籍湖北省黃陂縣，生於武漢。少年時在武漢就讀中學。1936年參加武漢市民族解放先鋒隊。抗日戰爭期間流亡到重慶，開始詩歌創作。1941年與朋友組織「詩墾地社」，編輯出版《詩墾地叢刊》。1943年入重慶中央大學歷史系，並編輯《詩文學》雜誌及《詩文學叢刊》。1947年大學畢業後擔任中學教員，後回漢口主編漢口《大剛報》副刊《大江》。1949年後任《大剛報》副總編輯，並在湖北省

曾卓作品《崖邊聽笛人》書影

教育學院及武漢大學執教。1952年出任《長江日報》副社長及武漢市文聯副主席。1955年受胡風案株連，直到文革後始得平反。平反後復任武漢市文聯副主席。戰時出版詩集《門》（1943重慶詩文社）。牛漢評曾卓的詩說：

他的詩即使是遍體傷痕，也給人帶來溫暖和美感。不論寫青春或愛情，還是寫寂寞與期待，寫遙遠的懷念，寫獲得第二次生命的重逢，讀起來都可以一唱三歎，可以反覆地吟詠，節奏與意象具有逼人的感染力，淒苦中帶有一些甜蜜，極易引起共鳴。他的詩句是溫潤的、流動的：像淚那樣濕潤，像血那樣流動。（牛漢 1986：79）

牛漢（1923-2013），原名史成漢，又名史汀，筆名谷風，山西省定襄縣人，蒙古族。抗戰時隨擔任中學教員的父親流亡到陝西，就讀天水一中。1943年考入西北大學外語系攻俄語，1944年後在西安從事編輯工作。1946年參加共產黨。1949年後在人民大學研究部擔任成仿吾祕書。1950年轉任東北空軍《空軍衛士》報編輯，並任政治部黨委及文教辦公室主任。曾參加韓戰。1953年任職人民文學出版社。1955年因胡風案被捕關押兩年。1970年下放湖北五七幹校勞動。文革後平反，任《中國作家》主編。戰時出版

牛漢作品《空曠在遠方》

詩集《鄂爾多斯草原》（長詩，1942《詩創作》第十四期）、《彩色的生活》（1950上海泥土社）等。陳思和以爲：

牛漢四〇年代的詩歌充滿了一種反抗的火力，而寫於1970年到1976年的幾十首詩歌……大部分屬於他所謂的「情境詩」，這些詩歌相對於他早期的詩來說語調較為平靜，但在內裡則仍充滿了堅忍的反抗精神。這些詩歌更加突出了生命意識，他借助不同的意象，表達了陷於逆境的生命不屈地抗爭與堅忍地生存的精神，也高揚了「五四」新文化運動以來，知識份子的抗爭與現實戰鬥的傳統。（陳思和 2001：169）

七月詩派的青年詩人多少都受到胡風的文學理論的影響，在現實主義中具有

「主觀戰鬥精神」。他們又處於國難深重的抗戰時期，作品中充滿著憂患意識和對民族國運的關注之情。對他們詩作的共同特色，論者曾謂：

> 　　七月詩派在整體上呈現出的是斑斕濃烈的美感特徵。他們普遍採用的是一種噴發式的抒情手段，注重主觀情感的直接宣洩和抒發，同時也十分重視抒情的形象化，注意意象的新穎明確，想像的豐富奇麗，象徵的確切深刻。在詩的形式上，他們一方面以詩情的內在旋律為依據，體式上呈現出多姿多態的特徵。
> （朱棟霖等 1999：294）

四、現代派的九葉詩

　　所謂的「九葉詩」是在國共內戰期間形成的詩派，這群詩人包括王辛笛、陳靜容、杜運燮、杭約赫、鄭敏、袁可嘉、穆旦、唐祈、唐湜等，作品多發表在1947年7月創刊的《詩創造》和1948年創刊的《中國新詩》上。原來他們常被稱作「新現代派」。「九葉」之名出現甚晚，乃因1981年江蘇人民出版社出版了一冊以上所提九位詩人的詩選集，王辛笛認為他們不是鮮花，只能做綠葉，因此名為《九葉集》，於是遂有「九葉詩派」之稱了。

　　王辛笛（1912-2004），原名王馨迪，原籍江蘇省懷安縣，生於天津。在南開中學讀書時即發表詩作。1931年考入清華大學外文系，負責編輯《清華週刊》文藝專欄。1935年畢業，1936年赴英國，入愛丁堡大學研究英國文學。1939年回國後在暨南大學、光華大學任教，並擔任詩歌音樂工作者協會上海分會負責人及《美國文學叢書》、《中國新詩》編輯委員，主編《民歌》詩刊。1947年曾赴美考察。1948年加入中國民主同盟。1949年後，轉業到輕工業，先後任上海菸草工業公司、食品工業公司副經理。並出任上海作協副主席、上海市政協常委等職。戰前及戰時出版有詩集《珠貝集》（與其弟辛谷合作，1935自印）、《手掌集》（1947上海星群出版社）、散文集《夜讀書記》（1948上海

出版公司）等。晚年主編了《二十世紀中國新詩辭典》（1997）。

　　杭約赫（1917-95）原名曹辛之，筆名曹吾、曹辛、孔休、江天莫、曲公等，江蘇省宜興縣人。早年就讀江蘇省立陶瓷學校及江蘇教育學院，後在小學執教。抗戰爆發後先後就讀山西民族革命大學、陝北公學和魯迅藝術學院。1940年在重慶生活書店擔任編輯。國共內戰時期，在上海參與創辦《詩創造》和《中國新詩》兩刊物，開始新詩創作。1949年後擔任人民美術出版社編輯，並從事書籍裝幀設計。戰時出版詩集《噩夢錄》（1947上海星群出版社）、《火燒的城》（1948上海星群出版社）、《復活的土地》（長詩，1949上海森林出版社）等。曹辛之（杭約赫）的詩頗有代表性，今舉一首如下：

　　　　知識份子
　　　　多嚮往舊日的世界
　　　　你讀破了名人傳記
　　　　一片月光，一瓶螢火
　　　　牆洞裡擱一頂紗帽
　　　　在鼻子前掛面鏡子，
　　　　到街坊去買本相書。
　　　　誰安於這淡茶粗飯，
　　　　脫下布衣直上青雲。
　　　　千擔壯志埋入書卷，
　　　　萬年歷史不會騙人。
　　　　但如今你齒落鬢白，
　　　　門前的秋夜沒了路。
　　　　這件舊長衫拖累住
　　　　你，空守了半世窗子。（1946）

　　陳敬容（1917-89），筆名藍兵、成輝、文谷，四川省樂山縣人。1935-36年曾在北大、清華旁聽，開始寫作。做過合作社職員、小學教師．1947年在重慶

文通書局任編輯，參與編輯《文史》雜誌。1948年赴上海，擔任《中國新詩》及《森林詩叢》編輯委員。1949年後主要從事翻譯工作。戰時出版品有詩集《交響曲》（1947上海星群出版社）、散文《星雨集》（1947上海文化生活出版社）。

　　杜運燮（1918-2002），筆名吳進、吳達翰，原籍福建省古田縣，生於馬來西亞。1934年回福州就讀高中。1939年赴昆明，入西南聯大外文系，參與創辦冬青文藝社，開始發表新詩。在學期間曾在印度、緬甸一帶擔任盟軍翻譯。1945年畢業後先後擔任重慶《大公報》、香港《大公報》和《新晚報》編輯。後赴新加坡華僑中學任教。1949年後返國，在北京新華通訊社國際部任職。1974年去山西師範學院外語系執教。文革期間也下放過牛棚。1979年回北京，出任《環球》雜誌主編。他後來有一首批文革的詩，評者認爲「朦朧」難懂，此朦朧一詞後沿用爲新詩的一個流派。戰時出版詩集《詩四十首》（1946上海文化生活出版社）。論者認爲他善於融合古典與現代、中國與西洋的詩風。

　　穆旦（1918-77），原名查良錚，筆名梁眞，浙江省海寧縣人。1940年畢業於西南聯大外文系，留校執教，開始詩歌創作。1948年赴美留學，入芝加哥大學英文系。1953年返國，任南開大學外文系副教授。戰時出版詩集《探險者》（1945昆明文聚社）、《穆旦詩集1939-1945》（1947上海星群出版社）、《旗》（1948上海文化生活出版社）等。杜運燮曾謂：「穆旦是中國最早有意識地採取葉芝、艾略特、奧登等現代詩人的部分表現技巧的幾個詩人之一。」（杜運燮 1986）陳思和也說：

穆旦（1918-77）

「『九葉』詩人穆旦的詩更爲深沉，他在自己生命的最後階段，創作了近三十首詩歌，其中大多數都是成熟深沉的傑作。」（陳思和2001：162）

　　唐祈（1920-90），原名唐克蕃，又名唐那、唐吉珂，江蘇省蘇州市人。1942年畢業於西南聯大，到蘭州工業學校任教。1947年在上海參與創辦《中國新

詩》雜誌。1939年到北平華北革命大學學習。1950年起任《人民文學》及《詩刊》編輯。文革後任江西贛南文聯副主席。1979年後先後在甘肅師範大學及西北民族學院執教。戰時出版詩集《詩第一冊》（1948上海星群出版社）。

唐湜（1920-2005），原名唐揚和，字迪文，浙江省溫州市人。1948年畢業於浙江大學，在學期間曾參加《詩創造》及《中國新詩》的編輯工作。1949年後在上海市文協從事翻譯工作。1954年到北京，任《戲劇報》編輯。1961年後轉到永嘉崑劇團工作。文革後在溫州師範專科學校執教。以後任溫州地區文藝創作室創作員。戰時出版詩集《騷動的城》（1947上海星群出版社）、《英雄的草原》（長詩，1948上海森林出版社）、《飛揚的歌》（1950平原社）等。他是詩作較多的一位，同時也寫詩評。陳思和曾謂：

> 唐湜的作品「是艱難生涯裡釀出來的一點蜜」，他是把自己非常個人化的想像與感受，融入了對民間傳說的改寫之中。他自述「想把南方海濱風土的描繪，民間生活的抒寫，拿浪漫主義的幻想色調融合起來」，事實上除此之外，他還把自己在逆境中備受壓抑的激情，注入了詩歌的創作。（陳思和 2001：132）

鄭敏（1920- ），福建省閩侯人。1939年考入西南聯大哲學系。1943年畢業後赴美，先後入布朗大學及伊利諾州立大學，獲英國文學碩士學位。1956年返國，在社會科學院文學研究所外國文學部研究英國文學。後來在北京師範大學外語系任教。她於1942年開始創作，出版《詩集：1942-47》（1949）。詩作深受里爾克的影響。1949年後停筆，直到1979年大陸對外開放後才重拾彩筆。

袁可嘉（1921-2008），浙江省慈溪縣人。1946年畢業於昆明西南聯大外文系。四〇年代提倡現代詩，發表新詩及詩論，主張：「追求一個現實、象徵、玄學的綜合傳統。」（袁可嘉 1948）1946-50年任教於北京大學西方語文系。1952-53年任中共中央宣傳部毛澤東選集英譯室翻譯。1954-56年任外文出版社英文部翻譯。1957-78年擔任中國社會科學院外國文學研究所助理研究員、研究

員。1980年初曾赴美講學。1991年退休。其戰時詩作見《九葉集》（1981江蘇人民文學出版社）。

九葉派的詩人多係外文系出身的，有的曾在西方留學，後來又做翻譯的工作，因此對西方的文學，特別是詩學，比較熟悉，也比其他戰時本土派的詩人受到西方詩人更多的影響。多半的九葉詩人是戰時西南聯大的畢業生，是受過沈從文影響的一批作者（雖然在沈從文受難時沒人敢提起），所以他們的詩作比較現代，少一些口號和左派的激情。評者有謂：「九葉詩歌的出現，使中國新詩中現代主義詩歌之流進入了一個總體成熟的階段，大膽地借鑑西方現代派詩歌的同時大膽消化和創新，則是他們成功的內在機制。」（陳維松 1989）艾青也曾經評論九葉派的詩人說：「接受了新詩的現實主義傳統，採取歐美現代派的表現技巧，刻畫了經過戰爭大動亂之後的社會現象。」（艾青 1999）論者綜合戰爭時期總體的新詩表現，曾有以下的看法：

> 這一時期的詩歌表現出共同的時代特徵，也反映出共同的歷史侷限。作品多以愛國主義為主題，表現抗戰初期昂奮的民族情緒和時代氣氛。抒情的方式大多是宣傳式的戰鬥吶喊，同時加入了大量的議論。這適應了現實性、戰鬥性的時代要求，容易產生鼓動性效果，卻難免空乏，失去了詩歌應有的審美效果。（朱棟霖等 1999：290）

五、報告文學

自三〇年代開始，在文藝大眾化的氛圍中，左派文人盡力提倡報告文學，藉以擴大文學的傳播力。1936年模仿蘇聯高爾基編輯過《世界的一日》前例，中國人也編纂了一部《中國的一日》的報告文學，由茅盾彙整編輯，結果編出了一部八十萬言的大書。眾多作家都寫過類似的作品，一般人也都可以寫一點報告的文章，成為大眾均可染指的文類。到了抗戰爆發，報告文學更遇到發揮的

環境，從事報告文學寫作的人越來越多，但是常常因爲寫得匆忙，文筆不佳，精品實在太少，事過境遷也就無人問津了，能夠保留下來的反倒最少。其中有幾位值得一提的茲分述於下：

夏衍（1900-94，生平見第二十一章）身爲共產黨員，是一位爲黨的利益做宣傳工作不遺餘力的作家，他的劇作如此，他投入報告文學的寫作也是如此。戰時出版報告文學集《包身工》（1938廣州離騷出版社）、《血寫的故事》（1938上海黎明書局）、《今日之上海》（1938漢口現實出版社）、《劫餘隨筆》（1948香港海洋書屋）、《蝸樓隨筆》（1949香港人間書屋）等。其中《包身工》寫的是上海楊樹浦東洋紗廠內女工的悲慘生活，其他也都是有關當日的時事，是以新聞記者之筆寫成的。因爲夏衍的名聲響亮，這些作品又收入文集中，所以留存了下來。

夏衍戰時的報告文學集《包身工》

蕭乾（1910-99，生平見第十七章）因爲身任新聞記者，自然專寫報導的文章，譬如他的《流民圖》寫的則是流離失所的難民。除了國內，也曾遠赴英美，報導歐戰的情況。1944年被《大公報》派爲駐英特派員兼戰地記者，寫了英德之戰的《銀風箏下的倫敦》和《矛盾交響曲》等歐洲戰地報導。戰後採訪波茨坦會議、紐倫堡審判納粹戰犯，並赴美採訪聯合國成立大會。戰時出版通訊集《見聞》（1939桂林烽火社）、《南德的暮秋》（1946上海文化生活出版社）、散文集《灰燼》（1939上海文化生活出版社）、《人生採訪》（1947

蕭乾回憶錄《歐戰旅英七年》書影（2013安徽人民出版社）

上海文化生活出版社）等。蕭乾雖然也寫小說，但他留給後人的，除了翻譯的西方名著外，還是報導文學的印象。

宋之的（1914-56，生平見第二十一章）是一位多產的劇作家，他也寫過不少

報告文學，他的〈一九三六春在太原〉收在《賜兒集》（1939一般書店），寫在閻錫山統治下因「防共」而產生的白色恐怖。在抗日戰爭期間他所寫的篇章收在《凱歌》（1941中國文化服務社）一書中。可惜他只活了四十二歲，所以所寫報告文學數量不多。

駱賓基（1917-94，生平見第二十二章）是小說家，但是戰時也出版過一本報告文學集《麥忙》（1942文化生活出版社）。

六、幽默散文

梁實秋（1902-87，生平見第十七章）於1949年在台灣正中書局出版的四集《雅舍小品》，都是寫於抗戰時期的重慶市，雅舍就位於戰時重慶的沙坪壩。1938年因「抗戰無關論」受到左派文人的激烈抨擊。他的《雅舍小品》實踐了他那與抗戰無關的文章也有其價值的主張。一般人多稱林語堂為幽默大師，其實真正體現幽默感的小說是老舍，散文則是梁實秋。二人都是北京人，也都把北京人的日常生活中的幽默語言形之於文字。幽默不是諷刺，像魯迅的文筆，諷刺得很準，也很狠，那就一點也不幽默了。即使諷刺，幽默的諷刺不是針對別人，常是針對自己。幽默也不是說笑話，不是引人大笑的語言，而是把話說得俏皮，而又有內涵，引發人會心的微笑，所以輕重拿捏要極有分寸。但是故意修飾的幽默又常失去自然，故自然又是幽默不可缺少的要件，所以能寫幽默文的人，平常說話就習慣幽默，像老舍，像梁實秋，他們才能順手寫得出幽默的文字。同樣有一枝散文健筆的梁錫華曾形容梁實秋的幽默散文說：

> 梁實秋在《雅品》說到個人遭遇的種種時，總採取豁達的態度，對一些自以為了不起的高官富豪，他又永遠維持一份士人的高潔。它在重慶北碚所住的竹舍實在簡陋得可以，但他稱之為「雅舍」。他在文內表態說：「安之」，「有趣」，「不復他求」，「正合我意」，最後還要命筆「且誌因緣」。文章內說到別人對他的惡意攻擊，包括用匿名信、匿名電話等向他侮辱謾罵，但他所表

現的，還是一種仁厚為懷的態度，並能幽默地推測惡人的用心而不取以牙還牙，以眼還眼的報復手段。《雅品》一書給我們看見作者有不少蘇東坡的胸襟，而明人王季重論蘇子的話轉用來評《雅品》也很恰當：有嬉笑而無怒罵；有感慨而無感傷；有疏曠而無偏窄；有把柄而無震盪；有順受而無逆施……所謂無入而不自得也。

　　梁實秋的幽默，在《雅品》中幾乎無處不在，他最愛耍的戲法，就是將四字成語或四字慣用語故意錯用，或故意稍加扭曲，於是幽默幾近詼諧的效果就躍然紙上。（梁錫華1984）

　　梁實秋的《雅舍小品》正是幽默散文的典範。在抗戰那種情感激烈、生活困苦的時代，如果不是出於一個人的個性，很難幽默得起來。《雅舍小品》可以說是在抗戰時期炙熱的怒火中一股清涼的微風。在當時也許很多人看不入眼，但是時過境遷，那憤怒的呼聲失去蹤跡，為人所遺忘了，可梁實秋的幽默小品仍然受到廣大群眾的喜愛。

　　周作人（1885-1967，生平見第十三章）於抗戰爆發後留居北平，以致未能避免與日本侵略者合作，成為勝利後判刑下獄的漢奸。戰時他所寫的文章多半是與抗戰無關的趣味性的小品文和雜文，諸如《周作人代表作選》（1937上海全球書局）、《瓜豆集》（1937上海宇宙風社）、《秉燭談》（1940北新書局）、《藥堂語錄》（1941天津庸報社）、《藥味集》（1942北平新民印書館）、《秉燭後談》（1944北平新民印書館）、《苦口甘口》（1944上海太平書局）、《書房一角》（1944北平新民印書館）、《立春以前》（1945上海太平書局）等。周作人的小品文，數量、質量都有相當的水準，雖然他在戰時的行為留下瑕疵，他的文學成就仍然是不容抹殺的。

　　林語堂（1895-1976，生平見第十七章）戰時人在美國，但是繼續在國內出版他的幽默雜文，有《語堂文存》（1941上海林民出版社）、《愛與諷刺》（1941文友出版社）、《我的話》（1948上海時代書局）等。但林語堂的幽默不及梁實秋，深度不及周作人。

七、抒情與記事

茅盾（1896-1981，生平見第十五章）戰時寫的小說不多，但散文不少，所出版散文集計有《白楊禮讚》（1942新生出版社）、《茅盾隨筆》（1943文人出版社）、《見聞雜記》（1943文光書店）、《時間的紀錄》（1946上海大地書屋）、《蘇聯見聞錄》（1938上海開明書店）、《雜談蘇聯》（1948上海致用書局）等。

巴金（1904-2005，生平見第十五章）是一個多產的作家，戰時除了小說和不少翻譯作品外，還寫了大量的散文。這時期他出版的散文集有《短簡》（1937上海良友圖書公司）、《控訴》（1937重慶烽火社）、《夢與醉》（1938上海開明書店）、《黑土》（1939文化生活出版社）、《感想》（1939重慶烽火社）、《無題》（1941桂林文化生活出版社）、《龍虎狗》（1941桂林文化生活出版社）、《廢園外》（1942重慶烽火社）、《旅途雜記》（1946萬葉書店）、《懷念》（1947開明書店）、《我的幼年》（1947新生書店）及報告文集《旅途通訊》（1939桂林文化生活出版社）等。

豐子愷（1898-1975，生平見第十七章）是位不太受外在環境干擾的作家，他有個人的生活情趣，不熱心政治活動，因此他的作品雖在戰時，也沒有什麼激情與火氣。戰時曾出版散文集《緣緣堂再筆》（1939開明書店）、《子愷近代散文集》（1941成都普益圖書館）、《藝術與人生》（1944桂林民友書局）、《教師日記》（1944重慶崇德書店）、《率真集》（1946上海萬葉書店）等。

沈從文（1902-88，生平見第十五章）除了在小說藝術有傑出的表現外，也是位散文的大家。他未參與左派陣營，有自己的冷靜與藝術堅持，因此他的散文也屬於與抗戰無關的一類，多寫人文風光，故今日讀來韻味仍在。戰時出版的散文集有《昆明冬景》（1939上海文化生活出版社）、《湘西》（1939商務印書館）、《燭虛》（1941上海文化生活出版社）等。

李廣田（1906-68，生平見第十七章）散文集《雀蓑記》（1939文化生活出版社）、《回聲》（1943桂林春潮社）、《灌木集》（1944開明書店）、《日

邊隨筆》（1949文化生活出版社）、《西行記》（1949文化工作社）、短篇小說集《金罈子》（1946文化生活出版社）、長篇小說《引力》（1946上海晨光出版公司）、文學論述《文學書簡》（1948上海開明書店）、《文學枝葉》（1948上海益智出版社）等。

何其芳（1912-77，生平見第十七章）有《刻意集》（1938文化供應社）、《還鄉雜記》（1943桂林工作社）、《星火集》（1945群益出版社）等。比起戰前的浪漫抒情散文來，他戰時的作品趨向平實。

柯靈（1909-2000），本名高季琳，筆名荒村、陳浮、林真，浙江省紹興縣人。小學畢業後失學，自修開始寫作。1931年進入上海明星影片公司工作。抗戰開始任《救亡日報》編委，並主編《民族呼聲》週刊。在上海孤島時期曾為《文匯報》、《大美報》和《正言報》編輯文藝副刊，並編輯《魯迅風》、《萬象》等刊物。曾兩度遭日軍拘捕，幸獲得釋放。抗戰勝利後任《文匯報》主筆，並先後主編《讀者的話》、《星期談座》、《浮世繪》、《新民報·十字街頭》等副刊。1948年赴香港參與創辦香港《文匯報》，主編其副刊《彩色版》與《社會大學》。同時擔任永華影業公司編劇，創作了電影劇本《春城花落》、《海誓》等。1949年後歷任《文匯報》副社長兼總編輯、文化部電影局上海劇本創作所所長、上海市電影局顧問、上海電影藝術研究所所長等職，主編《上海電影》、《大眾電影》等刊物。曾任國際筆會上海分會主席。戰時出版散文集《望春草》（1939上海珠林書局）、《市樓獨唱》（1940北社）、《晦明》（1941上海文化生活出版社）等。

麗尼（1909-68，生平見第十七章），著有散文集《白夜》（1937上海文化生活出版社），另有翻譯契訶夫的劇作及屠格涅夫的小說。

陸蠡（1908-42），原名陸聖泉，浙江省天台縣人。杭州蕙蘭中學畢業，曾入之江大學，1927年畢業於上海勞動大學。1930年起陸續在杭州中學、泉州平明中學任教，並與友人合辦泉州語文學社。1932年任上海文化生活出版社編輯。1938年創辦《少年讀物》綜合雜誌。1942年4月，因文化生活出版社遭日軍查抄，他獨自前往交涉，被日人酷刑虐殺。戰前出版散文集《海星》（1936

上海文化生活出版社）、《竹刀》（1937上海文化生活出版社）、《囚綠記》（1940上海文化生活出版社），此外尚譯有長篇小說《羅亭》（俄屠格涅夫原著，1936上海文化生活出版社）、《葛萊齊拉》（法拉馬丁原著，1936上海文化生活出版社）、《烟》（俄屠格涅夫原著，1943上海文化生活出版社）等。

靳以（1909-59，生平見第十五章），在戰時出版散文集《貓與短簡》（1937上海開明書店）、《霧及其他》（1937上海文化生活出版社）、《火花》（1940重慶烽火社）、《鳥樹小集》（1943南平國民出版社）、《沉默的果實》（1945重慶中華書局）、《血與火花》（1946上海萬葉書店）、《人世百圖》（1948上海文化生活出版社）等。靳以是小說家，但戰時散文也寫了不少。

八、批判的雜文

雜文與散文其實有時難以區別，一般抒情、記事且較長的稱作散文，議論批評的且較短的稱作雜文。但是散文中也有重議論的，跟雜文區別就更不容易了。雜文是魯迅提倡的文體，所以常以魯迅的雜文做標準，特別是當作者自稱為雜文者，只能以雜文視之了。抗戰時在上海孤島創刊了一本《魯迅風》的雜誌，專載雜文，成為一時的風氣。魯迅的影響既然這麼大，追隨魯迅寫雜文的人自然眾多，但寫得像魯迅一樣辛辣、犀利的卻並不多見。

郭沫若（1892-1978，生平見第十一章）是一位多面手，身兼詩人、戲劇家、小說家、歷史學家、甲骨文學家、政客，當然也是寫雜文的能手，戰時所寫雜文收在《羽書集》（1941香港孟夏書店）、《蒲劍集》（1942重慶文學出版社）、《今昔集》（1942重慶文學出版社）、《沸羹集》（1947上海大孚出版公司）、《天地玄黃》（1947上海大孚出版公司）等書中，多半都是針對時事的批評。

聶紺弩（1903-86，生平見第二十二章）從事的文類很多，有小說、劇本、詩歌，但主要的是散雜文。戰時出版的有論述文集《語言‧文字‧思想》（1937大風書店）、《關於知識份子》（1948上海潮鋒書店）、雜文集《歷史的奧

祕》（1941桂林文獻出版社）、《蛇與塔》（1941桂林文獻出版社）、《早醒記》（1942桂林遠方書店）、《二鴉雜文》（1949香港求實書店）、《血書》（1949上海群益出版社）、散文集《嬋娟》（1942桂林文化供應社）、《沉吟》（1943桂林文化供應社）、《巨像》（1949上海新群出版社）等。抗戰時期他雖然還是文壇新人，但是出版的散雜文不少。

何家槐（1911-69，生平見第十五章），戰前出版散文集《懷舊集》（1935天馬書店）、戰時出版散文集《稻粱集》（1937北新書局）、《冒煙集》（1941文獻出版社）等。

唐弢（1913-92），原名唐端毅，字越臣，曾化名王晦庵、鄭子光，筆名風紫、若思、仇如山、桑天、唐弓衣、忍士、橫眉等，浙江省鎮海縣人。幼因家貧，初中即輟學。1928年後在上海郵局任職。二十歲開始寫作。抗日戰爭時留在上海，編輯《文藝界叢書》，並參與《魯迅全集》的編校工作。勝利後繼續在郵局工作，並與柯靈合編《週報》。後出任《文匯報》主筆及副刊主任。1949年後在復旦大學、震旦大學、上海戲劇專科學校任教。以後歷任上海市文化局副局長、作協上海分會書記處書記、《文藝月刊》副主編等職。1959年調北京社科院文學研究所任研究員。一生喜書籍，晚年成為大陸重要的私人藏書家。

唐弢一意模仿魯迅的風格，所寫雜文幾可亂真。戰前出版雜文集有《推背圖》（1936上海天馬書店）、《海天集》（1936上海新鐘書店）、戰時有《投影集》（1940上海文化生活出版社）、《短長書》（1940上海北社）、《勞薪輯》（1941福建改進出版社）、《識小錄》（1947上海出版公司）及散文詩集《落帆集》（1948上海文化生活出版社）等。

黃裳（1919-），原名容鼎昌，回族，山東省益都縣人。1933年就讀天津南開中學，後轉上海中學。1938年考入上海交通大學電機系，同時開始散文寫作。後跟大學遷重慶，並曾出任美軍翻譯。抗戰勝利，任《文匯報》駐重慶及南京特派員。不久回上海任《文匯報》副刊編輯。1949年後歷任人民解放軍軍委總政文化部文工團編劇、上海電影製片廠創作所編劇、《文匯報》記者等職。戰時出版散文集《錦帆集》（1946中華書局）、《錦帆集外》（1948上海文化生活出版社）、雜文《舊戲新談》（1948開明書店）等。

引用資料

王　瑤，1953：《中國新文學史稿》下冊，上海新文藝出版社。

牛　漢，1986：〈一個鍾情的人〉，《學詩手記》，北京三聯書店。

艾　青，1980：《論詩》，北京人民文學出版社。

艾　青，1999：〈中國新詩六十年〉，《艾青全集》第三卷，花山文藝出版社。

朱棟霖、丁帆、朱曉進主編，1999：《中國現代文學史：1917-1997》上冊，北京高等教育出版社。

何其芳，1945：〈初版後記〉，《夜歌》，重慶詩文學社。

杜運燮，1986：〈後記〉，《穆旦詩選》，北京人民文學出版社。

袁可嘉，1948：〈新詩戲劇化〉，《詩創造》第12集，上海星群出版公司。

梁錫華，1984：〈學者的散文〉，《梁錫華選集》，香港山邊社。

陳思和主編，2001：《當代大陸文學史教程：1949-1999》，台北聯合文學出版社。

陳維松，1989：〈論九葉詩派與現代派詩歌〉，《文學評論》第5期。

謝　冕，1986：《中國現代詩人論》，重慶出版社。

第二十四章　解放區的文學

一、1942年毛澤東在延安文藝座談會上的講話

　　1933年10月國民政府以百萬大軍圍剿共產黨控制的所謂「蘇維埃」農村根據地，其中一半的兵力直接攻打共黨中央所在地江西省瑞金，前後共有五次戰役。前四次戰役，據說由於毛澤東策畫的運動戰方針奏效，國軍的圍剿未能成功；第五次毛澤東失權，工農紅軍由博古（秦邦憲）領導，致使共黨的反圍剿戰全面潰敗，被迫於1934年10月向中國西北陝甘邊區撤退。當時中國工農紅軍有紅一方面軍、紅二方面軍、紅四方面軍及紅二十五軍，約三十萬人眾，穿過杳無人跡的雪山、高原和凍土地帶，艱辛跋涉一年的時光，共行二萬五千里（一萬二千五百公里），最後只剩下約兩萬五千人到達陝西省的邊城延安，與當地的土共劉子丹與高岡的軍隊會合，史稱「二萬五千里長征」。

　　在艱苦的長征後，共軍並未完全安定下來，時時受到國軍的威脅。幸而此時已經佔據東北的日本帝國主義蠢蠢欲動，時時挑釁，向關內進軍的企圖心日漸明朗，因此團結抗日的呼聲日亟，遂發生1936年12月12日的「西安事變」。蔣

介石不得不順應民情停止戡亂，與共軍暫時合作共抗外敵。故而七七事變後，形成了兩個抗日的中心，一個是撤退到重慶的國民政府的國統區，另一個就是遠縮在延安的共黨控制的解放區。那時候各地的有志青年，特別是知識份子，紛紛投奔後方的抗日根據地。雖然多半投向重慶、成都、昆明、桂林等地，但也有十分左傾的文人直接奔赴延安，有的是短暫停留，像茅盾、何其芳、卞之琳、沙汀、艾青等，有的則長期居留下來，像成仿吾、李伯釗（二人早在長征前已任共產黨要職）、任白戈、周揚、蕭軍、丁玲、周立波、王實味、劉白羽、柯仲平、嚴文井、歐陽山、草明、孫犁、李季、賀敬之等，有的根本就是在地人，像趙樹理、柳青、馬烽、西戎等。所以在抗戰期間，延安也自成一個政治和文化的中心。

當日的共軍，不管是長征的老幹部，還是到達延安後所募的新兵，多半都來自沒有受過新式教育的農民，與後來從各大城市投奔延安的知識份子在生活習慣上、思想上的差距極大。再加上延安地處邊遠，毫無現代城市的設施，生活十分艱苦，使新到的知識份子感到格格不入，難以適應。同時左派的文人在國統區養成了批評、挑剔的習慣，並不認為共產黨的所作所為不可指責，因此常常口無遮攔，寫起文章來也會帶刺。對於共產黨的領導，這是絕不能忍受的挑釁，於是醞釀予以制裁，1942年2月1日毛澤東遂在改組的中央黨校開學典禮上正式宣布「整頓黨風」的聲明，其中有三項：一是反對主觀主義以整頓學風，二是反對宗派主義以整頓黨風，三是反對黨八股以整頓文風。在實際的執行中，第一個受到整肅的是作家王實味。

王實味（1906-47），原名王詩薇，河南省潢水縣人。1922年入北大學習，同時開始創作與翻譯的工作。1930年曾出版散文集《休息》（上海中華書局）。因為懷抱著抗日救國的熱誠，於1936年投奔延安。被分發到中共中央研究院，擔任馬列主義著作的翻譯工作。因為耳聞目睹共產黨幹部許多不合理的現象，寫了四篇雜文，總名為「野百合花」，從1942年3月13日開始發表在《解放日報》的副刊上，揭露了當時延安「衣分三色」、「食分五等」，高級幹部「迴舞金蓮步，歌囀玉堂春」，下層幹部則飢寒交迫，「每一分鐘都有我們親愛的

同志在血泊中倒下」，憤懣之情溢於言表。又在《穀雨》第一卷第四期上發表一篇〈政治家‧藝術家〉的評論，認為藝術家不必苟同政治家的主張，再以牆報的方式發洩他的不滿。這樣的言論正刺到共黨領導的痛處，因此王實味被扣上托洛斯基分子的罪名（范文瀾 1942），遭到無情的批鬥、監禁，終釀成殺身之禍（註1），史稱「野百合花事件」。在同一時期丁玲、蕭軍、羅烽等也因為寫了揭露性的文章表達不滿而受到不同程度的批判，不過他們更糟的命運則在多年以後。「野百合花事件」起到殺雞儆猴的作用，其他文人噤若寒蟬了。

在這一個時期，投奔延安的文人作家觀點很不一致，鑑於統一知識份子的思想以便控馭的重要性，中共中央宣傳部遂於1942年5月2日到23日召開了文藝工作者座談會，作為整風運動的一個組成部分。所謂「整風運動」，實際上是製造恐怖。「日復一日，月復一月，延安生活的中心是審訊和受審，一個接一個的坦白大會，還有各種改造思想的會議。用開不完的洗腦會來摧毀人的意志，將成為毛澤東統治的一大組成部分。」（張戎、喬‧哈利戴 2006：215）

也就是在這次文藝座談會上毛澤東發表了兩次談話，後來整理出來於1943年10月19日刊登在《解放日報》上，就是著名的毛澤東〈在延安文藝座談會上的講話〉一文。

此文共分「引言」與「結論」兩部分，前者是在座談會的開幕式講的，後者是在座談會閉幕式講的。該文的重點如下：

引言部分
一、立場問題：必須站在黨的立場，站在黨性和黨的政策的立場。
二、態度問題：對敵人要暴露他們的殘暴和欺騙，對統一戰線的同盟者要有聯合有批評，對人民、紅軍和共產黨只能讚揚。
三、接受者對象問題：過去革命文藝作品的接受者對象是學生、職員、店員等，在延安的對象則是幹部、戰士、工人和農民。文藝工作者應該向他們

註1：據參考資料相當豐富的張戎、喬‧哈利戴著《毛澤東──鮮為人知的故事》一書言：「1947年中共撤離延安時，王實味被帶上，途中被處決。那是個深黑的夜晚，他被大刀砍死，扔進一座枯井。那年他四十一歲。」（張戎、喬‧哈利戴 2006：213）

學習。

四、工作問題：文藝工作者應該與工農兵打成一片，改造自己資產階級與小資
　　　產階級的思想與習氣。

五、學習問題：要學習馬克思、列寧主義，學習社會主義。在階級的社會裡，
　　　只有階級鬥爭與階級的愛，沒有超階級的愛。應該徹底清算抽象的自由、
　　　抽象的愛、抽象的真理等等。

結論部分

一、為誰而文藝：第一為工人，第二為農民，第三為人民的隊伍，第四為革命
　　　的同盟者小資產知識份子。但是要徹底破除小資產階級的靈魂。

二、普及與提高：向工農兵普及，從工農兵的水平提高。有出息的文學家、藝
　　　術家必須長期地無條件地全心全意地到工農兵群眾中去，到火熱的鬥爭中
　　　去。

三、文藝的統一戰線：一切文學藝術都是屬於一定的階級，屬於一定的政治路
　　　線的。世間沒有超階級或和政治無關的藝術，無產階級的文藝是無產階級
　　　革命的一部分。今天黨的政策是統一戰線，文藝工作者首先應該和黨外的
　　　文學藝術家團結起來。

四、文藝批評：文藝界的主要鬥爭方法是文藝批評。批評的標準是什麼？那就
　　　是政治標準第一，藝術標準第二。

五、文藝整風的必要：因為文藝界中還存在著作風不正的問題：唯心論、教
　　　條主義、空想空談、輕視實踐、脫離群眾等，所以需要嚴肅的整風運動。
　　　（毛澤東 1964a：849-880）

　　這篇談話雖然明顯地是黨八股（綜合以前共產黨人的革命觀點），只因出於
有權在位者之口，就無人敢攖其鋒，公布以後被中共中央宣傳部確認為中共的
文藝政策，以致成為1949年後中國大陸文學藝術家所不敢不恪遵的金科玉律。

二、解放區的氛圍與文人的命運

　　自從延安成為共黨的政治中心後，吸引了一批左傾的青年文人，丁玲於1936

年11月到達保安後，發起成立陝甘寧邊區「中國文藝協會」，並被推選爲協會主任。翌年抗戰爆發，又在成仿吾、周揚等的倡導下成立了「陝甘寧邊區文化界抗日救亡協會」。協會下設文藝突擊社、詩歌會、戲劇救亡協會、文藝戰鬥社、文學研究會、大眾讀物社等，可見規模相當龐

抗日戰爭時期延安版的刊物《大眾文藝》

大。1938年在毛澤東、周恩來的倡議下成立了「魯迅藝術學院」。該年9月又成立了「陝甘寧邊區文藝界抗敵聯合會」，翌年5月改名爲「全國文藝界抗敵協會延安分會」。同時，文藝期刊也相繼創刊，如今可知的有《大眾文藝》、《中國文化》、《詩刊》、《草葉》、《穀雨》、《文藝突擊》等，加上《解放日報》、《新中華報》的副刊，有不少可發表作品的園地。

來到延安的作家大都是十分左傾的青年人，抱著獻身的熱誠來從事革命工作，但是一旦面對了嚴酷的現實，也不免悲觀失望，像王實味寫出諷刺批評的文章，而招致殺身之禍。按照毛澤東的觀點，作家首先必須站在共產黨的立場爲共產黨的利益發言，也就是必須聽命於黨，不容許有個人的意見。這在剛從外地來到解放區的知識份子一時是難以適應的。作家們像丁玲、蕭軍、羅烽等，都曾先後因言論不當受到批判鬥爭，在解放區形成了一股肅殺之氣。不久後，又發生了在東北的文藝整風。

在延安文藝整風中逃過一劫的蕭軍，勝利後被派往東北從事文藝統戰工作，因爲目睹了蘇俄軍隊在東北農村的暴行以及中共推行土改的殘酷手段，忍不住在他主持的《文化報》上撰文批評，引起中共中央的不悅，下令再次整風。黨中央指責蕭軍極端個人主義、狹隘民族主義、人道主義、溫情主義等，以破壞中共文藝政策、汙衊土改、挑撥中蘇友誼、惡意誹謗中共中央的罪名把蕭軍從文藝戰線中驅逐出去，下放到礦場勞動。

這幾次的整肅文人作家，都只爲了言論而賈禍，可見中共的領導人受不得任

何社會上的批評，更不要說輿論的監督了。這些前例並沒有喚醒一心熱中革命的知識份子，因為過去國民黨曾同樣用高壓的手段對付批評政治的文人，當年屠殺青年作家也毫不手軟，只是沒想到批評國民黨專制獨裁的共產黨在控制言論方面是變本加厲青出於藍。這時期中共對待文人作家的政策可以說是秋初的一葉，預告了1949年後知識份子更加悲慘而長久的噩夢。

三、解放區的詩文

延安時代毛澤東已經逐漸成為共產黨唯我獨尊的領導人，他的言論不但在共產黨中受到尊重，對一般人，特別是文化人，也發生很大的影響。毛澤東在中共的領導群中，相對於留俄留法留德留日的同志，是唯一不曾出過國門親身受過西方文化洗禮的人，在競爭領導權的過程中他不能不強調本土性的重要而壓制具有西化傾向的氣焰。在心理上他也始終對西化抱著極大的反感，因此基本上毛澤東是站在第一次西潮促成的五四新文學的對立面。抗日戰爭爆發後，作家們必須深入前線、深入農村宣傳抗日，立刻面臨到人民接受的問題，因此才發生「民族形式」問題的討論。1939年在紀念五四運動的一篇文章中，毛澤東清楚地指出：「知識份子如果不和工農民眾相結合，則將一事無成。革命的或不革命的或反革命的知識份子的最後的分界，看其是否願意並且實行和工農民眾相結合。」（毛澤東 1964b：546）這以後在延安的《中國文化》、《新中華報》、《文藝突擊》等刊物上展開艾思奇、周揚、何其芳、柯仲平等的關於民族形式的討論，無不呼應毛氏的觀點。無庸諱言，在毛澤東治下的延安，容不下西化的啓蒙主義的調調，新月派的新詩、現代派的新詩和諷刺、幽默、閒適的散文，在延安全無發展的餘地。

早期出現的詩歌是有關革命與戰爭的主題，像柯仲平的〈平漢路工人破壞大隊〉、〈邊區自衛軍〉等。到〈在延安文藝座談會上的講話〉發布後，為了符合民族形式，詩人們不能不把眼光投入民間歌謠中，於是出現了借鑑陝北民謠「信天游」的李季的〈王貴與李香香〉、阮章競的〈漳河水〉等。

柯仲平（1902-64），原名柯維翰，雲南省廣南縣人。1919年在昆明省立第一中學就讀，後至北京，政法大學法律系肄業。曾參加創造社及狂飆社。1924年開始創作詩歌。1930年參加共產黨，任《紅旗日報》採訪員，被捕入獄。1933年獲得釋放。1937年赴延安，擔任陝甘寧文協副主任、主任，發起街頭詩、朗誦詩運動，成立「戰歌社」，自任社長。所作詩歌採用民間形式極通俗的語言。1949年後歷任全國文聯副主席、西北文聯主席、中國作協副主席、作協西安分會主席、西北藝術學院院長等職。戰前及戰時作品有

柯仲平（1902-64）

詩集《海夜歌聲》（1927上海光華書局）、詩劇《風火山》（1930上海新興書店）、《無敵民兵》（1949新華書店）等。

李季（1922-80），原名李振鵬，筆名里計、于一帆，河南省唐河縣人。1938年入延安抗日軍政大學，同年參加共產黨。畢業後赴太行山，在八路軍任連指導員、聯絡參謀。1942-47年間在陝北三邊擔任小學教師、縣府祕書和地方報紙編輯，開始寫作。因爲受到毛澤東〈講話〉的啓發，激勵他向民間文藝形式探索，嘗試寫出章回小說《老陰陽怒打蟲郎爺》。1946年在《三邊日報》發表長篇敘事詩〈王貴與李香香〉，採用民謠「信天游」的句法、腔調，描寫一對青年愛侶通過階級鬥爭而終成眷屬的故事。1948年任延安《群眾日報》副刊編輯。1949年赴武漢，任中南文聯編輯出版部長。主編《長江文藝》。1952年到玉門油礦，體驗生活，擔任礦黨委宣傳部長，創作長篇敘事詩〈生活之歌〉、詩集《玉門詩鈔》等。1955年任中國作協創作委員會副主任。1958年任作協蘭州分會主席。1962年起任《人民文學》副主編、主編。文革後出任《詩刊》及《人民文學》主編、中國作協副主席。戰時的詩作有長篇敘事詩《王貴與李香香》（1946太岳新華書店）及鼓詞《卜掌村演義》（1947華北新華書店）。

劇作家阮章競（生平見下節）同時也是詩人，1949年寫成山西民歌形式的長

篇敘事詩〈漳河水〉，描寫漳河兩岸三個少女翻身解放的故事。戰時出版有長詩《圈套》（1949北京新華書店）和《漳河水》（1950新華書店）。

　　散文方面，本來從外地來到延安的作家像丁玲、蕭軍等都寫過散文，但自從王實味因「野百合花」系列招致殺身之禍後，大概很少人再敢任意批評了，因此主要的是配合軍事實用的戰地通訊、人物速寫和報告文學一類。較著名的有吳伯簫、華山、劉白羽等。

　　吳伯簫（1906-82），原名吳熙成，山東省萊蕪縣人。1919年入曲阜師範學校。1925年考入北京師範大學英語系，開始寫作。1938年抵延安，入抗日軍政大學。旋參加八路軍總政治部抗戰文藝工作組赴晉東南前線工作。1939年返延安，先後任陝甘寧教育廳教育科長、文化協會祕書長。1941年參加共產黨。勝利後隨延安大學幹部去張家口。以後曾任華北大學中文系副主任、東北大學社會科學院副院長、東北師範大學副教務長兼文學院長、東北教育學院副院長、人民教育出版社副社長、副總編輯等職。戰時出版散文集《羽書》（1941文化生活出版社）、《黑紅點》（1947東北書店）、報告文學《潞安風物》（1947香港海洋書屋）等。

　　華山（1920-85），廣西省南寧縣人。中學畢業後於1938年到延安，曾入魯迅藝術學院。參加共產黨後到太行山地區《新華日報》工作。國共內戰期間在東北戰場擔任隨軍記者。韓戰時也曾赴戰場探訪。戰時出版有散文集《光榮的勇士》（1947東北書店）、《踏破遼河千里雪》（1950東北新華書店）等。

　　劉白羽（生平見本章第五節）是個多產的小說家，但也寫了不少報告文學的作品，像《游擊中間》（1938上海雜誌公司）、《延安生活》（1946上海現實出版社）、《英雄的紀錄》（1947東北書店）、《時代的印象》（1948哈爾濱光華書店）等。

四、解放區的戲劇

　　話劇從西方傳入之後，一直侷限在大城市的知識份子圈子之內，對一般廣大

的農村可說毫無影響。這個現象不僅限於新戲劇，新詩、新小說也是一樣，都只成爲城市知識份子所欣賞的文藝。1932年熊佛西到河北省定縣推展「農民戲劇」，雖然頗有成績，但到1937年抗戰爆發不得不停止，時間太短而地區太小，是以難對廣大的農村發生眞正的影響。

共產黨中央在延安穩定下來之後，當然也需要文藝以及調劑生活的文娛活動，同時也體認到戲劇的宣傳效力，因此於1938年2月由毛澤東、周恩來領銜，林伯渠、徐特立、成仿吾、艾思奇、周揚等發起，沙可夫、李伯釗、左明負責籌畫，創辦了魯迅藝術學院，內設戲劇、音樂、美術三系，後又增設文學系，吸引了不少城市中傾向革命的知識份子前來，例如茅盾、艾青、何其芳、冼星海、陳荒煤、張庚、齊燕銘、周立波、嚴文井等都

江青（1914-1991）

曾在該院任教。也有聞名的作家像王實味、丁玲、蕭軍等、聞名的演員像劉保羅、陳波兒、藍蘋（江青）等，投奔延安，長住下來。

魯藝自成立之後，戲劇系的師生經常自行編演話劇，有時也演出中外名劇像曹禺的《日出》、契訶夫的《求婚》等。但是這些來自大城市的新劇對延安的農民顯然是很陌生的，當然不只是戲劇，城市來的知識份子在很多方面都無法適應偏僻的農村生活，也難以遵守共產黨領導所希望的紀律，遂發生1942年的文藝整風運動以及共產黨中央召開的文藝座談會，毛澤東因而發表了此後成爲中共恪遵的文藝教條的〈在延安文藝座談會上的講話〉。其中最重要的就是要求文藝工作者站在「無產階級和人民大眾的立場」，「站在黨性和黨的政策的立場」，文藝工作的對象是「工農兵及其幹部」，並且提出「政治標準第一，藝術標準第二」的政治主張。在毛澤東的標準下，過去的戲劇以及抗戰時期大後方所創作演出的戲劇都是不及格的。因此在延安的年輕知識份子不得不努力揣測上意，盡量向民間地方戲曲學習，以便貼近工農兵所熟悉的形式，遂有阮章競淺俗的宣傳劇《赤葉河》以及結合延安一帶流行的秧歌而創作出《兄妹開荒》、《慣匪周子山》、《白毛女》（魯迅藝術學院集體創作，丁毅、賀敬之

執筆）一類的秧歌式新歌劇。當時主導文藝的共幹周揚對秧歌就曾大加肯定地說：

1945年《白毛女》演出劇照

> 秧歌成了既為工農兵群眾所欣賞而又為他們所參加創造的真正群眾的藝術行動。創作者、劇中人和觀眾三者從來沒有像在秧歌中結合得這樣密切。這就是秧歌的廣大群眾性的特點，它的力量就在這裡。（周揚1944）

阮章競（1914-2002），筆名洪荒，廣東省中山縣人。漁民之子，幼年當過學徒，二十歲失業流落上海。抗日戰爭開始，曾在江南農村做宣傳工作。1937年冬到太行山共區擔任抗日游擊隊的指導員。1938年任八路軍太行山劇團藝術指導、政治指導及團長。1947年任太行文聯戲劇部長，創作大型歌劇《赤葉河》及長篇敘事詩《圈套》。1949年後，任中共中央華北局文藝處處長。1960年任《詩刊》第一副主編。1962-68年擔任中共中央華北局宣傳部副祕書長。文革後任北京市文聯副主席、北京市作家協會主席。戰時在解放區寫有劇作《轉變》（1941太行韜奮書店）、《未熟的莊稼》（1943太行新華書店）、《比賽》（1943太行新華書店）、《糠菜夫妻》（1943太行新華書店）、《赤葉河》（1948太行新華書店）等。

丁毅（1921-1998），原名顧康，山東省濟南市人。1935年就讀濟南師範學校，1936年參加共產黨。1941年赴延安，任部隊藝術學校組織幹事，次年進入魯迅藝術學院。1943年創作秧歌劇《劉二起家》、《黑板報》等，1945年與賀敬之共同執筆寫成秧歌劇《白毛女》，反映當日農村的階級鬥爭，寫農民楊白勞被地主黃世仁逼死，女兒喜兒躲入深山，後被解放軍救出，已經頭髮全白，但終於打死地主，報了階級仇恨。此劇後來改編成歌劇、舞劇、電影等不同媒體，有諸多版本，成為典型的無產階級革命的文藝作品。國共內戰時在東北擔任西滿軍區文工團團長，寫成歌劇《慶參軍》、《抱住槍桿不撒手》和話劇

《老耿趕車》、《一個解放戰士》等。1949年後歷任中國軍區藝術劇院院長、廣州軍區文化部副部長、總政治部文工團歌劇團團長、總政治部文工團副團長等職。戰時出版秧歌劇作有《黑板報》（1943西北新華書店）、《二流子變英雄》（與王大化合作，1943綏德新華書店）、《白毛女》（與賀敬之合作，1946延安新華書店）等。

賀敬之（1924-），筆名艾漠、賀進、荊直，山東省棗莊人。1937年就讀於滋陽縣山東省立第四鄉村師範。抗戰爆發後就讀於國立湖北中學，1939年隨校赴四川，1940年轉赴延安，入魯迅藝術學院文學系，開始發表詩作。1941年參加共產黨。1945年和丁毅合作秧歌劇《白毛女》。抗戰勝利後，賀敬之在華北聯合大學文學院工作，1949年後轉在北京中央戲劇學院創作室工作。曾擔任中國劇協書記處書記。文革後歷任中共中央宣傳部副部長、文化部副部長、代部長、中共中央委員、人大常委、政協常委等職。戰時出版作品除《白毛女》外，尚有詩集《我是初來的》（1941希望社）。

同類的秧歌劇還有解放軍第一野戰軍政治部戰鬥劇社集體創作的《劉胡蘭》（1948）、馬健翎編劇的《血淚仇》、傅鐸編劇的《王秀鸞》等。

因為解放區地處偏僻，比較閉塞，除了要遷就農民、士兵的文化水平外，也缺乏人才與器材，話劇的演出也只能因陋就簡。現在又有政治的要求，所以創作上盡量淺白，盡量符合共黨的教條和宣傳的要求。在有限的條件下，也出現了一批為發揚毛式觀點的軍中或農民話劇作者，例如沙可夫（1905-61）作有《北寧路上的退兵》、《我——紅軍》、《我們自己的事》、《誰的罪惡》、《武裝起來》、《最後勝利歸我們》等；李伯釗（1911-85）作有《戰鬥的夏天》、《無論如何要勝利》、《志願當紅軍》、《擁軍優屬》、《殘忍》、《一起抗日去》、《粉碎敵人五次圍剿》、《工農兵團結》等；王震之（1915-58）作有《流寇隊長》、《兄弟們拉起手來》、《礦山》、《一心堂》、《人命販子》等；胡可（1921-）作有《戎冠秀》、《戰鬥裡成長》、《喜相逢》等。

抗日戰爭和內戰期間解放區的戲劇雖然為了宣傳和符合黨的要求不得不完

全地政治化以外，但是也表現了貼近農村群眾教育水平和口味的特點，為未來共產黨執政以後的戲劇路線，甚至文藝路線，做出了前例與典範。此一潮流自然是違逆著五四現代化（或西化）的精神進行的，以致使後來幾十年的文學與戲劇創作無論在藝術上還是思想性上都表現得停滯不前，不但使過去已有成就的老作家裹足不前，使年輕的新作家也無所作為，直到毛澤東死後，四人幫倒台，鄧小平推行對外開放的政策後情勢才有所改變。

五、解放區的小說

解放區的小說家，除了早已成名的作家像丁玲、蕭軍以外，都是後起之秀了。有些是從外地投奔延安的，名氣雖不如丁玲、蕭軍，但已有作品問世，像周立波、歐陽山、草明等。有的是在解放區成長的新手，像趙樹理、孫犁、柳青、馬烽、西戎、康濯、馬加等。在這些新進的小說家中，出身山西省帶有土味的作家以趙樹理為代表的，為人稱作「山藥蛋派」；另外傾向抒情文風比較明麗的，以孫犁為代表，為人稱作「荷花淀派」。這兩派成為戰時解放區小說的主流。

（一）外來作家的貢獻

丁玲（1904-86，生平見第十五章）是當時來到解放區的最著名的小說家，受到毛澤東的熱烈歡迎，曾賦〈臨江仙〉一首以贈：「壁上紅旗飄落照，西風漫捲孤城。保安人物一時新，洞中開宴會，招待出牢人。纖筆一枝誰與似？三千毛瑟精兵。陣圖開向隴山東，昨日文小姐，今日武將軍。」可見丁玲是多麼受到共產黨高層的重視了。這反倒使丁玲自重與小心，不願輕易提筆寫小說，只寫一些通訊、速寫式的短文。她自己說：「我又不肯動筆寫小說的，我總嫌觀察、體驗不深，所以就放下了。」（丁玲 1938）她在解放區寫的第一篇小說是〈一顆未出膛的槍彈〉（刊於1937年4月《解放》週刊創刊號），寫一個幼年的小紅軍因與部隊失散為追剿的東北軍發現，下令槍斃。小紅軍並不懼怕，反

倒宣傳聯合抗日的道理，並且說：「連長！還是留著一顆槍彈吧，留著去打日本！你可以用刀殺我！」」因而感動了東北軍的軍官。這是篇很動人的故事。接著她又寫出短篇〈我在霞村的時候〉，寫一個被侮辱的女性的高尚心靈，被周揚選入《解放區短篇創作選》中，而且放在書首。1942年文藝整風後，丁玲不敢輕舉妄動了。抗戰勝利後，她組織延安文藝通訊團，寫一些通訊報導的文章，還與人合寫一齣三幕話劇《窰工》，一直到她親身參與了多次土改的運動，才又寫出她那著名的反映土改的長篇《太陽照在桑乾河上》。

　　《太陽照在桑乾河上》（1948新華書店東北總分店）不但是丁玲在解放區所寫的最好的作品，同時恐怕也是戰時解放區最佳的小說，美國學者梅貽慈稱其有「史詩的視境」（Feuerwerker 1962:136），並且獲得了1951年度當時在共產黨人眼中看來很重要的斯大林文學獎的二等獎。這是一本反映土改鬥爭地主的小說，雖然丁玲不能也不敢像蕭軍似地暴露土改的殘酷與不人道的一面，她不得不依照中共中央的政策把地主寫成陰險可怕的人物，但至少她把握到其他人物的複雜性，並多少體會到人物的內心世界，使她描寫的人物有相當的可信度，不像一般共產黨的宣傳小說把人物簡單地善

丁玲戰時的小說《太陽照在桑乾河上》

惡二分：善良的貧農鬥爭醜惡的地主。丁玲後來在答覆訪問者問到如何寫好一部小說作品時，她說：「最重要的就是要寫出人來，就是要鑽到人心裡面去，你要不寫出那個人的心理狀態，不寫出那個人靈魂裡的東西，光有故事，我總覺得這個東西沒有興趣。」（冬曉 1979）加上作者洗練的文筆和豐厚的人生經驗，使這部作品以及同時期她所寫的短篇小說，都超出了那時解放區的宣傳八股。楊義稱讚她說：「丁玲便是以一枝沉重有力的巨筆，叩擊著引導女性文學和左翼文學走向新境界的座座雄關。」（楊義 1993：277）

　　周立波（1908-79），原名周紹儀，又名周鳳翔，筆名張一柯、張尚斌、蓬

梧、周起膺、雅歌等，湖南省益陽縣人。曾就讀長沙湖南省立第一中學及上海勞動大學社會科學院經濟系。1931年在上海神州國光社擔任校對時參加左翼戲劇家聯盟。1932年因參加罷工被捕，1934年獲釋，遂參加左翼作家聯盟及共產黨。不久即參與左聯的黨團工作，任《每週文學》、《文學界》、《光明》等刊物編輯。抗日戰爭爆發，以戰地記者名義到晉察冀地區採訪，寫出《晉察冀邊區印象記》及《戰地日記》。1939至44年在延安魯迅藝術學院任教，兼任編譯處處長。1944年任《解放日報》副刊部副部長、八路軍三五九旅司令部祕書。1945年出任中原軍區機關報《七七日報》編輯和《中原日報》、《民聲報》副社長。1946年到東北松江省尚志縣元寶鎮參加土地改革，並任元寶區委書記及松江省委宣傳處長，主編《松江農民》。1948年主編《文學戰線》，完成長篇小說《暴風驟雨》，是繼丁玲的《太陽照在桑乾河上》後另一部反映中共土改的作品，獲得斯大林文學獎三等獎。1949年後任瀋陽魯迅藝術學院研究室主任。1951年到北京石景山鋼鐵廠體驗生活，創作反映工業建設的長篇小說《鐵水奔流》。1952年任《人民文學》執行編委。1955年回故鄉湖南益陽縣落戶，並任湖南省文聯主席兼黨組書記。1959年又寫成反映農村合作化的長篇小說《山鄉巨變》。文革後任作協湖南分會主席。戰時出版長篇小說《暴風驟雨》（1949東北書店）及報告文學《晉察冀邊區印象記》（1938讀書生活出版社）、《戰地日記》（1938上海雜誌公司）等。對於《山鄉巨變》，陳思和曾評說：「雖然不是最早用藝術來描寫合作化運動的作品，也不是最早有理論深度的長篇小說，但它有非常鮮明的藝術個性，即從自然、明淨、樸素的民間日常生活中，開拓出一個與嚴峻急切的政治空間完全不同的藝術審美空間。」（陳思和 2001：49）

《暴風驟雨》分上下卷，上卷早一年（1948）出版。此書雖然也是寫土改的小說，但是作者一心要傳達黨的指令，顯然有把階級鬥爭簡化的傾向，不及丁玲的《太陽照在桑乾河上》貼近真實。作者自言是為了「把政策思想和藝術形象統一起來」（周立波 1950）。那也就無法完全顧及小說的藝術了。下卷的政治性更加明顯。

歐陽山（1908-2004，生平見第十五章）在抗戰前已經是一個多產的作家，而且被認為語言、風格都太過歐化。但自從1941年到延安以後，認識到共產黨的文藝方向，決心改變自己的文風，努力用大眾的語言寫大眾喜聞樂見的故事。他希望他的作品「認識幾個字的直接讀它，不認識字的由青年學生知識份子念給他們聽」（歐陽山 1941）。因此他以淺顯的口語寫了《流血紀念章》（1940）。後來又遵循毛澤東〈在延安文藝座談會上的講話〉完成了長篇小說《高乾大》（1947華北新華書店），圍繞著農村辦合作社的經過，表現出先進與落伍、革命與封建之間的矛盾與鬥爭，創造了被農民暱稱作「乾大」（乾爹）的高生亮這一個英雄形象。此書當然是一本負有政治使命的作品，丁玲就誇讚說：「以歐陽山那麼歐化難懂的《戰果》而進到他那麼生動、引人入勝的《高乾大》，且不談它的內容已經如何切實得多，其中所經過的途程是不短而且不易的。它的政治性及其思想性已經不是那麼簡單平常，即僅就其形式語言說，也不知精美多少；所有熟悉他的讀者都會看出這種很大的進展的。」（丁玲 1950）他戰時出版的作品有短篇集《失敗的失敗者》（1937潮鋒書店）、《我們八百個》（1938抗戰文藝小冊子刊行社）、《流血紀念章》（1940）及長篇《戰果》（1942桂林學藝出版社）、《高乾大》（1947華北新華書店）等。

　　草明（1913-2002，生平見第十五章）也是1941年到達延安的，因此她也參加了1942年延安的文藝座談會。後來她說：「毛主席〈在延安文藝座談會上的講話〉把我從夢中喚醒，不過我實踐這一偉大指示，是在1945年以後。」（草明 1952）她寫於1947年的中篇小說《原動力》是最早表現工人在共產黨執政下發揮積極性的小說，算是實現了毛澤東的文藝政策，當然也盡力寫得通俗易懂。戰時出版有短篇集《今天》（1947東北光華書店）、《遺失的笑》（1949文化工作出版社）和中篇《原動力》（1948哈爾濱東北書店）。

　　馬加（1910-2004），原名白永豐，筆名白曉光、馬加，滿族，遼寧省新民縣人。1928年畢業於新民縣文會中學，考入東北大學教育系預科，開始寫作。九一八後流亡北平，1933年發表描寫東北流亡學生抗日激情的詩作《火祭》。

1935年參加北方左聯，並參與創辦《文學導報》、《文風》、《黎明》等地下刊物。1938年赴延安，入陝北公學和中央黨校。畢業後參加八路軍文工團。1941年參加共產黨。1942年後在八路軍戰地文工團工作。曾任《解放日報》副刊編輯、《晉察冀日報》副刊主編。1946年到東北參與土地改革，任區委書記。寫成長篇小說《滹沱河流域》及中篇《開不敗的花朵》。1950年參加抗美援朝戰爭，1955年出版反映該戰的《在祖國的東方》。以後先後出任東北作協主席、遼寧省文聯主席、作協遼寧分會主席等職。戰時出版長篇小說《滹沱河流域》（1946東北書店）及《江山村十日》（1949東北書店）。

他的《江山村十日》也是響應毛澤東的〈講話〉所寫的土改的事跡，除了人物的東北方言頗動人以外，深度和結構均不及丁玲和周立波的同類作品。馬加的小說成熟較晚，1949年後漸入佳境。

劉白羽（1916-2005），原名劉玉瓚，河北省通縣人。二十一歲出版處女作短篇小說集《草原上》。1938年赴延安，參加延安文藝工作團，並加入共產黨。後到太行地區，創作不少軍民抗日的作品。1940年回延安，擔任中華全國文藝界抗敵協會延安分會黨支部書記，主編《文藝突擊》雜誌。1944年到重慶，編輯《新華日報》副刊。1946年起擔任新華社隨軍記者，參加東北、平津及進軍江南的諸多戰役。1950年參與編撰大型紀錄片《中國人民的勝利》，並獲斯大林文學獎一等獎。韓戰時兩次赴戰場採訪。1955年後歷任中國作家協會黨組書記、副主席、書記處書記、文化部副部長、解放軍總政治部文化部部長、《人民文學》主編等職。戰時出版著作有短篇小說集《草原上》（1937上海文化生活出版社）、《五台山下》（1939重慶生活書店）、《藍河上》（1939文化生活出版社）、《太陽》（1943重慶當今出版社）、《金英》（1944重慶東方書社）、《幸福》（1946上海新群出版社）、《勇敢的人》（1947佳木斯東北書店）、《政治委員》（1948東北書店）、《無敵三勇士》（1948東北書店）、《戰火紛飛》（1949新華書店）、《龍煙村記事》（1949上海中興出版社）等。他是位堅持文學走工農兵方向的作家，其他尚有眾多作品出版於1949年後。

柳青（1916-78），原名劉蘊華，字東園，陝西省吳堡人。因受共產黨員的

大哥影響，1928年在小學讀書時即加入共產主義青年團。1930年後先後就讀綏德師範、省立第六中學和西安高中，頗受五四新文學的影響，開始小說寫作。1935年編輯學生刊物《救亡線》。1936年主編學生聯合會刊物《學生呼聲》，並參加共產黨。1937年考入西北臨時大學俄文班，在中共陝西省委臨時宣傳委員會、西安高中黨支部和西安文化協會黨組工作。以後任《西安文化日報》副刊《戰鼓》編輯。1938年到延安，在陝甘寧邊區文協工作。1939年赴晉西太行地區擔任記者。1940年回延安，在中華文藝界抗敵協會延安分會工作。1942年整風運動後被派到米脂縣擔任鄉政府文書，長達三年的農村生活經驗使他於1945年完成長篇小說《種穀記》。抗戰勝利後到大連接收大眾書店，任主編。1948年又重回陝北農村收集小說創作材料。1949年後當選為全國文聯委員、中國作協理事、作協西安分會副主席。1952年起，任陝西省長安縣縣委副書記。在皇府村生活十數年，寫了眾多有關農村的小說和文章。1960年寫出《創業史》，成為當代重要小說家，將版稅捐出做當地農村建設之用。1966年文革開始因《創業史》獲罪，被打成反動權威、黑作家、黨內走資本主義道路的當權派，失去自由。繼則家遭搗毀，關進牛棚，身心備受煎熬，妻子被迫害致死。戰時出版的小說有短篇集《地雷》（1947光華書店）、《犧牲者》（1947香港海洋書屋）、長篇小說《種穀記》（1947東北光華書店）等。柳青雖然是陝西人，但受五四新文學影響較深，風格與本地的鄉土作家不同。這時期他的作品尚帶有文藝腔，正努力朝向泥土味轉化，其他重要作品均出版於1949年後。

柳青1960年寫出的社會主義小說《創業史》

（二）本土的「山藥蛋派」

趙樹理（1906-70），原名趙樹禮，山西省沁水縣人。幼年讀私塾，深受富有才藝的父親影響，性喜民間文藝與地方戲曲。因家貧輟學，直到1921年始入沁水縣高級小學。1925年入長治省立第四師範學校初級班就讀，也接近了五四以來的新文學。1927年參加共產黨。1929年在沁水縣西關小學任教，不久因共黨罪名被捕，關押在太原。旋獲釋，流浪於

趙樹理（右）及戰時所著短篇小說集《小二黑結婚》

太原、長治一帶，其間以打工、說書、行醫維生，開始創作通俗小說、戲劇。1937年參加「抗日犧牲救國同盟會」，重新參加共產黨。在解放區歷任新編第八區區長、烽火劇團團長、《人民日報》、《新華日報》、《抗戰生活》、《中國人》等報刊編輯及《黃河日報》副刊《山地》主編。1942年後在中共中央北方局黨校研究室從事通俗文藝創作。1943年出任新華書店編輯，寫出《小二黑結婚》、《李有才板話》、《李家莊的變遷》等小說及報告文學《孟祥英翻身》，受到群眾的歡迎。1949年後，歷任中國文聯常務委員、中國作協理事、全國戲曲協會主席、《人民文學》編委、《說說唱唱》及《曲藝》主編等職。文革開始受到整肅，1970年含冤而死。戰時著有短篇小說集《小二黑結婚》（1943華北新華書店）、《福貴》（1947華北新華書店）、《邪不勝正》（1948冀南新華書店）、《趙樹理小說選》（1948呂梁文化教育出版社）、《小經理》（1949新華書店）、中篇小說《李有才板話》（1943新華書店）、長篇小說《李家莊的變遷》（1946華北新華書店）、劇本《兩個世界》（1944華北新華書店）、報告文學《孟祥英翻身》（1945新華書店）等。

《小二黑結婚》是使趙樹理一舉成名的作品，他用非常淺白的農村語言講了一對青年男女在戀愛過程中受到的種種阻撓而終成眷屬的故事。其中主要人物小二黑和小芹固然是純潔可愛的青年，予人好感，其中的反面人物二諸葛、三仙姑、金旺、興旺兄弟也不是十惡不赦的壞蛋，有缺點，但也有人性，這一點也使他的作品超越了共黨的八股，不易引人反感。接下來趙樹理又寫出了中

篇小說《李有才板話》和長篇小說《李家莊的變遷》，背景也都是農村，人物也都是農民，作者使用民間的語言和民間說書的形式把鬥爭的故事說得委婉動聽，成為一種過去從未見過的新型的農民小說。毛澤東的文藝高幹周揚忍不住稱讚說：「趙樹理他是一個新人，但是一個在創作、思想、生活各方面都有準備的作者，一位在成名之前已經相當成熟了的作家，一位具有新穎獨創的大眾風格的人民藝術家。」（周揚 1946）趙樹理的作品符合毛澤東的文藝要求，既站穩了黨的立場，又採用了民俗形式，而且用通俗易懂的農民語言表達出來，善於奉迎的郭沫若在看了《李家莊的變遷》後也立刻讚揚說：「這是一株在原野裡成長起來的大樹子，它根扎得很深，抽長得那麼條暢，吐納著大氣和養料，那麼不動聲色地自然自在。」（郭沫若 1946）台灣作家對趙樹理也頗欣賞，請看下列的一段話：

　　作為藝術家，貴在樸素。上世紀五〇年代，趙樹理已紅得發紫，從山西鄉間搬到北京東總布胡同四十六號一個大雜院。誰也不認識他，他也不會作秀。冬天，他身上穿著一件二手貨女大衣，縮著頭，只剩下那個長而勾曲的紅鼻子露出來。別人捂嘴偷笑，他卻滿不在乎，可能也不知道。

　　「喂，老趙，你這件大衣在哪兒買的？」

　　「舊貨攤。」

　　「是女人穿的。」

　　「管它呢！反正穿上挺合身，也暖和。」

　　那時趙樹理正寫《靈泉洞》，他清晨起床，便構思五千字，包括刻畫形象、調整語句、修飾詞藻的工夫在內。然後坐在椅子上寫作，一字不改，一口氣寫完，所以他的稿紙是非常整齊而乾淨的。

　　老趙讀過師範學校，幹過文書、小學教員、鄉村醫生（中醫），也在太原報紙副刊發表過新文藝作品。他的《小二黑結婚》、《李有才板話》是從實踐中自己摸索出來的。他唱上黨梆子，一唱兩三小時，不會中斷，他一人打鼓、鈸、鑼、鐃，舌頭打梆子，口帶口琴還不誤唱。（張放 2011）

這一段把趙樹理描寫得活靈活現，把他的土氣和才分都表現出來了。因為趙樹理的作品具有十足的泥土氣息，使以後這一類的作品贏得「山藥蛋派」的稱號。同被稱作「山藥蛋派」的還有馬烽、西戎等，他們也都是山西人。

馬烽（1922-2004），原名馬書銘，筆名閭志吾、孔華蓮、莫韵，山西省孝義縣人。抗戰爆發後因家鄉淪陷而輟學。1938年參加抗日游擊隊，轉戰於太行山、呂梁山一帶。同年參加共產黨。1940年起在延安魯迅藝術學院附設藝術幹部訓練班及部隊藝術學校學習。1942年開始在《解放日報》發表作品。1943年任《晉綏大眾報》主編。1945年與西戎合著長篇章回體小說《呂梁英雄傳》（1946晉綏邊區呂梁文化教育出版社）。1949年任晉綏出版社總編輯。1951年任中央文學研究所副祕書長，又任中國作協青年部副部長。1956年起歷任山西省文聯副主席、作協山西分會主席、汾陽縣委書記等職。文革後任中共山西省委宣傳部副部長、省文聯主席。馬烽專寫農村生活，形式傳統，語言淺俗、流暢，屬「山藥蛋」的一派。今人認為「解放區文學從延安、從山西出發，進入解放後的北京，直至演變成新中國的一種主流文學」。（段崇軒 2004）

西戎（1922-2001），原名席誠正，筆名曹文、何仁，山西省蒲縣人。1938年參加蒲縣犧牲救國同盟會宣傳隊，又轉入新軍決死二縱隊呂梁劇社。1940年參加共產黨，並在延安魯迅藝術學院附設部隊幹部班及八路軍留守兵團部隊藝術學校戲劇班學習。1942年任八路軍一二〇師政治部戰鬥劇社編輯，開始寫作。1943年任晉西北第二軍分區保清縣第四區抗聯文化部長。與人合作秧歌劇。1944年調任《晉綏大眾報》編輯科長。1945年與馬烽合著長篇章回體小說《呂梁英雄傳》。1949年任《晉南日報》記者，隨軍入四川，在成都參與創辦《山西日報》，任副刊主編，又先後任四川文聯創作部長、《四川文藝》主編、《說唱報》社長等職。1952年到北京，任中央文學研究所編導組副組長。1953年調山西省汾縣任縣委副書記。1954年再回北京專事寫作。1956年任山西省文聯副主席、黨組副書記、作協山西分會副主席兼《火花》主編。文革時遭受迫害，下放運城西膏腴大隊勞動。文革後出任山西省文聯副主席、作協山西分會

主席、省老文藝家協會副主席及《汾水》主編。1992年爲山西省委、山西省人民政府授與「人民作家」稱號。西戎因與馬烽合作《呂梁英雄傳》，人稱山西作家的「雙子星」，他自然也屬於「山藥蛋」一派。

（三）「荷花淀派」

孫犁（1913-2002），原名孫樹勛，筆名芸夫，河北省安平縣人。1933年畢業於保定育德中學後到北平工作。1936年在新安縣白洋淀地區擔任小學教師。抗戰爆發後，曾在冀中軍區抗戰學院、華北聯大任教，也在晉察冀通訊社與《晉察冀日報》擔任編輯。1939年開始創作，發表〈荷花淀〉、〈蘆花蕩〉、〈麥收〉等短篇小說。1944年抵延安，在魯迅藝術學院工作。勝利後到冀中參加土改。1949年後主編《天津日報・文藝週刊》。1956年被胡風的整肅事件嚇得精神崩潰，停筆不寫，保持沉默多年，直到四人幫倒台後才重出文壇。此後曾任中國作協理事、作協天津分會副主席。他一生淡泊名

孫犁戰時的代表作短篇小說集《荷花淀》

利，愛憎分明，平時深居簡出，爲人十分低調。死後在新安縣白洋淀旁建有紀念館。戰時出版兒童讀物《魯迅的故事》（1941新華書店晉察冀分店）、短篇小說集《荷花淀》（1947香港海洋書屋）、《蘆花蕩》（1949群益出版社）、《囑咐》（1949北平天下圖書公司）等。

孫犁多寫農村的水鄉景色與人情之美，風格近似沈從文，但是意識形態還是不同的，雖在革命鬥爭的大環境中，寫的卻多是家務事、兒女情，在戰時解放區火藥氣、血腥味濃重的文風中卻顯得分外清麗、純淨，故爲人稱作「荷花淀派」，與趙樹理代表的「山藥蛋派」，形成解放區兩個風格不同的小說流派。荷花淀是孫犁的一篇短篇小說的題目，孫犁自言：「這篇小說引起延安讀者的注意，我想是因爲同志們長年在西北高原工作，習慣於那裡的大風沙的氣候，

忽然見到白洋淀水鄉的描寫颳來的是帶有荷花香味的風，於是情不自禁地感到新鮮吧！」（孫犁 1979）荷花淀即河北省新安縣的白洋淀，有一個大水塘，風景優美，使孫犁以此地為背景的小說也充滿了詩情畫意，人稱他的作品為「詩化小說」。以後的年輕作家劉紹棠、從維熙、韓映山等均屬此派。

（四）其他新進小說家

袁靜（1914-99），原名袁行莊，江蘇省武進縣人。曾就讀於北平中法大學、馮庸大學及北平藝術專科學校。1935年參加共產黨，在天津、上海等地從事地下工作。抗戰時做救亡宣傳工作。1940年入延安陝北公學。1945年創作秦腔劇本《劉巧兒告狀》，繼在陝甘寧文藝界抗敵協會創作組從事專業創作。1949年與孔厥合著章回體小說《新兒女英雄傳》。然後歷任中央電影局劇本創作組編劇、天津文聯黨組領導。戰時出版除《新兒女英雄傳》（1949海燕出版社）外，尚有劇本《減租》（1946延安新華書店）、《劉巧兒告狀》（1946延安新華書店）。

孔厥（1917-66），原名鄭直，筆名鄭摯，江蘇省吳縣人。1932年中學畢業後在商務印書館當學徒，也做過小販，後入測量學校，畢業後在江南從事測量工作。抗戰爆發後在江蘇宜興編輯《抗戰日報》，旋參加上海文化界內地服務團從事救亡宣傳。1939年入延安魯迅藝術學院文學系，開始寫作小說、唱本、秧歌劇等。畢業後留校工作。1943年發表成名作《一個女人翻身的故事》。勝利後參加冀中大清河土地改革和反掃蕩活動。1947年與袁靜合作中篇小說《血屍案》（1947河北新華書店），1949年又與袁靜共同創作反映白洋淀人民抗日鬥爭的長篇章回體小說《新兒女英雄傳》（1949海燕出版社）。曹聚仁說：「真的值得舉例的，還是袁靜、孔厥合著的《新兒女英雄傳》。如郭沫若所說的：這裡面進步的人物都是平凡的兒女，但也都是集體的英雄。是他們的平凡品質使我們感覺親熱，是他們的英雄氣概使我們感覺崇敬。人物的刻畫、事件的敘述，都顯得踏實自然，而運用民間大眾的語言也非常純熟，這是一部寫給一般群眾看的小說。這是新的小說。」（曹聚仁 1955：135）1950年孔厥調文化部

電影局工作，1963年任農村讀物出版社編輯，文革初蒙冤逝世。

康濯（1920-91），原名毛季常，湖南省湘陰縣人。1938年入延安魯迅藝術學院，為第一屆學員，並參加共產黨。畢業後任八路軍一二〇師宣傳幹事、隨軍記者。1939年隨華北聯合大學去晉察冀邊區從事宣傳工作，先後任晉察冀邊區文藝界抗敵協會常務理事、祕書、邊區文化界抗敵救國會宣傳部長、晉察冀邊區《工人報》和《時代青年》主編。並且編過《人民文藝叢書》及《華北文藝》。寫過反映土改的章回體小說《黑石坡煤窯演義》。1949年後任中央文學研究所副祕書長。1954至57年間任作協書記處書記及作協創作委員會主任。1958年下放河北省徐水縣參加農村工作，任河北省文聯副主席、徐水縣委書記。1962年起任湖南省文聯副主席、作協華南分會副主席。文革後任湖南省文聯主席。戰時出版短篇小說集《災難的明天》（1946山東新華書店）、《我的兩家房東》（1947香港作家書屋）等。他的《我的兩家房東》的細膩筆法受到評者的讚譽，馮乃超說：「它細緻而不繁瑣，平淡而不刻板，有著生動的樸素性，不加鋪張的真實性。」（馮乃超1948）

為了響應毛澤東為工農兵服務的號召，以及具有中國風味的喜好，延安的有些作家有意地擺脫西方文學的影響，而從傳統說部中尋找襲仿的對象，正如文評家王德威所言：「共產作家是從晚清俠義公案小說，像《三俠五義》（1889）、《兒女英雄傳》（1878）找到情節、敘事的母題。這些小說所頌揚的俠義精神其實是以『為王前驅』做前提，強調忠君保國之道，與《水滸傳》的叛逆精神恰恰相反。當共產作家挪用這類晚清俠義小說的情節、角色、或甚至名稱（例如《新兒女英雄傳》）時，有意無意的，他們洩漏了呼群保義的革命憧憬下，無條件的惟主義（主席）是從的教條主義。」（王德威2008：40）當然這種襲古的潛意識也是造成政治上個人崇拜的一大原因。

六、小結

抗日戰爭時期文人分居不同的地區，有國統區、淪陷區（主要是上海孤島，

還有華北與東北）、解放區之別，雖然並非絕對不相往來，但各自有自己的意識形態、政治規範及社會氣氛，因此會產生出不同的層次的作品。以藝術水平而論，當然解放區的作品遠遠不及國統區及上海孤島，第一，因爲已有成就的老作家，包括左派作家，多半都在這兩個區域；第二，這兩個區域的政治控制沒有解放區那麼嚴苛，作家的自由度較大。解放區的環境、氣氛雖然不利於作家的生存，但是在革命時期，特別是對新進的年輕作者而言，都有一種對未來的美好嚮往與期盼，認爲暫時的艱苦與犧牲是爲了完成革命的最高使命。除了像王實味這樣硬骨頭的人走上死路外，其他的作家會說服自己，適應環境，向統治者低頭，因此才產生出一批所謂響應毛澤東〈在延安文藝座談會上的講話〉的作品。這批作品藝術性雖說不高，但重要性頗大，因爲成爲1949年共產黨當政（更正確的說法是毛澤東當政）後文學路線的榜樣和指標。

引用資料

中文：

丁　玲，1938：〈最後一頁〉，《一顆未出膛的槍彈》，生活書店。

丁　玲，1950：〈跨到新的時代來〉，8月《文藝報》第2卷第11期。

毛澤東，1964a：〈在延安文藝座談會上的講話〉，《毛澤東選集》，北京人民出版社。

毛澤東，1964b：〈五四運動〉，《毛澤東選集》，北京人民出版社。

王德威，2008：《一九四九：傷痕書寫與國家文學》，香港三聯書店。

冬　曉，1979：〈訪丁玲〉，香港《開卷》雜誌第5期。

周立波，1950：〈關於寫作〉，6月《文藝報》第7期。

周　揚，1944：〈表現新的群眾的時代——看了春節秧歌以後〉，3月31日《解放日報》。

周　揚，1946：〈論趙樹理的創作〉，8月26日《解放日報》。

范文瀾，1942：〈在中央研究院6月11日座談會上的發言〉，6月29日《解放日報》。

段崇軒，2004：〈馬烽在今天的意義〉，2月4日《太原新聞網》。

孫　犁，1979：〈關於《荷花淀》的寫作〉，《新港》第1期。

草　明，1952：〈衷心感謝毛主席〉，5月22日《光明日報》。

曹聚仁，1955：《文壇五十年》續集，香港新文化出版社。

郭沫若，1946：〈讀了《李家莊的變遷》〉，9月《北方雜誌》第1-2期。

陳思和主編，2001：《當代大陸文學史教程：1949-1999》，台北聯合文學版社。

張　戎、喬·哈利戴，2006：《毛澤東——鮮為人知的故事》，香港開放出版社。

張　放，2011：〈功夫在詩外〉，9月《新地》文學季刊第17期。

馮乃超，1948：〈評《我的兩家房東》〉，5月《大眾文藝叢刊》第2輯。

楊　義，1988：《中國現代小說史》第二卷，北京人民文學出版社。

歐陽山，1941：〈我寫大眾小說的經過〉，1月《抗戰文藝》第7卷第1期。

外文：

Feuerwerker, Yi-tsi Mei,1982: *The Fiction of Ding Ling*, Cambridge, Harvard University Press.

參考文獻：

毛澤東〈在延安文藝座談會上的講話〉（1942年5月）

【參考文獻】

在延安文藝座談會上的講話

毛澤東

引言（1942年5月2日）

同志們！今天邀集大家來開座談會，目的是要和大家交換意見，研究文藝工作和一般革命工作的關係，求得革命文藝的正確發展，求得革命文藝對其他革命工作的更好的協助，藉以打倒我們民族的敵人，完成民族解放的任務。

在我們為中國人民解放的鬥爭中，有各種的戰線，就中也可以說有文武兩個戰線，這就是文化戰線和軍事戰線。我們要戰勝敵人，首先要依靠手裡拿槍的軍隊。但是僅僅有這種軍隊是不夠的，我們還要有文化的軍隊，這是團結自己、戰勝敵人必不可少的一支軍隊。「五四」以來，這支文化軍隊就在中國形成，幫助了中國革命，使中國的封建文化和適應帝國主義侵略的買辦文化的地盤逐漸縮小，其力量逐漸削弱。到了現在，中國反動派只能提出所謂「以數量對質量」的辦法來和新文化對抗，就是說，反動派有的是錢，雖然拿不出好東西，但是可以拚命出得多。在「五四」以來的文化戰線上，文學和藝術是一個重要的有成績的部門。革命的文學藝術運動，在十年內戰時期有了大的發展。這個運動和當時的革命戰爭，在總的方向上是一致的，但在實際工作上卻沒有互相結合起來，這是因為當時的反動派把這兩支兄弟軍隊從中隔斷了的緣故。抗日戰爭爆發以後，革命的文藝工作者來到延安和各個抗日根據地的多起來了，這是很好的事。但是到了根據地，並不是說就已經和根據地的人民群眾完全結合了。我們要把革命工作向前推進，就要使這兩者完全結合起來。我們今天開會，就是要使文藝很好地成為整個革命機器的一個組成部分，作為團結人民、教育人民、打擊敵人、消滅敵人的有力的武器，幫助人民同心同德地和敵人做鬥爭。為了這個目的，有些什麼問題應該解決的呢？我以為有這樣一些問題，即文藝工作者的立場問題，態度問題，工作對象問題，工作問題和學習問題。

立場問題。我們是站在無產階級的和人民大眾的立場。對於共產黨員來說，也就是要

站在黨的立場，站在黨性和黨的政策立場。在這個問題上，我們的文藝工作者中是否還有認識不正確或者認識不明確的呢？我看是有的。許多同志常常失掉了自己的正確的立場。

　　態度問題。隨著立場，就發生我們對於各種具體事物所採取的具體態度。比如說，歌頌呢，還是暴露呢？這就是態度問題。究竟哪種態度是我們需要的？我說兩種都需要，問題是在對什麼人。有三種人，一種是敵人，一種是統一戰線中的同盟者，一種是自己人，這第三種人就是人民群眾及其先鋒隊。對於這三種人需要有三種態度。對於敵人，對於日本帝國主義和一切人民的敵人，革命文藝工作者的任務是在暴露他們的殘暴和欺騙，並指出他們必然要失敗的趨勢，鼓勵抗日軍民同心同德，堅決地打倒他們。對於統一戰線中各種不同的同盟者，我們的態度應該是有聯合，有批評，有各種不同的聯合，有各種不同的批評。他們的抗戰，我們是贊成的；如果有成績，我們也是讚揚的。但是如果抗戰不積極，我們就應該批評。如果有人要反共反人民，要一天一天走上反動的道路，那我們就要堅決反對。至於對人民群眾，對人民的勞動和鬥爭，對人民的軍隊，人民的政黨，我們當然應該讚揚。人民也有缺點的。無產階級中還有許多人保留著小資產階級的思想，農民和城市小資產階級都有落後的思想，這些就是他們在鬥爭中的負擔。我們應該長期地耐心地教育他們，幫助他們擺脫背上的包袱，同自己的缺點錯誤做鬥爭，使他們能夠大踏步地前進。他們在鬥爭中已經改造或正在改造自己，我們的文藝應該描寫他們的這個改造過程。只要不是堅持錯誤的人，我們就不應該只看到片面就去錯誤地譏笑他們，甚至敵視他們。我們所寫的東西，應該是使他們團結，使他們進步，使他們同心同德，向前奮鬥，去掉落後的東西，發揚革命的東西，而絕不是相反。

　　工作對象問題，就是文藝作品給誰看的問題。在陝甘寧邊區，在華北華中各抗日根據地，這個問題和在國民黨統治區不同，和在抗戰以前的上海更不同。在上海時期，革命文藝作品的接受者是以一部分學生、職員、店員為主。在抗戰以後的國民黨統治區，範圍曾有過一些擴大，但基本上也還是以這些人為主，因為那裡的政府把工農兵和革命文藝互相隔絕了。在我們的根據地就完全不同。文藝作品在根據地的接受者，是工農兵以及革命的幹部。根據地也有學生，但這些學生和舊式學生也不相同，他們不是過去的幹部，就是未來的幹部，各種幹部，部隊的戰士，工廠的工人，農村的農民，他們識了字，就要看書、看報，不識字的，也要看戲、看畫、唱歌、聽音樂，他們就是我們文藝作品的接受者。即拿幹部說，你們不要以為這部分人數目少，這比在國民黨統治區出一

本書的讀者多得多。在那裡，一本書一版平常只有兩千冊，三版也才六千冊，但是根據地的幹部，單是在延安能看書的就有一萬多。而且這些幹部許多都是久經鍛鍊的革命家，他們是從全國各地來的，他們也要到各地去工作，所以對於這些人做教育工作，是有重大意義的。我們的文藝工作者，應該向他們好好做工作。

　　既然文藝工作的對象是工農兵及其幹部，就發生一個瞭解他們熟悉他們的問題。而為了要瞭解他們，熟悉他們，為要在黨政機關，在農村，在工廠，在八路軍新四軍裡面，瞭解各種人，熟悉各種人，瞭解各種事情，熟悉各種事情，就需要做很多的工作。我們的文藝工作者需要做自己的文藝工作，但是這個瞭解人熟悉人的工作卻是第一位的工作。我們的文藝工作者對於這些，以前是一種什麼情形呢？我說以前是不熟，不懂，英雄無用武之地。什麼是不熟？人不熟。文藝工作者同自己的描寫對象和作品接受者不熟，或者簡直生疏得很。我們的文藝工作者不熟悉工人，不熟悉農民，不熟悉士兵，也不熟悉他們的幹部。什麼是不懂？語言不懂，就是說，對於人民群眾的豐富的生動的語言，缺乏充分的知識。許多文藝工作者由於自己脫離群眾、生活空虛，當然也就不熟悉人民的語言，因此他們的作品不但顯得語言無味，而且裡面常常夾著一些生造出來的和人民的語言相對立的不三不四的詞句。許多同志愛說「大眾化」，但是什麼叫作大眾化呢？就是我們的文藝工作者的思想感情和工農兵大眾的思想感情打成一片。而要打成一片，就應當認真學習群眾的語言。如果連群眾的語言都有許多不懂，還講什麼文藝創造呢？英雄無用武之地，就是說，你的一套大道理，群眾不賞識。在群眾面前把你的資格擺得越老，越像個「英雄」，越要出賣這一套，群眾就越不買你的帳。你要群眾瞭解你，你要和群眾打成一片，就得下決心，經過長期的甚至是痛苦的磨鍊。在這裡，我可以說一說我自己感情變化的經驗。我是個學生出身的人，在學校養成了一種學生習慣，在一大群肩不能挑手不能提的學生面前做一點勞動的事，比如自己挑行李吧，也覺得不像樣子。那時，我覺得世界上乾淨的人只有知識份子，工人農民總是比較髒的。知識份子的衣服，別人的我可以穿，以為是乾淨的；工人農民的衣服，我就不願意穿，以為是髒的。革命了，同工人農民和革命軍的戰士在一起了，我逐漸熟悉他們，他們也逐漸熟悉了我。這時，只是在這時，我才根本地改變了資產階級學校所教給我的那種資產階級的和小資產階級的感情。這時，拿未曾改造的知識份子和工人農民比較，就覺得知識份子不乾淨了，最乾淨的還是工人農民，儘管他們手是黑的，腳上有牛屎，還是比資產階級和小資產階級知識份子都乾淨。這就叫作感情起了變化，由一個階級變到另一個階

級。我們知識份子出身的文藝工作者，要使自己的作品為群眾所歡迎，就得把自己的思想感情來一個變化，來一番改造。沒有這個變化，沒有這個改造，什麼事情都是做不好的，都是格格不入的。

最後一個問題是學習，我的意思是說學習馬克思列寧主義和學習社會。一個自命為馬克思主義的革命作家，尤其是黨員作家，必須有馬克思列寧主義的知識。但是現在有些同志，卻缺少馬克思主義的基本觀點。比如說，馬克思主義的一個基本觀點，就是存在決定意識，就是階級鬥爭和民族鬥爭的客觀現實決定我們的思想感情。但是我們有些同志卻把這個問題弄顛倒了，說什麼一切應該從「愛」出發。就說愛吧，在階級社會裡，也只有階級的愛，但是這些同志卻要追求什麼超階級的愛，抽象的愛，以及抽象的自由、抽象的真理、抽象的人性等等。這是表明這些同志是受了資產階級的很深的影響。應該很徹底地清算這種影響，很虛心地學習馬克思列寧主義。文藝工作者應該學習文藝創作，這是對的，但是馬克思列寧主義是一切革命者都應該學習的科學，文藝工作者不能是例外。文藝工作者要學習社會，這就是說，要研究社會上的各個階級，研究它們的相互關係和各自狀況，研究它們的面貌和它們的心理。只有把這些弄清楚了，我們的文藝才能有豐富的內容和正確的方向。

今天我就只提出這幾個問題，當作引子，希望大家在這些問題及其他有關的問題上發表意見。

結論（1942年5月23日）

同志們！我們這個會在一個月裡開了三次，大家為了追求真理，進行了熱烈的爭論，有黨的和非黨的同志幾十個人講了話，把問題展開了，並且具體化了。我認為這是對整個文學藝術運動很有益處的。

我們討論問題，應當從實際出發，不是從定義出發。如果我們按照教科書，找到什麼是文學、什麼是藝術的定義，然後按照它們來規定今天文藝運動的方針，來評判今天所發生的各種見解和爭論，這種方法是不正確的。我們是馬克思主義者，馬克思主義叫我們看問題不要從抽象的定義出發，而要從客觀存在的事實出發，從分析這些事實中找出方針、政策、辦法來。我們現在討論文藝工作，也應該這樣做。

現在的事實是什麼呢？事實就是：中國的已經進行了五年的抗日戰爭；全世界的

反法西斯戰爭；中國大地主大資產階級在抗日戰爭中的動搖和對於人民的高壓政策；「五四」以來的革命文藝運動——這個運動在二十三年中對於革命的偉大貢獻以及它的許多缺點；八路軍新四軍的抗日民主根據地，在這些根據地裡面大批文藝工作者和八路軍新四軍以及工人農民的結合；根據地的文藝工作者和國民黨統治區的文藝工作者的環境和任務的區別；目前在延安和各抗日根據地的文藝工作中已經發生的爭論問題。——這些就是實際存在的不可否認的事實，我們就要在這些事實的基礎上考慮我們的問題。

那麼，什麼是我們的問題的中心呢？我以為，我們的問題基本上是一個為群眾的問題和一個如何為群眾的問題。不解決這兩個問題；或這兩個問題解決得不適當，就會使得我們的文藝工作者和自己的環境、任務不協調，就使得我們的文藝工作者從外部到內部碰到一連串的問題。我的結論，就以這兩個問題為中心，同時也講到一些與此有關的其他問題。

一

第一個問題：我們的文藝是為什麼人的？

這個問題，本來是馬克思主義者特別是列寧所早已解決了的。列寧還在1905年就已著重指出過，我們的文藝應當「為千千萬萬勞動人民服務」。在我們各個抗日根據地從事文學藝術工作的同志中，這個問題似乎是已經解決了，不需要再講的了。其實不然。很多同志對這個問題並沒有得到明確的解決。因此，在他們的情緒中，在他們的作品中，在他們的行動中，在他們對於文藝方針問題的意見中，就不免或多或少地發生和群眾的需要不相符合，和實際鬥爭的需要不相符合的情形。當然，現在和共產黨、八路軍、新四軍在一起從事於偉大解放鬥爭的大批的文化人、文學家、藝術家以及一般文藝工作者，雖然其中也可能有些人是暫時的投機分子，但是絕大多數卻都是在為著共同事業努力工作著。依靠這些同志，我們的整個文學工作，戲劇工作，音樂工作，美術工作，都有了很大的成績。這些文藝工作者，有許多是抗戰以後開始工作的；有許多在抗戰以前就做了多時的革命工作，經歷過許多辛苦，並用他們的工作和作品影響了廣大群眾的。但是為什麼還說即使這些同志中也有對於文藝是為什麼人的問題沒有明確解決的呢？難道他們還有主張革命文藝不是為著人民大眾而是為著剝削者壓迫者的嗎？

誠然，為著剝削者壓迫者的文藝是有的。文藝是為地主階級的，這是封建主義的文藝。中國封建時代統治階級的文學藝術，就是這種東西。直到今天，這種文藝在中國還

有頗大的勢力。文藝是為資產階級的，這是資產階級的文藝。像魯迅所批評的梁實秋一類人，他們雖然在口頭上提出什麼文藝是超階級的，但是他們在實際上是主張資產階級的文藝，反對無產階級的文藝的。文藝是為帝國主義者的，周作人、張資平這批人就是這樣，這叫作漢奸文藝。在我們，文藝不是為上述種種人，而是為人民的。我們曾說，現階段的中國新文化，是無產階級領導的人民大眾的反帝反封建的文化。真正人民大眾的東西，現在一定是無產階級領導的。資產階級領導的東西，不可能屬於人民大眾。新文化中的新文學新藝術，自然也是這樣。對於中國和外國過去時代所遺留下來的豐富的文學藝術遺產和優良的文學藝術傳統，我們是要繼承的，但是目的仍然是為了人民大眾。對於過去時代的文藝形式，我們也並不拒絕利用，但這些舊形式到了我們手裡，給了改造，加進了新內容，也就變成革命的為人民服務的東西了。

那麼，什麼是人民大眾呢？最廣大的人民，佔全人口百分之九十以上的人民，是工人、農民、兵士和城市小資產階級。所以我們的文藝，第一是為工人的，這是領導革命的階級。第二是為農民的，他們是革命中最廣大最堅決的同盟軍。第三是為武裝起來了的工人農民即八路軍、新四軍和其他人民武裝隊伍的，這是革命戰爭的主力。第四是為城市小資產階級勞動群眾和知識份子的，他們也是革命的同盟者，他們是能夠長期地和我們合作的。這四種人，就是中華民族的最大部分，就是最廣大的人民大眾。

我們的文藝，應該為著上面說的四種人。我們要為這四種人服務，就必須站在無產階級的立場上，而不能站在小資產階級的立場上。在今天，堅持個人主義的小資產階級立場的作家是不可能真正地為革命的工農兵群眾服務的，他們的興趣，主要是放在少數小資產階級知識份子上面。而我們現在有一部分同志對於文藝為什麼人的問題不能正確解決的關鍵，正在這裡。我這樣說，不是說在理論上。在理論上，或者說在口頭上，我們隊伍中沒有一個人把工農兵群眾看得比小資產階級知識份子還不重要的。我是說在實際上，在行動上。在實際上，在行動上，他們是否對小資產階級知識份子比對工農兵還更看得重要些呢？我以為是這樣。有許多同志比較地注重研究小資產階級知識份子，分析他們的心理，著重地去表現他們，原諒並辯護他們的缺點，而不是引導他們和自己一道去接近工農兵群眾，去參加工農兵群眾的實際鬥爭，去表現工農兵群眾，去教育工農兵群眾。有許多同志，因為他們自己是從小資產階級出身，自己是知識份子，於是就只在知識份子的隊伍中找朋友，把自己的注意力放在研究和描寫知識份子上面。這種研究和描寫如果是站在無產階級立場上的，那是應該的。但他們並不是，或者不完全是。他們

是站在小資產階級立場，他們是把自己的作品當作小資產階級的自我表現來創作。我們在相當多的文學藝術作品中看見這種東西。他們在許多時候，對於小資產階級出身的知識份子寄予滿腔的同情，連他們的缺點也給以同情甚至鼓吹。對於工農兵群眾，則缺乏接近，缺乏瞭解，缺乏研究，缺乏知心朋友，不善於描寫他們；倘若描寫，也是衣服是勞動人民，面孔卻是小資產階級知識份子。他們在某些方面也愛工農兵，也愛工農兵出身的幹部，但有些時候不愛，有些地方不愛，不愛他們的感情，不愛他們的姿勢，不愛他們的萌芽狀態的文藝（牆報、壁畫、民歌、民間故事等）。他們有時也愛這些東西，那是為著獵奇，為著裝飾自己的作品，甚至是為著追求其中落後的東西而愛的。有時就公開地鄙棄它們，而偏愛小資產階級知識份子的乃至資產階級的東西。這些同志的立足點還是在小資產階級知識份子方面，或者換句文雅的話說，他們的靈魂深處還是一個小資產階級知識份子的王國。這樣，為什麼人的問題他們就還是沒有解決，或者沒有明確地解決。這不光是講初來延安不久的人，就是到過前方，在根據地、八路軍、新四軍做過幾年工作的人，也有許多是沒有徹底解決的。要徹底地解決這個問題，非有十年八年的長時間不可。但是時間無論怎樣長，我們卻必須解決它，必須明確地徹底地解決它。我們的文藝工作者一定要完成這個任務，一定要把立足點移過來，一定要在深入工農兵群眾、深入實際鬥爭的過程中，在學習馬克思主義和學習社會的過程中，逐漸地移過來，移到工農兵這方面來，移到無產階級這方面來。只有這樣，我們才能有真正為工農兵的文藝，真正無產階級的文藝。

為什麼人的問題，是一個根本的問題，原則的問題。過去有些同志間的爭論、分歧、對立和不團結，並不是在這個根本的原則的問題上，而是在一些比較次要的甚至是無原則的問題上。而對於這個原則問題，爭論的雙方倒是沒有什麼分歧，倒是幾乎一致的，都有某種程度的輕視工農兵、脫離群眾的傾向。我說某種程度，因為一般地說，這些同志的輕視工農兵、脫離群眾，和國民黨的輕視工農兵、脫離群眾，是不同的；但是無論如何，這個傾向是有的。這個根本問題不解決，其他許多問題也就不易解決。比如說文藝界的宗派主義吧，這也是原則問題，但是要去掉宗派主義，也只有把為工農，為八路軍、新四軍，到群眾中去的口號提出來，並加以切實的實行，才能達到目的，否則宗派主義問題是斷然不能解決的。魯迅曾說：「聯合戰線是以有共同目的為必要條件的。……我們戰線不能統一，就證明我們的目的不能一致。或者只為了小團體，或者還其實只為了個人。如果目的都在工農兵大眾，那當然戰線也就統一了。」這個問題那時

上海有，現在重慶也有。在那些地方，這個問題很難徹底解決，因為那些地方的統治者壓迫革命文藝家，不讓他們有到工農兵群眾中去的自由。在我們這裡，情形就完全兩樣。我們鼓勵革命文藝家積極地親近工農兵，給他們以到群眾中去的完全自由，給他們以創作真正革命文藝的完全自由。所以這個問題在我們這裡，是接近於解決的了。接近於解決不等於完全的徹底的解決；我們說要學習馬克思主義和學習社會，就是為著完全地徹底地解決這個問題。我們說的馬克思主義，是要在群眾生活群眾鬥爭裡實際發生作用的活的馬克思主義，不是口頭上的馬克思主義。把口頭上的馬克思主義變成實際生活裡的馬克思主義，就不會有宗派主義了。不但宗派主義的問題可以解決，其他的許多問題也都可以解決了。

二

為什麼人服務的問題解決了，接著的問題就是如何去服務。用同志們的話來說，就是：努力於提高呢，還是努力於普及呢？

有些同志，在過去，是相當地或是嚴重地輕視了和忽視了普及，他們不適當地太強調了提高。提高是應該強調的，但是片面地孤立地強調提高，強調到不適當的程度，那就錯了。我在前面說的沒有明確地解決為什麼人的問題的事實，在這一點上也表現出來了。並且，因為沒有弄清楚為什麼人，他們所說的普及和提高就都沒有正確的標準，當然更找不到兩者的正確關係。我們的文藝，既然基本上是為工農兵，那麼所謂普及，也就是向工農兵普及，所謂提高，也就是從工農兵提高。用什麼東西向他們普及呢？用封建地主階級所需要、所便於接受的東西嗎？用資產階級所需要、所便於接受的東西嗎？用小資產階級知識份子所需要、所便於接受的東西嗎？都不行，只要用工農兵自己所需要、所便於接受的東西。因此在教育工農兵的任務之前，就先有一個學習工農兵的任務。提高的問題更是如此。提高要有一個基礎，比如一桶水，不是從地上去提高，難道是從空中去提高嗎？那麼所謂文藝的提高，是從什麼基礎上去提高呢？從封建階級的基礎嗎？從資產階級的基礎？從小資產階級知識份子的基礎嗎？都不是，只能是從工農兵群眾的基礎上去提高。也不是把工農兵提到封建階級、資產階級、小資產階級知識份子的「高度」去，而是沿著工農兵自己前進的方向去提高，沿著無產階級前進的方向去提高。而這裡也就提出了學習工農兵的任務。只有從工農兵出發，我們對於普及和提高才能有正確的瞭解，也才能找到普及和提高的正確關係。

一切種類的文學藝術的源泉究竟是從何而來的呢？作為觀念形態的文藝作品，都是一定的社會生活在人類頭腦中的反映的產物。革命的文藝，則是人民生活在革命作家頭腦中的反映的產物。人民生活中本來存在著文學藝術原料的礦藏，這是自然形態的東西，是粗糙的東西，但也是最生動、最豐富、最基本的東西；在這點上說，它們使一切文學藝術相形見絀，它們是一切文學藝術的取之不盡、用之不竭的唯一的源泉。這是唯一的源泉，因為只能有這樣的源泉，此外不能有第二個源泉。有人說，書本上的文藝作品，古代的和外國的文藝作品，不也是源泉嗎？實際上，過去的文藝作品不是源而是流，是古人和外國人根據他們彼時彼地所得到的人民生活中的文學藝術原料創造出來的東西。我們必須繼承一切優秀的文學藝術遺產，批判地吸收其中一切有益的東西，作為我們從此時此地的人民生活中的文學藝術原料創造作品時候的借鑑。有這個借鑑和沒有這個借鑑是不同的，這裡有文野之分，粗細之分，高低之分，快慢之分。所以我們絕不可拒絕繼承和借鑑古人和外國人，哪怕是封建階級和資產階級的東西。但是繼承和借鑑絕不可以變成替代自己的創造，這是絕不能替代的。文學藝術中對於古人和外國人的毫無批判的硬搬和模仿，乃是最沒有出息的最害人的文學教條主義和藝術教條主義。中國的革命的文學家藝術家，有出息的文學家藝術家，必須到群眾中去，必須長期地無條件地全心全意地到工農兵群眾中去，到火熱的鬥爭中去，到唯一的最廣大最豐富的源泉中去，觀察、體驗、研究、分析一切人，一切階級，一切群眾。一切生動的生活形式和鬥爭形式，一切文學和藝術的原始材料，然後才有可能進入創作過程。否則你的勞動就沒有對象，你就只能做魯迅在他的遺囑裡所諄諄囑咐他的兒子萬不可做的那種空頭文學家或空頭藝術家。

　　人類的社會生活雖是文學藝術的唯一源泉，雖是較之後者有不可比擬的生動豐富的內容，但是人民還是不滿足於前者而要求後者。這是為什麼呢？因為雖然兩者都是美，但是文藝作品中反映出來的生活卻可以而且應該比普通的實際生活更高，更強烈，更有集中性，更典型，更理想，因此就更帶普遍性。革命的文藝，應當根據實際生活創造出各種各樣的人物來，幫助群眾推動歷史的前進。例如一方面是人們受餓、受凍、受壓迫，一方面是人剝削人、人壓迫人，這個事實到處存在著，人們也看得很平淡；文藝就把這種日常的現象集中起來，把其中的矛盾和鬥爭典型化，造成文學作品或藝術作品，就能使人民群眾驚醒起來，感奮起來，推動人民群眾走向團結和鬥爭，實行改造自己的環境。如果沒有這樣的文藝，那麼這個任務就不能完成，或者不能有力地迅速地完成。

什麼是文藝工作中的普及和提高呢？這兩種任務的關係是怎樣的呢？普及的東西比較簡單淺顯，因此也比較容易為目前廣大人民群眾所迅速接受。高級的作品比較細緻，因此也比較難於生產，並且往往比較難於在目前廣大人民群眾中迅速流傳。現在工農兵面前的問題，是他們正在和敵人做殘酷的流血鬥爭，而他們由於長時期的封建階級和資產階級的統治，不識字，無文字，所以他們迫切要求一個普遍的啟蒙運動，迫切要求得到他們所急需的和容易接受的文化知識和文藝作品，去提高他們的鬥爭熱情和勝利信心，加強他們的團結，便於他們同心同德地去和敵人做鬥爭。對於他們，第一步需要還不是「錦上添花」，而是「雪中送炭」。所以在目前條件下，普及工作的任務更為迫切。輕視和忽視普及工作的態度是錯誤的。

　　但是，普及工作和提高工作是不能截然分開的。不但一部分優秀的作品現在也有普及的可能，而且廣大群眾的文化水平也是在不斷地提高著。普及工作若是永遠停止在一個水平上，一月兩月三月，一年兩年三年，總是一樣的貨色，一樣的「小放牛」，一樣的「人、手、口、刀、牛、羊」，那麼，教育者和被教育者豈不都是半斤八兩？這種普及工作還有什麼意義呢？人民要求普及，跟著也就要求提高，要求逐年逐月地提高。在這裡，普及是人民的普及，提高也是人民的提高。而這種提高，不是從空中提高，不是關門提高，而是在普及基礎上的提高。這種提高，為普及所決定，同時又給普及以指導。就中國範圍來說，革命和革命文化的發展不是平衡，而是逐漸推廣的。一處普及了，並且在普及的基礎上提高了，別處還沒有開始普及。因此一處由普及而提高的好經驗可以應用於別處，使別處的普及工作和提高工作得到指導，少走許多彎路。就國際範圍來說，外國的好經驗，尤其是蘇聯的經驗，也有指導我們的作用。所以，我們的提高，是在普及基礎上的提高，我們的普及，是在提高指導下的普及。正因為這樣，我們所說的普及工作不但不是妨礙提高，而且是給目前的範圍有限的提高工作以基礎，也是給將來的範圍大為廣闊的提高工作準備必要的條件。

　　除了直接為群眾所需要的提高以外，還有一種間接為群眾所需要的提高，這就是幹部所需要的提高。幹部是群眾中的先進分子，他們所受的教育一般都比群眾所受的多些；比較高級的文學藝術，對於他們是完全必要的，忽視這一點是錯誤。為幹部，也完全是為群眾，因為只有經過幹部才能去教育群眾、指導群眾。如果違背了這個目的，如果我們給予幹部的並不能幫助幹部去教育群眾、指導群眾，那麼，我們的提高工作就是無的放矢，就是離開了為人民大眾的根本原則。

總起來說，人民生活中的文學藝術的原料，經過革命作家的創造性的勞動而形成觀念形態上的為人民大眾的文學藝術。在這中間，既有從初級的文藝基礎上發展起來的，為被提高了的群眾所需要，或首先為群眾中的幹部所需要的高級的文藝，又有反轉來在這種高級的文藝指導之下的，往往為今日最廣大群眾所最先需要的初級的文藝。無論高級的或初級的，我們的文學藝術都是為人民大眾的，首先是為工農兵的，為工農兵而創作，為工農兵所利用的。

　　我們既然解決了提高和普及的關係問題，則專門家和普及工作者的關係問題也就可以隨著解決了。我們的專門家不但是為了幹部，主要地還是為了群眾。我們的文學專門家應該注意群眾的牆報，注意軍隊和農村中的通訊文學。我們的戲劇專門家應該注意軍隊和農村中的小劇團。我們的音樂專門家應該注意群眾的歌唱。我們的美術專門家應該注意群眾的美術。一切這些同志都應該和在群眾中做文藝普及工作的同志們發生密切的聯繫，一方面幫助他們，指導他們，一方面又向他們學習，從他們吸收由群眾中來的養料，把自己充實起來，豐富起來，使自己的專門不致成為脫離群眾、脫離實際、毫無內容、毫無生氣的空中樓閣。我們應該尊重專門家，專門家對於我們的事業是很可寶貴的。但是我們應該告訴他們說，一切革命的文學家藝術家只有聯繫群眾，表現群眾，把自己當作群眾的忠實的代言人，他們的工作才有意義。只有代表群眾才能教育群眾，只有做群眾的學生才能做群眾的先生。如果把自己當作群眾的主人，看作高踞於「下等人」頭上的貴族，那麼，不管他們有多大的才能，也是群眾所不需要的，他們的工作是沒有前途的。

　　我們的這種態度是不是功利主義的？唯物主義者並不一般地反對功利主義，但是反對封建階級的、資產階級的、小資產階級的功利主義，反對那種口頭上反對功利主義、實際上抱著最自私最短視的功利主義的偽善者。世界上沒有什麼超功利主義，在階級社會裡，不是這一階級的功利主義，就是那一階級的功利主義。我們是無產階級的革命的功利主義者，我們是以佔全人口百分之九十以上的最廣大群眾的目前利益和將來利益的統一為出發點的。所以我們是以最廣和最遠為目標的革命的功利主義者，而不是只看到局部和目前的狹隘的功利主義者。例如，某種作品，只為少數人所偏愛，而為多數人所不需要，甚至對多數人有害，硬要拿來上市，拿來向群眾宣傳，以求其個人的或狹隘集團的功利，還要責備群眾的功利主義，這就不但侮辱群眾，也太無自知之明了。任何一種東西，必須能使人民群眾得到真實的利益，才是好的東西。就算你的是「陽春白雪」

吧，這暫時既然是少數人享用的東西，群眾還是在那裡唱「下里巴人」，那麼，你不去提高它，只顧罵人，那就怎樣罵也是空的。現在是「陽春白雪」和「下里巴人」統一的問題，是提高和普及統一的問題。不統一，任何專門家的最高級的藝術也不免成為最狹隘的功利主義；要說這也是清高，那只是自封為清高，群眾是不會批准的。

在為工農兵和怎樣為工農兵的基本方針問題解決之後，其他的問題，例如，寫光明和寫黑暗的問題，團結問題等，便都一齊解決了。如果大家同意這個基本方針，則我們的文學藝術工作者，我們的文學藝術學校，文學藝術刊物，文學藝術團體和一切文學藝術活動，就應該依照這個方針去做。離開這個方針就是錯誤的；和這個方針有些不相符合的，就須加以適當的修正。

三

我們的文藝既然是為人民大眾的，那麼，我們就可以進而討論一個黨內關係問題，黨的文藝工作和黨的整體工作的關係問題，和另一個黨外關係的問題，黨的文藝工作和非黨的文藝工作的關係問題——文藝界統一戰線問題。

先說第一個問題。在現在世界上，一切文化和文學藝術都是屬於一定的階級，屬於一定的政治路線的。為藝術的藝術，超階級的藝術，和政治併行或互相獨立的藝術，實際上是不存在的。無產階級的文學藝術是無產階級整個革命事業的一部分，如同列寧所說，是整個革命機器中的「齒輪和螺絲釘」。因此，黨的文藝工作，在黨的整個革命工作中的位置，是確定了的，擺好了的；是服從黨在一定革命時期內所規定的革命任務。反對這種擺法，一定要走到二元論或多元論，而其實質就像托洛茨基那樣：「政治——馬克思主義的；藝術——資產階級的。」我們不贊成把文藝的重要性過分強調到錯誤的程度，但也不贊成把文藝的重要性估計不足。文藝是從屬於政治的，但又反轉來給予偉大的影響於政治。革命文藝是整個革命事業的一部分，是齒輪和螺絲釘，和別的更重要的部分比較起來，自然有輕重緩急第一第二之分，但它是對於整個機器不可缺少的齒輪和螺絲釘，對於整個革命事業不可缺少的一部分。如果連最廣義最普通的文學藝術也沒有，那革命運動就不能進行，就不能勝利。不認識這一點，是不對的。還有，我們所說的文藝服從於政治，這政治是指階級的政治、群眾的政治，不是所謂少數政治家的政治。政治，不論是革命的和反革命的，都是階級對階級的鬥爭，不是少數個人的行為。革命的思想鬥爭和藝術鬥爭，必須服從於政治的鬥爭，因為只有經過政治，階級和群眾

的需要才能集中地表現出來。革命的政治家們，懂得革命的政治科學或政治藝術的政治專門家們，他們只是千千萬萬的群眾政治家的領袖，他們的任務在於把群眾政治家的意見集中起來，加以提煉，再使之回到群眾中去，為群眾所接受，所實踐，而不是閉門造車，自作聰明，只此一家，別無分店的那種貴族式的所謂「政治家」——這是無產階級政治家同腐朽了的資產階級政治家的原則區別。正因為這樣，我們的文藝的政治性和真實性才能夠完全一致。不認識這一點，把無產階級的政治和政治家庸俗化，是不對的。

再說文藝界的統一戰線問題。文藝服從於政治，今天中國政治的第一個根本問題是抗日，因此黨的文藝工作者首先應該在抗日這一點上，和黨外的一切文學家藝術家（從黨的同情分子、小資產階級的文學家到一切贊成抗日的資產階級地主階級的文藝家）團結起來。其次，應該在民主一點上團結起來；在這一點上，有一部分抗日的文藝家就不贊成，因此團結的範圍就不免要小一些。再其次，應該在文藝界的特殊問題——藝術方法藝術作風一點上團結起來；我們是主張社會主義的現實主義者，又有一部分人不贊成，這個團結的範圍會更小些。在一個問題上有團結，在另一個問題上就有鬥爭，有批評。各個問題是彼此分開而又聯繫著的，因而就在產生團結的問題比如抗日的問題上也同時有鬥爭，有批評。在一個統一戰線裡面，只有團結而無鬥爭，或者只有鬥爭而無團結，實行如過去某些同志所實行過的右傾的投降主義、尾巴主義，或者「左」傾的排外主義、宗派主義，都是錯誤的政策，政治上如此，藝術上也是如此。

在文藝界統一戰線的各種力量裡面，小資產階級文藝家在中國是一個重要的力量。他們的思想和作品都有很多缺點，但是他們比較地傾向於革命，比較地接近於勞動人民。因此，幫助他們克服缺點，爭取他們到為勞動人民服務的戰線上來，是一個特別重要的任務。

四

文藝界的主要鬥爭方法之一，是文藝批評。文藝批評應該發展，過去在這方面工作做得很不夠，同志們指出這一點是對的。文藝批評是一個複雜的問題，需要許多專門的研究。我這裡只著重談一個基本的批評標準問題。此外，對於有些同志所提出的一些個別的問題和一些不正確的觀點，也來略微說一說我的意見。

文藝批評有兩種標準，一個是政治標準，一個是藝術標準。按照政治標準來說，一切利於抗日和團結的，鼓勵群眾同心同德的，反對倒退、促成進步的東西，便都是好的；

而一切不利於抗日和團結的，鼓勵群眾離心離德的，反對進步、拉著人們倒退的東西，便都是壞的。這裡所說的好壞，究竟是看動機（主觀願望），還是看效果（社會實踐）呢？唯心論者是強調動機否認效果的，機械唯物論者是強調效果否認動機的，我們和這兩者相反，我們是辯證唯物主義的動機和效果的統一論者。為大眾的動機和被大眾歡迎的效果，是分不開的，必須使二者統一起來。為個人的和狹隘集團的動機是不好的，有為大眾的動機但無被大眾歡迎、對大眾有益的效果，也是不好的。檢驗一個作家的主觀願望即其動機是正確的，是否善良，不是看他的宣言，而是看他的行為（主要是作品，在社會大眾中產生的效果。社會實踐及其效果是檢驗主觀願望或動機的標準。我們的文藝批評是不要宗派主義的，在團結抗日的大原則下，我們應該容許包含各種各色政治態度的文藝作品的存在。但是我們的批評又是堅持原則立場的，對於一切包含反民族、反科學、反大眾和反共的觀點的文藝作品必須給以嚴格的批判和駁斥；因為這些所謂文藝，其動機，其效果，都是破壞團結抗日的。按著藝術標準來說，一切藝術性較高的，是好的，或較好的；藝術性較低的，則是壞的，或較壞的。這種分別，當然也要看社會效果。文藝家幾乎沒有不認為自己的作品是美的，我們的批評，也應該容許各種各色藝術品的自由競爭；但是按照藝術科學家的標準給以正確的批判，使較低級的藝術逐漸提高成為較高級的藝術，使不適合廣大群眾鬥爭要求的藝術改變到適合廣大群眾鬥爭要求的藝術，也是完全必要的。

又是政治標準，又是藝術標準，這兩者的關係怎麼樣呢？政治並不等於藝術，一般的宇宙觀也並不等於藝術創作和藝術批評的方法。我們不但否認抽象的絕對不變的政治標準，也否認抽象的絕對不變的藝術標準，各個階級社會中的各個階級都有不同的政治標準和不同的藝術標準。但是任何階級社會中的任何階級，總是以政治標準放在第一位，以藝術標準放在第二位。資產階級對於無產階級的文藝藝術作品，不管其藝術成就怎樣高，總是排斥的。無產階級對於過去時代的文學藝術作品，也必須首先檢查它們對待人民的態度如何，在歷史上有無進步意義，而分別採取不同態度。有些政治上根據反動的東西，也可能有某種藝術性。內容愈反動的作品而又愈帶藝術性，就愈能毒害人民，就愈應該排斥。處於沒落時期的一切剝削階級的文藝共同特點，就是其反動的政治內容和其藝術的形式之間所存在的矛盾。我們的要求則是政治和藝術的統一，內容和形式的統一，革命的政治內容和盡可能完美的藝術形式的統一。缺乏藝術性的藝術品，無論政治上怎樣進步，也是沒有力量的。因此，我們既反對政治觀點錯誤的藝術品，也反對只有

正確的政治觀點而沒有藝術力量的所謂「標語口號式」的傾向。我們應該進行文藝問題上的兩條戰線鬥爭。

這兩種傾向，在我們的許多同志的思想中是存在著的。許多同志有忽視藝術的傾向，因此應該注意藝術的提高。但是現在更成為問題的，我以為還是在政治方面。有些同志缺乏基本的政治常識，所以發生了各種糊塗觀念。讓我舉一些延安的例子。

「人性論」。有沒有人性這種東西？當然有的，但是只有具體的人性，沒有抽象的人性。在階級社會裡就是只有帶著階級性的人性，而沒有什麼超階級的人性。我們主張無產階級的人性，人民大眾的人性，而地主階級資產階級則主張地主階級資產階級的人性，不過他們口頭上不這樣說，卻說成為唯一的人性。有些小資產階級知識份子所鼓吹的人性，也是脫離人民大眾或者反對人民大眾的，他們的所謂人性實質上不過是資產階級的個人主義，因此在他們眼中，無產階級的人性就不合於人性。現在延安有些人們所主張的作為所謂文藝理論基礎的「人性論」，就是這樣講，這是完全錯誤的。

「文藝的基本出發點是愛，是人類之愛。」愛可以是出發點，但是還有一個基本出發點。愛是觀念的東西，是客觀實踐的產物。我們根本上不是從觀念出發，而是從客觀實踐出發。我們的知識份子出身的文藝工作者愛無產階級，是社會使他們感覺到和無產階級有共同的命運的結果。我們恨日本帝國主義，是日本帝國主義壓迫我們的結果。世上絕沒有無緣無故的愛，也沒有無緣無故的恨。至於所謂「人類之愛」，自從人類分化成為階級以後，就沒有過這種統一的愛。過去的一切統治階級喜歡提倡這個東西，許多所謂聖人、賢人也喜歡提倡這個東西，但是無論誰都沒有真正實行過。因為它在階級社會裡是不可能實行的。真正的人類之愛是會有的，那是在全世界消滅了階級之後。階級使社會分化為許多對立體，階級消滅後，那時就有了整個的人類之愛，但是現在還沒有。我們不能愛敵人，不能愛社會的醜惡現象，我們的目的是消滅這些東西。這是人們的常識，難道我們的文藝工作者還有不懂得的嗎？

「從來的文藝作品都是寫光明和黑暗並重，一半對一半。」這裡包含著許多糊塗觀念。文藝作品並不是從來都這樣。許多小資產階級作家並沒有找到過光明，他們的作品就只是暴露黑暗，被稱為「暴露文學」，還有簡直是專門宣傳悲觀厭世的。相反地，蘇聯在社會主義建設時期的文學就是以寫光明為主。他們也寫工作中的缺點，也寫反面的人物，但是這種描寫只能成為整個光明的陪襯，並不是所謂「一半對一半」。反動時期的資產階級文藝家把革命群眾寫成暴徒，把他們自己寫成神聖，所謂光明和黑暗是顛倒

的。只有真正革命的文藝家才能正確地解決歌頌和暴露的問題。一切危害人民群眾的黑暗勢力必須暴露之，一切人民群眾的革命鬥爭必須歌頌之，這就是革命文藝家的基本任務。

「從來文藝的任務就在於暴露。」這種講法和前一種一樣，都是缺乏歷史科學知識的見解。從來的文藝並不單在於暴露，前面已經講過。對於革命的文藝家，暴露的對象，只能是侵略者、剝削者、壓迫者及其在人民中所遺留的惡劣影響，而不能是人民大眾。人民大眾也是有缺點的，這些缺點應當用人民內部的批評和自我批評來克服，而進行這種批評和自我批評也是文藝的最重要任務之一。但這不應該說是什麼「暴露人民」。對於人民，基本上是一個教育和提高他們的問題。除非是反革命文藝家，才有所謂人民是「天生愚蠢的」，革命群眾是「專制暴徒」之類的描寫。

「還是雜文時代，還要魯迅筆法。」魯迅處在黑暗勢力統治下面，沒有言論自由，所以用冷嘲熱諷的雜文形式作戰，魯迅是完全正確的。我們也需要尖銳地嘲笑法西斯主義、中國的反動派和一切危害人民的事物，但在給革命文藝家以充分民主自由、僅僅不給反革命分子以民主自由的陝甘寧邊區和敵後的各抗日根據地，雜文形式就不應該簡單地和魯迅的一樣。我們可以大聲疾呼，而不要隱晦曲折，使人民大眾不易看懂。如果不是對於人民的敵人，而是對於人民自己，那麼，「雜文時代」的魯迅，也不曾嘲笑和攻擊革命人民和革命政黨，雜文的寫法也和對於敵人的完全兩樣。對於人民的缺點是需要批評的，我們在前面已經說過了，但必須是真正站在人民的立場上，用保護人民、教育人民的滿腔熱情來說話。如果把同志當作敵人來對待，就是使自己站在敵人的立場上去了。我們是否廢除諷刺？不是的，諷刺是永遠需要的。但是有幾種諷刺：有對付敵人的，有對付同盟者的，有對付自己隊伍的，態度各有不同。我們並不一般地反對諷刺，但是必須廢除諷刺的亂用。

「我是不歌功頌德的，歌頌光明者其作品未必偉大，刻畫黑暗者其作品未必渺小。」你是資產階級文藝家，你就不歌頌無產階級而歌頌資產階級；你是無產階級文藝家，就不歌頌資產階級而歌頌無產階級和勞動人民；二者必居其一。歌頌資產階級光明者其作品未必偉大，刻畫資產階級黑暗者其作品未必渺小，歌頌無產階級光明者其作品未必不偉大，刻畫無產階級所謂「黑暗」者其作品必定渺小，這難道不是文藝史上的事實嗎？對於人民，這個人類世界歷史的創造者，為什麼不應該歌頌呢？無產階級，共產黨，新民主主義，社會主義，為什麼不應該歌頌呢？也有這樣的一種人，他們對於人民的事業

並無熱情，對於無產階級及其先鋒隊的戰鬥和勝利，抱著冷眼旁觀的態度，他們所感到興趣而要不疲倦地歌頌的只有他自己，或者加上他所經營的小集團裡的幾個角色。這種小資產階級的個人主義者，當然不願意歌頌革命人民的功德，鼓舞革命人民的鬥爭勇氣和勝利信心。這樣的人不過是革命隊伍中的蠹蟲，革命人民實在不需要這樣的「歌者」。

「不是立場問題；立場是對的，心是好的，意思是懂得的，只是表現不好，結果反而起了壞作用。」關於動機和效果的辯證唯物主義觀點，我在前面已經講過了。現在要問：效果問題是不是立場問題？一個人做事只憑動機，不問效果，等於一個醫生只顧開藥方，病人吃死了多少他是不管的。又如一個黨，只顧發宣言，實行不實行是不管的。試問這種立場也是正確的嗎？這樣的心，也是好的嗎？事前顧及事後的效果，當然可能發生錯誤，但是已經有了事實證明效果壞，還是照老樣子做，這樣的心也是好的嗎？我們判斷一個黨、一個醫生，要看實踐，要看效果；判斷一個作家，也是這樣。真正的好心，必須顧及效果，總結經驗，研究方法，在創作上就叫作表現的手法。真正的好心，必須對於自己工作的缺點錯誤有完全誠意的自我批評，決心改正這些缺點錯誤。共產黨人的自我批評方法，就是這樣採取的。只有這種立場，才是正確的立場。同時也只有這種嚴肅的負責的實踐過程中，才能一步一步地懂得正確的立場是什麼東西，才能一步一步地掌握正確的立場。如果不在實踐中向這個方向前進，只是自以為是，說「懂得」，其實並沒有懂得。

「提倡學習馬克思主義就重複辯證唯物論的創作方法的錯誤，就要妨害創作情緒。」學習馬克思主義，是要我們用辯證唯物論和歷史唯物論的觀點去觀察世界，觀察社會，觀察文學藝術，並不是要我們在文學藝術作品中寫哲學講義。馬克思主義只能包括而不能代替文藝創作中的現實主義，正如它只能包括而不能代替物理科學中的原子論、電子論一樣。空洞乾燥的教條公式是要破壞創作情緒的，但是它不但破壞創作情緒，而且首先破壞了馬克思主義。教條主義的「馬克思主義」並不是馬克思主義，而是反馬克思主義的。那麼，馬克思主義就不破壞創作情緒了嗎？要破壞的，它決定地要破壞那些封建的、資產階級的、小資產階級主義的、自由主義的、個人主義的、虛無主義的、為藝術而藝術的、貴族式的、頹廢的、悲觀的以及其他種種非人民大眾非無產階級的創作情緒。對於無產階級文藝家，這些情緒應不應該破壞呢？我以為是應該的，應該徹底地破壞它們，而在破壞的同時，就可以建設起新東西來。

五

我們延安文藝界中存在著上述種種問題，這是說明一個什麼事實呢？說明這樣一個事實，就是文藝中還嚴重地存在著作風不正的東西，同志們中間還有很多的唯心論、教條主義、空想、空談、輕視實踐、脫離群眾等等的缺點，需要有一個切實的嚴肅的整風運動。

我們有許多同志還不大清楚無產階級和小資產階級的區別。有許多黨員，在組織上入了黨，思想上並沒有完全入黨，甚至完全沒有入黨。這種思想上沒有入黨的人，頭腦裡還裝著許多剝削階級的髒東西，根本不知道什麼是無產階級思想，什麼是共產主義，什麼是黨。他們想，什麼無產階級思想，還不是那一套？他們哪裡知道要得到這一套並不容易，有些人就是一輩子也沒有共產黨員的氣味，只有離開黨完事。因此我們的黨，我們的隊伍，雖然其中的大部分是純潔的，但是為要領導革命運動更好地發展，更快地完成，就必須從思想上組織上認真地整頓一番。而為要從組織上整頓，首先需要在思想上整頓，需要展開一個無產階級並非無產階級的思想鬥爭。延安文藝界現在已經展開了思想鬥爭，這是很必要的。小資產階級出身的人們總是經過種種方法，也經過文學藝術的方法，頑強地表現他們自己，宣傳他們自己的主張，要求人們按照小資產階級知識份子的面貌來改造黨，改造世界。在這種情形下，我們的工作，就是要向他們大喝一聲，說：「同志」們，你們那一套是不行的，無產階級是不能遷就你們的，依了你們，實際上就是依了大地主大資產階級，就有亡黨亡國的危險。只能依誰呢？只能依照無產階級先鋒隊的面貌改造黨，改造世界。我們希望文藝界的同志們認識這一場大論戰的嚴重性，積極起來參加這個鬥爭，使每個同志都健全起來，使我們的整個隊伍在思想上和組織上都真正統一起來，鞏固起來。

因為思想上有許多問題，我們有許多同志也就不大能真正區別革命根據地和國民黨統治區，並由此弄出許多錯誤。同志們很多是從上海亭子間來的；從亭子間到革命根據地，不但是經過了兩種地區，而且是經歷了兩個歷史時代。一個是大地主大資產階級統治的半封建半殖民地的社會，一個是無產階級領導的革命的新民主主義的社會。到了革命根據地就是到了中國歷史幾千年來空前未有的人民大眾當權的時代。我們周圍的人物，我們宣傳的對象，完全不同了。過去的時代已經一去不復返了。因此，我們必須和新的群眾相結合，不能有任何遲疑。如果同志們在新的群眾中間，還是像我上次說的

「不熟，不懂，英雄無用武之地」，那麼，不但下鄉要發生困難，不下鄉，就在延安，也要發生困難的。有的同志想：我還是為「大後方」的讀者寫作吧，又熟悉，又有「全國意義」。這個想法，是完全不正確的。「大後方」也是要變的，「大後方」的讀者，不需要從革命根據地的作家聽那些早已聽厭了的老故事，他們希望革命根據地的作家告訴他們新的人物，新的世界。所以愈是為革命根據地的群眾而寫的作品，才愈有全國意義。法捷耶夫的《毀滅》，只寫了一支很小的游擊隊，它並沒有想去投合舊世界讀者的口味，但是卻產生了全世界的影響，至少在中國，像大家所知道的，產生了很大的影響。中國是向前的不是向後的，領導中國前進的是革命的根據地，不是任何落後倒退的地方。同志們在整風中間，首先要認識這一個根本問題。

既然必須和新的群眾的時代相結合，就必須徹底解決個人和群眾的關係問題。魯迅的兩句詩，「橫眉冷對千夫指，俯首甘為孺子牛」，應該成為我們的座右銘。「千夫」在這裡就是說敵人，對於無論什麼凶惡的敵人我們絕不屈服。「孺子」在這裡就是說無產階級和人民大眾。一切共產黨員：一切革命家，一切革命的文藝工作者，都應該學魯迅的榜樣，做無產階級和人民大眾的「牛」，鞠躬盡瘁，死而後已。知識份子要和群眾結合，要為群眾服務，需要一個互相認識的過程。這個過程可能而且一定會發生許多痛苦，許多摩擦，但是只要大家有決心，這些要求是能夠達到的。

今天我所講的，只是我們文藝運動中的一些根本方向問題，還有許多具體問題需要今後繼續研究。我相信，同志們是有決心走這個方向的。我相信，同志們在整風過程中間，在今後長期的學習和工作中間，一定能夠改造自己和自己作品的面貌，一定能夠創造出許多為人民大眾所熱烈歡迎的優秀的作品，一定能夠把革命根據地的文藝運動和全中國的文藝運動推進到一個光輝的新階段。（1942年5月）

第二十五章　中國文學的分流

一、國共內戰的結果：台灣與中國大陸的分離

　　自1945年第二次世界大戰結束，國共兩黨的戰爭再次爆發，由濟南的失守開其端，經過遼瀋、徐蚌、平津三大戰役，長達四年的內戰，至1949年國民黨敗走台灣結束，形成隔海對峙的局面。

　　國軍初抵台灣，雖然隔了台灣海峽，面對勝利的解放軍，形勢依然險峻。幸而翌年6月25日爆發了韓戰（或稱朝鮮半島戰爭），使美國與中共均捲入其中，中共對付美軍之不暇，遂無力對國民黨乘勝追擊，美國也發現有保衛台灣的必要，國民政府遂能在兩強的夾縫中獲得喘息的機會。中共與美國既然在朝鮮半島打一個平手，消耗軍力頗鉅，金門試砲也未佔上風，自也不能再進一步對台灣動武。國府在美國第七艦隊防護下，得以休養生息，有效統治的範圍雖然僅限於台灣本島及澎湖、金門、馬祖等地區，但名義上依然代表中國存在於國際社會間。

　　在海峽的對岸，初建中華人民共和國的中共政權實行的是社會主義，與西方

國家站在對立面，只能依附當時的強國蘇聯以對抗西方資本主義集團，在意識形態上視西方資本主義為洪水猛獸，不相往來，故為時人稱作「鐵幕」內的疆土。 在內政上，具有絕對權力的毛澤東仍以延安時代的戰時策略治國，政治上固然越來越嚴苛，過去施用習慣的整風手段繼續不斷，經濟上也因為欠缺現代思想的指導、規畫，一味模仿蘇聯而致停滯不前。再加上毛澤東自以為聖明萬能，無法接納屬下有識者的諫諍，一意孤行，造成上下欺矇，誇大成風，致使整個大陸陷入封閉愚昧一清二白的窮困狀態，因此中共政權長時間無力對付在美國勢力保護下的台灣，遂使海峽兩岸各自為政，朝向不同的方向發展。

相對於大陸，蔣介石在台灣重掌政權後，鑑於在大陸失敗的教訓，不得不勵精圖治，雖然政治上採取高壓手段，造成所謂的「白色恐怖」，但較之大陸的「紅色恐怖」仍屬小巫。與大陸時代的國民黨相比，在台灣國府的官吏貪腐行為大為收斂，反營造成一種克難奮鬥共體時艱的氣氛。在經濟上，國府尚有從大陸撤退來的豐厚資產，加以美國的經援和任用了不少具有現代思想善於策畫的人才，所以一日日走向小康而致漸富的局面。

這是中國大陸與台灣從1949年分流之後的一般政經狀況。

二、文學家的流亡

五四以後的文人作家，因為大環境的影響和個人生活背景及意識形態的差別，早已分成左右兩派。在兩派之間也許還有一個可左可右、不左不右的中間派，但多數的作家越來越傾向左派概無疑議。所謂左派，指的是傾向共產黨的激進的革命派，所謂右派指的是傾向國民黨的保守派，所謂可左可右或不左不右的中間派指的是不熱中政治的，對兩黨均持批評態度的，或傾向自由民主的人士。為什麼左派的作家日漸眾多？實乃因中國的大環境使然也。中國是一個農村人口眾多而生產落後的農業國，加上清末民初西方帝國主義國家和日本的侵略欺凌，經濟始終無法正常發展，民生日漸凋敝。雪上加霜的是國內的各地軍閥擁兵自重，紛爭不已；國民黨立志北伐，但未能畢其功，反引生國共兩黨

的鬩牆，致使戰禍連連，民不聊生，特別是農村的眾多人口在天災、兵禍的脅迫下只能掙扎在飢餓線上奮力求生。目睹如此狀況，具有良知的知識份子焉能不為此痛心疾首而傾向革命呢？這正是三〇年代後期越來越多的文人作家向左轉的根本原因。然而革命是件艱苦的事，需要紀律，需要犧牲，且常常有些不人道的作為。五四以來有些知識份子，尤其是留學英美的留學生，因為親身經歷到西方資本主義國家的自由民主和人民富裕安樂的生活，不能不珍視自由民主的價值（這也正是五四一代高唱科學與民主口號的原因），當然難以接受革命的紀律與犧牲，更不易認同社會主義對人民的嚴苛控制和共產黨種種專橫殘暴的作為，所以在國民黨敗退到台灣的前後，也有一批文人作家為逃避紅禍而來到台灣，但比起滯留大陸的文人作家來畢竟是少數。

那一代來到台灣的文人作家以自由主義者居多，像五四文化運動的領導者胡適、傅斯年、羅家倫、新月社的要員梁實秋、作家林語堂、蘇雪林、蔣夢麟、黎烈文、胡秋原、紀弦等，有的先到美國或香港，後來台灣，有的直接來到台灣。還有一批與國民黨比較接近的聞人、報人、作家，像曾虛白、陶希聖、馬星野、王平陵、糜文開、陳紀瀅、姜貴、張秀亞、覃子豪、王藍、朱西甯、郭衣洞（柏楊）等也跟隨國軍的撤退來到台灣。當然也有些本來看起來應屬左派的，竟然也來到了台灣，像魯迅的密友許壽裳、魯迅的得意門生臺靜農、參加革命的女兵謝冰瑩等，他們當初來台也許只是為了工作，而非有意逃亡。不過這些老一輩的作家在台灣很快都成為過去式，後來文壇的棟梁之材是來台灣時本為少年學子或稚齡幼兒，後來才揚名立萬的作者，以及台灣本土成長的後起之秀。

滯留大陸的也並非全是本來左傾的作家，右傾的因為某種原因未及行動的也大有人在，譬如在抗戰時期人所共認為大右派「戰國策派」的劇作家陳銓和寫流行小說的無名氏（1985年才輾轉經香港來到台灣）就並未能加入流亡的行列來到台灣。也有些本來不左不右的作家，像老舍、曹禺、蕭乾、吳祖光等，1949年時人已在海外，反而一一回歸，可說是自投羅網，而終招致悲慘的下場。真正原來的大右派，如上文所述的陳銓與無名氏，其命運反較忠貞的左派

如田漢、夏衍等為佳，只可說各自有命，有幸與不幸；亦可見共產黨整起人來常無親疏之別。

流亡是不得已的行動，隱含著難言的家國之痛與個人的辛酸，過去德國的納粹當政以及蘇聯史大林掌權的時代都曾有大批知識份子不得已流亡國外，中共掌權也造成了中國知識份子的一次大流亡。中國流亡出來的知識份子當然不必然都來到台灣，有的遠赴美國或歐洲，也有的滯留香港、澳門、南洋，甚至日本，可以說是五四新文學運動以來一次中國作家的大播遷。

三、海峽兩岸分治後的政治與社會環境

1949年後，大陸與台灣的政治與社會環境大為不同。大陸上革命建國初成，可說百廢待舉，自以為雄圖大略的毛澤東並未體認到與民休息、富植國力的重要，反倒立即進軍朝鮮半島，與世界的第一強國——美國對敵（1950年6月至1953年7月）。雖然沒有慘敗，但是消耗了太多國力，使百廢待舉的家園益加殘破。

在國外戰爭的同時，國內展開一場鎮壓反革命的運動，目的在鞏固共產黨的政權。根據毛澤東的建議，先預設人口中有千分之一的反革命分子，首先處決其中的一半，以後看情形再加處理。這樣的預設，使各地幹部為了完成殺人的指標，造成了大批的屈死鬼（註1）。譬如朱自清的兒子朱邁先本是共產黨人，只因內戰期間接受黨命與宣傳隊集體參加了國軍部隊，且有策動桂北國軍人員起義之功，竟在鎮反運動中以反革命遭受槍決（馮亦同 2004）。武俠小說作家金庸的父親查樞卿也以反革命罪名處死（註2）。為了達成屠殺的指標，甚至無中生有製造假案，像雲南省普洱縣磨黑鎮公安局竟在嚴刑逼供下製造出一個

註1：關於中共從鎮壓反革命到文革種種運動所殺戮的人數及造成的影響，參閱「引用資料」中所附有關書目。

註2：因為後來金庸有了名聲，鄧小平當政時曾予接見，浙江省海寧縣委、縣政府、嘉興市委統戰部、市僑辦聯合組織調查組才對金庸的父親查樞卿的案件進行複查，發現是錯殺冤死了，遂由海寧縣人民法院撤銷原判，宣告查樞卿無罪，予以平反昭雪。但冤死已超過三十年，若非金庸受到鄧小平的青睞，焉有昭雪之日？

「復興黨暴動案」，據說查出復興黨員一千三百多人，包括八十多名共產黨員在內，結果有一百二十多人被處死，三十多人被判死緩，六百多人坐牢，三百多人被關押、審查、管制。後來調查的結果，所謂「復興黨」根本是子虛烏有，可是眾多的無辜已經冤死了。根據1954年1月公安部副部長徐子榮的報告，從1950到1953三年中的鎮反運動全國共逮捕了兩百六十多萬名反革命份子，殺了七十多萬，關了一百三十來萬，其他都受到管制，也就是失去了行動的自由（Strauss 2002）。

在鎮反運動尚未結束的時候，1951年又展開「三反」、「五反」的政治運動。「三反」指的是在政府機關和公營企業中的反貪汙、反浪費、反官僚主義；「五反」指的是在私營企業中的反行賄、反偷漏稅、反偷工減料、反盜騙國家財產、反盜竊國家經濟情報。共產黨利用過去土改時對付地主、富農的殘酷手段，把來不及或無能逃亡海外的中小企業家掃地出門或乾脆消滅。

整人的運動真是一波未平一波又起。毛澤東是「與天鬥其樂無窮，與人鬥其樂無窮」的人，接著「三反」、「五反」，在1956年私產充公的社會改造基本完成，1957年又完成了國民經濟第一個五年計畫之時，毛澤東又出「陽謀」，以大鳴大放的方式引蛇出洞，發起整風反右運動。整風是共產黨黨內的整肅，反右則是不管黨內還是黨外，鬥爭所有被扣上右派帽子的人士。在反右運動中，眾多文人作家被扣上了右派的帽子，後來證明多半是冤枉的。

經過如此雷厲風行的運動，人民真是大氣也不敢喘了。毛澤東於自鳴得意之餘，鼓動起一陣浮誇之風，於1958年草率地發動了「大躍進」運動，提出追英趕美，「鼓足幹勁，力爭上游，多快好省地建設社會主義」的「總路線」。於是全國大煉鋼鐵，人民把家中的銅鐵器皿都砸破了去煉鋼鐵，煉出一堆廢物。全國一致成立人民公社，大放衛星田，以致公社的公共食堂吃光了農村的存糧，而大放衛星的數字原來都是虛報的，終於使農村的經濟全面崩潰，引起長達三年的大飢荒，人民餓死無數（註3）。中共抗美援朝的總司令彭德懷也因在

註3：據楊繼繩《墓碑：中國六十年代大飢荒紀實》一書的調查，1959-62年三年大飢荒餓死人口約三千六百萬。這個數字相當1945年8月9日美國原子彈在日本長崎炸死人數的四百五十倍，也相當唐山大地震死亡人數的一百五十倍，也遠遠超過第一次世界大戰死亡人數的一千多萬。

廬山會議上書諫諍被打成反黨、反革命分子而遭到無情的整肅。

　　毛澤東的盲目操縱把國家弄成如此殘破的局面，當然會引起黨內其他領導人的不滿與異議，不得不退居第二線，把國家主席的位子讓給劉少奇，其實心中懷有極大的怨怒。為了拯救國內崩潰的農業，劉少奇解散人民公社，提出「三自一包」（自留地、自由市場、自負盈虧、包產到戶）的政策。1962年9月在中共八屆十中全會上毛澤東又提出「千萬不要忘記階級鬥爭」的號召，並要求進行社會主義教育運動。於是1963年在劉少奇主導下發動所謂的「四清運動」，即「清帳目、清倉庫、清公分、清財物」。後來「四清運動」轉變為「清政治、清經濟、清組織、清思想」，主要鬥爭的對象為「地、富、反、壞、右」黑五類分子。可是毛澤東心目中要鬥爭的卻是「修正主義」的當權派，在1965年1月中共發布「農村社會主義教育運動目前提出的一些問題」（二十三條），遵照毛澤東的指示把運動的重點放在整治黨內走資本主義道路的當權派上頭，矛頭越來越清楚地指向劉少奇、鄧小平等人。詭計多端的毛澤東又祭出另一次陰謀，從批判吳晗的新編歷史劇《海瑞罷官》開始燃起一把文化大革命的烈火，縱容「造反有理」的紅衛兵興風作浪，目的乃在奪回旁落的黨權與政權。結果國家主席劉少奇被鬥成叛徒、內奸、工賊和國民黨特務，鄧小平成為不知悔改的走資派，其他重要的高層領導，諸如彭（眞）、楊（尚昆）、陸（定一）、羅（瑞卿）等，都一個個鬥臭鬥垮了，最後只剩下法定接班人林彪和以毛澤東妻子江青為首的「四人幫」。不料接班人林彪也變成心懷不軌的壞分子，在暗殺毛澤東失敗後摔機死於逃亡的途中。於是毛澤東生前最後的權力中心竟落在江青、王洪文、張春橋、姚文元四人幫之手。當然到了1976年9月毛澤東嚥下最後一口氣後，四人幫立刻垮台，遭到逮捕、下獄、審判，一個個死於獄中。然後經過華國鋒的短暫掌權，政權又回到走資派的鄧小平之手，才有後來的重整經濟、對外開放的政策。

　　被後來稱作「十年浩劫」的文革期間，毀壞的古蹟、文物、人民財產和連帶自殺、冤死、下獄、勞改的共黨幹部以及文人作家不計其數（註4）。從1949年

註4：據葉劍英1978年12月13日在中共中央工作會議閉幕式上的講話，文革十年整了一億人，殺了兩千萬，浪費了八千億人民幣。

10月建立中華人民共和國到1976年9月毛澤東死亡，十七年中整人的運動一個接續一個從未中斷，形成了中國大陸窮苦、破敗、失序、混亂的社會背景。即使鄧小平當政實施對外開放的政策，到了1989年仍不免發生「六四天安門事件」，屠殺了大批無辜的青年學生，足以說明共產黨人是如何看待與對待人民的了。

　　台灣的情形雖然在「白色恐怖」的年代也有肅殺之氣（薛化元等 2003），但其他時段與大陸截然不同。本來在國共內戰的後期蔣介石在兵敗之餘引咎辭職，由副總統李宗仁代理職權。但是國軍於1949年全面敗退後，李宗仁無法進入由蔣介石精心布局的台灣陣地，只好逃亡美國。因此1950年蔣介石才得以復行視事的名義重握國民政府的大權。國民政府乘韓戰之利在台灣站穩腳步，又盡力配合美國的反共產主義，訂定「反共抗俄」為台灣政府的基本國策，成為美國防堵共產國家的前衛。鑑於在大陸的慘敗，蔣介石不得不勵精圖治，第一掃除在大陸時的種種裙帶關係，第二嚴禁官吏的貪汙腐化，比起在大陸來國民政府的確是脫胎換骨了。經濟上，以從大陸攜帶來台的豐厚資金做基礎，加以善用美國的財經技術援助，不久就使台灣擺脫掉戰後破敗的經濟狀況，漸漸走上小康和新富的局面，直到七〇年代後的所謂經濟起飛和錢淹腳目的日子。

　　在五、六〇年代，人稱「白色恐怖」的時代，雖然以通匪的罪名整治了一些政治上的異己，其中也不乏冤錯假案，但比起大陸上的「土改」、「反右」、「文革」等運動所整肅的異己來只算小巫。較大的政治案件，如孫立人案、雷震案等，均未判死罪。就以作家、藝人而論，因諷刺兩蔣而獲罪的柏楊、以詆毀國民黨而獲罪的李敖、以服膺馬克思主義、親共而獲罪的陳映真、以匪諜定罪的崔小萍等均只遭到數年監禁，而不曾像大陸上眾多作家、藝人悲慘地死於非命。

　　後來到了1978年後蔣經國當政的年代，表現出超過其父的政績，不但在經濟上完成了十大基礎建設，把台灣帶領上富裕的道路，贏得亞洲新興四小龍之首的美稱，在政治上也開放報禁、黨禁，預布交出政權的格局，使台灣終能真正享受到西方式的民主政治。這一切當然會使台灣在同一個時期中的文學發展迥異於大陸了。

四、反共文學vs.社會主義文學

　　台灣光復初期，從日治後期的「皇民化運動」所造成的日文日語的社會突然湧入一大群不講日語也不通閩南語的外省人，自然會引生本地人的不易適應，再加以國民政府派來的行政官吏依然維持在大陸上習以爲常的官僚作風，更會招致本地人的反感。在這樣的背景下產生1947年的二二八事件，並非完全出之於偶然（林德龍 1992）。二二八事件後，日據時代的文化菁英分子受到相當的打擊，其他無恙的又因語文轉換的問題一時難有特出的表現，所以到1949年國府遷台後的台灣文壇主要以大陸來台的文人爲主。在反共抗俄的國策下，台灣五〇年代的文學自然也冠以「反共文學」的稱號。當然並非所有文學作品都與反共有關，有些作家，特別是女性作家，寫些身邊瑣事或家庭故事也常見於報章雜誌。但是在政府有意以獎金的鼓勵及加意宣傳（例如「中華文藝獎金委員會」、「軍中文藝獎」等）下，那時重要的作品的確是「反共文學」，譬如陳紀瀅、柏楊、姜貴、潘人木、王藍的小說，李曼瑰、鍾雷、吳若、雷亨利等的戲劇以及較晚的軍中作家朱西甯、郭嗣汾、司馬中原、段彩華等的作品。

　　反共文學的作家幾乎都是從大陸來台的已經成名或至少已經成年的作家，他們接續五四作家的遺緒，受到第一度西潮的影響，崇尚寫實主義，但因爲具有先入爲主的意識形態，必須遵循反共的主題，無法實現寫實主義美學所要求的起碼的客觀與置身事外，因而實際上寫成的只能說是「擬寫實主義」的作品。然而，由於台灣繼續保持與西方資本主義國家正常的外交關係，與美國的關係又特別密切，五〇年代後西方現代主義的潮流得以洶湧湧進。到了六〇年代，大陸來台的學齡少年逐漸長大，而本地的戰後一代也同時成長，二者均深受第二度西潮的現代主義衝擊，於是出現迥異於反共文學的作品。現代詩和現代戲劇首先開路，接著跟進的就是現代小說，使台灣的文壇閃出耀目的光芒。到了七〇年代，在本土意識的高漲下，一股回歸寫實的鄉土之風對抗過度西化的現代主義，但是因爲背後並沒有強勁的意識形態作祟，也沒有僵化的政治八股，加以吸收了現代主義的技巧，反倒出現一些貼近寫實主義美學的動人作品。在

八○年代以後的後現代及多樣化的美學趨向之前，現代主義文學與現代主義化的鄉土文學形成台灣文學的兩大主流。

在中國大陸，因爲最高權威的毛澤東喜好詩詞，可以說是半個文人，因而就特別垂青文學，把文學與政治視如水跟麵粉，兩手把二者攪和得密不可分。凡逢政治運動，一定少不了文學，而文學的進展也必定緊緊跟隨政治的風向，因此文學完全成爲宣傳黨政意旨的工具，抹殺了個人志趣、個人風格以及作家對文學藝術境界的追求。

五四以來的老作家，有的在累次整人運動中被鬥得求生不得，像沈從文、胡風、巴金、丁玲、蕭軍、蕭乾、吳祖光等都停筆不寫了。郭沫若、茅盾、夏衍等雖然身居要職，但深明多言招禍的道理，絕不再從事任何文學創作。老舍很積極地撰寫宣揚社會主義的劇本，終惹出殺身之禍。其實今日所留下的五、六○年代一些年輕作家的小說、劇作、詩歌等絕無例外的都是毛澤東〈在延安文藝座談會上的講話〉指導下歌頌新社會或詛咒舊社會的宣傳之作。

到了1966年文革開始，文人的遭遇更加悲慘。既然是文化革命，所以文人特別倒楣，幾乎所有的作品都成爲毒草，所有聞名的作家，不論是否老共產黨員，或有功於黨國者，一律加以鬥垮鬥臭，有的下放勞改、住進牛棚或關進監獄，甚至自殺或鬥死。所以在文革期間，全國只剩下八齣樣板戲（因爲是毛妻江青所主導）和兩個作家：死了的魯迅和活著的浩然。魯迅爲什麼成爲不倒的偶像？第一自然是因爲共產黨自建黨以來就拿魯迅作爲號召青年的招牌，而且受到毛澤東親口推崇，第二，當然因爲他已經死了！浩然呢？湊巧他寫出了《艷陽天》和《金光大道》這樣的小說，特別是後者創造了高大全那樣的英雄形象，完全符合四人幫所要求的所謂三突出的政治八股。大陸上值得閱讀的文學作品，得等待傷痕文學以後了。

大陸學者也公然承認說：

> 文革十年，台港進入了，大陸退出了，這種文學角色的戲劇性易位，文學時空的實有與空虛，應該說是大陸的政治之禍，卻是中華民族的文學之福。此等

缺失與彌補，歷史已經做出了評判，只是大陸中心主義者視而不見罷了。（喻
大翔2000：270）

所以，海峽兩岸自分流之後，雖同屬炎黃子孫，命運卻如此不同。這正是我
們有興趣加以比較、鑽研的所在。

引用資料

中文：

卜偉華，2008：〈「砸爛舊世界」——文化大革命的動亂與浩劫〉，《中華人民共和國史》第六卷，香港中文大學出版社。

丁　抒，1995：《人禍》，香港九十年代雜誌社。

李　新主編，2000：《中華民國史》第三編第五卷，北京中華書局。

汪朝光，2000：《中華民國史》，北京中華書局。

林德龍編，1992：《二二八官方機密史料》（陳芳明導讀），台北自立晚報社。

胡　風，1984：《胡風評論集》（中），北京人民文學出版社。

金　輝，1993：〈「三年自然災害」備忘錄〉，上海《社會》雜誌第4、5合期。

夏明方，2001：《二十世紀中國災變圖史》上下冊，福州福建教育出版社。

軍事歷史研究部編，2000：《中國人民解放軍全史》，北京軍事科學出版社。

唐德剛，2005：《毛澤東專政始末1949-1976》，台北遠流出版社。

曹樹基，2005：《大飢荒：1959-1961年的中國人口》，香港時代國際出版公司。

郭汝瑰、黃玉章，2002：《中國抗日戰爭正面戰場作戰記》，南京江蘇人民出版社。

國防部史政局編，1962：《戡亂戰史》，台北國防部史政局。

傅上倫、胡國華、馮東書、戴國強，2008：《告別飢餓1978》，北京人民出版社。

馮亦同，2004：〈朱自清之子的冤死〉，《文史精華》第4期。

喻大翔，2000：《兩岸四地百年散文縱橫論》，長春吉林人民出版社。

楊繼繩，2007：《墓碑：中國六十年代大飢荒紀實》，香港天地圖書公司。

劉清峰，1996：《文化大革命：史實與研究》，香港中文大學出版社。

墨　爾，2009：《蔣介石的功過——德使墨爾駐華回憶錄》，台北學生書局。

薛化元等，2003：《戰後台灣人權史》，台北國防部史政局，台北國家人權紀念館籌備處。

欒梅健，2006：《二十世紀中國文學發生論》，桂林廣西師範大學出版社。

外文：

Banister, Judith,1987: *China's Changing Population,* Stanford, Stanford University Press.

Chan, Anita,1985: *Children of Mao: Personality Development and Political. Activism in the Red Guard Generation*, Seattle, University of Washington Press.

Chang Jung and Jon Halliday, 2005: *Mao: The Unknown Story*, Random House.

Fairbank, John K. and Feuerwerker, Albert (eds.), 1986: *The Cambridge History of China: Vol.13, Republican China 1912-1949,* Part 2, Cambridge University Press.

Liu, Guokai,1987: *A Brief Analysis of the Cultural Revolution*, edited by Anita Chan, New York, M.E. Sharpe.

MacFarquhar, R. and Schoenhals, M., 2006: *Mao's Last Revolution*, Belknap, Press of Havard University.

MacFarquhar, Roderick and Fairbank, John K. (eds.), 1987: *The Cambridge History of China: Vol.14, The People's Republic,* Part 1, Cambridge University Press.

MacFarquhar, Roderick and Fairbank, John K. (eds.), 1992: *The Cambridge History of China: Vol.15, The People's Republic,* Part 2, Cambridge University Press.

Strauss, Julia, 2002: "Paternalist Terror: The Campaign to Suppress Counter Revolutionaries and Regime Consolidation in the People's Republic of China, 1950-1953," in *Comparative Studies in Society and History,* No.33.

第二十六章　光復前的台灣文學

　　台灣在有清一代本是福建、廣東沿海地帶移民之地，自1661年鄭成功驅逐了荷蘭殖民者，在此建立反清復明的基地之後，也吸引一些抗清的臣民來此。明鄭亡於1683年後，台灣劃歸福建省治下，大陸漢人移民來台的更多，基本上台灣成為漢文化和傳統古典詩文的領地。直到1895年甲午戰敗清廷將台灣割讓給日本，台灣的文化氛圍才開始有所變化。因為日人據台初期遭到台灣人民的激烈反抗，日人也使用出暴力鎮壓的手段，故從1895到1919二十四年間日本派出七位陸軍大將或中將擔任駐台總督。也許是血腥的鎮壓奏效，到五四運動後，台灣的形勢有所改變，日本於1919年6月首次派任文官總督，改採懷柔的統治政策。這時台灣已有不少到東京留學的學生，自會把西方的思潮與日本文化帶回台灣。據可見的史料，台灣的新文學運動始於1920年東京的台灣留學生所創辦的《台灣青年》月刊，而正式起步於1923年發行的《台灣民報》。（陳少廷1977）

　　不管日本人所用的手段是高壓或懷柔，也不管日本殖民者多麼努力地推行日化，台灣的漢人仍然保有中國文化的傳統，而且時時會受到大陸上種種時局變動的影響，大陸上的新文化運動也不例外地會影響到台灣。對這個問題，台灣

目前學界有時會受到「統對獨」或「中對台」兩派政治立場的影響，難免曲爲解說。陳芳明就曾針對此點議論說：「有關五四運動對台灣新文學的影響，歷來引起頗多議論。中國學者往往傾向於膨脹五四運動的歷史意義，認爲台灣作家乃是受到中國新文化運動的領導。台灣學者則對這個問題相當保留，甚至認爲五四運動對於台灣作家的影響不大。如果證諸史實，全然否認五四運動的影響力，似乎不具說服力。但是過於誇大五四的地位，也不符合事實。」（陳芳明 2011：60）我們且來看一看一向有本土派大老之稱的葉石濤是如何看待這個問題的，在他的《台灣文學史綱》中葉石濤說：「大陸的文化運動給台灣帶來強大且正式的影響，當推五四運動的發軔。五四運動的語文改革主張，促使台灣眞正覺醒，產生規模宏大的抗日民族文學——台灣新文學運動的展開。」（葉石濤 1987：20）另一位本土大老黃得時也曾說：「『五四』是中國新文化運動的開路先鋒，而台灣也是受過了這個開路先鋒的影響，燃起了新文學運動的炬火，同時也帶動了新思想和新文化的前進。……總而言之，台灣在日據下，日本政府雖然極力推行日語，但是民族意識很強烈的台灣人，一面學習日語，一面受五四運動的影響，拚命學習白話文的寫作，以致產生許多白話小說家和新詩人，在台灣文學史上發出萬丈的光芒，可知『血濃於水』是不朽的眞理。」（黃得時 1984：45-79）由此看來，台灣的文學改革運動不能不說是在五四新文學運動的啓發下踵武前賢而啓動的。五四的新文學運動在二〇年代受到蘇俄大革命的影響，文人開始左轉，到了1927年之後，受到蔣介石清共的影響，左翼文學主導了當時的文壇。無獨有偶的，台灣也是在同一個時期文學界開始左右兩翼分裂。

一、台灣的左翼文學運動

台灣在1895年割讓後，島上的居民反抗不斷，直到1915年的「西來庵事件」受到日本殖民者的強力鎮壓後，武裝抗日的行動才消沉下去。但作爲日本殖民地，在文人的心中，開始仍然洶湧著民族主義的感情，正如葉石濤所言：「由

於第一次世界大戰後，民族自決的論調高唱入雲，台灣又受到五四運動的影響，因而逐漸採用新形式的抗日民族運動。許多在東京留學的台灣舊仕紳階級的子弟，聯絡大陸來日的留學生或朝鮮的革命青年共同組織結社，傾向於台灣的民族自決運動。他們的這種思想動態在台灣也引起了廣泛的共鳴，凝結爲台灣議會設置規模宏大的政治運動，接著1921年民族主義文化啓蒙運動的大本營台灣文化協會宣告成立，跟朝鮮的三一運動互相呼應，成爲民族解放運動的據點。」

《台灣民報》（1927）

（葉石濤 1987：20）但是正如大陸上在五四運動之後，民族主義轉向無產階級革命的左傾思想一樣，爲時不久，台灣的文人也不能不遭受到日本左翼運動和左派思想的影響。對此一問題曾深入研究的施淑曾說：「二〇年代中期，隨著台灣社會、政治運動的蓬勃發展，有關社會主義、殖民問題、民族解放等論述，以及與台灣有密切關係的中、日兩國農民運動的報導，在《台灣民報》中佔有顯著地位，這現象除了客觀現實使然，還可以看出當時知識份子的思想動向。」（施淑 2003：104）也正如同一時期大陸的文人一般，左派的思想很快就見之於行動。所以施淑接著說：「作爲意識生產的一個分野，台灣的文學界在1927年那標幟著台灣社會文化活動左右路線分裂的文協改組，也即被《民報》稱爲『主張階級鬥爭的馬克思主義者與爭取全民運動的民族主義者的思想對立』的情況下，文藝理論和創作取向也有著相應的變化。改組後的新文協，在左翼思想主導下，除了將活動方針由原來的民族主義啓蒙文化團體的形態，轉變爲無產階級文化鬥爭的組織，並在修改後的新會則中，明確訂立『普及台灣之大眾文化』爲總綱領。自是而後，『大眾文藝』和『大眾文學』的觀念及要求，成了二〇年代末到三〇年代間台灣文藝團體的普遍努力方向。」（施淑 2003：109-110）本來是民族主義大本營的台灣文化協會，到了1927年，也就是在大陸稱之爲蔣介石「反革命政變」的那一年，一變而爲「無產階級革命」的據點。這時期台灣文學界的發展與大陸同一時期何

其相似！台灣的左翼作家也像大陸的同儕，都受到日本的「納普」（NAP，即「全日本無產者藝術聯盟」的簡稱）的直接影響。此後，台灣的文人多半都無法擺脫左派思想的羈絆。

再據《日據下台灣新文學文獻資料選集》記載：「中國新文學運動始於文字的改革，而終於文學的改革，台灣新文學運動亦步其後塵，由黃呈聰、黃朝琴提倡白話文於前，張我軍提倡詩學的改良於後。」（李南衡 1979：413）所以台灣的新文學運動無疑是在接受由日本而來的西潮及五四運動的雙重影響下，也是從古文轉化爲白話文開端的。

二、寫鄉土與台灣話文的爭論

台灣是個移民的社會，移民而來的多爲閩、粵沿海地帶的窮苦鄉民，多半沒有受過教育，因此台灣通用的語言均爲地方方言：閩南語、客家語，還有二十幾種原住民的語言。至於文字，當然是大陸傳統的古文，但是能夠運用古文的人恐怕只侷限於上層社會的少數知識份子，下層的農工階級多半還都是文盲。日本人統治後，雖然設立了日文的公學校，恐怕能夠入學的也限於中上階層的家庭，大半的佃農，維生之不暇，哪能送子弟進學校讀書？這情形跟同一個時代的大陸非常類似。五四時代胡適倡議「國語的文學，文學的國語」，也就是爲了使各地說方言的人有一種可以彼此溝通的共同語言。五四以後的白話文就是建立在以北京話爲標準的國語（普通話）的基礎上。所以台灣在受到五四新文化或新文學運動影響之後，也面臨到轉換白話文的問題。

大陸上五四前後有所謂文白之爭，最後白話文勝利了。台灣開始同樣也有文白之爭，最後白話文也勝利了。不同的是，五四時代的大陸，大部分受過教育的知識份子不管母語是何種方言，基本上都能通國語；但台灣卻並非如此，除了少數在大陸學習過的知識份子外，絕大多數的人口，包括受過教育的知識份子，並不通國語，因此白話文的基礎就顯得非常薄弱了。因此伴隨著白話文的提倡，有人顧慮到一旦文人都使用普通話的白話文，會拋棄台灣通用的方言閩

南語，於是出現了「台灣話保存運動」。1924年10月，連溫卿發表〈言語之社會的性質〉及〈將來的台灣話〉兩文，強調要保存台灣方言。到了1929年，連橫也發表〈台語整理之責任〉及〈台語整理之頭緒〉等文，並出版《台灣語典》及《台語考釋》等書。他們企圖把台灣方言文字化，以取代文言、白話以及日文。此一運動稱作「台灣話文運動」。到了1930年，鄭坤五又提出寫「鄉土」的論題。黃石輝也加以呼應，發表〈怎樣不提倡鄉土文學〉（載《伍人報》）及〈再談鄉土文學〉（載《台灣新聞》）等文。郭秋生也在1931年發表〈建設台灣白話文一提案〉（《台灣新聞》）加以聲援。如果寫台灣的鄉土，他們主張必須使用台灣話文才有意義。當然也有反對的人，譬如張我軍就主張與其用無法以文字表達的方言，不如統一普通話（張我軍 1975）。朱點人也反對台灣話文，主張普及中國白話文。持反對態度的還有廖毓文、林克夫、賴明宏、林越峰等人（包恆新1988：51）。事實上中國有方言千百種，因為書寫文字一向統一，過去是文言，五四以後是白話，殊無感到有書寫方言之必要；而且方言向來有音無字，如何書寫，如何取得共識，都不是容易解決的問題。蔡培火（1889-1983）曾大力推廣羅馬字運動，用以書寫本地方言，因為違反國人習慣，呼應者寡，也不了了之。此事體大，雖然後來台灣意識抬頭時又有台語話文之議，但除了建立恰當的轉音為字的困難外，人民的習慣惰性也成為一時難以克服的問題。

三、台灣新文學的濫觴

葉石濤曾把台灣新文學的發展分作三個時期：搖籃期（1920-1925）、成熟期（1926-1937）和戰爭期（1937-1945），並舉出《台灣新民報》為鼓吹新文學的主要載體（葉石濤 1987：28-29）。陳芳明則將之分為啟蒙實驗期（1921-1931）、聯合陣線期（1931-1937）和皇民運動期（1937-1945）（陳芳明 2011：30），時間上二者相差無幾，標題有所不同。今根據葉石濤的分期年代，略微調整其標題，所謂「搖籃期」，就是台灣新文學的濫觴時期；「成熟

期」，其實尚未成熟，應該稱作「發展期」才比較合適。

《台灣青年》創刊號

　　原本台灣留日學生蔡培火等於1920年在日本東京創刊了中、日文並用的綜合性雜誌《台灣青年》，到1922年4月改名《台灣》，1923年4月增刊《台灣民報》半月刊，1927年從日本東京遷回台灣，改爲週刊，到1930年又改稱《台灣新民報》，直到1932年始成爲名正言順的日報。1941年再度改稱《興南新聞》，到1944年停刊，長達二十四年，的確伴隨著台灣新文學的成長。《台灣青年》的創刊標誌著台灣新文學運動的開始。1921年，林獻堂、蔣渭水等發起成立「台灣文化協會」，會員後來發展到一千三百多人，囊括了多數台灣的文化菁英，雖係一廣義的文化團體，但對台灣新文學運動貢獻甚大。

　　此一時期主要是促成書寫文字的白話化。黃呈聰從大陸歸來，於1923年元月1日在《台灣》雜誌發表〈論普及白話文的新使命〉，同期，還有黃朝琴的〈漢文改革論〉，都大力提倡推廣白話文。同年4月，《台灣》雜誌的主要負責人林呈祿成立了白話文研究會，使《台灣民報》於1924年4月全部改用白話文。1924年4月21日張我軍在《台灣民報》發表〈給台灣青年的一封信〉，暢論改造社會與改造文學。改造社會，主張爭取民族自決；至於改造文學，他認爲「台灣的文學乃中國文學的一支流。本流發生了什麼影響、變遷，則支流也自然而然的隨之」。他直接攻擊台灣舊文學的陣營，認爲「台灣的詩文等，從不見過真正有文學價值的，且又不思改革，只在糞堆裡滾來滾去，滾到百年千年，也只是滾得一身臭糞」（李南衡 1979：57）。張我軍的言論嚴厲而直率，他是第一個對舊文學和舊文人宣戰的人，接著他又發表了一系列攻擊舊文學和宣揚新文學的文章，獲得當時同輩文人的大力支持與聲援。

　　張我軍（1902-55），原名張清榮，筆名在張我軍外，尚有一郎、迷生、野馬、憶、以齋、劍華、四光、老童生、大勝、M.S.等，台灣省台北縣板橋人。幼年曾做過鞋店學徒、雇員，後進入新高銀行工作。1921年調往廈門分行，翌年新高銀行關閉，赴北平，入高等師範學校補習班，深受五四文學運動的影

響。旋回台灣，進《台灣民報》擔任漢文編輯，發表一系列提倡新文學的文章。1925年再度到北平，考入中國大學國文系，繼續在《台灣民報》介紹大陸新文學運動狀況。後轉入北京師範大學，曾和台籍同學創辦《少年台灣》雜誌。1929年畢業，先後在北京師大、北京法學院、中國大學、北大工學院擔

張我軍（1902-55）

1927年宋斐如、張我軍
創辦的《少年台灣》

任日文講師，並從事翻譯、研究工作。1935年任北平市社會局祕書。七七事變後，任北京大學工學院日文系教授。1945年台灣光復後返鄉，擔任台北茶商工會祕書、台灣合作金庫研究室主任等職。1955年在台北病逝。張我軍並非只談理論，他隨之而來有創作的實踐，自費出版台灣第一本新詩集《亂都之戀》（1925），身後出版的尚有《張我軍詩文集》（1975台北純文學出版社）、《張我軍選集》（1985北京時事出版社）。生前的譯作甚多，有《生活與文學》（有島武郎原著，1929北新書局）、《煩悶與自由》（丘淺次郎原著，1929北新書局）、《現代世界文學大綱》（千葉龜雄原著，1930神州國光社）、《現代日本文學評論》（宮島新三郎原著，1930開明書店）、小說《賣淫婦》（葉山嘉樹原著，1930北新書局）、《文學論》（夏目漱石原著，1931神州國光社）、《資本主義社會的解剖》（山川均等原著，1933北平青年書店）、《法西斯蒂主義運動論》（今中次麿原著，1933北平人人書店）等。

除了發動新文學革命運動、出版台灣的第一本新詩集以外，張我軍也寫過三篇白話新小說：〈買彩票〉、〈白太太的哀史〉和〈誘惑〉，可說對台灣新文學的發展貢獻卓著。張深切曾評論張我軍說：「他雖然不能說是新文學的首創人，卻可以說是最有力的開拓者之一。他雖然不能說是台灣

《張我軍詩文集》（1975
台北純文學出版社）

白話文的發起人，卻可以說是最有力的領導者之一。他在台灣文學史上，應該佔有一個很重要的地位。」（台灣時報社 1977：320）

台灣的白話文運動與大陸相同，都是以普通話書寫，而非方言。在鼓吹白話文和新文學的同時已經有人在寫白話新小說了，譬如無知的〈神祕的自制島〉（1923年《台灣》雜誌第三號）、柳裳君（謝星樓）的〈犬羊禍〉（1923年《台灣》雜誌第七號）、施文杞的〈台娘悲史〉（1924年2月2日《台灣民報》）、雲萍生（楊雲萍）的〈月下〉（1924年2月10日《台灣民報》）和〈那一天的老冉〉（1924年2月12日《台灣民報》）、鷺江TS的〈家庭怨〉（1924年2月15日《台灣民報》）等。另外還有追風（謝春木）的一篇日文小說〈她往何處去〉（1922年《台灣》雜誌第四至七號），當然此篇與白話文無關。

因為在此台灣新文學的濫觴期，創作甚少，《台灣民報》也時常轉載大陸新文學作家的作品，諸如胡適的劇作、魯迅、冰心的小說、郭沫若的詩等。

小說外，白話詩與散文也有人在嘗試，新詩除了張我軍開風氣之先外，賴和、楊雲萍、施文杞也都有作品。白話抒情散文也由賴和的〈無題〉開了端。

至於新劇，據呂訴上的《台灣電影戲劇史》載，在1910年已有演出新劇的活動，他說：「一批的文化工作人貫連一氣，為了表現熱愛祖國，宣揚民族思想，利用演劇做活動工作。另一方面台灣的新演劇是直接受著日本明治開化時期的政治劇的新演劇（後來被稱為新派）的影響。」（呂訴上 1961：293）演劇活動尚非文學，新劇作為文學的一部分必須要有劇作出現才行。據呂訴上所提供的資料，到1925年始有張深切編劇的《人》，為「草屯炎峰青年會演劇團」在草屯、竹山等地演出，但是這個劇本卻沒留下來。一直到1926年後，張深切才有更多的劇作問世。

四、台灣新文學的發展

1926年後，白話刊物漸多，1932年出現白話文學刊物《南音》（黃春成、張星建主編），同年留日台灣學生張文環、巫永福等在東京成立「台灣藝術研究

會」，出版文學刊物《福爾摩沙》，1934年「台灣文藝家協會」創刊《先發部隊》（廖漢臣主編），同年「台灣文藝聯盟」成立，發行中、日文並用的機關雜誌《台灣文藝》，1935年楊逵夫婦成立「台灣新文學社」，創刊中、日文並用的《台灣新文學》。白話刊物漸多，寫作的人和作品隨之增加。不過，到了1937年4月，因為日軍就要發動全面侵華的戰爭，日本殖民政府遂徹底禁用漢文，情況就完全改變了。

《南音》創刊號

在此新文學的發展時期，最先出現的小說，首推賴和的〈鬥熱鬧〉、楊雲萍的〈光臨〉和張我軍的〈買彩票〉，都是在1926年發表在《台灣民報》上的。再就是1928年同樣發表在《台灣民報》上的虛谷的〈他發財了〉和〈無處申冤〉。

賴和（1894-1943），原名賴河，筆名懶雲、甫三、安都生、灰、走街先生，台灣省彰化縣人。1910年入台北醫學校，畢業後返彰化開設賴和醫院。1917年赴廈門，任博愛醫院醫師，受五四前大陸文化氣氛影響，心中產生民族自決的想望，遂於1919年返台行醫，並加入台灣文化協會，參與政治與文化啟蒙運動。1923年底被捕入獄。翌年出獄後，響應張我軍的白話文運動，1925年開始白話散文及小說創作，成為當時最具影響力的新文學作家。1927年任台灣民眾黨幹事。1930年創辦《現代生活》雜誌。1932年主持《台灣新民報》學藝部。1934年和張深切等八十三人組成台灣文藝聯盟。1941年再度被捕入獄，次年病重獲釋，一年後病逝。他留下的白話短篇小說計有〈鬥熱鬧〉（1926年《台灣

左：賴和（1894-1943）
圖片提供／賴和文教基金會

下：《賴和全集》

民報》86號）、〈一桿稱仔〉（1926年《台灣民報》92-93號）、〈不如意的過年〉（1927年《台灣民報》189號）、〈蛇先生〉（1929年《台灣民報》294-296號）、〈雕古董〉、〈棋盤邊〉（1930年《現代生活》創刊號）、〈辱〉（1931年《台灣新民報》345號）、〈浪漫外記〉、〈可憐她死了〉（1931年《台灣新民報》363-366號）、〈歸家〉、〈惹事〉、〈豐作〉、〈善訟的人的故事〉、〈一個同志的批信〉、〈赴了春宴回來〉等。小說外，尚有散文〈前進〉（1928年《台灣大眾時報》創刊號）、詩作（新舊兼有）、隨筆、雜文等。作品收入《賴和全集》（1979台北明潭出版社）、《賴和短篇小說選》（1984北京時事出版社）、《賴和集》（1991台北前衛出版社）、《賴和小說集》（1994台北洪範書店）及短篇小說集《一桿稱子》（1996台北洪範書店）、《惹事》（2005台北遠流出版公司）中。賴和是第一位富有成就的台灣作家，他的寫實手法及人道精神成為後世的典範。

楊雲萍（1906-2000），原名楊有濂，筆名雲萍生、雲洋，台灣省台北士林人。1921年在台北總督府台北中學就讀。1925年參與創辦台灣第一本文學雜誌《人人》，寫作白話詩和小說。1926年赴日，攻讀英、日文學。1934年加入台灣文藝聯盟。台灣光復後任職國立編譯館，旋轉入台灣大學歷史系任教，1977年退休。著有《春雷譜》（未完

楊雲萍（1906-2000）
圖片提供／文訊

連載小說，1936《台灣新民報》）、《部落日記》（未完連載小說，1944《新建設》雜誌）。他的白話短篇小說除〈光臨〉（1926年《台灣民報》86號）、〈月下〉和〈那一天的老冉〉外，尚有〈罪與罰〉、〈弟兄〉、〈黃昏的蔗園〉、〈咖哩飯〉、〈秋菊的半生〉（1928年《台灣民報》217號）、〈青年〉等。著有詩集《山河》（1943台北清水書店）及短篇小說集《楊雲萍、張我軍、蔡秋桐合集》（1991台北前衛出版社）。

盧谷（1896-1965），原名陳滿盈，號一村，台灣省彰化縣人。日本明治大

學畢業，曾參加台灣文化協會。1932年《台灣新民報》創刊，任學藝部主編。曾作有描寫日警好色貪財的白話短篇小說〈他發財了〉（1928《台灣新民報》202-204號）、〈無處申冤〉（1928《台灣新民報》213-216號）、〈榮歸〉（1930《台灣新民報》322-323號）、〈放炮〉（1930《台灣新民報》336-338號）；詩作有〈澗水和大石〉（1927《台灣民報》142號）、〈秋曉〉（1927《台灣民報》142號）、〈落葉〉（1930《台灣民報》294號）、〈賣花〉（1930《台灣民報》294號）、〈病中有感〉（1930《台灣新民報》322號）、〈詩〉（1930《台灣新民報》342號）、〈敵人〉（1931《台灣新民報》364號）等。

　　1934年5月南北各地作家齊集台中市組成「台灣文藝聯盟」，共推賴和爲委員長，賴和固辭，遂改推張深切擔任。

　　張深切（1904-65），字南翔，筆名者也、楚女，台灣省南投縣人。幼年接受私塾教育，1913年赴日，就讀於深川府立化學工業學校及青山學院。1927年赴大陸，入廣州中山大學政治系。曾聯合在廣東省的台灣青年組織「廣東台灣革命青年團」，追隨國民革命軍北伐。返回台灣後領導學運，擔任罷

1936年郁達夫（中坐者）來台時與張深切（左立者）等人的合影。

學作戰委員會總指揮，因而被捕入獄三年。獲釋後組織「台灣戲劇研究會」。1934年組織「台灣文藝聯盟」，任常務委員長，並創辦《台灣文藝》雜誌，積極推動台灣新文學的發展。抗日戰爭爆發後赴北平，任教於國立藝術專科學校，並主編《中國文藝》。1945年再次被日軍逮捕。抗戰勝利後返回台灣，任教於台中師範專科學校，並曾開設咖啡館、創辦電影公司。作品有劇作《落萌》、《遍地紅》、《秋岡舍》、《生死門》、《婚變》、《荔全鏡傳》、短篇小說〈鴨母〉及文學評論〈評《先發部隊》〉、〈對台灣新文學路線的一提案〉、〈台灣文藝的使命〉、〈振興中國文化的意義〉、〈我與我的思想〉等篇。所有著作均見《張深切全集》（1998台北文經出版社）。

　　此時期另一位具有影響力的作家爲楊逵。

　　楊逵（1905-85），原名楊貴，另有筆名楊建文，台灣省台南縣人。1924年因

不滿父母要求與童養媳結婚憤而在就讀的台
南州立第二中學（今台南一中）輟學抗議。
1925年用哥哥提供的六十元赴日攻讀，考
入日本大學專門部文學藝術科夜間部，白天
送報、做工賺取學費及生活費。接觸社會主
義思想，因參加日本勞工運動及學生運動而
入獄。1927年返台灣，參加農民組合和台
灣文化協會的活動，曾當選台灣農民組合中
央常務委員。因農民運動結識葉陶，兩人志同

楊逵（1905-85）　圖片授權／楊翠

楊逵短篇小說集《送報伕》

道合而同居。1928年因台灣農民組合內部意見分歧兩人被
開除黨籍。1929年為日警逮捕入獄，獲釋後與葉陶結婚。
1932年在《台灣新民報》連載日文小說〈送報伕〉，未刊
完即被日本殖民當局查禁，1934年該作獲得日本東京《文
學評論》徵文比賽第二獎，始得全文發表。同年參加台灣
文藝聯盟，編輯《台灣文藝》。因與主編意見不合，便聯
合賴和、楊守愚、吳新榮等於1935年另創《台灣新文學》
雜誌，楊逵負責日文部分，到1937年日人禁用中文而停刊。戰爭期間，寫了中
篇小說《模範村》。1938年返鄉務農，創「首陽農場」，取自伯夷、叔齊餓死
首陽山的典故。1942年在《台灣時報》發表〈泥娃娃〉、〈鵝媽媽出嫁〉等作
品。因參與左翼的農民運動多次被捕下獄。台灣光復後，改首陽農場為「一陽
農場」，創辦《一陽週報》，主編《力行報》，介紹五四以來的大陸文學，組
織「新生活促進隊」，維持日人撤退後的社會秩序。1946年5月，出任《和平日
報》文學版編輯，並改用中文創作小說〈壓不扁的玫瑰花〉。1947年主編中日
文對照的《中國文藝叢書》，並與中國大陸作家合作發行《文化交流》雜誌，
因發生二二八事件，只出一期。1948年提出「文學回歸祖國」的主張，並編輯
出版《台灣文學》。1949年4月與妻葉陶被捕，服刑一百天，出獄後鼓吹民主，
旋因在《上海公報》發表「和平宣言」，建議國府釋放二二八事件中逮捕的台

灣民眾，並提出以和平方式解決國共問題，因而觸怒台灣主席陳誠，遭軍法判刑十二年，移送綠島管訓。1961年出獄後生活貧困，經營東海花園，以賣花維生。1970年葉陶病逝。1978年出任《美麗島》雜誌顧問。1985年過世。主要著作有短篇小說集《鵝媽媽出嫁》（日文版，1946台灣三省堂）、《送報伕》（1946台灣評論社）、《鵝媽媽出嫁》（中文版，1977台北香草山出版社）、小說散文集《羊頭集》（1979民眾日報出版社）、《楊逵作品選》（1984台北廣播出版社）、《楊逵選集》（1986香港文藝風出版社）、《楊逵全集》（1998國立文化資產保存研究中心籌備處）等。

　　這一個時期寫作甚勤的一位作家是楊守愚（1905-59），原名楊松茂，筆名村老、靜香軒主人、授鶴、丫生、洋、翔等，台灣省彰化縣人。畢業於彰化公學校，教授私塾漢文，曾參加傳統詩社「應社」和彰化新劇活動。1929年在《台灣民報》發表白話短篇小說〈凶年不免死亡〉，後來又繼續寫出〈生命的價值〉（1929年《台灣民報》254-256號）、〈瘋女〉（1929年《台灣民報》291號）、〈醉〉（1930年《台灣民報》294號）、〈誰害了她〉（1930年《台灣民報》304-305號）、〈女丐〉（1931年《台灣新民報》346-347號）、〈一個晚上〉（1931年《台灣新民報》354-355號）、〈元宵〉（1931年《台灣新民報》357-358號）、〈一群失業的人〉（1931年《台灣新民報》360-362號）、〈升租〉（1931年《台灣新民報》371-373號）、〈斷水之後〉（1932年《台灣新民報》407-408號）、〈決裂〉、〈十字街頭〉、〈赤土與鮮血〉（1935年《台灣新文學》一卷一號）、〈鴛鴦〉（1936年《台灣新文學》一卷十號）以及詩歌〈長工歌〉、〈洗衣婦〉、〈女性悲曲〉等。1934年加入台灣文藝聯盟。1935年任楊逵的雜誌《台灣新文學》編輯。光復後參加中學教師檢定合格，任教於台灣省立化學工業學校。著有《楊守愚集》（1991台北前衛出版社）、《楊守愚作品選集》（1995彰化縣立文化中心）、《楊守愚日記》（1998彰化縣立文化中心）、《楊守愚作品選集補遺》（1998彰化縣立文化中心）。

　　此外，以下的作家都有白話小說或新詩、劇作、散文問世。

　　蔡愁洞（1900-84），原名蔡秋桐，筆名愁洞、邱闊、愁童、秋洞、蔡落葉、

匡人也，台灣省雲林縣人。公學校畢業後，入私塾接受漢文教育。1922年就任保正，一直做到1947年。曾參加文化協會及台灣文藝聯盟，並且創辦過《曉鐘》雜誌。光復後出任雲林縣元長鄉鄉長。所寫白話短篇小說有〈保正伯〉（1931《台灣新民報》353號）、〈奪錦標〉（1931《台灣新民報》374-376號）、〈新興的悲哀〉（1931《台灣新民報》387-389號）、〈興兄〉（1935《台灣文藝》二卷四號）、〈理想鄉〉（1935《台灣文藝》）、〈四兩仔土〉（1936《台灣新文學》）等。其小說均收入《楊雲萍、張我軍、蔡秋桐合集》（1991台北前衛出版社）。

朱點人（1903-50），原名朱石頭，又名朱石峰，筆名描文、文苗，台灣省台北市萬華人。1918年老松公學校畢業後進入台北醫專任雇員，並在南方醫學研究所擔任細菌學助手。1930年在左派《伍人報》發表處女作〈一個失戀者的日記〉。1931年參加關於「鄉土文學」的論戰，反對提倡台灣話文，主張普及中國白話文。1933年參與組織台灣文藝協會，擔任《先發部隊》雜誌編輯。1934年參加台灣文藝聯盟。1941到43年，在《南方》雜誌發表文學評論和「我的散文」系列。光復後，創辦「文學同志社」，發行《文學小刊》。寫有白話短篇小說〈島都〉（1932《台灣新民報》）、〈紀念樹〉（1934年《先發部隊》創刊號）、〈無花果〉（1934年《台灣文藝》創刊號）、〈蟬〉（1935年1月《第一線》）、〈安息之日〉（1935年《台灣文藝》二卷七號）、〈秋信〉（1936年《台灣新文學》一卷二號）、〈長壽會〉（1936年《台灣新文學》一卷六號）、〈脫穎〉（1936《台灣新文學》一卷十號）等。因為參加地下共產黨，1949年被捕，1950年初為國民黨槍決。其短篇小說收入《王詩琅、朱點人合集》（1991台北前衛出版社）。

郭秋生（1904-80），筆名芥舟、街頭寫眞師、TP生、KS等，台灣省台北縣新莊人。公學校畢業後赴廈門就讀集美中學，接受五四新思潮影響。返台後，任江山樓經理。1930年與廖漢臣共同發起成立「台灣文藝協會」，出任幹事長，創刊中文雜誌《先發部隊》（後來改名《第一線》）。在1922到1933年文字改革運動中呼應黃石輝的台灣話文，撰寫〈建設台灣話文一提案〉，主張

以漢字書寫閩南語，將台灣話文字化，以啟蒙無產大眾，凝聚台灣民族意識。後創辦《南音》雜誌，並闢專欄實驗台灣話文，到七七事變後日人在台推行皇民化，台灣話文運動也就被迫中止了。作有白話文短篇小說〈死麼？〉（1929《台灣民報》）、〈王都鄉〉（1935《第一線》）。

楊華（1906-36），原名楊顯達，筆名楊花、楊器人，生於台灣省台北市，十七歲後落籍屏東市。幼家貧，自修苦學有成，漢學根柢深厚，以在私塾教授漢文維生。曾參加漢文詩社「礪社」，後轉寫新詩，曾獲《台灣民報》徵詩獎。1927年因違反治安維持法被捕入獄，在獄中完成新詩五十三首，多為短詩，也有以台語寫成的，多清新自然，充溢著被迫害的悲苦與反抗殖民統治的辛酸，題作《黑潮集》。在楊華死後發表在楊逵主持的《台灣新文學》（二卷二至三號）上。出獄後生活更加貧困，為不願增加妻兒負擔，懸梁自盡。除詩外，也作有白話短篇小說〈薄命〉與〈一個勞動者的死〉兩篇，前者與楊逵的〈送報伕〉、呂赫若的〈牛車〉同被選入1936年4月上海文化生活出版社出版的巴金主編之朝鮮、台灣短篇小說選《山靈》集中。

吳新榮（1907-67），本姓謝，因過繼吳家做養子，故改姓吳，字史民，號震瀛，又號兆行，台灣省台南縣人。1922年入台灣總督府商專，因該校裁撤遂於1925年赴日留學。先進岡山金山中學，後考取東京醫專。1928年加入左派東京台灣青年會及日共領導的台灣學識研究會，因而被捕入獄經月。1930年起開始發表新詩，後以詩名。1932年從東京醫專畢業，旋返台於台南佳里執業。開始從事文學活動，1933年與郭水潭等組織「佳里青風會」，是為「鹽分地帶」文學集團的前身。後參加台灣文藝聯盟，與郭水潭、林芳年等成立「台灣文藝聯盟佳里支部」。戰後曾擔任三民主義青年團台南分團北門區隊主任。1946年當選台南縣議員。二二八事件曾短期入獄，出獄後繼續行醫，並主編《南瀛文獻》季刊十二卷十八冊（1952-66），主修《台南縣志稿》十三卷（1955-65）、《金唐殿善行寺沿革志》、《南鯤鯓代天府沿革志》等書。身後出版有《吳新榮全集》（1981遠景出版社）、《吳新榮回憶錄：清白交代的台灣人家族史》（1989台北前衛出版社）、《吳新榮選集》（2001台南縣立文化中

心）、《吳新榮日記全集》十一冊（2007-2008台南國家台灣文學館）。

郭水潭（1907-95），筆名郭千尺，台灣省台南縣人。初以創作日式短歌進入文壇，後改寫新詩。1933年加入佳里青風會，翌年又加入台灣文藝聯盟。1935年作品〈某男人的手記〉獲日本大阪《每日新聞》新人創作獎，同年加入台灣新文學社，任新詩編輯。1939年加入西川滿主編的《華麗島》詩刊。1945年助楊逵編《台灣文學》新詩部分。日據時期曾任北門郡通譯、台南州技士，光復後曾任吳三連市長之祕書室事務股長及蔬菜公會總幹事。作品包括短歌、新詩、小說、隨筆等，出版有《郭水潭集》（1994新營台南縣立文化中心）、《荷人據台時期之中國移民》（2010南投台灣文獻委員會）。

王詩琅（1908-84），原名王錦江，台灣省台北市萬華人。公學校畢業後曾參加台灣黑色青年聯盟、台灣勞動互助社等組織，傾向無政府主義，兩度入獄。曾參加台灣文藝作家協會及台灣文藝協會，歷任《民報》、《台灣文物》、《台灣風物》編輯、主編。抗戰時期赴大陸，戰後返台，任國民黨黨部幹事、台灣通訊社編輯主任及台灣文獻委員會編纂。寫有白話短篇小說〈夜雨〉（1935《第一線》一期）、〈青春〉（1935《台灣文藝》二卷四號）、〈沒落〉（1935《台灣文藝》二卷八號）、〈老婊頭〉（1936《台灣新文學》一卷六號）、〈十字路〉（1936《台灣新文學》一卷十號）等。作品見《王詩琅全集》（1979高雄德馨室出版社）及《王詩琅、朱點人合集》（1991台北前衛出版社）。

翁鬧（1908-40），台灣省彰化縣社頭人。畢業於台中師範，任教於公學校，後赴日本就讀大學。曾參加張文環、巫永福等的「台灣藝術研究會」。據說患有精神病，1940年前後病逝東京。他所使用的語言清楚易曉，他的感覺敏銳，小說具有新鮮的視野，且長於心理分析。留有作品〈憨仔伯〉（1935年《台灣文藝》二卷七號）、〈羅漢腳〉（1935年《台灣新文學》一卷一號）、〈殘雪〉（1935年《台灣文藝》二

翁鬧（1908-40）　繪圖／黃昶憲

卷八、九合刊號）、〈青春鐘〉（1935年《台灣文藝》二卷六號）、〈天亮前的戀愛故事〉（1937年《台灣新文學》二卷二號）等。遺有《翁鬧、巫永福、王昶雄合集》（1990台北前衛出版社）、《翁鬧作品選集》（1997彰化彰化縣立文化中心）。

林越峰（1909-？），原名林海成，台灣省台中縣豐原人。他僅有小學畢業的程度，進德育軒書房學過兩年中文，又追隨其兄習木工，全靠自學而成爲作家。1935年參加台灣文藝聯盟。留有白話短篇〈到城市去〉、〈無題〉、〈月下情歌〉、〈紅蘿蔔〉（1935《台灣文藝》）等。

張慶堂（？），台灣省台南縣人。寫有多篇農村的短篇小說：〈鮮血〉、〈年關〉（1936《台灣新文學》）、〈老與死〉、〈他是流眼淚了〉等，都是有關小人物的悲苦生活。

除了以上所舉的作家外，還有不少葉石濤所謂的「一作作家」，例如黃得時（1909-99）只寫過一篇短篇小說〈橄欖〉（1936《台灣新文學》）。葉石濤說：「其中有很多所謂『一作作家』，就是用筆名發表了一篇小說後，便再也沒看到他的另外作品出現。這種『一作』作家，在日據時代新文學裡是甚爲普遍的現象。這些『一作』作家也許是成名作家匿名所寫的作品之一，但是年代一久也就無從查考了。」（葉石濤 1991：46）對於從1926年賴和發表第一篇短篇白話小說〈鬥熱鬧〉到1937年4月日本殖民政府全面禁止使用漢文的十年白話文學發展，葉石濤曾總結說：

在這十年中中文作家的創作量豐富，優秀作品頗多，造成台灣新文學運動的十年黃金時代。大部分作品採取寫實主義的手法，以反映台灣農村的疲憊，各階層民眾的生活困境爲主。然而，由於社會性觀點頗強，受到大陸三〇年代文學的影響較深，多注重農工跟殖民者和封建地主等統治結構搏鬥的現實，被現實狀態所捆縛，未能擴展作品的深度和廣度，也忽略藝術性和美學性的探求，使作品有時墮爲粗糙的意識形態的發洩。又過分使用方言，雖有效於表現強烈的本土性性格，但方言的過度使用也無可避免地造成事過境遷後，難以瞭解的

困難。（葉石濤 1991：58）

這時期的新文學，主要使用的語言是普通話的白話文，只有少量的方言，而且正如葉石濤所言「造成事過境遷後，難以瞭解的困難」。可見當日台灣的作家使用白話文自如的程度。

五、台灣新文學面臨戰爭的威脅

1937年七七事變前4月1日，日本在台總督府為了加強皇民化下令禁用漢文，「台灣自治同盟」解散，楊逵的《台灣新文學》於是停刊。很意外地卻有一本以文言之名吟風弄月的雜誌《風月報》於此年創刊，大概因為中、日文並用，又是文言（其實其中也有白話文），所以未被禁止。1941年改名《南方》，一直出版到台灣光復。

日本大舉侵華後的1938年，台灣總督宣布實施台灣人志願兵制度，1940年掀起改日本姓氏運動，使台灣人處於一種尷尬的地位，發生認同的危機。戰時，既然禁用了中文，原則上也沒有了中文作家，在台灣的日本作家大有用武的餘地了，於是有西川滿、北原正吉、中山侑等倡議成立「台灣詩人協會」。台灣用日文寫作的文人楊雲萍、黃得時、龍瑛宗都曾參加。不久又改組為「台灣文藝家協會」，有台灣及日本作家六十二人參與。根據葉石濤的台灣作家名單有：王育霖、王碧蕉、郭水潭、邱淳洸、邱永漢、黃得時、吳新榮、周金波、莊培初、張文環、水蔭萍、楊雲萍、藍蔭鼎、龍瑛宗、林芳年、林夢龍等十六人（葉石濤 1991：59-60）。

日本軍國主義的侵略戰爭一日日加緊，對作家的要求也一日日嚴格，所以1941年2月「台灣文藝家協會」為了響應皇民化運動配合日本的侵略戰爭再次改組，由日本軍國當局信任的台北帝國大學教授矢野峰人與西川滿共同領導。到了1943年屬於「皇民奉公會」的「台灣文學奉公會」舉辦「台灣決戰文學會議」，會議中西川滿為了迎合戰爭的需要提議廢除結社。不但廢除了「台灣文

藝家協會」，連帶該協會的刊物《文藝台灣》和張文環主編的日文刊物《台灣文學》也一起廢除了。

這時期，原來以中文寫作的台灣作家全無所作為，只有日文程度好的寥寥幾位後起之秀可以在日文刊物上發表作品。在西川滿主編的《文藝台灣》發表過作品的有張文環、楊雲萍、黃得時、龍瑛宗、邱永漢、林芳年、黃鳳姿、邱淳洸、王育霖等，在張文環主編的《台灣文學》上發表過作品的有張文環、呂赫若、楊逵等。

張文環（1909-78），台灣省嘉義縣梅山人。1927年赴日，就讀於岡山中學，畢業後入東洋大學文學部。1933年與王白淵、巫永福、蘇維熊、曾石火等組織「台灣藝術研究會」並發行中日文雜誌《福爾摩沙》。1935年以〈父親的顏面〉一文入選日本雜誌《中央公論》小說徵文第四名。1938年返台後，與王井泉、林摶秋、呂赫若等組織「厚生演劇會」。1941年脫離《文藝台灣》，與日人中山侑、黃得時、

《張文環全集》

吳新榮等成立「啓文社」，創辦《台灣文學》，共出十一期。這一個時期創作的短篇日文小說有〈辣椒罐〉（1940《台灣藝術》）、〈藝旦之家〉（1941《台灣文學》一卷一號）、〈論語與雞〉（1941《台灣文學》一卷二號）、〈夜猿〉（1942《台灣文學》二卷一號）、〈頓悟〉（1942《台灣文學》二卷二號）、〈閹雞〉（1942《台灣文學》二卷三號）、〈迷兒〉（1943《台灣文學》三卷三號）等。1942年赴東京參加「大東亞文學者大會」。1943年，以日文短篇小說〈夜猿〉獲日本殖民政府「皇民奉公會」台灣文學賞。〈閹雞〉曾由林摶秋改編為舞台劇在台北永樂座演出。陳芳明認為張文環具有雙重的人格，一方面他不能不認同台灣文化，另一方面他熱心「參加各種響應戰爭的座談會，而且從1941至44年之間，他撰寫了將近四十篇配合時局政策的文章。除此之外，他在1941年9月，參加皇民奉公會；1942年11月，他是參加大東亞文學者會議的台灣代表之一；1943年11月，參加在台北舉行台灣決戰會議中，他說出『台灣沒有非皇民文學』的見解」（陳芳明 2011：192）。張文環一向熱

中地方政治，1944年出任台中洲大里莊長。光復後當選第一屆台中縣參議員，1947年代理能高區署長。二二八事件後對政治失望，隱居寫作，1974年完成日文長篇小說《滾地郎》，描寫在日人統治下台灣農民受虐的悲慘生活。另一長篇《從山上望見的街燈》惜未寫完即逝世。身後出版《張文環集》（1991台北前衛出版社）、《張文環全集》（2002台中縣立文化中心）。

　　龍瑛宗（1911-99），原名劉榮宗，台灣省新竹縣人。1930年在台灣工商學校畢業後到台灣銀行南投分行工作。1937年發表日文處女作〈植有木瓜樹的小鎮〉，1940年加入「台灣文藝家協會」，擔任《文藝台灣》編委，同時任日文刊物《文藝首都》編輯。1941年任《日日新報》編輯。1942年赴東京參加「大東亞文學者大會」。台灣光復後，先後出任《中華日報》日文版主任、《山光旬報》日文翻譯、編輯、合作金庫信託部課長、人事室副主任等職。1976年退休後再度寫作。所作小說很多，皆用日文，筆調沉鬱，帶有唯美傾向，重要者計有短篇〈植有木瓜樹的小鎮〉（1937年獲日本《改造》雜誌第九屆徵文比賽佳作獎）、〈黃家〉（1940年日本《文藝》八卷十一期）、〈黃昏月〉（1940日本《文藝首都》）、〈白色的山脈〉（1941《文藝台灣》10月號）、〈獏〉（1941年日本《風俗》）、〈一個女人的紀錄〉（1942《台灣鐵道》364號）、〈不被知道的幸福〉（1942《文藝台灣》四卷六號）、〈從汕頭來的人〉、〈女人在燃燒〉、中篇《趙夫人的戲台》、《媽祖宮的姑娘們》。結集出版短篇小說集《午前的懸崖》（1985台北蘭亭書店）、《杜甫在長安》（1987台北聯經出版公司）、《龍瑛宗集》（1991台北前衛出版社）、《業流》（1993台北地球出版社）、《濤聲》（2001台北桂冠圖書公司）和長篇《紅塵》（1980年在日本出版；鍾肇政中譯，1997台北遠景出版公司）。作為出身客家族群的龍瑛宗，心理上受著雙重的壓抑，除了日本殖民者所帶來的暴力以外，還有較為優勢的福佬族群所加予的壓力，葉石濤就曾分析過他這種心理：「我們卻看到『客家人』意識給龍瑛宗帶來的卻是巨大

龍瑛宗（1911-99）
圖片提供／新竹縣政府文化局

的損傷。他的作品裡表現的知識份子極深的沮喪、悲觀和虛無，一部分來自他的客家情結；這情結之深，幾乎類似『原罪』意識了。作為日據時代的知識份子而言，他感到有雙重的壓迫和摧殘加在他的心靈上；其一來自台灣各種族的共同敵人──日本殖民者，其二來自福佬系作家有形無形的歧視。這兩種壓力的巨大陰影造成了龍瑛宗文學的『被壓迫』意識；同時這雙重的被壓迫意識也變成被異化、被疏離的龍瑛宗文學的主題。這也就是為什麼龍瑛宗文學主要帶著濃厚近代蒼白知識份子的懷疑和徬徨陰影的緣故。龍瑛宗的著名作品〈植有木瓜樹的小鎮〉之所以有世紀末蒼白知識份子濃烈的哀傷和絕望來自此種被壓迫的意識；對日本殖民者的反抗、迎合以至於恐懼，是正面的主題，而現代知識份子思考的曲折所造成的落寞卻來自他的靈魂結構中被歧視的感覺；這恐怕也包含了他在現實生活中的日本經驗和福佬經驗。附帶要說明的是〈植有木瓜樹的小鎮〉深刻地受到俄國文學──例如契訶夫等作家的影響，跟舊俄文學中『無用的人』的概念有些掛鉤。」（葉石濤 1992：111-112）羅純戉對他的代表作〈植有木瓜樹的小鎮〉有如下的評論，可概括他大部分的作品：

　　這篇作品毫無疑問帶有現實批判的精神，而其批判精神就隱藏在這樣一幅沉痛的世紀末畫面裡。但他也告訴我們時代已有別於賴和、楊逵等的高唱民族意識、抵抗精神的時代了。龍瑛宗筆下的知識份子，對現實社會失望，對明日絕望，更失去了民族意識，這種扭曲的心態以及脆弱得不堪一擊的空虛心靈，正構成了戰爭期間黑暗的法西斯世界來臨的前夕之縮圖。（註1）

　　呂赫若（1914-51），原名呂石堆，台灣省台中縣潭子人。1934年台中師範學校畢業後赴日本東京武藏野音樂學校學習聲樂。返台以後曾任公學校教師、《興南新聞》編輯，並參加厚生演劇研究社。1934年發表處女作日文小說〈山川草木〉，翌年發表小說〈牛車〉（載日本《文學評

註1：見羅純戉《龍瑛宗研究》，轉引自古繼堂著《台灣小說發展史》，頁113。

呂赫若（1914-51）

論》二卷一號），曾與楊逵的〈送報伕〉和楊華的〈薄命〉，選入巴金主編的中譯朝鮮、台灣短篇小說集《山靈》一書中。1940年在《台灣藝術》雜誌連載長篇小說《台灣的女性》。1944年出版短篇小集《清秋》（台北清水書店）。他重視小說結構，技巧純熟，其具有代表性的短篇小說有〈財子壽〉（1942年《台灣文學》二卷二號）、〈鄰居〉（1942年10月《台灣公論》）、〈月夜〉（1943年《台灣文學》三卷一號）、〈闔家平安〉（1943年《台灣文學》三卷二號）、〈石榴〉（1943年《台灣文學》三卷三號）、〈玉蘭花〉（1943年《台灣文學》四卷一號）等。光復後加入三民主義青年團，但不久出任《人民導報》記者，報導戰後台灣社會的黑暗面。1947年二二八事件後，加入台灣共產黨，主編共黨地下刊物《光明報》，並設立大安印刷廠，印製社會主義刊物及宣傳品。1949年出任台北一女中音樂教師。該年8月爆發「基隆市工作委員會」一案，《光明報》創辦人基隆中學校長鍾浩東及相關人士以中共地下黨員的罪名被逮捕判刑。涉案的台灣大學師生也同時被捕。負責編輯《光明報》的呂赫若開始逃亡，隱匿在台北縣石碇鄉鹿窟參與武裝游擊隊，史稱「鹿窟基地案」。1951年在鹿窟野地被毒蛇咬死，就地埋葬。身後遺物，包括書籍、手稿等，為恐懼的家人悉數埋於家居附近的荔枝園中。出版有短篇小說集《清秋》（1944台北清水書店）、《呂赫若集》（1991台北前衛出版社）、《呂赫若小說全集》（1995台北聯合文學出版社）、《月光光》（2006台北遠流出版公司）。寫過《台灣小說發展史》的大陸學者古繼堂稱讚呂赫若的作品標誌著台灣小說向著成熟期邁進，他說：

　　呂赫若是個運用語言的高手，表現力極強。例如描寫窮人家的孩子飢中得食的模樣：「弟弟馬上不哭了，用小嘴有味地嚼著，鼻涕和眼淚混著飯一起流進了嘴裡。」又如描寫農民餵牛時的模樣：「一面捧草送進牛欄裡給牛吃，他把衣衫的扣解開地站著，用草笠向著胸口扇風。」再如描寫風景的精鍊句子：「天氣晴朗，太陽燃燒著街道。」呂赫若的小說語言生動、簡潔、鮮明、形象，讀了之後，他所描寫的對象歷歷在目。（古繼堂 1996：100-101）

在戰事日亟，日人積極推行皇民化運動禁用中文的時期，原來以中文寫作的台灣作家失去了發表的園地，自然輟筆不寫了。也有的作家繫獄致死，像賴和；有的遠走大陸，像王錦江；只有可以用日文寫作的作家還能繼續活躍文壇，像楊逵、張文環、龍瑛宗、呂赫若等寥寥數人而已。但是這些作家雖用日文寫作，其實心中仍懷著民族的情結，有的無能像過去的作家字裡行間不時透露出被侵凌的悲情，只好轉換對象，書寫封建迷信、風俗民情、婚姻生活等等，在小說藝術頗有進境。然而也有一些為皇民化征服的知識份子，不但與日本的軍國主義完全認同，更以無法成為純正的大和民族為羞，如周金波（1920-97）、陳火泉（1908-96）、王昶雄（1916-2000）等人。周金波寫有日文短篇小說〈水癌〉（1940《文藝台灣》）、〈志願兵〉（1941《文藝台灣》）；陳火泉寫有〈道〉（日本芥川獎候補）；王昶雄作有〈奔流〉（1943《台灣文學》）。

更年輕的一代，為葉石濤稱為追求耽美的「逃避現實者」（葉石濤 1991：66），像葉石濤自己。作有日文短篇小說〈林君寄來的信〉（1943《文藝台灣》）、〈春怨〉（1943《文藝台灣》），楊千鶴作有〈花開時節〉（1942《台灣文學》），吳新榮的散文〈亡妻記〉（1942《台灣文學》）和詩作等。

葉石濤（1925-2008），筆名鄭左金、酩青、鄧石榕、葉松齡、葉顯國、周金滿、瓔珍、李淳、葉肆、邱素臻、許敦禮、葉左金等，台灣省台南市人，幼年曾接受兩年漢文教育，日據時代畢業於台南州立第二中學，曾任日人西川滿主持之《文藝台灣》編輯。光復後擔任小學教師長達四十六年。其間於1951年因「匪情」入獄三年。

葉石濤（1925-2008）
攝影／陳文發

1965年起定居高雄左營，同年一度辭去教職就讀台南師專特師科。一生潛心寫作，於1999年在民進黨當政本土熱的氣氛中，獲得成功大學名譽文學博士，並兼任該校台灣文學研究所教授。2000年為民進黨政府聘任為文化總會副會長、

國策顧問等要職。2001年獲國家文藝獎。這些榮譽是他多年來辛勤筆耕、寂寞的文學旅程中的至大安慰。葉石濤是對戰後台灣文壇影響很大的人物，他的重要貢獻是寫出了一部以台灣本土觀點為導向的《台灣文學史綱》（1987高雄文學界、春暉出版社），他也做了不少文學評論的工作，出版有《葉石濤評論集》（1968台北蘭開出版社）、《台灣鄉土作家論集》（1979台北遠景出版社）等；此外尚有短篇小說集《葫蘆巷春夢》（1968台北蘭開出版社）、《羅桑榮和四個女人》（1969台北林白出版社）、《晴天和陰天》（1969台北晚蟬出版社）、《鸚鵡和豎琴》（1973高雄三信出版社）、《葉石濤自選集》（1975台北黎明文化公司）、

葉石濤短篇小說集《葫蘆巷春夢》（1968台北蘭開出版社）

《卡薩爾斯之琴》（1980台北東大圖書公司）、《黃水仙花》（1987台北新地出版社）、《姻緣》（1987台北新地出版社）、《紅鞋子》（1989台北自立報社）、《葉石濤集》（1991台北前衛出版社）、《異族的婚禮》（1994台北皇冠文學出版公司）、《青春》（2001台北桂冠圖書公司）、長篇小說《西拉雅末裔潘銀花》（2000台北草根出版公司）以及自傳小說《台灣男子簡阿淘》（1990台北前衛出版社）、自傳《不完美的旅程》（1993台北皇冠出版公司）和回憶錄《一個台灣老朽作家的五〇年代》（1991台北前衛出版社）等。

　　這時期的台灣知識份子，雖然已經掌握到日文寫作的能力，並未完全失去漢文的傳統，等於是有能力雙語寫作的人，不然戰後本地作家在很短的時間內成功轉換成相當熟練的中文文筆是很難想像的事了。高天生在評論葉石濤時就說過在光復後「先是在龍瑛宗主編的《中華日報‧日文欄》發表日文作品，後來日文欄取消，他亦很快地改用中文，在《中華日報‧海風副刊》、《新生報‧橋副刊》、《公論報》等發表作品」（高天生 1985：16）。

　　戰爭時期的艱苦、禁漢文、改姓氏，以及皇民化造成的認同危機，使台灣人民，特別是從事寫作的知識份子，陷入一場噩夢中，直到1945年日本挨了美國兩顆原子彈不得不宣布無條件投降為止。

引用資料

包恆新，1988：《台灣現代文學簡述》，上海社會科學院。

古繼堂，1996：《台灣小說發展史》，台北文史哲出版社。

呂訴上，1961：《台灣電影戲劇史》，台北銀華出版部。

李南衡主編，1979：《日據下台灣新文學文獻資料選集》，台北明潭出版社。

施　淑，2003：〈書齋、城市與鄉村——日據時代的左翼文學運動及小說中的左翼知識份子〉，李瑞騰主編
　　　《中華現代文學大系評論卷（一）：台灣1989-2003》，台北九歌出版社。

高天生，1985：〈紛爭年代的小說家葉石濤〉，《台灣小說與小說家》，台北前衛出版社。

張我軍，1975：《張我軍文集》，台北純文學出版社。

陳少廷，1977：《台灣新文學運動簡史》，台北聯經出版公司。

陳芳明，2011：《台灣新文學史》上冊，台北聯經出版公司。

葉石濤，1987：《台灣文學史綱》，高雄春暉出版社。

葉石濤，1992：〈論龍瑛宗的客家情結〉，《台灣文學的困境》，高雄派色文化出版社，頁109-115。

黃得時，1984：〈五四對台灣新文學之影響〉，5月《文訊》第11期，頁45-79。

台灣時報社，1977：《三百年來台灣作家與作品》，高雄台灣時報社。

第二十七章　光復初期的台灣文學

　　日本在妄想侵吞中國及東南亞而慘遭失敗後，於1945年無條件投降。根據《波茨坦宣言》，台灣歸還中國。10月25日，原駐台日本總督安藤利吉在台北市中山堂向代表國民政府的陳儀簽遞降書，台灣正式重歸中國版圖，國府定該日為台灣光復節。這是台灣關鍵性的一年，不但台灣人的命運從此改弦易轍，也使台灣的政治、經濟以及文化在重歸故土之餘走上了有別於中國大陸的道路。

　　但是台灣的知識份子在這個階段卻發生難以適應的尷尬，從日本文化和日本語言驟然間轉變為中國文化和中國語文，再加上陳儀政府所帶來的貪腐、傲慢，令台灣人民大失所望，是故發生於1947年的「二二八事件」並非偶然，是有其深刻的歷史與社會背景的，莫怪陳芳明在其《台灣新文學史》中稱光復後為「再殖民時期」。事件後，台灣作家的心態，正如陳芳明所言：

　　　　這是文學史上的危疑時期，作家的最大關切莫過於文化認同之如何自我定位。身分的認同問題，一直是殖民地社會知識份子的最大焦慮。事件後的台灣作家，在認同問題上進行創作，並也在同樣問題上與大陸來台作家進行辯論。

他們對於國族認同的追求，由於歷史環境的不容許，終於沒有獲得確切的答案。而這樣的問題，也為戰後五十年的文學發展帶來無窮的爭議。（陳芳明 2011：237）

1949年1月5日，國府派陳誠來台擔任台省主席，具有經營台灣為國共對抗中最後堡壘的用意。1月21日，蔣中正總統被迫下野，由副總統李宗仁代行職權。年初起由於國民黨在大陸與共產黨的戰鬥節節失利，大批軍民陸續由大陸撤退來台。1月26日，台灣省成立警備總司令部，陳誠自兼總司令，彭孟緝擔任副總司令，構成了防共戒嚴的軍警架構。2月，公布實施「耕者有其田，三七五減租」，奠定了台灣今後經濟發展的基礎。4月6日，台灣警備司令部突然逮捕師院（今台灣師範大學前身）及台大的一批學生，其中有的因懼捕而自殺，造成知識界的恐懼和危機感，史稱「四六事件」。台灣原有詩社「銀鈴會」的詩人朱實等也受到波及。本年1月21日曾在上海的《大公報》發表過「和平宣言」的楊逵也在此時被捕入獄。原來作為本地與外來作家溝通橋梁的《台灣新生報・橋副刊》的主編歌雷（史習枚）及一些外來作者也遭到監禁，副刊因而停擺。

4月23日，共軍攻陷南京。5月26日，蔣中正、蔣經國抵台。10月1日，共產黨在北京宣布成立「中華人民共和國」。12月7日，國府正式遷台。1950年1月5日，美國總統杜魯門宣布繼續經援台灣。3月1日，蔣中正在台復行總統職權，任命陳誠為行政院長。4月27日，成立「中國青年反共抗俄聯合會」。6月3日，成立「戰時生活運動促進會」，並公布「戡亂時期匪諜檢舉條例」，台灣從此正式進入戡亂反共時期。台北《民族晚報》主編孫陵適時提出「戰鬥文藝」的口號，受到其他報刊的響應，戰鬥文藝運動於焉展開。

一、光復初期的小說

光復伊始，有些本土作家可能遭遇到一些轉換語文的問題，在戰爭時期由於廢除漢文專用日文的關係，除了吳濁流的《亞細亞的孤兒》有中譯版發表，鍾

理和沒有中文書寫的問題外，其他的作家或繼續用日文寫作，或加緊轉換中文寫作，形成了葉石濤所謂的「戰前新文學運動和戰後台灣現代文學之間的斷層和鴻溝」（葉石濤 1991：76）。吳濁流和鍾理和正是這個過渡期的代表人物，前者的主要作品還都是用日文寫作的，後來才譯成中文。

吳濁流（1900-76），原名吳建田，台灣省新竹縣人。1920年畢業於師範學校，擔任小學教師長達二十年。因為感覺受到日人的歧視，遂於1941年辭去教職，遠赴日偽時期的南京，任職於《大陸新報》。一年後返台，進入《台灣日日新報》及《台灣新報》工作。光復後，《台灣新報》改名為《台灣新生報》，吳濁流留任記者，時常為文抨擊時事；甚至在二二八

吳濁流（1900-76）　圖片提供／新竹縣政府文化局

事件後也未嘗稍斂。1964年創辦《台灣文藝》，企圖銜接台灣文學的傳承。他的主要代表作是長篇小說《胡志明》（1946台北國華出版日文版；1959年中文版書名《孤帆》），因為與越共首腦姓名巧合，遂改為《亞細亞的孤兒》（傅恩榮譯）於1962年出版，書中主人翁改為胡太明，點出了台灣人在十九世紀末為清廷所棄的孤兒心態，在台灣文學史中極具代表意義。其他尚有短篇〈陳大人〉（1945年《新新雜誌》）、〈先生媽〉（1945年《新生報》橋副刊）、中篇《波茨坦科長》（1948台北學友書局）。身後出版有短篇集《吳濁流

《亞細亞的孤兒》（傅恩榮譯）於1962年出版

小說選》（1981北京廣播出版社）、《吳濁流集》（1991台北前衛出版社）、《無花果》（1993台北前衛出版社）、《吳濁流代表作》（1999北京華夏出版社）、《先生媽》（2006台北遠流出版公司），及長篇《台灣連翹》（1987台北南方出版社）等。他生前的好友巫永福對他評論說：

吳濁流應是大器晚成的人。以高壽去世，卻很幸運於少年時期獲詹際清秀才的指導，打好漢學的基礎，能於光復後藉機發揮，且大陸生活及台灣的新聞記者生涯，對他的人生觀、世界觀產生極大的影響而催生他的不朽大作《亞細亞的孤兒》。尤其他的家境不惡，使他能創刊雜誌《台灣文藝》，設立文學獎，以維台灣文學薪火獎掖後進，乃先為光復後第一人。（巫永福 1986）

鍾理和（1915-60），筆名江流、鍾堅，台灣省屏東縣人。長治公學校畢業後進私塾習漢文。後因家貧，在農場工作，刻苦自學。1938年因與同姓女子戀愛，不容於族人，遠走北平，至1946年始返回台灣。生活困苦，貧病中仍不停寫作。小說作品有於1956年獲「中華文藝獎金委員會」第二獎（首獎從缺）的長篇《笠山農場》（1961台北學生書局）及中短篇集《夾竹桃》（1945北平馬德增書店）、《雨》（1960台北文星書店）、《鍾理和短篇小說集》（1970台北大江出版社）、《原鄉人》（1976台北遠景出版社）、《故鄉》（1976台北大江出版社）、《復活》（1990高雄派色文化出版社）等，另外尚有《鍾理和日記》（1976台北遠行出版社）、《鍾理和書簡》（1976台北遠行出版社）、《鍾理和殘集》（1976台北遠行出版社）等。鍾理和生活的時代使他不得不在作品裡躲避敏感的政治問題，葉石濤曾經指出這一點說：

鍾理和（1915-60）

雖然在《笠山農場》時代皇民化運動剛上路，但是日本人在台灣各地推行的強迫婦孺老幼去學習國語（日本話）；寺廟神升天（縮小寺廟）等各種活動無遠弗屆，連偏鄉僻壤也無一倖免。可是在《笠山農場》裡絲毫沒能看到這種時代風暴的氣息。而這「笠山農場」似乎是遠離這現實世界的一所夢幻之城堡，避秦的桃花源。另一篇較具厚實力量的中篇小說〈雨〉也一樣。〈雨〉的時代背景是1949年前後的台灣。這一年正是陳誠頒布三七五減租的一年。鍾理和

的〈雨〉應該是環繞著三七五減租的主題發展開來。
他雖然站在窮苦農民的立場來控訴地方惡劣士紳的豪
奪土地的卑劣行為，但是鍾理和明顯地淡化了這個
主題，把小說的主要情節轉移到一對情人的愛戀上面
去。這使得這篇小說跟《笠山農場》重蹈覆轍，變成
牧歌般的言情小說。（葉石濤 1994：68-69）

鍾理和的長篇小說《笠山農
場》（1961台北學生書局）
於1956年獲「中華文藝獎金
委員會」第二獎（首獎從缺）

　　吳濁流一直用日文創作，說明了部分日據時期習慣
使用日文的台灣作家更換語文的困境。鍾理和因自幼習
漢文，又曾久居北平，故可逕自用中文寫作。但多數台
灣作家有的也幼年受過漢文教育，有的因為使用母語的
關係，自幼浸潤在漢文化中，問題並不如葉石濤所言那般嚴重，否則語文轉換
豈能如此容易？戰後葉石濤、鍾肇政等很快就寫出與大陸作家一樣流暢的白話
文來可資證明。不幸的是影響深遠的「二二八事件」使大部分的本土文學菁英
受難的受難，消沉的消沉，到了1949年國府撤退來台的時候，雖然也有不少文
學青年和少數的已成名的作家隨國府來台，但在小說的創作上毋寧是相當荒蕪
的。

　　在主持文藝政策的國府官員張道藩的運作下，於1950年先後成立了「中華
文藝獎金委員會」鼓勵文學創作，組織了「中國文藝協會」聯絡文人。此後，
又於1953年成立了「中國青年寫作協會」，1955年成立了「中國婦女寫作協
會」，用意與大陸上的「文協」、「作協」一樣，都是企圖對文藝工作者加以
政治收編。在大陸共產政權的威脅日益加深的情況下，「反共文藝政策」的提
出與訂立，也就成為在那個特殊的歷史階段無能避免的事了。

　　在前一輩的作家中，年紀最長的蘇雪林（1897-1999）因為是虔誠的天主教
徒，思想上是堅決反共的，雖然寫過一部長篇小說《棘心》（1928）和兩本歷
史小說集《南明忠烈傳》（1941）、《蟬蛻集》（1945），卻以散文名家（生
平見第十三章），來台後一直在大學執教，主要從事學術研究，擱下了創作之

筆。其他年長的作家，像陳定山、謝冰瑩、陳紀瀅、姜貴、于吉、魏希文、穆中南、林適存、蕭傳文、寒爵、林海音、尹雪曼、繁露、魏子雲、潘人木、孟瑤、鹿橋、劉枋等都有小說作品問世。

陳定山（1897-1984），原名陳蘧，改名定山，筆名醉靈生、栩園、醉靈、山居，浙江省杭州市人。曾任上海市商會執行委員及抗敵後援會副主任。1940年為日軍逮捕，囚於獄中，勝利後始獲釋。來台後，曾任教於中興大學、淡江文理學院、靜宜女子文理學院、中華學術院等。擅長古詩詞書畫。著有長篇小說多部，計有《駱馬湖》（1954台北暢流半月刊社）、《龍爭虎鬥》（1971台北世界文物出版社）、《一代人豪》（1971台北世界文物出版社）、《黃金世界》（1971台北世界文物出版社）、《蝶夢花酣》五冊（1976台北世界文物出版社）、《隋唐閒話》（1978台北世界文物出版社）、《春申舊聞》（1978台北世界文物出版社）。

在大陸已經成名的謝冰瑩（生平見第十五章），本來多少沾染過左派的思想，要馬上改寫反共的小說也是困難的，因此她來台後的作品毋寧多寫愛情了，諸如長篇小說《紅豆》（1954台北眾文出版社）、《碧瑤之戀》（1957台北力行書局）及短篇集《聖潔的靈魂》（1954香港亞洲出版社）、《霧》（1955台南大方出版社）、《空谷幽蘭》（1963台北廣文書局）、《在烽火中》（1968台北世界文物出版社）、《謝冰瑩自選集》（1980台北黎明文化公司）等。

其他為逃避紅禍而渡海來台的文人本來心中對共產黨就存有既懼又恨的情結，一旦面臨國府利誘與威嚇的雙重措施，遂使五○年代成為標榜「反共文學」的時期。小說的創作也不例外，一時間出現了不少描寫共產黨陰謀奪取政權以及當政後施行暴政的小說，諸如陳紀瀅的《赤地》、《華夏八年》、林適存的《紅朝魔影》、郭嗣汾的《黎明的海戰》、王藍的《藍與黑》、潘人木的《蓮漪表妹》、彭歌的《大漢魂》等。據統計，五○年代台灣創作了七千萬字左右的小說，參與寫作的約有一千五百到兩千人之多，其中以反共小說為大宗（王德威 1998：148）。這些小說一面追隨「擬寫實主義」的美學風格，一面毫不掩飾地注入反共的政治觀點，無奈親身體驗有限，有時難免添油加醋，虛

張聲勢，不能不給人一種言不由衷、立意宣傳的印象。但作爲虛構的文學，其繪聲繪影的藝術表現，也有可觀的成績。其中尤以姜貴的《旋風》，憑其個人的人生經驗和比較客觀的觀察角度，把山東省土共的發展過程及有關人物的言行狀貌描寫得生動真實、入木三分。但是到了他有心爲反共而寫的《重陽》，就不免又落入了所謂「反共八股」的窠臼。

陳紀瀅（1908-97），原名陳寄瀅，筆名瀅、生人、羈瀛等，河北省安國縣人。1922年就讀保定中學，1927年大學預科畢業，考入哈爾濱吉黑郵政管理局，在長春、滿州里等地郵局工作五年，入哈爾濱法政大學夜間部就讀，開始寫作。1931年起擔任《大公報》在東北地區的祕密通訊員，報導日軍在東北的動向。1934年赴上

陳紀瀅（1908- 97）
圖片提供／文訊

陳紀瀅的長篇小說《荻村傳》
（1967台北重光文藝出版社）

海，翌年去武漢，與孔羅蓀等創辦《大光報》，主編副刊。抗戰爆發後回《大公報》擔任副刊編輯、記者、特派員等職。1940年曾赴蘇聯開會。勝利後在東北擔任接收大員，出任哈爾濱市文化委員會主任委員。1947年出版小說《春芽》（上海建中出版社）。1948年當選立法委員。並調任瀋陽市郵匯局經理。1949年經上海、桂林來台，因爲素有文名，遂被任命爲官方的中國文藝協會主任委員，除寫作外，戮力推行文藝活動。勝利後在大陸時曾寫過長篇小說《新中國幼苗的成長》（1945重慶建中出版社），來台後陸續出版長篇小說《荻村傳》（1951台北重光文藝出版社）、《有一家》（1954台北文壇社）、《藍天》（1954台北中央文物供應社）、《赤地》（1955台北文友出版社）、《賈雲兒前傳》（1957台北重光文藝出版社）、《華夏八年》（1960台北文友出版社）、《華裔錦胄》（1975台北地球出版社）、《有情歲月》（1979台北黎明文化公司）等。他的作品主要揭露共產黨的惡念、惡行，屬於反共抗俄的典型

作品。王德威曾指出其中的優點：

　　陳紀瀅應是當年反共作家的重鎮之一。由於他與黨政的密切關係，許多日後的批評往往因人廢言，其實並不公平。陳的作品雖乏一鳴驚人式的風采，但他經營文字場景，酣暢翔實，為許多徒以呼口號為能事的作家所不及。在他眾多作品中，我以為《荻村傳》、《赤地》、《賈雲兒前傳》（1956）最值得一提。《荻村傳》以一北方農村為背景，寫一憊懶無行的無賴傻常順兒如何藉著亂世發跡變泰，又如何難逃兔死狗烹的下場。此作上承魯迅《阿Q正傳》的傳統，看「小」人物在「大」時代中的升沉。笑謔無奈，兼而有之。陳不如魯迅般尖銳的追究國民性問題。他的關懷側重於市井人物的無知與殘酷；對他而言，這些道德上的缺陷成為共黨得以成事的主因。《赤地》則走的是三、四〇年代家族小說（如《家》、《四世同堂》）的路子。而《紅樓夢》式的人物與場景，每每呼之欲出。此作另安排一群販夫走卒旁觀書中大家族的盛衰，兼評每下愈況的國事，可見巧思。陳寫東北保衛戰的始末，極見聲勢；而他刻意凸顯家族中靈魂人物二少奶的無力回天，終以身殉的故事，則顯然是搬演反共版的王熙鳳悲劇了。

　　反共小說（一如大陸的革命小說），每以忠奸正邪的道德尺度，衡量意識形態的左右衝突。陳紀瀅的《賈雲兒前傳》則另闢蹊徑，從宗教（基督教）的試煉與救贖入手，別有見地。故事中的女主角賈雲兒動心忍性，除了顯現亂世兒女的堅毅外，尤其見證了上帝選民的特殊情操。而小說終了，賈雲兒其人其事究是真是幻，引來讀者作者及書中人物「一齊」追尋，一方面說明反共事業，人（虛構或現實）同此心，一方面已具強烈後設小說風味——我們當代的後設作家果真其生也晚！（王德威1998：149-150）

　　姜貴（1908-80），原名王意堅，又名王林渡，筆名王行嚴、辛季子，山東省諸城縣人。中學畢業後即投筆從戎，參與北伐及抗日戰爭，並曾任國民黨《中央黨務月刊》編輯。抗戰勝利後退役，1948年攜眷來台，經商失敗，照顧臥床

的病妻及三個兒子，生活困頓，惟仍寫作不輟。在大陸時已發表《迷惘》、《突圍》、《白棺》等小說，在台出版小說二十餘部，其中最成功的是描寫山東土共在農村翻雲覆雨、殘酷鬥爭的《旋風》（原名《今檮杌傳》，1959台北明華出版社），對當日的社會環境有細緻的描寫，對人物的心理也有深入的探索，同時掌握到語言的寫實性，藝術上集三四〇年代寫實小說之大成，在眾多反共小說中可說是最令人信服的一部。此書曾獲得胡適、夏志清等學者的讚譽。然而夏志清對《旋風》的評價雖說十分中肯，對姜貴另一部

《旋風》（1959台北明華出版社）

小說《重陽》（1961台北作品出版社）卻失之於過分溢美，因為該書落入為反共而反共的窠臼，人物善惡分明，猶如「機器人」（王德威 1993：50），讀來明顯感覺其虛假不實，即使在擬寫實作品中也屬劣等作品。此後陸續出版的《春城》（1963台北東方圖書公司）、《江南江北》（1963香港真理學會）、《碧海青天夜夜心》（1964高雄長城出版社）、《白金海岸》（1966台中台灣省新聞處）、《卡綠娜公主》（1967台北聯合圖書公司）、《喜宴》（1972台北陸軍總司令部）、《花落蓮成》（1977台北遠景出版公司）等長篇小說均未達到《旋風》的水準。

穆中南（1912-92），筆名穆穆，山東省蓬萊縣人。北平中國大學文學系畢業。1935年在瀋陽為日本憲兵隊逮捕下獄，出獄後返鄉從事教育，任蓬萊縣中心小學校長。1946年再至瀋陽，任《和平日報》及《瀋陽日報》主筆，並創辦文運出版社。1948年來台灣，任《平言日報》編輯。1950年協助創辦《中國時報》前身《徵信新聞報》。1952年創辦文壇社，出版《文壇月刊》及叢書。1955年任中國文藝協會總幹事，並辦文壇函授學校，兼任國防部總政治部軍中文藝函授班主任、淡江文理學院及輔仁大學教授。作品以小說為主，在描寫動亂中凸顯反共的題旨，計有長篇《大動亂》（1954台北文壇社）、《三十五

歲的女人》（1955台北文壇社）、《圈套》（1958台北文壇社）、《苦飲》（1968台北文壇社）、短篇集《亡國恨》（1954台北文壇社）、《古城》（1956台北文壇社）、《苦難中長成》（1969台北文壇社）、《楊賓樓與小白龍》（1972台北文壇社）、《穆中南自選集》（1978台北黎明文化公司）。

魏希文（1912-89），湖北省通城縣人。中央軍校訓正研究班一期、國防研究班七期畢業。在大陸曾任《北方日報》副刊編輯、平津流亡學生訓練班教官、軍委政治部上校股長、少將科長、貴州輜重兵學校政治部主任。1949年來台後任國大代表、中國文藝協會理事。小說作品以發揚人間美德為主軸，計有長篇小說《我永遠存在》（1954香港亞洲出版社）、《春曉》（1956台北民間知識社）、《私逃》（1958台北中國文學出版社）、《高連長》（1960台北民間知識社）、《妾似朝陽》（1970台北小說創作社）、中篇小說《歸來》（1956台北國防部總政治作戰部）、《海天之歌》（1965台北幼獅書店）、短篇小說集《市居》（1937上海中國學生週刊）、《愛恨之間》（1960台北中央文物供應社）。

林適存（1915-97），筆名南郭，湖南省湘鄉縣人。陸軍官校砲科第八期畢業。1949年後，先赴香港，後來台灣。1951年所寫反共小說《紅朝魔影》頗獲好評，遂繼續長篇創作，曾獲中華文藝獎及教育部文藝獎，計有長篇《鴕鳥》（1953香港亞洲出版社）、《第一戀曲》（1955香港亞洲出版社）、《無情海》（1955台北文藝春秋社）、《龍女》（1955台北兄弟出版社）、《加色的故事》（1956台北中國文學出版社）、《神木》（1956台北文化圖書公司）、《巧婦》（1959台北明華書局）、《綺夢》（1959台北明華書局）、《春暉》（1960台北明華書局）、《夜來風雨聲》（1961台北幼獅書店）、《淑女》（1962台北幼獅文化）、《天網》（1963高雄大業書店）、《春回大地》（1965台中台灣省新聞處）、《春暖花開》（1967高雄眾成出版社）、《金色世紀》（1970台北幼獅文化公司）及短篇集《瘋女奇緣》（1953香港新世紀出版社）、《無字天書》（1953香港亞洲出版社）、《還鄉吟》（1967台北水牛出版社）等

郭嗣汾（1919-2014），別號郭扶唐、郭翰華，筆名郭晉俠、易叔寒，四川

省雲陽縣人。中央軍校十六期畢業，1948年來台，曾任青年團主任、海軍出版社總編輯、台灣省新聞處科長、錦繡江山出版社發行人、中國文藝協會常務理事等。作品以長篇小說為主，並曾多次獲獎，計有長篇小說《危城記》（1952高雄大眾出版社）、《森林之旅》（1956中國文學出版社）、《遲來的風雨》（1958台北海洋生活月刊社）、《懸岩的悲劇》（1958高雄大業書店）、《菩提樹》（1960台北皇冠出版公司）、《斷虹》（1962高雄大業書店）、《浪花》（1962台北幼獅文化公司）、《雲泥》（1966台北皇冠出版公司）、《紅葉》（1966高雄長城出版社）、《海星》（1967台北三民書局）、《黃葉路》（1967台中台灣日報社）、《白雲深處》（1967台北皇冠出版公司）、《海埔之春》（1969台北作品雜誌社）、《白果園的春天》（1969台中台灣省新聞處）、《同心草》（1971台北皇冠出版公司）、《花街子》（1978台北中央日報社）、短篇小說集《失去的花朵》（1951台北大江出版社）、《杜鵑花落》（1967高雄長城出版社）、《弄潮》（1967高雄長城出版社）、《冬天與春天》（1967高雄長城出版社）、《迷津》（1969台北水芙蓉出版社）、《旅程》（1988台北采風出版社）、中篇小說《海闊天空》（1952台北文藝創作社）、《黎明前的海戰》（1954香港亞洲出版公司）、《寒夜曲》（1955台北海軍出版社）、《尼泊爾之戀》（1957高雄大業出版社）、《紫荊樹下》（1957台北中央日報社）等。

潘人木（1919-2005），原名潘佛彬，遼寧省瀋陽市人。重慶中央大學外文系畢業，來台後在台灣省教育廳服務。她的處女作長篇反共小說《蓮漪表妹》（1952台北文藝創作社）即獲得1952年的中華文藝獎，但是也是一部刻意反共的不夠入情入理的小說。接下來《馬蘭的故事》（原名《馬蘭自傳》，1987台北純文學出版社）曾獲得1954年的中華文藝獎。此外，尚出版眾多兒童文學。

王臨泰（1919-97），筆名柳青、蘇文、雁明，江蘇省銅山縣人。上海英士大學政治系畢業，曾任江蘇省政府祕書、科長、台灣省教育廳祕書、省府專門委員等，並曾主編《亞洲文學》月刊。出版小說眾多，主要有短篇集《芳鄰》（1952台北群力出版社）、《心燈》（1953台北群力出版社）、《疾風中的勁

草》（1987台中省訓團）、長篇《龍子》（1953台北群力出版社）、《靜靜的田莊》（1967台中亞洲文學出版社）等。

墨人（1920-），原名張萬熙，江西省九江縣人。陸軍官校十六期及中央團新聞研究班第一期畢業。曾任海軍總部祕書、軍中報社主筆、總經理、總編輯、國民大會祕書處資料組組長、東吳大學中文系兼任副教授等職。1985年退休後擔任英國劍橋國際傳記中心副董事長。寫作小說、散文、詩兼擅，但以小說為主，其中有反共的，也有通俗的愛情故事，曾獲中華文獎會獎金、新聞局著作金鼎獎、嘉新優良著作獎。眾多作品中，主要的有長篇小說《閃爍的星辰》（1953高雄大業書店）、《黑森林》（1955香港亞洲出版社）、《孤島長虹》（1959台北文壇社）、《白雪青山》（1964高雄長城出版社）、《春梅小史》（1965高雄長城出版社）、《洛陽花似錦》（1965高雄長城出版社）、《東風無力百花殘》（1965高雄長城出版社）、《合家歡》（1965台中台灣省新聞處）、《火樹銀花》（1970台北立志出版社）、《江水悠悠》（1972台北台灣中華書局）、《心猿》（1979台中學人文化公司）、《紅塵》（1991台北台灣新生報社）、《紅塵續集》（1993台北台灣新生報社）、短篇集《最後的選擇》（1953高雄百成書店）、《花嫁》（1964九龍東方文學社）、《水仙花》（1964高雄長城出版社）、《白夢蘭》（1964高雄長城出版社）、《颱風之夜》（1965高雄長城出版社）、《第二春》（1988台北采風出版社）等。

端木方（1922-2004），原名李瑋，筆名阿拙，山東省利津縣人。成都中央軍校第二十二期畢業，在國共內戰中歷任排長、連長、營長、旅參謀等職。1950年隨軍來台，隨即退役，曾任教於台中一中及台中私立曉明女中。五〇年代以撰寫反共小說聞名，以大時代的動亂為背景，有戰爭，有愛情，善用山東方言，作品連連得獎。出版小說有中篇《疤勳章》（1951台北正中書局）、《四喜子》（1951台北文藝創作社）、《星火》（1952台北文藝創作社）、《拓荒》（1953台北文藝創作社）、長篇《青苗》（1955台北文藝創作社）、《殘笑》（1956台北文藝創作社）、《七月流火》（1970台中台灣省政府新聞處）及短篇集《拾夢》（1962台中自由青年社）。

王藍（1922-2003），筆名黃藍，原籍河北省阜城縣，生於天津市。曾就讀京華美術學院，雲南大學畢業。戰時擔任《益世報》記者、《掃蕩報》特派員、北平《新中國日報》總編輯。戰後當選天津參議員、國大代表。來台後曾任中國文藝協會理事、《文壇》及《筆匯》半月刊社長、中華民國筆會副會長等。除小說外，也擅長水彩畫。出版多部反共長篇小說，計有《師生之間》（1954台北紅藍出版社）、《咬緊牙根的人》（1955台北文壇社）、《藍與黑》（1958台北紅藍出版社）、《長夜》（1960台北紅藍出版社）、《期待》（1960台北紅藍出版社）、短篇小說集《女友夏蓓》（1957台北中國文學出版社）、《吉屋出售》（1959台北紅藍出版社）等。其中以《藍與黑》最為暢銷，但暢銷書並不是文學素質的保證。

　　盧克彰（1923-76），筆名石遺，浙江省諸暨縣人。中央軍校十六期畢業，來台灣以後曾與友人共同主持中華文藝函授學校，並曾擔任《文壇》雜誌主編，且曾在花蓮山區墾荒，與阿美族與泰雅族共處。所寫小說有關於戰爭反共內容者，也有在台的經驗，譬如以原住民為題材的小說，有長篇《激流》（1957台北中華文藝社）、《春滿大地》（1964台南晨光出版社）、《秋風蕭蕭》（1964台南晨光出版社）、《獻祭──烽火鐘聲》（1965台北現代學人社）、《除夕》（1966台北文壇社）、《陽光普照》（1967台中台灣省新聞處）、《凌晨》（1970台北文壇社）、《太陽的神的子民》（1971台北正中書局）、《吉木》（1973台中台灣省新聞處）、《曾文溪之戀》（1974台北華欣文化公司）、《海岸山脈上的春天》（1975台中台灣省新聞處）、短篇集《謳歌永恆的人》（1958台北中華文藝社）、《懸崖上的奇葩》（1965台北自由太平洋文化公司）、《盧克彰選集》（1976台北黎明文化公司）等。

　　趙滋蕃（1924-86），筆名文壽，原籍湖南省益陽縣，生於德國。湖南大學法學院經濟系畢業，曾任香港《中國之聲》週刊、《人生》月刊編輯、《亞洲畫報》主編、亞洲出版社總編輯。來台後，曾擔任《中央日報》主筆，並曾在政工幹校、淡江文理學院、東海大學、文化大學等校任教，一度擔任東海大學中文系主任。創作以散文與小說為主，曾獲得中國文藝協會小說獎章、中山文

藝獎、國家文藝獎。他的小說多半以他親身經歷爲經緯，雖然也含有反共的意識，但背景與人物能貼合生活。他也寫科幻小說。有長篇小說《半下流社會》（1953香港亞洲出版社）、《子午線上》（1964高雄大業書店）、《重山島》（1965台北太平洋出版社）、《半上流社會》（1969台北亞洲出版社台灣分社）、《海笑》（1971台北驚聲文物供應社）、中篇《荊棘火》（1954香港亞洲出版社）、《飛碟征空》（1956香港亞洲出版社）、《蜜月》（1956台北中國文學出版社）、《太空歷險記》（1956香港亞洲出版社）、《月亮上望地球》（1959香港亞洲出版社）、《天官賜福》（1965台北文壇社）、《烽火一江山》（1965台北幼獅文化公司）及短篇集《默默遙情》（1969台北三民書局）。評者認爲他的《半下流社會》：

> 寫大陸淪陷後，一群避居香港調景嶺的難民如何掙扎求存的故事。這些人來自不同背景，卻為時局生計所迫，形成一「半下流」社會。全書不乏八股說教的篇章，但趙寫其中人物的種種遭遇，從鋌而走險到自甘墮落、從含冤自戕到苟且偷生，的確鋪陳一怵目驚心的劫後浮世繪，煽情而不濫情，自有一自然主義特色。（王德威 1998：148）

潘壘（1927-），原名潘承德，又名潘磊，筆名心曦，原籍廣東省合浦縣，生於越南海防。江蘇醫學院肄業。1949年來台後，曾獨資創辦《寶島文藝》月刊，並任中央電影公司編審及台灣藝專編導科講師。後赴香港擔任邵氏電影公司導演，於1975年舉家遷港定居。在港曾創辦現代電影電視實驗中心（華國電影製片廠）。作品以小說爲主，曾三度獲中華文獎會文藝獎。最著名者爲1952年自費出版之處女作《紅河三部曲》，以越南爲背景，描寫華裔青年受共產黨迫害的經過。潘壘爲天才型作家，在小說、電影上均有所表現，產量豐富，其他長篇小說尚有《地獄之南》（1977台北聯經出版公司）、《上等兵》（1977台北聯經出版公司）、《尋夢者》（1977台北聯經出版公司）、《金色年代》（1977台北聯經出版公司）、《靜靜的紅河》（即《紅河三部曲》，1978台

北聯經出版公司）、《安平港》（1978台北聯經出版公司）、《黑色地平線》（1978台北聯經出版公司）、《魔鬼樹》（1978台北聯經出版公司）、《川喜多橋之霧》（1979台北聯經出版公司）、《狼與天使》（1979台北聯經出版公司）、《第二者》（1979台北聯經出版公司）、《落花時節》（1979台北聯經出版公司）、《夢的隕落》（1979台北聯經出版公司）等。他的《靜靜的紅河》：

> 以越南為背景，娓娓敘述一華僑子弟輾轉愛情與政治間的冒險。架構綿長、詞切情深。作為一史詩式小說家，潘壘顯然力有未逮，但他能塑造一個有詩人氣質的主角，貫穿全局，並點染異國情調，仍可記一功。（王德威 1998：149）

　　對於反共文學，王德威不無感慨地說：「在海峽兩岸交流日趨頻繁，在統獨爭辯方興未艾的今天，談反共復國文學還有什麼樣的意義呢？我們是否只能對這樣的一段文學經驗故做視而不見，或依賴『反反共』的新八股，斥為胡言夢囈呢？反共復國小說既為一種政治小說，自難免因意識形態而興，因意識形態而頹的命運，但口號之外，這些作品裡也銘刻上百萬中國人遷徙飄零的血淚，痛定思痛的悲憤，不應就此被輕輕埋沒。重思反共小說，我以為它應被視為近半世紀以來傷痕文學的第一波，為日後追憶、記述文革創傷，二二八事件、白色恐怖、兩岸探親，乃至天安門大屠殺的種種文字，寫下先例。」（王德威 1998：153-154）

　　以上所謂的反共作家，也並非所有作品都與反共有關。在呼應國府反共政策的作家和作品之外，還有一群寫小說的人或從歷史故事，或從個人經驗落筆，並不直接涉及政治問題。這正是在台灣的生活氛圍異於中國大陸之處，同樣是專制獨裁政權，但台灣的白色恐怖網沒有大陸上紅色恐怖之密，在台灣尚有沉默和不說話、不表態的自由，這一點在紅色恐怖下是絕對沒有的。以下不涉及反共的小說作者數目也不在少數。

　　于吉（1914-2002），原名俞棘，浙江省慈谿縣人。上海勞動大學社會系畢

業。1949年來台後曾任《中華日報》編輯、副主筆、總編輯。小說求取寫實，自言：「我總是努力使所寫的題材不要和時代脫節，希望筆桿的運走能和時代的脈搏一起跳動。在表現的手法上，我力求作品具有眞實感。」出版有長篇小說《海沫》（1962高雄大業書店）、《鬱雷》（1964高雄長城出版社）、《鳳凰樹下》（1965高雄長城出版社）、《黃帝子孫》（1965高雄長城出版社）、《失去的影子》（1966台北三民書局）、《金蕉園》（1967高雄長城出版社）、《花潮》（1968台中台灣省新聞處）及短篇小說集《生命的的遞顫》（1968台北台灣商務印書館）。

宣建人（1914-2008），筆名余村、東門亮，江蘇省儀徵縣人。軍事委員會戰時工作幹部訓練團第二期結業。曾任安徽省政府新聞處編審、海軍出版社採訪主任、中國青年反共救國團編審、專員、中國青年寫作協會總幹事等職。並曾擔任《中國海軍》、《海訓》及《幼獅文藝》等刊物主編。寫作以短篇小說及散文爲主。小說作品有短篇集《水鄉拾記》（1967台北正中書局）、《巧婦與拙夫》（1969台北台灣商務印書館）、《嬌客》（1969台北正中書局）、《稻香村》（1971台中光啓出版社）、《宣建人自選集》（1979台北黎明文化公司）。

蕭傳文（1916-99），筆名一心、蕭窠、綠水，湖南省醴陵縣人。上海大夏大學心理系畢業。在大陸時曾任貴陽、昆明《中央日報》編輯、中國國民黨祕書處獨立出版社編輯。1949年來台後歷任成功大學、靜宜大學、中國文化大學等校中文系教授。作品以小說與散文爲主。所寫小說富有鄉土氣息，計有長篇小說《征人之家》（1951台北國語日報社）、《殘夢》（1955高雄大業書店）、《銀妹》（1956台南人文出版社）、《藍色的海》（1958高雄大業書店）、《小橋流水人家》（1965台北文壇社）、《珍珠》（1970台北文壇社）、《愛與夢幻》（1973台北正中書局）、《涤江橋畔》（1981台北學海書局）、《丹鳳村》（1986台北台灣商務印書館）及短篇集《陋巷人家》（1958台北正中書局）、《妹妹》（1961台北幼獅書店）、《母愛》（1966高雄大業書店）、《南半球的幽怨》（1967台北台灣商務印書館）。

寒爵（1917-2009），原名韓道誠，另有筆名不了、牢窂、韓士奇、草野介

士、李夢非，河北省鹽山縣人。東三省特區立法學院經濟系畢業。來台後任國立編譯館編纂及人文社會組主任、中國文化大學文藝組、東吳大學中文系兼任教授、《中國時報》主筆，曾創辦《反攻》半月刊。作品有專欄散文及小說，他的八冊一百五十萬字的大長篇《儒林新傳》（1980-81台北成文出版社），是他醞釀十多年的力作，描寫現代知識份子投機鑽營的現象，入木三分。

林海音（1918-2001），原名林含英，另有筆名林茵音、菱子、英子，原籍台灣省苗栗縣，生於日本大阪。1923年隨父母定居北平市，1948年與夫婿子女家人來台灣。北平世界新聞專科學校畢業，曾任北平《世界日報》記者、編輯。來台後擔任台灣《國語日報》特約編輯、《聯合報》副刊主編、《文星雜誌》兼任文

林海音（1918-2001）
圖片提供／文訊

《城南舊事》（1960台中光啟出版社）

學編輯。1967年創辦《純文學》月刊（1967年1月-1972年2月），翌年創辦純文學出版社（1968-1995）。擔任副刊主編時慧眼識才，鍾理和、鍾肇政、黃春明、七等生等均曾受其賞識與提攜。曾獲五四文學貢獻獎、圖書主編金鼎獎、中國文藝協會榮譽文藝獎章等。作品以小說、散文為主，兼及兒童文學。出版有短篇小說集《綠藻與鹹蛋》（1957台北文華出版社）、《城南舊事》（1960台中光啟出版社）、《婚姻的故事》（1963台北文星書店）、《燭芯》（1965台北文星書店）、《林海音自選集》（1975台北黎明文化公司）、長篇小說《曉雲》（1959台北紅藍出版社）、《春風麗日》（1967香港正文出版社）、《孟珠的旅程》（1967台北純文學出版社）。作為一個生在日本，長在北平的台灣人，在省籍觀念嚴重的台灣文壇，葉石濤曾提問過：「林海音到底是個北平化的台灣作家呢？抑或台灣化的北平作家呢？」（葉石濤 1979：84）古繼堂認為：「由於林海音的特殊的生活經歷，也就給她的思想觀念和創作帶來

了特殊的現象。那便是林海音的故鄉很難確定，她雖生於日本，但在日本只住了三年，一切還都處於混沌狀態，因而日本談不上是她的故鄉。她的幼年、少年和青年都是在北平度過的，這個階段是成長、成熟時期，是人的一生中最重要的打基礎、定方向、定形態的階段。林海音的人生道路、生活方向、意識形態的形成，基本上是在北平的二十多年中確定的，作為作家的林海音在北平的生活和事業中已經孕育成熟了。從這個角度來說，無疑北平是林海音的故鄉，因而在林海音眾多的作品中所表現出的濃重的鄉愁，既不是思念出生地日本，也不是祖籍台灣，而是成長期的生活地北平。但是，不能否認，林海音的確是台灣人，對台灣這塊鄉土懷有深厚的情感，從這個角度來說，台灣又是她的家鄉。」（古繼堂 1996：188-189）她生前的友人齊邦媛認為她的作品特點在懷舊，「在這位祖籍台灣苗栗，卻生在日本長在北平的作家心中，自然的風沙和歷史的風沙吹掃下的北平城充滿了難忘人物和故事。雖是城南一隅的舊事，卻可以離開特定的地域，放在中國任何一地皆能重演，不受狹窄的所謂『地方色彩』的限制。她敘事時不詮釋，不評判，但是在適當的時機，她寫出人物的內心世界，使得敘述有自然的深度和說服力，不需靠曲折的情節，自可扣緊讀者的注意。」（齊邦媛 1998：52）筆者以為在寫北京的眾多作家中林海音佔有一席顯著的地位：

　　林海音女士雖然不能算是三〇年代的作家，但卻生長在三、四〇年代，對那一個時代非常熟悉，而《城南舊事》正是寫的那一個時代的人與事，因此若拿她與三、四〇年代的作家做比，並非是不適宜的。在那一個時代寫過北平的作家，小說有老舍，戲劇有丁西林和曹禺。……老舍對北平所知之深、所見之廣，恐怕沒有一個別的作家可以與他相比了。但是他偏偏沒有看到林海音所見的，沒有寫到林海音所寫的。林海音是從一個小女孩的眼光來看北平，她的視野、見地和情感，就與成人的老舍大為不同了。如果說老舍有關北平的小說是社會性的、批評性的和分析性的，林海音的《城南舊事》則是個人的、情感的、綜合的。（馬森 1997：149-150）

尹雪曼（1918-2008），原名尹光榮，河南省汲縣人。西北大學法學士，美國密蘇里大學新聞學院碩士。曾任《益世報》、《民國日報》、《西京平報》、《香港時報》、《香港工商日報》記者。1949年來台後任《台灣新聞報》、《中華日報》記者，《新生報》南部版採訪主任、副刊總編輯。1953年與王書川、駱學良共組新創作出版社。並曾先後執教於成功大學、文化大學、政治作戰學校、台灣藝專、世界新聞專科等校。也曾任台灣省教育廳祕書、台灣省電影製片廠主任祕書、教育部文化局第二處長、國軍退輔會參事等職。作品有小說、散文及文論。出版有短篇小說集《彩虹》（1955高雄大業書店）、《老石古島》（1956台北台灣書店）、《伙伴》（1956台北正中書局）、《二憨子》（1986台北中國現代文學研究中心）、《台北屋簷下》（1990台北黎明文化公司）、《變調的結婚進行曲》（1995北京中國人民大學出版社）、長篇小說《苦酒》（1959高雄大業書店）、《遲升的月亮》（1960高雄大業書店）、《橋》（1963高雄大業書店）、《留美外記》（1968台北皇冠雜誌社）、《陽光照在屋脊上》（1970台中台灣省新聞處）、《十七歲、十七歲、十七歲》（1975台北華欣文化中心）。曾獲中山文藝獎、教育部學術文藝獎等。

繁露（1918-2008），原名王韻梅，浙江省上虞縣人。上海大夏大學肄業。抗戰時投軍，曾任國防部軍事委員會電映隊、宣傳隊、演劇隊隊員及青年軍二〇九師政工隊員。1947年隨軍來台後退役，從事寫作。晚年旅居美國。作品以小說為主，曾獲中山文藝小說獎、中華文獎會小說獎。作品眾多，屬通俗愛情小說類，主要有長篇小說《養女湖》（1956台北國華出版社）、《第七張畫像》（1957高雄大業書店）、《怒潮》（1960台北台灣省婦女寫作協會）、《向日葵》（1963高雄長城出版社）、《殘暉》（1964高雄長城出版社）、《歲月悠悠》（1965高雄長城出版社）、《大江東去》（1965台北時代生活出版社）、《小蓉》（1966台北立志出版社）、《天涯萬里人》（1968台北立志出版社）、《山色青青》（1968台北立志出版社）、《輕舟已過萬重山》（1969台北立志出版社）、《忘憂石》（1969台北立志出版社）、《永恆的春

天》（1974台北道聲出版社）、《我心，我心》（1975高雄眾成出版社）、《這一層樓》（1978台北皇冠出版公司）、《夢迴錢塘》（1980台北黎明文化公司）、《此情可問天》（1980台北漢麟出版社）、《殘酷的愛》（1981台北萬盛出版公司）、《老王，你錯了》（1982台北萬盛出版公司）、短篇集《愛之諾言》（1955台北今日婦女半月刊社）、《千里鶯啼》（1963高雄長城出版社）、《小姨》（1964高雄長城出版社）、《春桃姑娘》（1965台北時代生活出版社）、《雲深不知處》（1968台北立志出版社）、《珍珍》（1970台北立志出版社）、《初出國門》（1971台北立志出版社）、《萬縷情》（1973台北道聲出版社）、《繁露自選集》（1978台北黎明文化公司）等。

　　魏子雲（1918-2005），安徽省宿縣人。武昌中華大學中文系肄業，抗戰時投筆從戎。來台後曾任高中國文教員、台北師專副教授、中國青年寫作協會總幹事、中國青溪新文藝學會常務理事，創辦《青溪月刊》，並與尹雪曼等合辦《文學思潮》。文學論述甚豐，創作以小說為多，計有長篇《紫陽世第》（1971台中台灣省新聞處）、《潘金蓮——金瓶梅的娘兒們》（1985台北皇冠出版公司）、《吳月娘——金瓶梅的娘兒們》（1991台北皇冠出版公司）、《在這個時代裡——土娃》（1994台北學生書局）、《在這個時代裡——金土》（1995台北學生書局）、《星色的鴿哨》（1996台北文史哲出版公司）、《在這個時代裡——梅蘭》（1996台北學生書局）等。

　　鹿橋（1919-2002），原名吳訥孫，原籍福建省閩侯縣，生於北京市。抗戰時期昆明西南聯大外文系畢業，1945年赴美，獲耶魯大學博士學位，先後任教於西南聯大、美國舊金山州立學院、耶魯大學、華盛頓大學等，教授中國藝術史。長久旅居美國，曾來台多次。著有長篇小說《未央歌》（1959台北台灣商務印書館）、《懺情書》（1975台北遠景出版公司）及短篇小說集《人子》（1974台北遠

《人子》(2007台北台灣商務印書館)

景出版公司）。他的《未央歌》寫抗戰時期西南聯大的大學生活，雖然十分暢銷，卻是本較幼稚、浮淺的作品；相反的，《人子》寫得成熟多了，是本小傑作。

劉枋（1919-2007），筆名逖逖，原籍山東省濟寧縣，生於綏遠，成長於北平。北平中國大學化學系畢業，曾任《西北日報》、南京《益世晚報》、《京滬週刊》、《公論報》編輯。來台後任《全民日報》副刊編輯及《文壇月刊》主編、中國婦女寫作協會常務理事兼總幹事。1952年與穆中南、王藍等創辦《文壇》月刊，任主編。1974至84年擔任金甌高商國文教師，1985年起，入佛門，在高雄佛光山修行八年，後回台北隱居至逝世。作品以散文與小說為主，小說作品有《逝水》（1955高雄大業書店）、《凶手》（1961台北文壇社）、《坦途》（1968台中台灣省政府新聞處）、《小蝴蝶與半袋麵》（1969台北立志出版社）、《誰斟苦酒》（1971台北東英出版社）、《慧照大院的春天》（1976台北台灣商務印書館）、《神妻》（1988香港文藝風出版社）。

子于（1920-89），原名楊傳毋，河北省天津市人。長春工業大學礦冶系畢業，曾在本溪煤礦工作。1948年來台後任教於台北建國中學，直到1982年退休。作品以小說為主，兼及散文，善寫人間的微妙關係，語言追求口語化，具有北方風味。出版有短篇小集《摸索》（1970台北晨鐘出版社）、《艷陽》（1972台北驚聲文物供應社）、《喜棚》（1974台北華欣文化中心）、長篇《月暗星亮》（1981台北黎明文化公司）、中篇《芬妮·明德》（1982台北聯經出版公司）、《葛藤》（1953台北自由中國雜誌社）。

鍾雷（1920-98），原名翟君石，河南省孟縣人。軍校特訓班、中訓團、革命實踐研究院畢業，曾任團、旅、師及政治部主任、參謀長等軍職。退役後擔任文建會處長、孫逸仙圖書館長、華實出版社發行人兼社長。文學表現突出，各種文類均曾染指。小說有短篇集《榴火紅》（1958台北中原出版社）、中篇《江湖戀》（1964台北文壇社）及長篇《小鎮春曉》（1966台中台灣省新聞處）、《青年之神》（1987台北近代中國出版社）。

紀剛（1920-），原名趙岳山，遼寧省遼陽縣人。遼寧醫學院畢業。1949年來

台後曾任台南第四總醫院小兒科主任，後自開兒童科醫院，執業二十多年，退休後赴美定居。以長篇小說《滾滾遼河》一書聞名，獲得中山文藝小說創作獎。

楚軍（1920-），原名周佐民，另有筆名楚三戶，湖南省衡陽縣人。淡江大學工商管理系畢業，曾赴美在舊金山大學研究計畫經濟。曾任《創作》月刊發行人，現居美國。創作以小說為主，計有《金瓜石之鶯》（1955台北中興出版社）、《棕櫚樹》（1956台北更生出版社）、《神與魔》（1958台北暢流出版社）、《飄浮的靈魂》（1958台北中央日報社）、《春與秋》（1961台北作品出版社）、《浮木》（1963高雄大業書店）、《憤怒的愛》（1963高雄長城出版社）、《狹路》（1963台北立志出版社）、《落花夢》（1964高雄長城出版社）、《遠山青青》（1965台北文苑出版社）、《夜遙遙》（1966台北新亞出版社）、《蘆荻》（1967台北台灣商務印書館）、《夢還暖》（1968台北創作月刊社）。

畢璞（1922-），原名周素珊，另有筆名舟山，廣東省中山縣人。廣州嶺南大學中文系畢業，來台後曾任《大華晚報》家庭版主編、《公論報》副刊主編、《徵信新聞報》家庭版主編、《中國時報》董事長祕書、《婦女月刊》總編輯。寫作範圍包括短中篇小說、散文，兼及兒童文學。出版短篇集有《故國夢重歸》（1956台北文友書局）、《心靈深處》（1964台中光啓出版社）、《秋夜宴》（1968台北水牛出版社）、《陌生人來的晚上》（1969台北皇冠出版公司）、《綠萍姐姐》（1969台北東方出版社）、《再見秋水》（1970台北三民書局）、《橋頭的陌生人》（1971台北立志出版社）、《黑水仙》（1977台北水芙蓉出版社）、《溪頭月》（1978台北學人出版公司）、《出岫雲》（1979台北中央日報社）、《清音》（1981台北水芙蓉出版社）、《明日又天涯》（1987台北采風出版社）、中篇《風雨故人來》（1961台北皇冠出版公司）、《春風野草》（1968台北博愛圖書公司）。

楊念慈（1922-），筆名楊柳岸、楊葉、孫家褆，山東省武城縣人。西北師範學院國文系肄業，中央軍校第十八期步兵科畢業。曾任排長、連長。1949年來台後曾任《自由青年》編輯。1953年起先後任教於省立員林實驗中學、省

立中興中學、曉明女中、省立台中一中及中興大學講師、副教授到退休。作品以小說為主，富有鄉土及時代氣息，曾獲中國文藝協會文藝獎章、教育部文藝獎。作有長篇《殘荷》（1951高雄大業書店）、《金十字架》（1955雲林新新文藝出版社）、《罪人》（1959高雄大業書店）、《十姊妹》（1961高雄大業書店）、《廢園舊事》（1962台北文壇社）、《黑牛與白蛇》（1963高雄大業書店）、《犁牛之子》（1967台中台灣省新聞處）、《巨靈》（1970台北立志出版社）、《少年十五二十時》（1980台北皇冠出版公司）、《大地蒼茫》二冊（2007台北三民書局）、中篇《落日》（1952高雄大業書店）、《薄薄酒》（1979台北世界文物出版社）、短篇《陋巷之春》（1953高雄大業書店）、《暖葫蘆兒》（1965台南東海出版社）、《風雪桃花渡》（1969台北立志出版社）、《老樹濃蔭》（1970台北愛眉文藝出版社）、《恩愛》（1971台北愛眉文藝出版社）、《楊念慈自選集》（1977台北黎明文化公司）。

陳千武（1922-2012），原名陳武雄，另有筆名桓夫，台灣省南投縣名間鄉人。日據時期畢業於台中一中，1942年應召日本台灣志願兵，赴南洋參戰。光復後從事文學創作，為笠詩社發起人之一，並曾任台灣筆會會長、台中市文化中心主任等職。曾獲吳濁流文學獎、洪醒夫小說獎、譯詩獎等。除詩作外，陳千武也有短篇小說問世，計有《富春的豐原》（1982台北台灣書店）、《馬可波羅》（1984台北光復書局）、《獵女犯》（1984台中熱點文化出版公司）、《哥倫布》（1984台北光復書局）、《台灣民間故事》（1991台中台灣兒童

陳千武（1922-2012）
圖片提供／文訊

文學協會）、《台灣平埔族傳說》（1993台北台原出版社）及中篇《檳榔大王遷徙記》（1993台北台原出版社）。

楚卿（1923-94），原名胡楚卿，湖南省長沙市人。湖北師範學院教育系畢業，來台後任大專、中學教師，並曾任高雄《民眾日報》副刊主編。創作以小說為主，計有長篇《長河》（1961台北集文出版社）、《迴旋路》（1968台北

集文出版社）、《不是春天》（1969台北集文出版社）、《日月光華》（1972台北陸軍出版社）、《八面山高溪水長》（1987台北黎明文化公司）、短篇集《楚卿小說選》（1965台北文星書店）、《天涯夢》（1967台北台灣商務印書館）、《稻草球》（1968台北台灣商務印書館）、《楚卿自選集》（1977台北黎明文化公司）、《雨夜流光》（1980台中學人出版社）、《葬仇記》（1980台中學人出版社）、《淑女》（1981台北黎明文化公司）、《變奏曲》（1981台北黎明文化公司）、《都緣在山中》（1986台北采風出版社）、《彩色的漩渦》（1986台北采風出版社）。

艾雯（1923-2009），原名熊崑珍，江蘇省吳縣人。來台後曾任圖書管理員、報社資料室主任、副刊主編。寫作以小說與散文爲主。小說作品有短篇集《生死盟》（1953高雄大眾書局）、《魔鬼的契約》（1955台南人文出版社）、《霧之谷》（1958台北正中書局）、《弟弟的婚禮》（1968台北立志出版社）及長篇《夫婦們》（1957台北復興書局）。

吳崇蘭（1924-），筆名小蘭、藍天、棕藍、素心蘭，江蘇省宜興縣人。中央政治學校畢業，來台後曾任士林初中教員。後移居美國。小說作品多關傳統人物、人情世故，通俗易解。作品眾多，今舉幾種以見一斑：《愛河逆流》（1953台北立志出版社）、《玫瑰夢》（1963台北皇冠出版公司）、《桃李春風》（1964台北立志出版社）、《渡人》（1977台北正中書局）、《窗窗窗窗》（1979台北皇冠出版公司）、《傷心碧》（1989台北皇冠出版公司）等。

鍾肇政（1925-），台灣省桃園縣人。光復前畢業於淡江中學、彰化青年師範，被徵爲學徒兵。1945年日本戰敗投降後復員返鄉，在龍潭國小執教，開始重溫中文、國語。1948年進入台大中文系就讀，不久輟學，回龍潭國校任教，苦修中文。後曾任東吳大學兼任講師、台灣筆會會長、台北市客家文化基金會董事長、寶島客家電台基金會董事長等職。創作以小說爲主，兼及散文，以自傳體反映台灣光復前後的種種變化，極富歷史意義。曾獲中國文藝

鍾肇政（1925-）
攝影／陳文發

協會獎章、嘉新新聞獎、教育部獎、吳三連文學獎、國家文藝獎等。主要作品有長篇小說《濁流》（1962台北中央日報社）、《魯冰花》（1962台北明志出版社）、《大壩》（1964台北文壇社）、《流雲》（1965台北文壇社）、《大圳》（1966台中台灣省政府新聞處）、《沉淪》（1968台北藍開書局）、《江山萬里》（1969台北林白出版社）、《馬黑坡風雲》（1973台北台灣商務印書館）、《綠色大地》（1974台北皇冠出版公司）、《青春行》（1973高雄三信出版社）、《插天山之歌》（1975台北志文出版社）、《八角塔下》（1975台北文壇社）、《滄溟行》（1976苗栗七燈出版社）、《望春風》（1977台北大漢出版社）、《丹心耿耿屬斯人——姜紹祖傳》（1977台北近代中國出版社）、《濁流三部曲》（1979台北遠景出版社）、《台灣人三部曲》（1980台北遠景出版社）、《原鄉人——作家鍾理和的故事》（1980台北文華出版社）、《高山組曲第一部——川中島》（1985台北蘭亭書店）、《高山組曲第二部——戰火》（1986台北蘭亭書店）、《卑南平原》（1987台北前衛出版社）、《怒濤》（1993台北前衛出版社），此外尚有中短篇多部，其代表作均為長篇。

　　光復初期的這些小說家，即使不寫反共的作品，但大多數都寫過配合國府政令的小說。是台灣省新聞處從1965年開始，透過邀稿的方式邀請當時聞名的作家，以省政建設為題材創作的一系列文學作品，以長篇小說為主，另有短篇小說、散文、廣播劇、新詩等，一直到1980年為止，以「省政文藝叢書」的名義共出版七十四種之多。參與撰寫的作家有墨人、鍾肇政、張漱菡、南郭、高陽、姜貴、鍾雷、楊念慈、盧克彰、田原、鍾鼎文、于吉、繁露、童世璋、林鍾隆、后希鎧、黃肇中、郭嗣汾、端木方、劉枋、尹雪曼、鄭清文、李喬、魏子雲、王臨泰、宣建人、鍾鐵民、劉心皇、段彩華、蔡文甫、鄧文來、吳東權、姜穆等，可說網羅了大都可以進入台灣文學史的人才。（郭澤寬 2011）他們這些作品，名義上雖然是在官方的發起下寫成的，可是就當日的情勢而論，作者也有很大的撰寫自由度，比起反共抗俄之作，也許更可以不必故意強化官方的意識形態，照實來寫還是可以容許的。1965年起，是台灣經濟起飛的時

代，也是台灣重要建設打基礎的時代，在這些著作中所反映的正是台灣社會發展的關鍵時期，涵蓋了土地改革、農業的現代化、工商業的榮景、交通及地方的基礎建設、榮民的貢獻、農村與市鎮的庶民生活以及原住民的生活狀況等。這些作品既不是反共文學，也不具有現代主義的氣息，就其風格與內涵而論，只能納入鄉土文學，所以台灣的鄉土文學應該提前從1965年算起才對。

二、光復初期的戲劇

對日治時代已有所發展的現代戲劇，首要的工作便是有意識地擺脫日本殖民主義和軍國主義的影響。在日本統治台灣的後期，特別是在皇民化運動期間，戲劇的內容必須要認同日本軍國主義的主張，符合大東亞共榮圈的利益，顯然違逆了一些反日台人的心懷。正如呂訴上所說，在光復後，「把日本『皇民化』及『決戰下體制』的鎖枷，摧毀無遺，日語對白、日式服裝、日本劇本等完全被拋棄了，恢復我民族形式的戲劇。」（呂訴上 1961：332）一旦之間企圖切斷日本的影響，自然會削弱新劇在台灣的力量，特別是原來用日語寫作的人，忽然間感到無用武之地了。然而日人在台灣五十年的佔領和經營，又豈能是一旦可以切斷的？除了日人所遺留的意識形態依然不絕如縷外，光復後仍然有日語話劇的演出，甚至有日人劇團的公演。1946年1、2月間由日人北里俊夫領導的「製作座」劇團就一連在台北中山堂做了三次公演，先後推出了《黑鯨亭》、《橫町之圖》和《排滿興漢の旗下に》，不但用的全是日語，而且演職員沒有一個是台人。10月間，日人「高安爆笑劇團」又演出日本滑稽劇《心之建築》，觀眾幾乎全是日人。（呂訴上 1961：335）

光復後首次本地人的新劇演出是在1945年9月前後台南市主辦的慶祝台灣光復演藝大會上演出的獨幕劇《偷走兵》（黃昆彬編導）和二幕劇《新生之朝》（王育德編，陳汝舟導）。不過翌年元旦由台灣藝術劇社在台北市中山堂演出的獨幕歌舞喜劇《街頭的鞋匠之戀》，台詞用的是台語，歌詞卻還是日語。同台也演出了以國語對話的獨幕劇《榮歸》。據當日留存的資料看，那時候純粹

的話劇並不多，多半都是歌舞中夾插戲劇場面，例如「大甲演劇音樂研究會」演出的《良心》（周東成編）、《人生鑑》（陳炎森編）、《意志集中》（吳淮水編）等就是此類。戰後日人的遣返及大陸劇團的來台是消除日本對台灣演劇影響的真正力量。1946年初，最早來台的駐軍第七十師政治部的劇宣隊跟特地由上海請來的一批戲劇工作者演出了《河山春曉》、《野玫瑰》、《反間諜》、《密支那風雲》等劇，由於初次全部以國語演出，在社會上的反應不大。同年11月，一批大陸來台人士為籌募台北市外勤記者聯誼會基金，在台北中山堂一連三天演出曹禺的《雷雨》，獲得好評，因而又到台中加演三天，也很轟動，是國語話劇在台灣第一次受到群眾的歡迎。

1946年12月，台省行政長官公署宣傳委員會特聘請上海由歐陽予倩率領的「新中國劇社」來台演出，在中山堂首演魏如晦（本名錢德富，又名錢杏邨，筆名阿英）的四幕歷史劇《鄭成功》（原名《海國英雄》），是台灣光復後首次由職業劇團大規模演出國語話劇。該劇社於翌年初又連續演出了吳祖光的《牛郎織女》、曹禺的《日出》和歐陽予倩的《桃花扇》。在演《桃花扇》的時候，為了減少語言的隔閡，曾付印了大量劇情本事廉售給觀眾，效果良好。由於「新中國劇社」在台北演出的成功，紛紛接到中南部市政當局的邀請，預備南下巡迴演出。台北行政長官公署宣傳委員會手下的「台灣省實驗劇院」也計畫邀請「新中國劇社」代為設班訓練戲劇人才。不幸這一切都因為1947年的「二二八事件」而作罷，「新中國劇社」合約期滿返回上海。重要的是「新中國劇社」一系列示範式的演出，不但給當地的劇場帶來莫大的刺激，同時也奠定了今後台灣數十年話劇發展的規模。

當大陸話劇展現其影響力的同時，本土的劇人雖說因政治及語言的轉換受到影響，卻並未失其活力。1946年6月9日至13日一連五日，宋非我、張文環等領導的「聖烽演劇研究會」在中山堂演出簡國賢的獨幕劇《壁》和宋非我的三幕喜劇《羅漢赴會》。因為是用台語演出，很受當地觀眾歡迎。本來7月還要預備繼續演出，不幸遭到市警局的禁止，據說是因為劇中的主題涉及到貧富懸殊，是當日十分敏感的階級鬥爭話題，等於觸犯了政治禁忌。這次的禁演，實際上

是台灣的左派勢力踩上了大陸的右派政權的痛腳，但恰巧是本地人演出的台語劇，卻很容易演繹成潛在的省籍誤會。幸而由本省的業餘劇人林摶秋、賴曾等主持的「人劇座」於同年9月29日至10月3日又在中山堂公演了台語獨幕話劇《醫德》和三幕劇《罪》，才淡化了此一事件。緊接著，楊文彬、陳學遠、辛金傳、黃廷煌、王弘器等人於10月間組織了「台灣藝術劇社」演出了一些通俗的歌舞劇，像《幸福的玫瑰》、《美人島綺譚》等，賣座鼎盛。不久，台南人王莫愁又在台南成立「戲曲研究會」，演出自編自導的獨幕劇《幻影》和黃昆彬編的《鄉愁》。

在光復初期，國語話劇和台語話劇是同生共存的，二者本有同等發展的空間。有心的人士且有意促成二者的合作，譬如陳大禹、王淮合組的「實驗小劇團」，就輪流以國語和台語分別演出莫里哀的《守財奴》。1947年初，受到「新中國劇社」演出成功的鼓勵，熱中戲劇的青年紛紛預備成立新劇團，「實驗小劇團」也正籌備排演台語史劇《吳鳳》，就在這時發生了影響台灣今後數十年社會和諧的「二二八事件」，不少本地的文化菁英因而殉難或隱退，形成了台語話劇今後發展的致命傷。

「二二八事件」之後，只有「大甲演劇音樂研究會」、「台灣藝術劇社」的GGS跳舞團偶然演出一些輕鬆的歌舞劇。正當此戲劇的淡季，當時擔任國防部長的白崇禧把南京的聯勤總部特勤處演劇第三隊調來台灣，改隸為國防部新聞局軍中演劇第三隊，其中有不少優秀的演員成為以後台灣戲劇界的中堅。該團於1947年7月在中山堂演出宋之的作品《刑》。9月，「實驗小劇團」又以國語與台語兩組輪流演出曹禺的《原野》。10月，演劇三隊演出宋之的作品《草木皆兵》，青年軍第二〇五師「新青年劇團」演出于伶的《大明英烈傳》。同年11月1日為慶祝光復節，「實驗小劇團」演出陳大禹編導的四幕喜劇《香蕉香》（又名《阿山阿海》），描寫「二二八」前後本省和外省同胞之間的種種誤會。不想在演出間就引起了本省和外省觀眾之間的爭吵，雙方都指責劇情的內容侮辱了自己的一方，以致第二日即被下令停演。以此足見「二二八事件」已經造成了不易化解的省籍情結。同一個時期，台灣糖業公司邀請上海的「觀

眾戲劇演出公司旅行劇團」來台演出。該團由劉厚生、冼群率領，於11月9日起在中山堂演出楊村彬的《清宮外史》。這是繼「新中國劇社」後第二個大陸的職業劇團來台演出。該團在台灣留到1948年4月，先後又演過曹禺的《雷雨》、冼群改編平內羅原著的《續弦夫人》和袁俊的《萬世師表》。離台前，又到中南部巡迴演出《萬世師表》一劇，深獲各地觀眾的歡迎。1948年光復節，台灣省政府舉辦盛大的博覽會，邀請了「國立南京戲劇專科學校劇團」來台公演吳祖光的四幕史劇《文天祥》（又名《正氣歌》）。繼又演出黃宗江的四幕喜劇《大團圓》。本預定年底再演出柯靈、師陀改編的《夜店》和師陀改編的《大馬戲團》，因為發生徐蚌會戰，威脅到南京，故該團只好匆匆結束訪台之行。

　　1949年後，「反共抗俄」既然定為當時的國策，舉凡一切的文學、藝術無不納入此國策的指導方針之下，戲劇也不例外。由於戲劇的宣傳效力大，且鑑於過去戲劇界人士多半左傾，政府對戲劇的檢查及監督尤其嚴苛。此時的劇團多為軍中、政府和學校中的劇團，例如陸軍的「陸光話劇隊」、海軍的「海光話劇隊」、空軍的「藍天話劇隊」、聯勤的「明駝話劇隊」、教育部的「中華實驗劇團」、台大的「台大劇社」、師院的「師院劇社」等。其他少數幾個民間劇團，像「實驗小劇團」、「戡建劇團」、「成功劇團」、「自由萬歲劇團」等，也跟政府或黨部有著某些關係（吳若、賈亦棣 1985）。

　　在反共的國策之下，一時之間還寫不出反共的劇本，所以不得已常常拿抗戰時期的劇本來改頭換面加以演出。例如把原來陳白塵諷刺國府的《群魔亂舞》改編成諷刺共產黨的《百醜圖》，把沈浮諷刺戰時重慶社會的《重慶二十四小時》改編成《台北一晝夜》。有的時候使用偷天換日的手法，使陳白塵的《結婚進行曲》、《歲寒圖》、李健吾的《以身作則》、阿英的《海國英雄》、吳祖光的《正氣歌》等都曾在刪掉了作者的名字或改一改劇名的情形下順利演出。這些劇作家，有的早就是人盡皆知的共產黨員，有的是後來附共的人士，按理都在被禁之列，事實上卻沒有人加以深究，大概實在是因為太缺乏可以上演的劇本的緣故。

　　綜觀台灣光復到1949年國府撤退來台這幾年的戲劇活動，「二二八事件」

前，國語、台語話劇都具有蓄勢待發的情勢，只有日語劇及其影響因日人的撤走及國人的有意抵制而消沉。「二二八事件」後，沿襲日據時代而來的本土劇運受到嚴重的打擊，台語話劇和台語劇人只有依附國語劇團而存活。除了三次大陸職業劇團來台做示範性的演出外，軍中劇團及各級學校劇團所演也以國語話劇為主。那時候尚無禁演左派劇人作品之令，所演的劇本多出自後來的所謂的「附匪」劇人之手。本土劇人所寫的劇本，像簡國賢的《壁》、陳大禹的《香蕉香》等，反因政治問題而遭到禁演，也是很夠諷刺的一件事。

1950年3月，政府成立了「中華文藝獎金委員會」，在獎金的鼓勵下才漸漸出現了創作的反共劇本。例如李曼瑰的《皇天后土》（1950）、雷亨利的《青年進行曲》（1951）、呂訴上的《女匪幹》（1951）、吳若的《人獸之間》（1952）、鍾雷的《尾巴的悲哀》（1952）、丁衣的《怒吼吧祖國》（1953）等，才一一搬上了舞台。

李曼瑰（1907-75），筆名雨初，廣東省台山縣人。1930年畢業於北平燕京大學中文系，1934年赴美，先後在密西根及哥倫比亞大學修習戲劇。1938年返國，參加抗戰行列。勝利後，任政治大學及國立劇專教授。1949年來台，當選立法委員，並在政治大學、文化大學、藝專、政工幹校等任教。1959年赴歐美考察戲劇，翌年返國後成立「三一戲劇藝術研究社」，推動小劇場運動，對台灣劇運貢獻卓著。李氏在大陸時即開始戲劇創作，

李曼瑰（1907-75）

來台後的劇作多為具有反共意識的歷史劇，計有五幕劇《天問》（1944重慶商務印書館）、四幕劇《時代插曲》（1946台北《婦女文化》月刊）、四幕劇《皇天后土》（1950台北《新社會》月刊）、四幕劇《王莽篡漢》（1952台北世界書局）、四幕劇《光武中興兩部曲》（1952台北世界書局）、五幕劇《漢宮春秋》（1956台北中國戲劇藝術中心出版部）、五幕劇《維新橋》（1956台北世界書局）、五幕劇《大漢復興曲》（1957台北台灣商務印書館）、四幕劇《盡瘁流芳》（1958台北戲劇中心出版社）、五幕劇《楚漢風雲》（1961台

北戲劇中心出版社）、四幕劇《淡水河畔》（1970台北中國戲劇藝術中心出版部）以及身後出版的四冊《李曼瑰劇存》（1979台北正中書局）等。其劇作曾獲教育部戲劇獎及中山文藝創作獎等。

王紹清（1912-94），筆名朱侯、克堅、田水、徐清風，四川省銅梁縣人。新加坡萊佛士學院教育心理學士、英國愛丁堡大學文學碩士、里茲大學哲學碩士。曾擔任劇人歐陽予倩祕書，並協編《戲劇雜誌》、協組上海「現代劇團」。來台後先後任台灣電影製片廠廠長、政工幹校戲劇系主任、台灣藝術館館長、世新廣播電視科主任等職。作品以劇作為主，曾獲教育部優良話劇劇本獎、新聞局電影劇本獎。劇作有《亞細亞的怒潮》（1937南京金湯書店）、《良心與罪惡》（1959台北華僑影藝出版社）、《禮尚往來》（1960台北正中書局）、《牆與橋》（1960台北正中書局）。

鄧綏甯（1914-96），原名鄧士銘，字綏甯，以字行，筆名隨凝、甯也愚，遼寧省綏中縣人。濟南市齊魯大學中文系畢業，曾任長白師範學院副教授。來台後先後任教於政治大學、政戰學校、東海大學、中國文化大學，並曾任藝術專科學校影劇科主任。作品以劇作與戲劇評論為主，劇作有《疾風勁草》（1951台北帕米爾書店）、《徵婚》（1954台北正中書局）、《亂世忠貞》（1958台北改造出版社）、《紅衛兵》（1967台北改造出版社）、《書香門第》（1969台北改造出版社）、《黃金時代》（1974台北正中書局）等；另有戲劇論述《中國戲劇史》（1956台北中華文化出版事業委員會）、《西洋戲劇思想》（1956台北正中書局）、《二十世紀之戲劇》（1967台北正中書局）、《中國的戲劇》（1969台中台灣省政府新聞處）及《編劇方法論》（1979台北正中書局）。

吳若（1915-2000），原名吳慕風，另有筆名老龍、長風，湖北省漢口市人。國立政治大學畢業。抗戰期間，曾組「雷雨話劇團」，在華中一帶巡迴演出。抗戰時期在成都主持「四川青年劇社」，主辦《青年人》及《先鋒》月刊等。來台後任《情報知識》月刊發行人、世界華文作家協會副會長，仍在戲劇界工作，並曾任編劇協會常務理事。劇作有《人獸之間》（1952台北文藝創作出版社）、《秧歌文壇》（1953台北東南文化出版社）、《旗正飄飄》（1953台北

中興文學出版社）、《金錢與愛情》（1967台北紅藍出版社）、《離亂世家》（1961台北正中書局）、《新婚夜》（1961台北正中書局）、《夢裡乾坤》（1961台北正中書局）、《天長地久》（1965台北菲律賓劇藝出版社）、《點鐵成金》（1969台北菲律賓劇藝出版社）、《吳若自選集》（1980台北黎明文化公司）等，並將王藍小說《藍與黑》改編為話劇（1966台北正中書局）；此外尚有與賈亦棣合著之《中國話劇史》（1985台北文建會）。

呂訴上（1915-70），台灣省彰化縣人。因其父經營劇院及劇團，故對戲劇情有獨鍾。曾赴日留學。畢業於早稻田大學政經科。返國後投身影劇事業，1938年自組「台灣銀華新劇團」巡迴公演皇民劇。光復後於1950年籌組台語劇團，後成為省文化工作隊。曾任「台灣省地方戲劇協進會」理事。除劇作五幕劇《現代陳三五娘》（1947台北華銀出版部）、《女匪幹》（1951台北台灣省新聞處）、四幕劇《還我自由》（1955台北幼獅出版社）外，並著有《台灣電影戲劇史》（1961台北華銀出版部）一書，保留了不少台灣早期戲劇與電影活動的資料。

王慰誠（1915-77），湖北省黃梅縣人。曾就讀於北平藝術學院，1937年抗戰爆發從軍，1939年於貴州參加教育部第三戲劇教育隊演出話劇，在此期間開始撰寫揭發共黨暴行的劇作。1949年舉家來台，歷任中華話劇團團長、藝專影劇科首任科主任、中央電影公司台中製片廠廠長、政工幹校影劇系系主任等職。其反共劇作有《雨過天晴》、《祖國之戀》、《淵源流長》等。

趙之誠（1916-81），四川省重慶市人。上海美術專科學校畢業，曾任上海《正言報》、中央通訊社記者。1948年來台觀光，大陸變色，遂滯留台灣，先後任《經濟時報》編輯及《中華日報》副刊主編、中國廣播公司資料組組長。1973年因病退休。作品以劇作為主，多為電視劇及廣播劇百餘部，也撰有少數舞台劇，諸如反共劇《海嘯》（1950）、《長白英雄傳》（1953）、喜劇《花好月圓》（1955）、《母親》（1956）、《一字千金》（1956）、《喜從天降》（1961）、《春雷》（1964）、古裝劇《梅嶺春回》（1959）等。

何顏（1918-55），原名劉膽驤，藝名劉垠，四川省眉山縣人。戰時就讀四

川大學農經系，勝利後輟學至上海謀生。1949年從軍來台，任裝甲兵火牛劇團團長、教育部中華實驗劇團副團長。1955年應聘政工幹校戲劇科主任，不幸於就任前夕病逝。作品有多幕反共劇《天倫淚》（1951）、《鼎食之家》（1953）、喜劇《甜姻緣》（1955台北青年寫作協會）、悲劇《奢侈品》（1955台北青年寫作協會）。

王方曙（1916-2002），原名王靜芝，字大安，祖籍合江省，生於北平。台灣輔仁大學中文系畢業，曾任教於台灣藝專、東海大學、台灣師範大學，並曾任輔仁大學中文系主任。所作多為反共宣導劇本，1950年其反共四幕劇《鬼世界》獲得第一屆中華文藝獎金。此外尚有《樊籠》、《收拾舊山河》、《憤怒的火焰》、《心魔》、《女伶的戒指》、《萬世師表》等。

朱白水（1916-2000），原籍廣東省台山縣，生於香港。香港中國新聞學院、廣州大學、廣東省戲劇研究所畢業，曾任國防部研究專員、康樂總隊副總隊長、中國文藝協會總幹事、台灣電視公司導播及訓練中心編劇班主任、香港《影劇》月刊駐台編輯部主任、裕農影劇公司編劇部主任，並曾執教於中央大學、中國文化大學。作品以舞台劇、廣播劇、電視劇為主，兼及小說，曾獲總政治部編劇獎、教育部文藝獎、中山文藝獎、中國文藝協會資深文藝獎章。舞台劇有《祖國在呼喚》（1952台北總政戰部）、《碧血丹心》（1961台北新中國出版社）、《出水玉蓮》（1962台北康樂月刊社）、《清宮殘夢》（1962台北長鳴出版社）及多部電視與廣播劇。

賈亦棣（1916-2013），字耀愷，南京市人。戲劇專科學校畢業，抗戰初曾組織首都抗敵劇團，旋轉業新聞，曾任《武漢日報》、貴陽《中央日報》記者、特派員及編輯。來台後繼李曼瑰出任中國戲劇藝術中心主任。作品有《中國戲劇史》（與吳若合著，1985台北文建會）及劇作《香妃》（1971台北正中書局）。

古軍（1918-2007），原名顧夢鷗，廣東省番禺縣人。高中時代曾組織秋海棠話劇團，抗戰爆發輟學從軍。1949年來台，曾任報紙影劇版主編、台灣電影製片廠編導、《中央影劇週刊》主編，但主要為影視演員，兼亦有劇作問世。舞台劇作有《黑地獄》、《桃花扇》、《烈女忠魂》、《龍鳳配》、《父母子

女》、《喜事重重》、《三千金》。另有電影劇本多部。

金馬（1919-90），原名馬澤楠，廣東省新會縣人。戲劇專科學校畢業，曾在南京國民黨市黨部擔任宣傳工作。1949年隨演劇三隊來台，在擴編的國防部康樂總隊任編導，並兼任政工幹校講師。宣導性劇作有《春回大地》、《海上忠魂》、《開天闢地》、《收復兩京》、《毀滅》、《薄海騰歡》、《兒女行》、《期待》、《第八個月亮》、《戰士之家》、《永生的鬥士》。

彭行才（1919-），安徽省桐城縣人。1937年輟學，投身抗日宣傳。旋投考戲劇專科學校，畢業後任教育部實驗劇團編導、教育部川康社教二隊隊長、青年軍二二師技工隊長。1949年隨軍來台，任國防部康樂總隊戲劇科長、演劇一隊隊長、教育部中華話劇團團長、中國電影製片廠編導。藝專戲劇科主任等職。擅長導演，亦兼及劇作，六十年中導演話劇、歌劇二百餘部、電視劇三百餘集，曾獲中國文藝協會話劇編導獎。劇作有《新生之路》（1954台北總政戰部）、《中華民國萬歲》（1955台北總政戰部）、《僑鄉吟》（1956台北康樂月刊社）、《朝陽初昇》（1961台北總政戰部）、《黎明之前》（1962台北正中書局）、《春泥》（1966台北菲律賓藝術出版社）、《春風路柳》（1966台北菲律賓藝術出版社）、歌劇《長夜行》（1962台北康樂月刊社）、《焦桂英與王魁》（1969台北菲律賓藝術出版社）。

張英（1919-），字雲漢，四川省富順縣人。抗戰期間參加軍事委員會教導劇團受訓，畢業後擔任中央軍校血花劇社社長、上海國泰影業廠副導演。1948年來台拍攝《阿里山風雲》，因大陸變色而滯留台灣，先後擔任青年服務團主任、教育部社教司科長、中央電影公司製片部經理、中華民國電影製片協會理事長等。曾因導演萬壽公司台語片《小情人逃亡》獲第一屆台語片金馬最佳導演獎。劇作有《鄭成功》、《殊途同歸》、《恭喜發財》、《春到人間》、《水乳交融》、《冤魂一萬萬》等。

鍾雷（1920-98，生平見本章小說一節）的劇作有《尾巴的悲哀》（1951台北新生出版社）、《風聲鶴唳》（1951台北新生出版社）、《雙城復國記》（1959台北正中書局）、《華夏八年》（1961台北中央文物供應社）、《長

虹》（1965台北正中書局）、《柳暗花明》（1967台北華實出版社）、《國父傳》（1971台北中國戲劇藝術中心）、《海宇春回》（與饒曉明合作，1983台北行政院文建會）、《石破天驚》（與魯稚子、張永祥合作，1985台北正中書局）等。此外尚有多種電影及電視劇本。曾獲中華文藝獎、中山文藝獎等。

劉碩夫（1920-），四川省潼南縣人。成都天府高中畢業，曾任小學教師，抗戰時組織抗日救國宣傳隊。後入四川大學農科，畢業後參加遠征軍，到印度、緬甸對日作戰。1949年隨軍來台灣，從事軍中康樂工作。1958年出任教育部中華話劇團團長，並曾任中國文化學院影劇科主任、中央電影公司編審、中國話劇欣賞委員會副主任委員。寫作劇本二十餘部，多半未出版，現存者有《英雄美人》（1953）、《夢與希望》（1959）、《關關雎鳩》（1961）、《旋風》（1963）、《螢》（1965）等。

陳文泉（1921-），號建道，原籍安徽省懷寧縣，生於上海。戰時劇專畢業後來台，曾任康樂總隊戲劇科長、農教電影公司導演、政工幹校講師、台灣製片廠編導、世界新聞專科學校電影科副教授。戲劇作品有反共劇《還鄉記》（1954）、《音容劫》（1955）、《句踐與西施》（1959）、《寸草春暉》（1960）、《鸞鳳齊鳴》（1966）。

王生善（1921-2003），字孝先，湖南省益陽縣人。大陸戲劇專科學校畢業，美國堪薩斯大學戲劇研究所進修。曾執教於多所大學，任期最久的為中國文化大學影劇系。擅長導演及編劇，曾獲中國文藝協會文藝獎章、教育部最佳導演及編劇金鼎獎、中山文藝獎、廣播電視金鐘獎、國家文藝獎等。所編劇作繁多，以電視劇與舞台劇為主，舞台劇計有《魔劫》（1962台北正中書局）、《碧海青天》（1966台北精華書局）、《春暉普照》（1968自印）、《馬家寨》（1971台北正中書局）、《秀姑》（1972台北正中書局）、《長白山上》（1974台北台灣商務印書館）、《晨曦》（1977台北正中書局）、《兩代間》（1986台北中華文化劇團）及譯作《費黛兒》（1987台北台灣藝專）、《分疆恨》（1988台北中國文化大學）。

雷亨利（1923-83），湖北省漢川縣人。1945年畢業於南京國立劇專，曾任中

央青年劇社輔導委員、《和平日報》副刊主編。來台後，先後執教於政工幹校影劇系、國立藝專影劇科、世界新聞學院電影科及文化學院戲劇系等。劇作有《青年進行曲》（1951）及《農耕樂》、《罌粟花》、《海天孤憤》等。

徐天榮（1924-2009），筆名徐天活，江蘇省鎮江縣人。在鎮江高中畢業後曾擔任當地中心國小校長，因策畫抗日，爲佔領的日本憲兵逮捕，飽受酷刑，幸抗戰勝利，得獲自由。繼續入江蘇師範學院就讀，並主編《東南晨報》副刊。1949年隨軍來台，1953年就讀政戰學校影劇系，畢業後留校擔任講師，升副教授。後來又曾任中國文藝協會編劇研究班主任、華視訓練中心演員班策畫人、中華民國電影製片協會影視製作班班務委員召集人等。寫作以劇作爲主，曾獲中華文藝獎、教育部話劇最佳編劇獎、中華學術文藝戲劇獎。出版劇作有《血海花》（1955台北文藝創作社）、《更上一層樓》（1956台北文藝創作社）、《茶山風雨》（1958台北改造出版社）、《情天恨海》（1959台北改造出版社）、《潭水情深》（1958台北總政戰部）、《血影疑雲》（1960台北改造出版社）、《弄假成眞》（1962台北改造出版社）、《啼笑良緣》（1966台北菲律賓劇藝出版社）、《高山仰止》（1966台北改造出版社）、《大唐中興》（1967台北陸軍供應部）、《母與女》（1971台北中國戲劇藝術中心）、《謀殺者》（1971台北中國戲劇藝術中心）。

上官予（1924-2006），原名王志健，其他筆名有舒林、舒靈、林桓、林翎、石林等，山西省五寨縣人。大陸暨南大學中文系及台灣大學政治系畢業。曾任國民黨中央委員編審委員、文建會專門委員、國家文藝基金管理委員會總幹事、輔仁大學兼任教授等職。劇作有多幕劇《碧血丹心溉自由》（1952台北文藝創作社）、多幕劇《五百完人》（1953台北文藝創作社）、多幕劇《夜渡》（1956台北春雷出版社）、獨幕劇《夜來風雨》（1959台北正中書局）、多幕劇《荒漠明珠》（1962台北正中書局）及歷史劇集《寒鐘歌》（1989台北正中書局）等。

高前（1925-2007），原名高寶忠，河北省任邱縣人。南京市戲劇專科學校畢業，曾任國防部藝工總隊隊長、康樂中心副主任、電視編劇製作人、電台廣

播劇團團長等，經常為中廣、漢聲、復興、正聲等電台撰寫廣播劇本。曾獲文藝會多幕話劇獎、廣播劇金鐘獎、國軍新文藝金像獎、最佳編劇金鐘獎等。寫作以劇作為主，崇尚健康寫實，也就是走宣導路線。劇作有《鄭成功》（1950台北康樂月刊出版社）、《三隻鴨子》（1950台北康樂月刊出版社）、《再會吧！大陳》（1955台北康樂月刊出版社）、《外國月亮》（1956台北康樂月刊出版社）、《性本善》（1970台北藝工輔導社）、《傳統》（1971台北中國藝術出版社）、《她還會再來》（1991台北皇鼎文化出版社）、《戲劇出走》（1994台北縣立文化中心）。

　　丁衣（1925-），字克用，筆名尼羅，浙江省鄞縣人。上海東吳大學畢業，抗戰末期參加軍中演劇隊，1948年隨國防部演劇三隊來台，擔任演員及編導。劇作甚多，主要作品有《尼龍絲襪》（1952台北國防部總政治部）、《怒吼吧！祖國》（1953台北國防部總政治部）、《耕者有其田》（1954台北文藝創作社）、《光與黑的邊緣》（1955台北文藝創作社）、《和親睦鄰》（1956台北康樂月刊社）、《陽光普照》（1957台北康樂月刊社）、《光耀門庭》（1959台北康樂月刊社）、《父母親人》（1956台北康樂月刊社）、《天倫夢回》（1959台北康樂月刊社）、《松柏長青》（1956台北康樂月刊社）、《閣樓上》（1959台北台灣書店）、《父母心》（1962台北改造出版社）、《赤子心》（1962台北改造出版社）、《滿庭芳》（1962台北正中書局）、《陽春十月》（1962台北新中國出版社）、《暴秦記》（1968台北康樂月刊社）、《女兒心》（1971台北正中書局）、《風雨中的寧靜》（1977台北國防部藝術工作總隊）、《梅園春暉》（1977台北國防部藝術工作總隊）、《青山萬里》（1978台北國防部藝術工作總隊）、《將軍之子》（1983台北教育部）、《青天下》（1986台北教育部）、《洋鳳與土龍》（1988台北行政院文建會）、《台北寓言》（1989台北行政院文建會）、《兩地情結》（1991台北教育部）等，可謂多產劇作家。其劇作口語流暢、戲劇性強，適合助興演出，曾獲國軍新文藝銀像獎、教育部戲劇獎、中山文化基金會戲劇獎等。

　　這一個時期的演出多半配合國家的慶典節日，幾乎皆以國語演出，在國語

尚未完全普及的情形下自是難以深入民間。至於在獎金鼓勵下的劇作，爲了符合反共的宗旨，不免有矯情及任意編織的情形，都不太能切合歷史和社會的實況，更加遠離了寫實主義。又因爲政治的要求漢賊不兩立，人物善惡分明，忠奸立辨，無法塑造出豐厚複雜的性格或心理。這種種要求無形中侷限了創作者的藝術匠心和意圖，在戲劇美學上不易有所創立或突破。但是如果就反映社會的集體意志而論，那時候的反共劇作確也眞正顯示出台灣全體軍民反共衛土的集體意志，發揮了鼓舞士氣民心的力量。

此一時期，由於台灣本土的戲劇活動經「二二八事件」而摧折，大陸上的現代戲劇不斷演出，可以說初步襲取了大陸現代戲劇的「擬寫實主義」的風格。筆者對「擬寫實主義」的定義是「在外貌上形似於寫實主義的作品，但在創作方法上全不遵守『寫實主義』所要求於作者的方法與態度，事實上多半出之於浪漫主義的創作方法加上理想主義的思想內容。等而下之者，則是以寫實的美名來掩飾作品中藝術的粗糙和態度的虛僞。」（馬森 1985：352-353）

擬寫實主義的劇作在美學上的最大漏洞即是語言的不寫實，在方言如此複雜的中國社會，劇中人物都說一口流利的北京話，當然遠離了寫實的美學要求。其次，太過接近「佳構劇」的情節也非寫實主義美學所可容忍的。再加以作者潛意識中「文以載道」的傳統積習作祟以及民族主義與革命情懷的牽絆，在在都會扭曲寫實主義所要求於作者的純然客觀。舞台布景、燈光、化妝、服裝等也僅做到似實而非眞實。雖然中國劇人一意要模仿西方的寫實劇，但由於以上所舉的種種原因，不論在劇作上，還是在舞台演出上，和西方寫實劇的美學標準還有很長的一段距離。

從觀眾的立場而言，因爲習慣於東方劇場的非寫實傳統，雖然處在一個追求寫實的時代，但畢竟欠缺西方文藝復興後的「啓蒙」過程以及十九世紀的科學精神和實證主義的哲學背景，容易滿足於近似寫實的「擬寫實主義」作品，而不會對劇作家及舞台演出的寫實效果施加壓力，這也是使「擬寫實主義」作品得以在中國大陸及台灣流行一時的原因。

三、光復初期的詩

　　二度西潮帶來的現代主義，在台灣首先表現在現代詩的運動上，蓋現代詩在戰前的上海已有所表現，自大陸來台的詩人自然可以承接其遺緒，遇到台灣的再度西潮而獲得伸張發揮的良機。當日的現代詩人葉維廉曾說：

> 　　當歐美現代主義的極端實驗正走到窮途末路，正苦苦掙扎追求一個新的路向之際，在中國現代詩人群中，與歐美現代主義頗為相近的一種動向，業已逐漸做爆炸性的展張：中國詩人開始對傳統極端反抗，對各種因襲形式加以破壞和背棄，並企圖對歐美現代主義的各種實驗和運動（註：其間包括現象說〔Phenomenology〕、立體主義、意象派〔Imagism〕、表現主義〔Expressionism〕、達達主義、超現實主義、存在主義等）做一全面探討性的繼承；在某一角度看來，他們還特別強調「存在主義」中「情意我」（ego）世界的探索之重要。現代主義的蒞臨中國是一種新的希望，因為它很可能幫助我們思想界衝開幾是牢不可破的制度，而對世界加以重新認識，加以重新建立，但現代主義的姍姍來遲卻使中國詩人面臨一個頗為困惑的境況，他們的野心的遠征，他們在接收新的思想，在新的技巧的表現兩方面，目前都隱藏著無數極大的危機；使我們在慶幸中，不得不加以深切的考慮。（葉維廉 1986：33-34）

　　最先有所表現的是紀弦發起的「現代詩社」，不久即有「藍星」與「創世紀」追蹤其後。

　　1953年2月由上海來台的詩人紀弦創辦《現代詩》雜誌，開始發表台灣新詩人的現代作品。紀弦在創刊的〈宣言〉中說：「唯有向世界詩壇看齊，學習新的表現手法，急起直追，迎頭趕上，才能使我們的所謂新詩達到現代化。」（紀弦 1953）到了1956年1月，紀弦在台北又發起成立「現代詩社」，籌備委員有葉泥、鄭愁予、羊令野、羅行、楊允

《現代詩》雜誌

達、林泠、小英、季紅、林亨泰等九人，參與詩社的有八十三人，後來又陸續有十九人參加，成為當日最大的詩人團體。在成立大會上，紀弦宣布「現代詩」的六大信條：

一、我們是有所揚棄，並發揚光大地包容了自波特萊爾以降一切新興詩派之精神與要素的現代派之一群。

二、我們認為新詩乃橫的移植，而非縱的繼承，這是一個總的看法，一個基本出發點，無論是理論的建立與創作的實踐。

三、詩的新大陸之探險，詩的處女地之開拓，新的內容之表現，新的形式之創造，新的工具之發現，新的手法之發明。

四、知性之強調。

五、追求詩的純粹性。

六、愛國，反共，擁護自由與民主。（紀弦 1956）

除去第六條是當日的政治口號外，其他可視為三〇年代上海的現代派的遺緒。當時施蟄存創辦、主編的大型文學雜誌《現代》凝聚了一批傾向現代主義的作家，其中有詩人，也有小說家，紀弦（當時名路易士）也是其中之一（見第十八章）。不過那時候中國還沒有適宜現代主義的土壤，致使戴望舒、路易士等的現代詩曇花一現就被抗日戰爭以及後來左派詩人的大眾化詩歌截斷了，正如李歐梵談到中國「現代詩」的中斷時所說：「中日戰爭的爆發，致使中國現代文學藝術十年的成長戛然告終；詩只是例證之一。當東部城市被日軍佔據之後，大部分中國的現代作家被迫撤到後方鄉下。他們遭遇鄉村蕭條的景象，又兼受愛國意識的良心驅使、刺激，於是大部分詩人都有意地拋棄現代主義的實驗。此時此刻他們認為那是『象牙塔』，代之而起的儉樸、無產階級式的風格。」（李歐梵 1981：19）直到五〇年代的台灣跟著二度西潮的主流，現代詩才真正獲得發展的時機。所謂「橫的移植」，在戲劇與詩上表現得最為明確，中國的傳統中從未有口語對話的戲劇，同理，也從未有無韻的自由體的白話詩，說是「橫的移植」非不恰當。但是紀弦迎接二度西潮的心情太過急切，就

如陳序經在第一度西潮時提出「全盤西化」遭受阻力一樣,他所強調的「橫的移植」聽在具有保守心態的知識份子耳中,是非常難以入耳的,不但在文壇中引起廣泛的反感,即使同樣寫現代詩的詩人也有異議。「現代詩」的六大信條發表後一年,覃子豪就在其主編的《藍星詩選獅子星座號》(1957年6月20日)寫了一篇〈新詩往何處去?〉加以反駁,特別對「橫的移植」提出質疑說:「中國新詩應該不是西洋詩的尾巴,更不是西洋詩空洞的渺茫的回聲,而是中國新時代的聲音,⋯⋯若全部為橫的移植,自己將植根於何處?」(覃子豪1957)紀弦當然立刻反應。藍星方面,余光中、羅門等也都加入戰團,論戰持續一年之久。郭楓的觀察是「覃、紀論爭,覃子豪持守系統的主張,佐以西方詩史和詩人的論據,信念篤定,始終如一。紀弦則隨對方的批評,對自己的說法不斷做補充、修正、甚至整個翻轉到幾乎抄襲對方意見的地步,顯見其左支右絀前後矛盾的窘狀。到最後,覃子豪有理有據的直接出擊,讓紀弦不再寫反駁的『二十萬字、二百萬字』的長篇大論,低眉俯首,啞口無言;也讓喧譁已久的現代詩『論戰』,大錘敲下,眾音俱寂」(郭楓 2013a:70)。

紀弦(1913-2013),原名路逾,筆名路易士、章客、葦西、青空律,祖籍陝西省,生於河北省清苑縣。少年時代曾居住北京、揚州等地,1929年開始詩作。1933年畢業於蘇州美專,翌年自費出版《易士詩集》,同年在上海創辦《火山》詩刊,並為施蟄存的《現代》撰稿。後與杜衡合作出版《今代》文藝雜誌,組織星火文藝社。1936年與戴望

1977年,紀弦攝於舊金山西海岸。
圖片提供/路學舒

舒、徐遲合辦《新詩》月刊。抗戰爆發時在上海安徽中學任教,翌年避難香港,編輯《國民日報》副刊《新壘》,後進國際通訊社擔任日文翻譯。抗戰勝利後回上海,任教於聖方濟中學。1948年參與組織異端社,出版《異端》詩刊。為躲避紅禍,同年赴台灣,出任《平言日報》主筆及副刊《熱風》編輯,後任成功中學國文教師。1951年主編《自立晚報·新詩週刊》。1952年在台

北獨資創辦《詩誌》，翌年改名爲《現代詩》季刊，1956年發起成立現代派詩社。五〇年代紀弦也是寫反共詩的詩人，而且累累獲獎。有的資料說：「紀弦因抗戰時期留在南京任職於汪僞政府，來台後，不得不以反共姿態自保。」（郭楓 2012）或謂其曾任「僞軍事委員會委員長蘇北行營上校聯絡科科長，主持宣傳皇民文學」（史可正 2014）。六〇年代他先後發表〈新形式主義之放逐〉、〈我的現代詩觀〉、〈中國新詩之正名〉等文。1962年紀弦在眾多批評下宣布解散現代派，後來主張以「新自由詩」取代「現代詩」。1976年旅居美國至今。紀弦嘗自言：「我對詩有著宗教一般的情感，詩就是我的宗教……而我，是爲了詩而活。」（吳慶學 2010）但也有人認爲「紀弦是一個虛憍的狂人，他不願提來台之前的文學經歷，而永遠誇耀1950年代在台的詩活動。他把詩活動稱爲他的『人生之頂點與高潮』。對於自己的詩創作，他雖一貫地自我頌揚，卻排在頌揚的第二位。紀弦引以爲傲的，顯然是他的詩活動而非詩創作」（郭楓 2013b：8）。或謂其「權謀善變，貪慕虛榮，有些台灣現代詩論者竟把他的虛憍做作視爲特有詩人性格，眞的其妙莫名」（史可正 2014）。主要詩作有《易士詩集》（1934自印）、《行過之生命》（1935自印）、《愛雲的奇人》（1939自印）、《煩哀的日子》（1939自印）、《不朽的肖像》（1939自印）、《三十前集》（1945上海詩領土社）、《在飛揚的時代》（1951台北現代詩社）、《摘星的少年》（1954台北現代詩社）、《無人島》（1956台北現代詩社）、《飲者詩抄》（1963台北現代詩社）、《紀弦詩選》（1965台北光啓出版社）、《檳榔樹甲乙丙集》（1967台北現代詩社）、《檳榔樹丁集》（1969台北現代詩社）、《五八詩草》（1971自印）、《檳榔樹戊集》（1974台北現代詩社）、《晚景》（1985台北爾雅出版社）及詩論《紀弦詩論》（1954台北現代詩社）、《新詩論集》（1956高雄大業書店）、《紀弦論現代詩》（1970台北藍燈出版社）等。須文蔚認爲：

　　紀弦的詩在基調上，都是冷嘲的，反諷的；在本質上，都是反俗的，批判的。（須文蔚 2011）陳芳明說：

紀弦在現代詩理論方面，可以說是開風氣之先。在創作方面，他的大膽實驗與嘗試，也是最早的啟蒙者。（陳芳明2001）

在同一時期，由大陸來台的已有成績的詩人還有覃子豪和鍾鼎文，和紀弦被稱為新詩壇的三老。他們直接繼承了五四以後浪漫主義、現代主義，甚至於社會主義的一些影響。

覃子豪（1912-63，生平見第二十三章）來台後最重要的事蹟就是與鍾鼎文、余光中等組織藍星詩社。從1954年6月到1958年8月在《公論報》副刊主編《藍星詩週刊》，1957年後主編《藍星詩選》、《藍星季刊》。歷任中國青年寫作協會理事長、詩歌研究委員會主任委員等。他也曾參與五〇年代有關現代詩的論戰，出版過《詩的解剖》（1958）和《論現代詩》（1960）論集以及〈新詩向何處去〉的論文，對紀弦的「橫的移植」有所糾正。洛夫曾論他的詩「穩實而圓熟，明徹而含蘊」。在台主要詩作有《海洋詩抄》（1953台北新詩週刊社）、《向日葵》（1955藍星詩社）、《畫廊》（1962台北藍星詩社）及《覃子豪全集》三輯：包括詩、詩論、譯詩及其他（第一輯，1965；第二輯，1968；第三輯，1974覃子豪全集出版委員會）。郭楓對覃子豪的人和詩均推崇備至，他說：

> 覃子豪原本是謙遜而勇敢、柔韌而堅強、沉靜而熱情的人，他那從謙遜柔韌沉靜中產生的勇敢堅強熱情的浪漫，正是一個醇厚詩人的真實的浪漫。
> 覃子豪大陸時期的詩，包括從少年到留學到抗日及勝利後的各階段作品，可以發現，縱使各階段歷經著艱難困苦、寄身異國、戰爭殺伐、漂泊無定的各種境遇，生活折磨著他的肉體，他的心靈是明朗而自由的。他的詩，一片天機，毫不做作，情思無憂無懼自然的湧現。（郭楓2013a：76-77）

鍾鼎文（1914-2012），筆名番草，安徽省舒城縣人。上海中國公學政經系及日本京都帝大社會學科畢業，曾任上海復旦大學教授、國民大會代表、《聯合

報》及《自立晚報》主筆、世界詩人大會榮譽會長。在三〇年代，鍾鼎文曾在上海的《現代》雜誌上發表詩作，也可說曾經是現代派的一員。來台後曾獲第一屆及第三屆世界詩人大會傑出詩人獎。五〇年代初期，他曾與紀弦、覃子豪在《自立晚報》創刊《新詩週刊》，開啓台灣戰後的新詩運動，後又與覃子豪籌組藍星詩社，對台灣的新詩運動貢獻至偉。主要詩作有《三年》（1940安徽文化委員會）、《行吟者》（1951台北台灣詩壇）、《山河詩抄》（1956台北正中書局）、《白色的花束》（1956台北藍星詩社）、《雨季》（1967台中台灣省政府新聞處）、《乘雲》（附畫，1978台北國立歷史博物館）及詩論《現代詩往何處去》（1980台北世界藝術文化學院）等。

此外，光復初期還有幾位於抗戰時期或勝利後在大陸已開始或出版作品的詩人，與上列諸人可說是同輩者，例如葛賢寧、彭邦楨、李莎、鍾雷、上官予等。

葛賢寧（1908-61），江蘇省沭陽縣人。上海市中國公學畢業，曾在軍中擔任政治部主任。來台後曾任台灣省政府祕書、《文藝創作》雜誌總編輯、重光文藝出版社和中興文學出版社發行人等。寫作以詩及評論爲主。出版詩集有《海》（1933上海北新書局）、《荒村》（1934上海北新書局）、《常住峰的青春》（1950自印）、《霜葉》（1952台北中興文學出版社）、《鳳凰的新生》（1958台北中華文化出版事業委員會）。

彭邦楨（1919-2003），湖北省黃陂縣人。陸軍官校十六期畢業，巴基斯坦自由大學榮譽文學博士。曾任國防部新聞局少校參謀、高雄、左營軍中廣播電台科長、台長等。1969年退役，與辛鬱、羅行等創辦十月出版社，又與洛夫、羊令野等籌組詩宗社。1975年赴美，與美國女詩人梅茵・黛麗兒（Marion E. Darrell）結婚，並出任美國世界詩人資料中心主任。作品以詩爲主，曾出版《載著歌的船》（1953台北中興文學出版社）、《戀歌小唱》（1955高雄大業書店）、《花叫》（1974台北華欣文化中心）、《彭邦楨自選集》（1980台北黎明文化公司）、《清商三輯》（1986台北瑞德出版社）。

鍾雷（1920-，生平見本章小說一節），出版詩集有《生命的火花》（1951台北重光文藝出版社）、《在青天白日旗幟下》（1955台北中央文物供應社）、

《偉大的舵手》（1955台北文壇社）、《天涯詩草》（1972台北華實出版社）、《春之版圖》（1991台北華實出版社）、《拾夢草》（1997台北文史哲出版社）。

　　李莎（1924-93），原名李仰弼，其他筆名尚有伶丁、李放、楊碧、普楓、黎閃虹等，山西省垣曲縣人。山西省第一聯中畢業，來台後曾任最高法院書記官、主任、《創作月刊》詩欄主編。參加過紀弦的現代派，也曾與覃子豪合編過《自立晚報·新詩週刊》。所出版之詩集有《驪歌》（1945重慶商務日報文化信託部）、《太陽與旗》（1948南京正風圖書公司）、《帶怒的歌》（1951台北詩木文藝社）、《琴》（1956台北現代詩社）。

　　上官予（1924-，生平見本章戲劇一節）除寫詩外，並曾主編《帶槍者》詩刊及《今日新詩》月刊。曾獲中國文藝協會新詩獎、國家文藝獎、中山文藝獎等。出版詩作眾多，計有《海》（1945四川帶槍者詩社）、《創世紀》（1946四川帶槍者詩社）、《祖國在呼喚》（1951台北文藝創作社）、《戀曲》（1952台北中國詩社）、《殷紅的雪》（1953台北中華文藝獎金委員會）、《一夜路成》（1954台北音樂出版社）、《自由之歌甲乙集》（1955台北文壇社）、《旗手》（1965台北正中書局）、《千葉花》（1968台北台灣商務印書館）、《愛的暖流》（1979台北台灣商務印書館）、《上官予自選集》（1980台北黎明文化公司）、《春歸集》（1982台北台灣商務印書館）、《春至》（1985台北中央日報社）、《五月》（1986台北文史哲出版社）、《九歌》（1989台北文建會）、《春之海》（1992台北文史哲出版社）、《無色之春》（1994台北文史哲出版社）、《春之山》（1995台北文史哲出版社）。

四、光復初期的散文

　　第一度西潮下的新文學，受到西方文學的巨大衝擊，不論類別、形式、章法和主題，都多向西方取經，尤以戲劇與詩為甚。小說也不免多所師法西方的寫實主義和浪漫主義作品，後來再加上現代主義和後現代主義；但有些武俠和言

情說部仍保有了傳統小說的形貌。散文在西方則不易找到師法的對象，反倒維持了較多的傳統風格。從秦漢古文、中經南北朝駢文和唐宋八大家的篇章，到晚明小品、桐城派的襲古之作，代代大家林立，作品眾多，這一筆遺產實在非常豐厚，想要不繼承都難。因此，五四以降的散文，除了改用白話書寫以外，在精神上最能體現固有的傳統特色，並不遵循浪漫、寫實或現代、後現代這些西方的美學風尚。五四一代以散文名家的作者為數眾多，例如魯迅、周作人、朱自清、冰心、蘇雪林、葉紹鈞、俞平伯、梁實秋、徐志摩、林語堂等，有的筆鋒銳利、有的清新委婉、有的風趣幽默、有的古樸淡雅，各具特色，都堪稱大家。

散文方面在光復後最早是由大陸來台的幾個老作家（包括原籍台灣的在內）挑大梁，可說繼承五四一代的遺緒，並未中斷，像學人許壽裳、蘇雪林、梁實秋、洪炎秋、錢歌川、黎烈文、黎東方、報人曾虛白、翻譯家金溟若、小說家謝冰瑩、陳紀瀅、散文作家琦君、吳魯芹、思果、張秀亞、專欄作家何凡、言曦、柏楊等都寫了不少社會、文化評論以及或幽默、或優雅、或辛辣的散文與雜文，直追前代的成績，而且更加發揚光大。

許壽裳（1883-1948），浙江省紹興縣人。他是魯迅的同鄉與同學，與魯迅同時留學日本。他的另一位同學陳儀出任了光復後台灣的第一任行政長官，邀請他來台擔任台灣省的編譯館館長。他因為與魯迅關係密切，來台後寫了不少談論魯迅的文章。也因此之故，於1948年2月在家中被人殺死，當時警方說是竊盜殺人，但一般人認為他的死與他張揚親共的魯迅有關。

《歸鴻集》（1955台北暢流半月刊社）

蘇雪林（1897-1999，生平見第十三章）雖然不再寫小說，但是在學術研究之餘，散文仍然要寫的，特別是批評式的散文，例如因為看不慣現代詩，於是假借批評早期的現代詩人李金髮之名大事批評紀弦的現代派，同時與藍星詩社的覃子豪展開關於現代詩的筆戰。來台後的散文作品有《歸鴻集》（1955台北暢流半月刊社）、《三大聖

地的巡禮》（1957台中光啓出版社）、《一百朵薔薇》（1965台北皇冠出版公司）、《閒話戰爭》（1967台北文星書店）、《人生三部曲》（1967台北文星書店）、《眼淚的海》（1967台北文星書店）、《風雨雞鳴》（1977台北源成文化圖書供應社）、《靈海微瀾》三冊（1978-80台南聞道出版社）、《猶大之吻》（1982台北文鏡文化公司）、《蘇雪林散文選集》（1988天津百花文藝出版社）、《豚齋隨筆》（1989台北中央日報社）、《蘇雪林選集》（1989安徽文藝出版社）及回憶錄《浮生九四》（1991台北三民書局）等。

曾虛白（1895-1994），原名曾燾，字煦伯，後改爲虛白。江蘇省常熟縣人，爲小說《孽海花》作者曾樸之子。上海聖約翰大學畢業，早年與其父在上海創辦眞善美書店及《眞善美》雜誌，並曾任南京金陵女子大學中文系主任，軍事委員會第五部國際宣傳處處長。來台後曾任行政院新聞局副局長、中國廣播公司副總經理、國民黨中央改造委員會改造委員兼第四組主任、中央通訊社社長、新聞協會主任委員、政治大學新聞研究所主任、文化大學三民主義研究所教授等。作品以散文爲主，計有《西遊散記》（1955香港亞洲出版社）、《世變建言》（1969台北三民書局）、《屐痕心影》（1969台北三民書局）、《老兵記往》（1974台北華欣文化中心）、《晨曦漫步觸感》（1976台北華欣文化中心）、《檻外人言》（1977台北幼獅文化公司）、《上下古今談》（1978台北華欣文化中心）、《舊釀新焙》（1978台北文史哲出版社）、《聲楫中流集》（1981台北時報文化公司）及上中下三冊《曾虛白自傳》（1988聯經出版公司）。

梁實秋（1902-87，生平見第十七章），一面在師大執教，一面翻譯莎士比亞全集，同時爲遠東出版公司主編《英漢與漢英辭典》，仍繼續寫抗戰時期出名的幽默作品《雅舍小品》，一連出了四集（1949台北正中書局）。在台出版的有過去的舊稿，也有新作，是位多產的學者、作家，但是他的影響力在戰時已經表現，雖然持續受到讀者的歡迎，在台的作品卻並未超出過去舊作的水平而另有新意。除《雅舍小品》外，尚有《談徐志摩》（1958台灣遠東書局）、《清華八年》（1962台北重光出版社）、《秋室雜憶》（1963台北文星

書局）、《談聞一多》（1967台北傳記文學出版社）、《秋室雜文》（1969台北大林出版社）、《雅舍小品續集》（1974台北正中書局）、《槐園夢憶》（1974台北遠東書局）、《看雲集》（1974台北志文出版社）、《梁實秋札記》（1978台北時報文化出版公司）、《雅舍雜文》（1983台北正中書局）、《雅舍散文》（1985台北九歌出版社）、《雅舍談吃》（1985台北九歌出版社）、《雅舍散文二集》（1987台北九歌出版社）等。作爲學者，編有《英國文學選》，譯有小說多種。所譯《莎士比亞全集》（1967台北遠東書局）尤爲著稱。世紀末，台灣學者又在「台灣文學經典研討會」上把梁實秋的長銷作品《雅舍小品》拿來宣示一番，加上他續寫的同一系列，在海峽兩岸更有另一番風光：

　　《雅舍小品》初集三十四篇，寫於一九四〇至一九四七年間，主要發表於劉英士主編的《星期評論》及《時與潮副刊》、《世紀評論》、《國風》、《益世報・星期小品》等報刊上。開篇之作〈雅舍〉就顯示了個人風格，奠定了這一系列小品文的基調。他在文中雖然涉及抗戰時期的住房問題，卻能以灑脫的筆調、超然的情懷，把簡陋的生活當作藝術來享受，隨遇而安地玩味起簡中情趣。大陸評論家汪文頂就曾爲文推崇道：「這裡，生活的體驗已昇華爲審美的玩味，困苦的境遇已轉化爲觀賞的對象，從中表現出來的是一種審美體味對實用功能的克服超越，是一種隨緣賞玩、豁達自由的審美心態，是一種常人難以抵達的安時處順、優游自得的人生境界，頗有劉禹錫〈陋室銘〉、蘇東坡〈超然台記〉之風韻。」從〈雅舍〉文中，還可以讀出梁實秋用一種自謔的幽默，以看似輕鬆實則沉重的筆致，去尋求心理上的平衡和慰藉。他從幾個方面挖掘出「雅舍」之雅、之美，也將中國知識份子那種「清貧樂道」的精神面貌，以沾染著莊禪風味的氣息從「雅舍」中流瀉出來。……
　　不過，《雅舍小品》獲得讀者的熱烈回響並不是在它發表的當時，而是自在1949年底，系列文章由台北正中書局結集出版後的五〇年代。……
　　梁實秋晚年力作，首推《雅舍小品》續集、三集和四集，這三集共收一〇九

篇作品，連同初集的三十四篇，於1986年5月出版合訂本。這一年11月底，他獲中國時報特別貢獻獎，可說是實至名歸。前後期的《雅舍小品》有一以貫之的精神格調，也有風格變化。鄭明娳就曾指出：初集幽默、婉諷兼而有之，至二、三、四集越到最後，諷刺批評越少，隨感錄性質越形顯著。試比較初集的〈中年〉和續集的〈老年〉，雖然同寫安時處順、隨緣適意的人生情懷，但對人生的體悟，確有境界的差別，前者帶點矜持自賞的優越感，後者則到達明心見性、從容自在的人生境地；在文調上，二者都是夾敘夾議、莊諧並出，但〈中年〉筆鋒較露，不夠含蓄，〈老年〉則節約古樸，達到爐火純青的化境。……

八○年代中期以來，大陸各地掀起了閱讀梁實秋散文的熱潮，讀者和評論家以實際行動洗刷了長期以來中共政權對梁實秋不公平的待遇。1940年初，梁實秋準備隨「國民參政會華北慰問團」赴延安，毛澤東明確表示他是不受歡迎的人；1942年，毛澤東又在〈在延安文藝座談會上的講話〉中點名批判，將他定為資產階級文學的代表；「文革」前的十七年中，他的名字始終是和「喪家的資本家的『乏』走狗」（魯迅語）釘在一起的。但歷史總會扭轉，它總有平反、公正的一天。八、九○年代出版的文學史論著，已逐漸發展一套新的史觀。……

截至目前，大陸出版的梁實秋散文、評論、紀念性文章、傳記等，高達二十餘種，其中有多種在各大城市被列為暢銷書，形成一股不小的「梁實秋熱」，有論者深入研究這種發人深省的「雅舍小品現象」。這也印證了真正優秀的作品，具有超越時空的藝術魅力。（陳信元1999：321-326）

洪炎秋（1899-1980），原名洪槱，筆名芸蘇，台灣省彰化縣人。北京大學教育系畢業，曾於多所大學執教。1946年返台，出任台中師範學校校長、國語日報社長、台大中文系教授、立法委員等。散文以風趣幽默見長。出版散文集有《閒人閒話》（1948台中中央書局）、《雲遊雜記》（1959台中中央書局）、《廢人廢話》（1964台中中央書局）、《又來廢話》（1966台中中央書局）、

《茶話》十冊（與何凡、子敏合著，1966-72台北國語日報社）、《教育老兵談教育》（1968台北三民書局）、《忙人閒話》（1968台北三民書局）、《淺人淺言》（1971台北三民書局）、《閒話閒話》（1973台北三民書局）、《常人常談》（1974台中中央書局）、《洪炎秋自選集》（1975台北黎明文化公司）、《老人老話》（1977台中中央書局）、《語文雜談》（1978台北國語日報社）、《閒話與常談》（1996彰化縣立文化中心）等。

錢歌川（1903-90），原名錢慕祖，筆名味橄、錢戈船，字號苦瓜散人，湖南省湘潭縣人。日本東京文科大學畢業，並曾赴英進修。三○年代初任上海中華書局編輯兼《新中華》雜誌主編，後任武漢大學教授。勝利後曾任駐日代表團主任祕書。來台後，出任台灣大學文學院長及成功大學、海軍官校、陸軍官校教授。1964年後任教於南洋及新加坡大學。退休後遷居美國。散文常藉國外的生活經驗，檢討國內社會的狀況，文字力求詼諧。主要作品有《北平夜話》（1935上海中華書局）、《詹詹集》（1935上海中華書局）、《流外集》（1936上海中華書局）、《偷閒絮語》（1943重慶中華書局）、《巴山隨筆》（1944重慶中華書局）、《游絲集》（1948上海中華書局）、《淡煙疏雨集》（1952台北晨光出版社）、《三台遊賞錄》（1953高雄大眾書局）、《玫瑰花魂》（1956高雄大業書局）、《竹頭木屑集》（1956台北開明書店）、《狂瞽集》（1964台北文星書店）、《搔癢的樂趣》（1964台北文星書店）、《罕可集》（1965台北文星書店）、《詼諧小品》（1967高雄大眾書局）、《幽默文選》（1967高雄大業書局）、《蟲燈纏夢錄》（1970台北雲天書店）、《秋風吹夢錄》（1976台北開明書店）、《客邊瑣話》（1976台北開明書店）、《籬下筆談》（1978台北開明書店）、《錢歌川散文集》（1981台北四季出版公司）、《浮世百相》（1986台北開明書局）、《苦瓜散人自傳》（1986香港香江出版社）、《雲容水態集》（1986香港三聯書店）、《錢歌川文集》（1988瀋陽遼寧大學）、《也是人生》（1996上海上海書店）、《錢歌川散文選集》（2004天津百花文藝出版社）等。散文外，也從事翻譯。

黎烈文（1904-72），筆名亦曾、六曾、林取等，湖南省湘潭縣人。法國第

戎大學畢業，巴黎大學文學碩士。曾在上海商務印書館擔任編輯，並主編《申報·自由談》。1937年與魯迅、茅盾等組織譯文社，並主編《中流》半月刊，創辦改進出版社。1946年來台，任《新生報》副社長及總主筆、台灣大學外文系教授。黎烈文以翻譯聞名，例如曾譯法文小說羅狄之《冰島漁夫》、斯湯達爾之《紅與黑》、巴爾札克之《鄉村醫生》、莫泊桑之《脂肪球》等，均甚有名。散文作品有《崇高的母性》（1937上海文化生活出版社）、《勝利的曙光》（1941重慶烽火社）、《藝文談片》（1965台北文星書店）等。

金溟若（1905-70），原名金志超，浙江省瑞安縣人。浙江省立十中及上海大學畢業，曾受教於朱自清，並與魯迅有所往來。在大陸時曾在世界書局任職，來台後任教於台北市一女中，並一度主編《大眾日報副刊》。除譯作外，散文集有《自己話·大家話》（1965台北自由太平洋文化公司）、《出了象牙之塔》（1968自印）、《金溟若散文集》（1977台北牧童出版社）、《人間味》（1986台北圓神出版社），並有短篇小說集《白癡的天才》（1974台北晨鐘出版社）。

謝冰瑩（1907-2000，生平見第十五章）與蘇雪林篤信天主教的右翼思想不同，在大陸時因為從軍的關係，多少帶點革命氣息，但是在台灣反共的意識形態下不得不改變態度，或深藏不露，散文繼續其原有的浪漫情懷，而且多寫遊記篇章。到台灣以後出版有《在日本獄中》（1953台北遠東圖書公司）、《愛晚亭》（1954台北三民書局）、《綠窗寄語》（1954台北三民書局）、《我的少年時代》（1955台北正中書局）、《菲島記遊》（1957台北力行出版社）、《故事》（1959台北力行出版社）、《馬來亞遊記》（1961台北海潮音月刊社）、《冰瑩遊記》（1966台北新陸書局）、《作家印象記》（1967台北三民書局）、《夢裡的微笑》（1967台中光啓出版社）、《我的回憶》（1967台北三民書局）、《海天漫遊》（1968台北三民書局）、《生命的光輝》（1971台北三民書局）、《舊金山的霧》（1974台北三民書局）、《冰瑩書柬》（1975台北力行出版社）、《抗戰日記》（1981台北東大圖書公司）、《給青年朋友的信》（1981台北東大圖書公司）、《謝冰瑩散文集》（1982台北金文圖書公

司）、《我在日本》（1984台北東大圖書公司）、《觀音蓮》（1985台北大乘精舍）、《冰瑩書信》（1991台北三民書局）、《冰瑩憶往》（1991台北三民書局）等。

杜衡（1907-64，生平見第十五章），三〇年代在大陸以蘇汶之名曾以介於左右兩派間的「第三種人」自命，提倡「文藝自由論」，引發論爭，受到魯迅及瞿秋白的批評，已經聞名文壇。1949年隨《中央日報》撤退到台灣，先後曾任《徵信新聞》、《聯合報》、《新生報》、《大華晚報》等的主筆。除在大陸出版的現代派小說外，在台灣有散文集《免於偏見的自由》（1965台北文星書店）、《杜衡選集》（1989台北智燕出版社）。

唐魯孫（1907-85），滿族鑲紅旗人，原名他塔拉葆森，筆名香莊、蘊光、寤涼、機泉宦等，籍貫北京市。北平財政商專畢業，曾於財政部印刷局任職。來台後歷任農漁委員會管理師、台灣省菸酒公賣局祕書、廠長、文建會研究專員等職，並曾任教於東海、輔仁等大學。散文作品以飲食為主，兼及歷史、民俗、掌故等。著有《南北看》（1976台北大地出版社）、《中國吃》（1976台北大地出版社）、《天下味》（1977台北皇冠出版公司）、《故園情》（1978台北時報文化公司）、《老古董》（1980台北大地出版社）、《酸甜苦辣鹹》（1980台北大地出版社）、《大雜燴》（1981台北大地出版社）、《什錦拼盤》（1982台北大地出版社）、《說東道西》（1983台北大地出版社）、《中國吃的故事》（1983台北漢光文化公司）、《嘗盡天下味》（1983香港健華出版社）、《老鄉親》（1988台北大地出版社）、《唐魯孫談吃》（1988台北大地出版社）。

黎東方（1907-98），河南省正陽縣人。法國巴黎大學博士，在大陸時曾任中央、中山、東北、貴州等大學教授，並赴美，任佛蒙特、堪薩斯、威斯康辛、加州大學等校訪問教授，返台後任教於中國文化大學歷史學系。專精史學與哲學，亦有散文作品：《平凡的我》（1963台北文星書店）、《黎東方詩文自選集》（1977台北華欣文化公司）、《法蘭西的小城及其他》（1983台北中國文化大學出版部）及傳記《蔣公介石序傳》（1976台北聯經出版公司）。

陳紀瀅（1908-97，生平見本章小說一節）在小說作品外尚出版有散文集《寄海外寧兒》（1950台北重光文藝出版社）、《夢真記》（1951台北文物供應社）與遊記《歐遊剪影》（1950台北中央日報社）、《美國訪問》（1964台北重光文藝出版社）、《歐洲眺望》（1968台北重光文藝出版社）、《西德小駐》（1968台北重光文藝出版社）、《瞭解琉球》（1969台北台灣商務印書館）等。

　　何凡（1910-2002），原名夏承楹，江蘇省江寧縣人，生於北平市，爲林海音夫婿。北平師範大學外語系畢業，曾任北平《世界日報》、《華北日報》及《北平日報》編輯。1948年來台後任國語推行委員會專門委員、《國語日報》總編輯、總主筆、董事、社長、發行人等職。也曾任《文星》雜誌主編及《聯合報》主筆。1953年起爲《聯

何凡（1910-2002）　　圖片提供／文訊

合報副刊》撰寫「玻璃墊上」專欄長達三十餘年。對台灣的社會現象、庶民生活多所著墨，言之有物，對社會風氣發生一定的影響力。除《何凡文集》（專欄）二十六冊，尚有散文作品《不按牌理出牌》（1963台北文星書店）、《三疊集》（1964台北台灣學生書局）、《名人名事》（1964台北五洲出版社）、《談言集》（1964台北台灣學生書局）、《一心集》（1964台北純文學出版社）、《如此集》（1965台北純文學出版社）、《這般集》（1965台北純文學出版社）、《茶話》十冊（與洪炎秋、子敏合著，1966-71台北國語日報社）、《伍風集》（1969台北純文學出版社）、《十雨集》（1969台北純文學出版社）、《夜讀雜記》（1969台北三民書局）、《磊磊集》（1971台北純文學出版社）、《落落集》（1971台北純文學出版社）、《何凡遊記》（1974台北純文學出版社）、《人生於世》（1979台北純文學出版社）、《何其平凡》（2003台北三民書店）等。

喬治高（1912-2008），原名高克毅，原籍江蘇省江寧縣，出生於美國密西根州安阿伯市。三歲返中國，燕京大學畢業後赴美進修，獲密蘇里大學新聞學碩士及哥倫比亞大學國際關係碩士。三〇年代任上海英文《大陸報》及《中國評論》週報美國特約通訊員。常為《宇宙風》、《西風》等雜誌撰稿。抗日戰爭時期先後在紐約主編《戰時中國》月刊，任舊金山《華美週報》主筆、華盛頓「美國之音」中文部副主任。曾任香港中文大學客座高級研究員，創辦《譯叢》雜誌。1983年退休後移居美國。他的散文多寫美國的風土人情及詮釋通俗美語，行文幽默風趣，作品有《紐約客談》（1964台北文星書店）、《美語新詮》（1970台北仙人掌出版社）、《金山夜話》（1973台北純文學出版社）、《吐露集》（1981台北時報文化出版公司）、《聽其言也》（1983台北純文學出版社）、《鼠咀集》（1991台北聯合文學出版社）、《一言難盡》（2000台北純文學出版社）、《美語新詮——海外噴飯錄》（2002香港明窗出版社）、《美語新詮——美國人自說自話》（2002香港明窗出版社）、《美語新詮——玫瑰的聯想》（2002香港明窗出版社）、《總而言之》（2002台北九歌出版社）、《恍如昨日》（2003香港天地圖書公司）。

　　夏元瑜（1909-95），筆名老蓋仙，浙江省杭州市人。北平師大附中、師範大學生物系畢業，留學日本攻讀動物學。1947年來台，任新竹檢驗局分局長。一年後辭職，從事動物標本製作。1969年起任教於文化大學。1970年代開始為報章撰寫說古道今的風趣文章，頗受讀者歡迎，曾在《中國時報》開「古今往來」專欄。因為知識廣博、言詞風趣，贏得「老蓋仙」的稱號。作品有《老生閒談》（1975台北純文學出版社）、《老生再談》（1976台北純文學出版社）、《以蟑螂為師》（1976台北時報文化公司）、《青山獸跡》（1977台北遠流出版公司）、《談笑文章》（1977台北時報文化出版公司）、《萬馬奔騰》（1978台北九歌出版社）、《流星雨》（1978台北九歌出版社）、《生花筆》（1979台北九歌出版社）、《昇天記》（1979台北九歌出版社）、《馬後砲》（1980台北九歌出版社）、《百代封侯》（1980台北九歌出版社）、《千年古雞今日啼》（1981台北九歌出版社）、《夢裡乾坤》（1982台北九歌出版

社）、《弘揚飯統》（1983台北九歌出版社）、《現代人的接觸》（1984台北九歌出版社）、《金鼎夢》（1985台北九歌出版社）、《龍騰虎躍》（1986台北九歌出版社）、《大漠尋龍》（1988台北九歌出版社）、《東西財神來報到》（1991台北健行文化出版公司）、《時來運不轉》（2000杭州浙江文藝出版社）、《蓋天蓋鬼蓋人間》（2003台北九歌出版社）、《老蓋仙的花花世界》（2005台北九歌出版社）等。

孫觀漢（1914-2005），浙江省紹興縣人。浙江大學畢業後以清華公費生的名義赴美，獲匹茲堡大學碩、博士學位，擔任密西根大學鳳凰實驗室及國際原子總署顧問，並曾任西屋公司核子研究室主任及台灣清華大學原子能研究所顧問。在柏楊繫獄期間，對拯救其出獄不遺餘力。六○年代開始寫作，文風頗受柏楊影響，但不取其辛辣、尖刻。

孫觀漢（1914-2005）
圖片提供／文訊

出版散文作品有《榮園懷台雜思》（1967台北平原出版社）、《榮園裡的心痕》（1979台北遠景出版公司）、《關懷與愛心》（1979台北星光出版社）、《榮園拾愛》（1981台北星光出版社）、《有心的地方》（1982台北九歌出版社）、《我看中國女人》（1983台北九歌出版社）、《智慧軟體》（1985台北九歌出版社）、《迷你思感》（1985台北星光出版社）、《日本能，中國不能》（1985台北林白出版社）、《美國能，中國也能》（1987台北林白出版社）、《拜驢為師》（1988台北駿馬出版社）、《互吃口水》（1990台北林白出版社）、《非人世界》（1992台北林白出版社）。

宣建人（1914-2008，生平見本章小說一節），散文作品不少，主要有《抒情集》（1950高雄大江出版社）、《綠窗集》（1956台北正中書局）、《情感的春天》（1969台北水芙蓉出版社）、《玫瑰之歌》（1975台北彩虹出版社）、《心靈之花》（1978台北彩虹出版社）、《智慧之光》（1981台北彩虹出版社）等。

楊乃藩（1915-2003），筆名任堅、耐煩、永亮、甜記者等，上海市人。上海大夏大學教育學院畢業，曾任中學教員。1946年來台後先後任台灣編譯館編審兼主任祕書、台灣糖業公司主任祕書、《中國時報》社長及總主筆。曾主編台灣光復後第一套國民小學國語教科書。獲嘉新文學獎、曾虛白新聞獎、吳舜文新聞評論獎等。散文作品有《環遊見聞》（1960自印）、《津津小品》（1969自印）、《百方集》（1972自印）、《遊展天涯》（1972自印）、《壘塊集》（1975台北華欣文化中心）、《聚晶集》（1976台北四季出版公司）、《苜蓿集》（1976台北揚名出版社）、《行蹤三十年》（1976台北慧龍出版公司）、《煙雲瑣語》（1976台北源成文化圖書供應社）、《美國雜碎》（1977台北時報文化出版公司）、《工商錦囊》（1977台北時報文化出版公司）、《環遊見聞——歐洲之部》（1978台北九歌出版社）、《出國旅行漫談》（1979台北星光出版社）、《長話短說》（1980台北文坊出版社）、《一髮青山》（1980台北九歌出版社）、《灰色之癢》（1982台北時報文化出版公司）。

劉心皇（1915-96），筆名衣魚、明園、星朗、高天等，河南省葉縣人。武昌中華大學教育系畢業，在大陸曾任教育館長、鄭州《通俗日報》副刊主編、《民報》社長、葉縣參議員。1949年來台後曾任國大代表、《幼獅文藝》主編，並曾與友人合辦群力出版社。創作有散文、小說及整理文學史料多部。散文集有《輝河集》（1936河南中原文藝社）、《揮不掉的影子》（1953台北人間書屋）、《島上集》（1954台北人間書屋）、《人間隨筆》（1958台北人間書屋）、《夢與現實》（1960台北人間書屋）、《春華秋實》（1966台中亞洲文學社）、《生之歌》（1968台北人間書屋）、《青春之獻》（1968台北人間書屋）、《浮世繪》（1968台北人間書屋）、《生命的燈》（1968台北人間書屋）、《播種集》（1968台北人間書屋）、《悟廬閒筆》（1969台北大力書店）、《帝王生活的另一面》（1977台北聯亞出版社）、《民初名人的愛情》（1978台北名人出版社）、《書海風雲》（1978台北慧龍出版社）、《劉心皇自選集》（1979台北黎明文化公司）等。另有長篇小說《柴園裡》（1937河南中原文藝社）、《春風新曲》（1973台中台灣省新聞處）、短篇小

說集《血，印在雪地上》（1951台北群力出版社）、《中俄血債》（1952台北人間書屋）、《蘭娜》（1954台北中央文物供應社）、《在烽火裡》（1954台北中央文物供應社）、《生命的潛力》（1955台北中華書局）、《保護色》（1956高雄慶芳書局）。文論及文學史料《抗戰文學論》（1939漢口抗敵週刊社）、《讀書雜寫》（1947台北人間書屋）、《郁達夫與王映霞》（1962台北暢流半月刊社）、《文壇往事辨偽》（1963自印）、《從一個人看文壇說謊與登龍》（1963自印）、《徐志摩與陸小曼》（1965台北暢流半月刊社）、《弘一大師新傳》（1965台北人間書屋）、《現代中國文學史話》（1971台北正中書局）、《抗戰時期淪陷區文學史》（1980台北成文出版社）、《蘇曼殊大師新傳》（1984台北東大圖書公司）、《抗戰時期淪陷區地下文學》（1985台北正中書局）、《魯迅這個人》（1986台北東大圖書公司）、《徐志摩婚姻情愛卷》（1986台中晨星出版社）、《郁達夫的愛情悲劇》（1986台中晨星出版社）、《抗戰時期的文學》（1995台北國立編譯館）等。

言曦（1916-79），原名邱楠，字南生，筆名言曦，江西省南昌市人。美國波士頓大學肄業，在大陸時曾任中央設計局專員、中國駐蘇聯軍事代表團團員、東北行轅政治委員會祕書。1949年來台後歷任中國廣播公司節目部主任、政大及台師大兼任教授、行政院新聞局副局長、《中國時報》主筆、《時報週刊》海外版發行人等職。作品以散文為主，多半是為報章所開的專欄，思路明晰，筆力雄健，曾批評台灣的現代詩而引起與詩人的論戰。主要作品有《思印集》（1961台北文星書店）、《言曦散文全集》（1975台北中華書局）、《世緣瑣記》（1977台北爾雅出版社）、《騁思樓隨筆》（1978台北時報文化出版公司）。

蕭傳文（1916-99，生平見本章小說一節）的散文多寫個人的生活及感想，計有散文集《鄉思集》（1953台北正中書局）、《夜行集》（1959香港亞洲出版社）、《海上行》（1965台北正光出版社）、《海外遊蹤》（1976台北國家出版社）、《山與湖》（1982台中光啓出版社）、《文學之旅》（1986台北東大圖書公司）、《鄉思樹》（1986台北書評書目出版社）、《蕭傳文自選集》（1987台北黎明文化公司）、《向自己挑戰》（1995台北一葦國際公司）、

《美國、陽光、笑語》（1995台北一葦國際公司）、《情趣生活》（1995台北一葦國際公司）、《山水情懷》（2000台北正中書局）等。

葉曼（1916-），原名劉世綸，原籍湖南省湘陰縣，生於北京市。北京大學經濟系畢業。1943年隨夫婿赴美國、日本、菲律賓，1956年來台，曾任輔仁大學哲學系副教授、《婦女》雜誌主編。後定居美國。篤信佛教，任世界佛教友誼會副會長。出版有散文集《葉曼隨筆》（1964台北文星書店）、《葉曼散文集》（1969台北仙人掌出版社）、《春到南天》（1969台北三民書局）、《葉曼信箱》（1979台北老古出版社）、《世間情》（1991台北勝飛出版公司）、《葉曼拈花》（1992台北圓神出版社）、《葉曼講阿彌陀經》（1992台北圓神出版社）、《葉曼講般若心經》（1992台北圓神出版社）、《葉曼答客問》（1999台北圓神出版社）。

琦君（1917-2006），原名潘希眞，浙江省永嘉縣人。杭州之江大學中文系畢業。1949年來台後曾任司法行政部編審科長、中國文化學院副教授、中央及中興大學教授。她的散文自然流暢、秀外慧中，以母愛、懷舊與家庭生活爲主，是當時女性散文的代表作家。曾獲中國文藝協會散文創作獎、中山文藝散文獎、國家文藝獎等。作品有《溪邊瑣語》（1962台北婦友社）、《紅紗燈》（1962台北三民書局）、《琦君小品》（1966台北三民書局）、《煙愁》（1963台北書評書目出版社）、《三更有夢書當枕》（1975台北爾雅出版社）、《桂花雨》（1976台北爾雅出版社）、《細雨燈花落》（1977台北爾雅出版社）、《讀書與生活》（1978台北東大圖書公司）、《千里懷人月在峰》（1978台北爾雅出版社）、《與我同車》（1979台北九歌出版社）、《留予他年說夢痕》（1980台北洪

琦君（1917-2006）
圖片提供／文訊

《溪邊瑣語》（1962 台北婦友社）

範書店）、《母心似天空》（1981台北爾雅出版社）、《燈境舊情懷》（1983台北洪範書店）、《水是故鄉甜》（1984台北九歌出版社）、《此處有仙桃》（1985台北九歌出版社）、《玻璃筆》（1986台北九歌出版社）、《琦君讀書》（1987台北九歌出版社）、《我愛動物》（1988台北洪範書店）、《青燈有味似兒時》（1988台北九歌出版社）、《淚珠與珍珠》（1989台北九歌出版社）、《母心‧佛心》（1990台北九歌出版社）、《一襲青衫萬縷情》（1991台北爾雅出版社）、《媽媽銀行》（1992台北九歌出版社）、《萬水千山師友情》（1995台北九歌出版社）、《母親的書》（1996台北洪範書店）、《永是有情人》（1998台北九歌出版社）、《琦君散文選》（2000台北九歌出版社）、《母親的金手錶》（2002台北九歌出版社）、《夢中的餅乾屋》（2002台北九歌出版社）。我們引用王晉民主編的《台灣當代文學史》中的話來看大陸的評論家如何看待琦君的散文：

> 情真意切，淡雅自然，是琦君散文的主要特徵之一。她認為「好的文章必須做到：一、平易近人；二、淨化；三、蘊藉；四、真摯」。她坦率地說自己每一篇文章「都是從心中流出，而不是由腦子勉強運用文字技巧編織而成的」。……採用抒情與敘事相結合的方法，是琦君散文的另一個特點。她往往是在敘述事情之中，讓感情通過敘事自然而然地流露出來。……布局多樣，聯想豐富，是琦君散文的又一個藝術特點。……琦君具有比較深厚的古典詩詞的修養，善於在散文中創造詩的意境，她常常在文章內，著意嵌入古典佳句和先哲的警語，與她文中的情懷十分合拍，因而使作品耐人尋味，更富藝術感染力。（王晉民1994：722-723）

孫如陵（1917-2009），筆名仲父，貴州省思南縣人。中央政治學校新聞系畢業。1950年來台後曾任國大代表、《中央日報》主任及副刊主編。主要作品為報章專欄集成之散、雜文，計有《寫作與投稿》（1964自印）、《斗方集》（1965台北四季出版公司）、《一根火柴》（1966台北台灣商務印書館）、

《字牧集》（1968台北立志出版社）、《墨趣集》（1969台北三民書局）、《抓住就寫》（1972台北中國文選出版社）、《方塊百篇》（1978台北中國文選出版社）、《方塊佰篇》（1986自印）、《墨趣集》（1995台北三民書局）。

徐鍾珮（1917-2006），筆名余風，江蘇省常熟縣人。中央政治學校新聞系畢業，曾任職於中央宣傳部國際宣傳處、南京《中央日報》記者、駐英特派員、國大代表等。作品以散文為主，大都寫在國外的所見所思，尤以英倫為主，類似報導文學。計有《英倫歸來》（1948南京中央日報社）、《倫敦和我》（1948南京中央日報社）、《我在台北》（1951台北重光文藝出版社）、《多少英倫舊事》（1964台北文星書店）、《靜靜的倫敦》（1970台北仙人掌出版社）、《追憶西班牙》（1976台北純文學出版社）、《我在台北及其他》（1986台北純文學出版社）、《觀光與觀光客》（1993武漢長江文藝出版社）等。

童世璋（1917-2001），筆名童言、童言無忌，湖北省武昌市人。中央軍校十六期、高教班八期、革命實踐研究院十三期、政工幹校政治作戰班一期畢業。1949年來台後曾出任空軍官校科長、副處長、教官、國防部總政治部副組長、台灣省新聞處科長、主任等職。作品以散、雜文為主，兼及小說，筆鋒明快，不乏幽默。散文集有《寸草集》（1955台北紅藍出版社）、《多刺集》（1957台北文壇社）、《星辰集》（1968台北新中國出版社）、《品茶集》（1969台北皇冠出版公司）、《新綠集》（1971台北皇冠出版公司）、《燃燒的靈魂》（1976台北源成文化圖書供應社）、《人生探索》（1978台中弘業文化公司）、《情文情話》（1979台中學人文化公司）、《童世璋自選集》（1980台北黎明文化公司）、《煙雨浮雲》（1980台中學人文化公司）、《凌雲遨遊》（1980台北學人文化公司）、《生活小唱》（1982台北新生報社）、《振蕩集》（1982台北黎明文化公司）、《品味集》（1986台中台灣省訓團）、《小吃的藝術與文化》（1986台北文建會）、《波沉》（1991台中市立文化中心）。

林海音（1918-2001，生平見本章小說一節）在小說外兼寫散文及兒童文學。

散文集有《作客美國》（1966台北文星書店）、《兩地》（1966台北三民書局）、《窗》（與何凡合著，1972台北純文學出版社）、《芸窗夜讀》（1982台北純文學出版社）、《剪影話文壇》（1984台北純文學出版社）、《家住書坊邊》（1987台北純文學出版社）、《一家之主》（陳怡之圖，1988台北純文學出版社）、《林海音散文》（1988香港香江出版社）、《隔著竹簾兒看見她》（1992台北九歌出版社）、《寫在風中》（1993台北純文學出版社）、《生活者‧林海音》（1994台北純文學出版社）、《雙城集》（與何凡合著，1996南京江蘇文藝出版社）、《靜靜的聽》（1996台北爾雅出版社）、《穿過林間的海音》（2000台北格林文化公司）、《英子的鄉戀》（2003台北九歌出版社）等。

吳魯芹（1918-83），原名吳鴻藻，字魯芹，上海市人。武漢大學外文系畢業，曾擔任武漢大學及貴州大學英文教員。1949年來台後曾執教於台灣師範大學、淡江大學、台灣大學、政治大學等校，並曾擔任美國新聞處顧問。1962年赴美，任教於美國密蘇里大學，1979年退休。他的散文幽默風趣，知識廣博，名重一時。去世後，他的朋友設立「吳魯芹散文獎」以紀念他的成就。主要作品有《美國去來》（1953台北新文學出版社）、《雞尾酒會及其他》（1957台北文學雜誌社）、《師友‧文章》（1975台北傳記文學出版社）、《瞎三話四集》（1979台北九歌出版社）、《餘年集》（1982台北九歌出版社）、《台北一月》（1983台北聯經出版公司）、《文人相重》（1983台北洪範書店）、《暮雲集》（1984台北洪範書店）、《吳魯芹散文選》（1986台北洪範書店）、《無涯樓夢鈔》（2006台北九歌出版社）。齊邦媛說：

　　吳魯芹的散文多是性情文章，問世甚早卻因擱筆二十年而成名甚晚，但已被文壇肯定有傳世價值。他對西方現代文學的評介，重視作家風格，也極值得推崇。魯芹無論寫小品文或評論都持有一種積極的、恢弘的態度。如《文人相重》一書，書名已說明他對文人形象的關心。在〈楔子〉中已大聲地說：「文人相重，自古已然！」由我國的李杜、元白的相親相重到西方許多作家間生死

不渝的知音之情。他心中想著的是文章千古事和文人典範，並非是遣興的遊戲
筆墨也。（齊邦媛1984）

　　思果（1918-2004），原名蔡濯堂，另有筆名挫堂、方紀谷，江蘇省鎮江縣
人。幼年入私塾及南京中央大學實驗小學。讀完初中一年級即輟學，以後全靠
自學。1942年開始向報章雜誌投稿。1949年赴香港，曾任香港工業總會及科
學管理協會編輯、《讀者文摘》中文版編輯、香港中文大學翻譯中心訪問研究
員。1971年遷居美國，專事寫作、翻譯，以散文為主，談人生、談文學，因
為是天主教徒，具有宗教意識，他的作品多在台灣出版。有《私念》（1956
香港亞洲出版社）、《沉思錄》（1957台中光啟出版社）、《藝術家肖像》
（1959台北亞洲出版社）、《河漢集》（1962香港高原出版社）、《綠葉成
蔭子滿枝》（1962台北五洲出版社）、《思果散文選》（1964台北正文出版
社）、《思果散文集》（1966台北文星書店）、《看花集》（1976台北大地出
版社）、《林居筆話》（1979台北大地出版社）、《香港之秋》（1980台北大
地出版社）、《沙田隨想》（1982台北洪範書店）、《霜葉乍紅時》（1982
台北九歌出版社）、《曉霧裡隨筆》（1982台北洪範書店）、《雪夜有佳趣》
（1983台北九歌出版社）、《剪韭集》（1984台北大地出版社）、《啄木集》
（1985台北遠東圖書公司）、《思果自選集》（1986台北黎明文化公司）、
《黎明的露水》（1986台北九歌出版社）、《思果人生小品》（1989台北文經
出版社）、《三言兩語》（1990台北見證月刊社）、《橡溪雜拾》（1992台北
三民書局）、《想入非非》（1994台北大地出版社）、《遠山一抹》（1994
台北三民書局）、《偷閒要緊》（1995瀋陽遼寧教育出版社）、《神修蟻想》
（1998台北光啟出版社）、《如此人間》（1999瀋陽遼寧教育出版社）、《塵
網內外》（1999昆明雲南人民出版社）、《我82歲非常健康》（2000台北文經
社）、《林園漫筆》（2001台北大地出版社）。
　　尹雪曼（1918-2008，生平見本章小說一節）的散文作品有《小城風味》
（1953高雄新創作出版社）、《海外夢迴錄》（1966台北皇冠雜誌社）、《中

國人在美國》（1969台北皇冠雜誌社）、《西園書簡》（1972台北皇冠雜誌社）、《不自私的糊塗》（1972台北台灣學生書局）、《午夜的玄想》（1975台北眾成出版社）、《歷史的鏡子》（1977台北大林出版社）、《西是西東是東》（1979台中學人文化公司）、《情與思》（1979台中學人文化公司）、《多少重樓舊事》（1982台北文開出版社）、《閒話天下》（1983台北道聲出版社）、《月亮不再圓》（1985台北道聲出版社）、《尹雪曼的文學世界》（五冊，2003-06台北楷達文化出版公司）。另有文論《中國文學概論》（1975台北三民書局）、

尹雪曼（1918-2008）
圖片提供／文訊

《五四時代的小說作家和作品》（1980台北成文出版社）、《鼎盛時期的新小說》（1980台北成文出版社）、《抗戰時期的現代小說》（1980台北成文出版社）、《中國新文學史論》（1983台北中央文物供應社）、《中國現代文學的桃花源》（1984台北台灣商務印書館）等。

張秀亞（1919-2001），筆名心井、陳藍、張亞藍，河北省平原縣人。北京輔仁大學西洋語文學系畢業，同校歷史研究所碩士。畢業後留校任教，抗戰時主編《益世報》副刊。1948年來台後任教於靜宜英專、輔仁大學，並任國大代表。後赴美，擔任新澤西州西東大學客座教授，退休後定居美國。張秀亞以散文聞名，兼及小說與翻譯，寫作生涯長達七十年。文筆細膩、含蓄，傾向懷舊與回憶。曾獲第一屆中國文藝協會散文獎章、中山文藝獎、亞洲華文作家基金會文學貢獻獎、中國文藝協會終身成就獎等。作品有《三色菫》（1952台北重光文藝出版社）、《牧羊女》（1953台北虹橋書店）、《凡妮的手冊》（1955高雄大業書店）、《懷念》（1955高雄大業書店）、《湖上》（1957台中光啓出版社）、《愛琳的日記》（1958台北三民書局）、《少女的書》（1961台北婦女月刊社）、《兩個聖誕節》（1961台中光啓出版社）、《北窗下》（1962台中光啓出版社）、《張秀亞散文集》（1964高雄大業書店）、《曼陀羅》（1965台中光啓出版社）、《我與文學》（1966台北三民書局）、《心寄何

處》（1969台中光啓出版社）、《書房一角》（1970台中光啓出版社）、《水仙辭》（1973台北三民書局）、《天香庭院》（1973台北先知出版社）、《人生小景》（1978台北水芙蓉出版社）、《寫作是藝術》（1978台北東大圖書公司）、《詩人的小木屋》（1978台中光啓出版社）、《湖水·秋燈》（1979台北九歌出版社）、《石竹花的沉思》（1979台北道聲出版社）、《白鴿·紫丁花》（1981台北九歌出版社）、《海棠樹下小窗前》（1984香港星島出版社）、《月依依》（1996北京

《張秀亞全集》（2005台南
國家台灣文學館）

人民日報出版社）、《張秀亞人生情感散文》（1998長沙湖南文藝出版社）、《與紫丁香有約》（2002台北九歌出版社）。另有短篇小說集《在大龍河畔》（1936天津海風社）、《皈依》（1941山東保祿印書館）、《幸福的泉源》（1941山東保祿印書館）、《珂羅佐女神》（1944重慶紅藍出版社）、《尋夢草》（1953台北台灣商務印書館）、《七弦琴》（1954高雄大業書店）、《感情的花朵》（1956台北文壇社）、《女兒行》（1958台中光啓出版社）、《那飄去的雲》（1969台北三民書局），《張秀亞全集》十五冊（2005台南國家台灣文學館）。王晉民主編的《台灣當代文學史》評論張秀亞的散文說：

> 在散文創作中，張秀亞是以寫詩的心境來寫散文的。不僅散文中有不少玲瓏精純的詩句點綴其間，造出一種詩意的流蕩，而且她在字句的選擇、意象的捕捉、意境的營造以及聲音的節奏諸方面都呈現出一種高度詩性的感覺化色彩。（王晉民 1994：732）

　　鳳兮（1919-88），原名馮放民，另有筆名石淵、馮荒民、凡禽等，江西省九江縣人。上海復旦大學經濟系畢業。1941年任重慶《中央週刊》編輯。1949年來台後任教於成功中學，後擔任《新生報》副刊主編兼主筆，提倡「戰鬥文藝」。與劉心皇、王臨泰等創辦群力出版社。先後又主編《青年》、《學

識》、《民間知識》、《幼獅文藝》、《創作》、《作品》等刊物。並曾任國大代表及中國文藝協會、中國青年寫作協會常務理事。編輯外，作品以散文為主，計有《雞鳴集》（1951台北群力出版社）、《真情集》（1951台北群力出版社）、《大溪湖上》（1959台北水源書屋）、《逆旅之愛》（1965高雄大業書店）、《站在亮處》（1965高雄大業書店）、《不怕說不》（1966台中亞洲文學社）、《文話》（1966台中亞洲文學社）、《幾點螢光》（1968台北台灣商務印書館）、《第一等人》（1971台北驚聲文物出版社）、《譚薈》（1972台北台灣商務印書館）、《鳳兮自選集》（1975台北黎明文化公司）。

　　劉枋（1919-2007，生平見本章小說一節）的散文兼及報導文學、傳記等。文筆洗練、流暢，多寫家庭生活及人間世相。散文集有《千佛山之戀》（1955台北今日婦女社）、《假如我成了家》（1964台北立志出版社）、《烹調漫談》（1965台北立志出版社）、《我及其他》（1971台北三民書局）、《假如我遇見她》（1976台北東應出版社）、《故都故事》（1985台北黎明文化公司）、《吃的藝術續集》（1986台北大地出版社）、《這位和尚這座山》（1987自印）等。

　　羅蘭（1919-），原名靳佩芬，河北省寧河縣人。天津市女子師範學院畢業，曾任河北寧河寨上女校、河北女師附小教師、天津廣播電台音樂及教育節目製作人。1948年來台後擔任警察廣播電台節目製作兼主持人。曾獲金鐘獎、中山文藝獎、世華作家協會終身成就獎等。作品以散文為主，亦有短篇小說集如《花晨集》（1965台北現代關係出版社）、《羅蘭小說》（1967台北文化圖書公司）及長篇《綠色小屋》（1968台北現代關係出版社）、《飄雪的春天》（1970台北現代關係出版社）、《西風古道斜陽》（1973自印）。散文集有《羅蘭答問》（1964台北文化圖書公司）、《給青年們》（1964台北文化圖書公司）、《生活漫談》（1964台北文化圖書公司）、《羅蘭散文》（一至二輯，1966-68台北文化圖書公司）、《羅蘭散文》（三至七輯，1972-78台北現代關係出版社）、《訪美散記》（1972台北現代關係出版社）、《獨遊小記》（1981台北九歌出版社）、《早起看人間》（1981台北世界文物出版社）、

《生命之歌》（1985台北洪範書店）、《雨中的紫丁香》（1990北京中國友誼出版公司）、《財富與人生》（1993北京中國婦女出版社）、《飄飛的愛如此飄飛》（2000台中台灣交響樂團）、《彩繪日記》（2001台北天下遠見出版公司）、《羅蘭小語》（六輯，2005北京人民文學出版社）。

柏楊（1920-2008），原名郭衣洞，筆名柏楊、鄧克保，河南省開封市人。四川東北大學政治系畢業。1949年來台後曾任救國團文教組副組長、中國青年寫作協會總幹事、台灣藝專及成功大學副教授、《自立晚報》副總編輯、人權教育基金會董事長、國際特赦組織中華民國總會會長等。因以尖利的文筆批評時政開罪當政者，於1969年以共黨嫌疑犯的罪名被捕繫獄，直到1977年始獲得釋放。所寫雜文文筆犀利，嬉笑怒罵皆成文章，對台灣社會影響頗大。在獄中完成《中國人史綱》（1979台北星光出版社）及白話譯《資治通鑑》（1993台北遠流出版社），重要雜文作品有《玉雕集》（1962台北平原出版社）、《怪馬集》（1962台北平原出版社）、《堡壘集》（1963台北平原出版社）、《聖人集》（1963台北平原出版社）、《鳳凰集》（1963台北平原出版社）、《高山滾鼓集》（1963台北平原出版社）、《道貌岸然集》（1963台北平原出版社）、《紅袖集》（1963台北平原出版社）、《前仰後合集》（1964台北平原出版社）、《聞過則怒集》（1964台北平原出版社）、《神魂顛倒集》（1964台北平原出版社）、《鬼話連篇集》（1965台北平原出版社）、《大愚若智

柏楊（1920-2008）　　圖片提供／文訊

《玉雕集》（1962台北平原出版社）

集》（1965台北平原出版社）、《立正集》（1965台北平原出版社）、《越幫越忙集》（1965台北平原出版社）、《心血來潮集》（1966台北平原出版社）、《魚雁集》（1966台北平原出版社）、《蛇腰集》（1967台北平原出版社）、《剝皮集》（1967台北平原出版社）、《死不認錯集》（1967台北平原出版社）、《牽腸掛肚集》（1968台北平原出版社）、《鼻孔朝天集》（1968台北平原出版社）、《活該他喝酪漿》（1978台北星光出版社）、《按牌理出牌》（1979台北星光出版社）、《大男人沙文主義》（1979台北星光出版社）、《早起的蟲兒》（1980台北星光出版社）、《踩了他的尾巴》（1982台北星光出版社）、《醜陋的中國人》（1985台北林白出版社）、《帶箭怒飛》（1986台北林白出版社）、《柏楊回憶錄》（1996台北遠流出版公司）以及身後出版的《柏楊全集》二十八冊（2000台北遠流出版公司）。

　　柏楊繼承魯迅雜文尖刻犀利的文風，也像魯迅一樣專門針對中國人習性中惡劣的一面以及傳統所遺留的弊端加以不留情地攻訐，因為眼光銳利、文筆辛辣，所作雜文令讀者感覺痛快，時或拍案叫絕。譬如他攻擊的「醬缸文化」及「中國人的醜陋」，在令人難堪中不能不承認言之成理。當然在嬉笑怒罵的背後，隱隱然會感覺到作者那一顆沉痛的心。但是柏楊也終因批評到執政者而賈禍，遭受到多年的牢獄之災。

　　墨人（1920-，生平見前小說一節）是多產作家，除小說外散文集也出版不少，主要有《鱗爪集》（1968台北水牛出版社）、《心在山林》（1980台北中華日報社）、《墨人散文集》（1980台中學人文化公司）、《山中人語》（1983台北台灣商務印書館）、《小園昨夜又東風》（1991台北黎明文化公司）、《大陸文學之旅》（1992台北文史哲出版社）、《紅塵心語》（1996台北圓明出版社）、《年年作客伴寒窗》（1997台北中天出版社）等。

　　鍾梅音（1921-84），筆名有音、愛珈、綠詩，福建省上杭縣人。抗戰時期，在流亡中以同等學力考取藝術專科學校，以後又考取廣西大學法律系，未畢業即於1948年隨夫婿來台。開始寫作，成為主婦作家的代表人物。後曾主編《婦友》月刊，並主持電視節目「藝文夜談」。散文以寫家庭生活與遊記為主，作

品眾多，主要有《冷泉心影》（1951台北重光文藝出版社）、《遲開的茉莉》（1958台北三民書局）、《海天遊蹤》上下冊（1966台北大中國圖書公司）、《摘星文選》（1966台北三民書局）、《風樓隨筆》（1969台北三民書局）、《蘭苑隨筆》（1971台北三民書局）、《啼笑人間》（1972香港半島書樓）、《昨日在湄江》（1975香港版倒書樓）、《天堂歲月》（1980台北皇冠出版公司）等。

畢璞（1922-）是一位多產的作家，小說外，散文集主要有《心燈集》（1968台北立志出版社）、《心靈漫步》（1971台北彩虹出版社）、《畢璞散文集》（1978台北道聲出版社）、《冷眼看人生》（1979台北水芙蓉出版社）、《心在水之湄》（1979台北道聲出版社）、《春花與春樹》（1984台北大地出版社）、《有情世界》（1997台北縣立文化中心）等。

艾雯（1923-2009，生平見本章小說一節）除小說外，也出版多本散文集，譬如《青春篇》（1951高雄啓文出版社）、《漁港書簡》（1955高雄大業書店）、《浮生散記》（1975台北水芙蓉出版社）、《依風樓書簡》（1984台北水芙蓉出版社）、《綴網集》（1986台北大地出版社）等。陳芳明頗爲重視艾雯的散文成就，他認爲：

> 如果回到歷史現場，真正在那個年代（五〇年代）較爲豐收的作家，就只有艾雯與張秀亞。她們所處的位置一方面上承五四白話文傳統，一方面下接現代主義濃縮的文字藝術。在時間的流變中，她們所營造的散文正好提供一個例證，彰顯文學語言是如何從鬆散透明過度到精緻鍛鍊。……她之成爲前現代主義時期的重要作家，可能不是她在那時期產量豐富，而是因爲她以文字實踐協助鍛鍊了白話文傳統。……
>
> 艾雯與她同時代作家在島上出現時，既落入五四白話文傳統的斷裂，又背負著殖民地社會帝國語言的遺緒。她們不得不承擔開創時代的關鍵角色，不僅要使白話文獲得新的生命力，也要使日語的表達方式換軌，從而與漢字文化連接起來。……

她整個散文書寫的演變，無疑是如何把異鄉轉化為故鄉的心路歷程。在她靈魂深處其實有兩個故鄉，一個是蘇州，一個是台灣。前者是她的夢想，後者是她的現實。雙軌記憶永恆地在她的文字中反覆出現，構成了她一生藝術營造的主軸與特質。（陳芳明2012）

　　陳香梅（1925-），原籍廣東省南海縣，生於北平市。廣州嶺南大學畢業，曾擔任中央通訊社記者，戰時嫁給美國援華的飛虎將軍陳納德（Chennault），戰後赴美，活躍於美國政壇，曾任美國合作委員會主席、白宮學委會委員，並擔任台灣《新生報》駐美特派員。1980年在台成立台灣電視陳香梅獎學金及中國時報新聞獎學金。所著散文集有《陳納德與飛虎隊》（1945紐約Paul Eriksson & Co.，中譯本1988上海學林出版社）、《一千個春天》（1962紐約Paul Eriksson & Co.，中譯本1962台北台灣學生書局）、《往事知多少》（1978台北時報文化公司）、《留雲借月》（1991台北時報文化公司）、《永遠的春天——陳香梅自傳》（1996台北天下文化出版公司）。

　　梅遜（1925-），原名楊品純，江蘇省興化縣人。高中畢業，曾任《文藝創作》及《自由青年》主編，大江出版社發行人。寫作以散文為主，兼及小說。作品有散文集《故鄉與童年》（1967台北大地出版社）、《自我的存在》（1973台北大江出版社）、《進城以後》（1975台北大江出版社）、《若有所悟集》（1975台北大江出版社）及短篇小說集《無弦琴》（1967台北台灣商務印書館）、長篇《串場河傳》上下冊（1992台北九歌出版社）、中篇《魯男子》（1993台北爾雅出版社）。曾獲中山文藝小說創作獎、新聞局圖書著作金鼎獎。1980年失明後萬念俱灰，後來重拾信心，鼓起勇氣完成長篇小說《串場河傳》。在光復初期熱心協助本土作家度過從日文轉換中文的尷尬期，他的好友廖清秀曾追記說：

　　拙作《恩仇血淚記》得獎後，我常到重慶南路文獎會走動的結果，認識了寫作上的貴人——梅遜兄，除陳火泉老，是秦金樹兄介紹外，鍾理和、鍾肇政、

李榮春、施翠峰、許山木等文友都是他介紹的。他自稱是我們台灣人「文友之友」。……

　　他為人誠懇，不僅是台灣人，凡是跟他結交或寫信來的他都不吝幫忙。……

　　我以能認識他為榮，是亦師亦友，在寫作上對我的幫助是無法表達的，我終身感謝他的大恩大德！（廖清秀2012）

　　侯榕生（1926-90），北平市人。北平輔仁大學史學系畢業，於1949年來台，1965年赴美，曾任美國國防語言學校中文講師。作品以散文為主，以北京話為文，文風爽朗坦率。作品有《病中吟》（1957高雄大業書店）、《回歸夢醒》（1974台北黎明文化公司）、《北京歸來與自我檢討》（1957台北黎明文化公司）、《家在永和》（1976台北純文學出版社）、《又見北平》（1981台北時報文化公司）、《侯榕生自選集》（1982台北黎明文化公司）等。

　　邱七七（1928- ），原籍湖北省興山縣，生於南京。南京金陵女子文理學院國文系肄業。來台後曾任空軍岡山子弟學校校長、中學教師，並曾主編《台灣日報·婦女週刊》，任中國婦女寫作協會理事長。寫作以散文為主，也寫過名人傳記，曾獲中山文藝獎、中國婦女寫作協會文壇工作貢獻獎。散文集有《火腿繩子》（1952高雄新創作出版社）、《歐遊記掠》（1979台北大華晚報社）、《魚雁傳心聲》（1980台北彩虹出版社）、《婚姻的故事》（1982台北新生報社）、《櫻花之旅》（1985台北皇冠出版公司）、《留住春天》（1993台北民生報社）等。

　　歸人（1928-2012），原名黃守誠，筆名黎芹、林楓、康稔，河南省湯陰縣人。河南省嵩華學院畢業，曾主編《中華文藝》月刊、《筆匯》半月刊、《正聲兒童》、《實踐週刊》，並曾任師專、商專等講師、花蓮師院副教授。因與早逝的詩人楊喚友善，曾為其編輯《楊喚全集》及《楊喚書簡》。寫作以散文為主，兼及報導文學、小說、傳記等，曾獲中國文藝協會文藝獎章。出版有散文集《懷念集》（1958台中光啟出版社）、《夢華集》（1963台中光啟出版社）、《風雨集》（1966台中光啟出版社）、《台上》（1968台中作家雜誌

社）、《短歌行》（1969台中光啓出版社）、《哥哥的照片》（1982台中光啓出版社）、《鍾情與摯愛》（1994台北健行文化出版公司）、小說《弦外》（1967台北正中書局）、傳記《劉真傳》（1998台北三民書局）等。

　　光復後的散文作家，除了不少女性作家外，有的本為科學家或技術人員，像孫觀漢、夏元瑜，也能在文壇馳騁自如。有的散文家並不常住台灣，只因作品多在台灣發表或出版，通常也被視為本地作家了，像喬治高、思果等。以上所舉作家中有不少長青樹，特別是梁實秋，他的散文受到廣大讀者群的喜愛，自抗日戰爭以來歷久不衰。何凡則是最持久的專欄作家，在《聯合報》副刊所開的專欄「玻璃墊上」長達三十餘年。言曦也是專欄作家，因論戰現代詩而受到注目。然而最具爭議性和討論最多的散、雜文家則非柏楊莫屬，他繼承魯迅的傳統，專門攻擊中國社會及文化中的黑暗面，文筆之辛辣、尖刻猶過之，他的《醜陋的中國人》一書更令人側目。他也是現代因文致禍的文人代表，諷刺了當權在位的執政者而繫獄長達八年之久，寫下了當代海峽此岸文字獄的紀錄。然而在獄中，使他有時間通讀中國史書，因而完成了一部《資治通鑑》的白話譯文，又不能不說是禍中也多少有點幸運了。

　　綜觀光復後初期的作家，除了少數由日文轉用中文的本地作家外，可說絕大多數都是由大陸渡海來台者。他們雖然也感受到第二度西潮的沖擊，但是他們所受的影響毋寧仍是五四時期的第一度西潮。真正二度西潮下的現代派，要等到在台灣更年輕一代的作家出山了。

引用資料

王晉民主編，1994：《台灣當代文學史》，南寧廣西人民出版社。

王德威，1993：〈小說・清黨・大革命──茅盾、姜貴、安德烈・馬婁與一九二七年夏季風暴〉，《小說中
　　國──晚清到當代的中文小說》，台北麥田出版公司，頁31-58。

王德威，1998：〈一種逝去的文學？──反共小說新論〉，《如何現代，怎樣文學？──十九、二十世紀中
　　文小說新論》，台北麥田出版公司。

古繼堂，1996：《台灣小說發展史》，台北文史哲出版社。

史可正，2014：〈抗日戰爭時期的路易士作為〉，3月《新地文學》第27期。

呂訴上，1961：《台灣電影戲劇史》，台北銀華出版部。

李歐梵著，吳新發譯，1981：〈中國現代文學的現代主義〉，6月《現代文學》復刊第14期，頁7-33。

巫永福，1986：〈吳濁流與我〉，9月《台灣文藝》。

吳　若、賈亦棣，1985：《中國話劇史》，台北文化建設委員會。

吳慶學，2010：〈詩壇曠野裡獨來獨往的狼──紀弦訪談錄〉，10月《文訊》第300期。

封德屏主編，2008：《2007台灣作家作品目錄》，台南國立台灣文學館。

紀　弦，1953：〈宣言〉，2月1日《現代詩》創刊號。

紀　弦，1956：〈「現代詩」的六大信條〉，2月1日《現代詩》第13期。

馬　森，1985：〈中國現代小說與戲劇中的「擬寫實主義」〉，《馬森戲劇論集》，台北爾雅出版社。

馬　森，1997：〈一個失去的時代──林海音的《城南舊事》〉，《燦爛的星空──現當代小說的主潮》，
　　台北聯合文學出版社。

郭　楓，2012：〈歷史形勢劇變，台灣新詩異化〉，9月《新地》第21期，頁10-50。

郭　楓，2013a：〈覃子豪論：彩虹高照超絕流俗孤芳一詩家──《台灣當代新詩史論》第一章〉，3月《新
　　地》第23期，頁47-85。

郭　楓，2013b：〈紀弦論：詩活動家狼之獨步與現代派興滅──《台灣當代新詩史論》第二章〉，6月
　　《新地》第24期，頁7-46。

郭澤寬，2011：《官方視角下的鄉土──省政文藝叢書研究》，高雄麗文文化事業公司。

陳芳明，2001：〈橫的移植與現代主義之濫觴〉，8月《聯合文學》第202期，頁136-149。

陳芳明，2011：《台灣新文學史》上冊，台北聯經出版公司。

陳芳明，2012：〈艾雯和戰後台灣散文長流──《艾雯全集》總論〉，8月《文訊》第322期，頁84-88。

陳信元，1999：〈探索人性的藝術──論梁實秋《雅舍小品》〉，陳義芝主編，《台灣經典文學研討會論文
　　集》，台北聯經出版公司，頁318-330。

葉石濤，1979：《台灣鄉土作家論集》，台北遠景出版社。

葉石濤，1987：《台灣文學史綱》，高雄春暉出版社。

葉石濤，1994：〈新文學傳統的承繼者──鍾理和《笠山農場》裡的社會性矛盾〉，《展望台灣文學》，台
　　北九歌出版社，頁57-78。

葉維廉，1986：〈論現階段中國現代詩〉，《秩序的生長》，台北時報文化公司，頁33-46。

覃子豪，1957：〈新詩往何處去？〉，《藍星詩選》（獅子星座號）。

須文蔚，2011：〈點火者・狂徒・叛徒？──紀弦研究綜述〉，3月《文訊》第305期，頁84-87。

廖清秀，2012：〈日治時代的我・梅遜兄〉，許素藍主編，《鉤沉　瑣憶　補遺──台灣文學史料集刊》第二
　　輯，台南國立台灣文學館。

齊邦媛，1984：〈文章千古事──斷弦吟未止的吳魯芹散文〉，9月13日《中國時報・人間副刊》。

齊邦媛，1998：〈江河匯集成海的六○年代小說〉，《霧漸漸散的時候─台灣文學五十年》，台北九歌出版社。

參考文獻：

紀　弦〈《現代詩》創刊宣言〉（1953年2月）

葉石濤〈《台灣文學史綱》序〉（1985年12月）

【參考文獻】

《現代詩》創刊宣言

紀弦

　　我們是自由中國寫詩的一群。我們來了！站在反共抗俄的大旗下，我們團結一致，強有力地舉起了我們的鋼筆，向一切醜類，一切歹徒，瞄準，並且射擊。我們發光。我們歌唱。我們大踏步而來。

　　我們認為，一切文學是時代的。唯其是一時代的作品，才會有永久的價值。這就是說，對於詩的社會意義和藝術性，我們同樣重視；而首先要求的，是它的時代精神的表現與昂揚，務必使其成為有特色的現代的講求而非遠離著今日之社會的古代的詩。更不應該是外國的舊詩！

　　因此，用白話或口語寫了的本質上的唐詩宋詞元曲之類，我們不要！與其用現代人的語言文字翻譯古代人的詩情詩意詩境，不如乾脆回到古色古香的線裝書堆子裡去仿古炮製搖頭擺腦揣摩豪放婉約調調平仄做做律詩絕句填填詞曲拉倒。

　　同樣的是，凡是販賣西洋古董到中國市場上來冒充新的，例如用中文效顰商籟體，我們也一概拒絕接受。在我們看來，就連拜倫雪萊濟慈華茲華斯哥爾利治等等，也已老遠地老遠地成為過去了。我們不要！

　　要的是現代的。我們認為，在詩的技術方面，我們還停留在相當落後十分幼稚的階段，這是毋庸諱言和不可不注意的。唯有向世界詩壇看齊，學習新的表現手法，急起直追，迎頭趕上，才能使我們的所謂新詩到達現代化。而這，就是我們創辦本刊的兩大使命之一。

　　另一個更重大的使命是反共抗俄，前面已經說過。國家興亡，詩人有責。對於竊據大陸的共匪，橫行神州的俄寇，我們要發揮絕大的威力，予以致命的打擊。密集地掃射！猛烈地轟炸！我們的短詩是衝鋒槍。我們的長詩是重磅炸彈。來了來了我們！來了來了我們！

　　當然，標語口號不是詩。但是，寫得好的政治詩，又何嘗不能當藝術品之稱而無愧。

只要是詩，是好詩，是現代詩，無論其為政治的或非政治的，都是我們所需要的。

　　詩是藝術，也是武器。來了來了我們！一面建設，一面戰鬥。來了來了我們！（1953年2月1日）

【參考文獻】

《台灣文學史綱》序

葉石濤

從遙遠的年代開始，台灣由於地緣的關係，在文化和社會形態上，承續的、主要是來自中原漢民族的傳統。明末，沈光文來到台灣開始播種舊文學，歷經兩百多年的培育，到了清末，台灣的舊文學才真正開花結果，作品的水準達到跟大陸舊文學並駕齊驅的程度。

台灣的新文學運動也曾受到五四文學革命的刺激。日據下的台灣新文學作家大多數也和大陸作家一樣，用白話文寫作，保持了濃厚的民族風格。儘管在1930年代日本統治者禁止台灣作家用漢文寫作，因此，一部分台灣作家不得不改用統治者的語文——日文去寫作，且達到了可與日本作家一較長短的文學水準，但作品所反映的，仍是被壓迫的台灣民眾悲慘的生活現實。台灣作家共同背負了台灣民眾苦難的十字架，跟台灣民眾打成一片，為反日抵抗的歷史留下嚴肅的證言。

台灣光復後，台灣的作家重新學習使用中文創作，仍然負起了歷史的責任，以寫實主義的風格，在作品裡反映了台灣的現實社會、台灣民眾多采的生活面貌以及精神生活的進步與挫折。

台灣歷經荷蘭、西班牙、日本的侵略和統治，它一向是「漢番雜居」的移民社會，因此，發展了異於大陸社會的生活模式和民情。特別是日本統治時代的五十年時間和光復後的四十年時間，在跟大陸完全隔離的狀態下吸收歐美文學和日本文學的精華，逐漸有了較鮮明的自主性性格。現代台灣文學的重要課題之一，便是如何在傳統民族風格的文學中，把西方前衛文學的技巧熔於一爐，建立具有台灣特質及世界性視野的文學。

我發願寫台灣文學史的主要輪廓（outline），其目的在於闡明台灣文學在歷史的流動中如何地發展了它強烈的自主意願，且鑄造了它獨異的台灣性格。究竟「史綱」不同於完整的文學史，它充其量只是給後來者，提供了一些資料和暗示而已。由於資料的搜羅困難，金錢和時間兩者俱缺，我這一本《台灣文學史綱》的寫作幾乎耗去了三年時光。自一九八三年起開始蒐集資料，在一九八四年和一九八五年兩年的整個夏季，分別寫成

了光復前的部份和戰後的部分；總算把三百多年來的台灣文學面貌勾勒出來。然而很慚愧，在滿清時代兩百多年來的舊文學的敘述部分，我遇到很大的困難。因此，清朝舊文學的部份，只好參考及引用了前輩作家楊雲萍和黃得時兩位教授的重要論著，勉強完成。沒有可敬的拓荒者的引導，這部份的論述也就無從下筆了。

連雅堂先生曾經慨然興歎說：「台灣固無史也！」就台灣文學而言，這句話最適切不過。從日據時代到現在，台灣知識份子莫不一致渴望，有部完整的台灣史出現，以記錄在這傷心之地生活的台灣民眾血跡斑斑的苦難現實，特別是最能反映台灣民眾心靈的文學，要有一部翔實的紀錄，以保存民族的歷史性內心活動的記憶。然而由於歷代統治者的無情摧殘，使得每一代的知識份子知難而退，廢然擲筆。我之所以敢於嘗試，並非我膽識過人或才華高超，而只是盡一份台灣知識份子責任的使命感驅使我，使我這庸庸碌碌的人，發憤圖強罷了。

我很希望台灣民眾能夠瞭解台灣文學以往的一段歷史，認識三百多年來台灣民眾力求上進，建立美好的社會的強烈意願。

最後我向幫助我完成這一部文學史綱的「文學界」同仁曾貴海、鄭炯明、陳坤崙、彭瑞金以及海內外許多台灣文化先進，特別是蔡明殿、王淑英夫婦，致上我最高的敬意和謝忱。此外，趙天儀先生對新詩活動部分的指正，使我獲益不少。林瑞明先生又完成了年表這一部分，使這部簡陋的文學史綱得到可信度較高的印證，非常感謝！（1985年12月於台灣左營）

第二十八章　社會主義與個人獨裁對文學的影響

一、文學體制化後的大陸文學（1949-1965）

　　共產黨贏得內戰的勝利，毛澤東於1949年10月1日在北京天安門上宣布了中華人民共和國的成立，從此中國大陸繼蘇聯之後走上了社會主義的道路。

　　社會主義國家最大的特點就是政治控馭一切。在政治的運作中又是由共產黨掌控所有的政治及經濟機構。共產黨是一個由少數政治局常委主控的組織嚴密的政黨，最高的權力則常常落在久經殘酷鬥爭脫穎而出的獨裁者的手裡，在蘇聯是斯大林，在中國大陸便是毛澤東了。1949年以後中國大陸的經濟發展固然根據毛澤東的設計藍圖而運作，文學走向也是追隨毛澤東個人的思想意志，甚至於興致喜好而起落。

　　毛澤東個人也喜好舞文弄墨，作詩填詞，可以說是半個文人，因此就特別垂青文學，把文學與政治視如水跟麵粉，兩手把二者和得密不可分。凡逢政治運

動，一定少不了文學，而文學的進展也必定緊隨政治的走向。因此在敘述此一時期的社會主義文學之前，必須先明瞭毛澤東文藝觀，要明瞭毛澤東對文學的看法，則首先必須認識1949年後被大陸文藝界奉為圭臬的〈毛主席在延安文藝座談會上的講話〉一文。

對於1942年共產黨蝸居延安時毛澤東的這次講話，在本書第二十四章已有所介紹，其重點約有五端：（一）文藝是為人民服務的，人民指的是工、農、兵。（二）文藝作家不能沒有立場，要為人民服務，就必須站在無產階級的立場上。（三）為了好好地為人民服務，文藝作家不可脫離群眾，必須長期地、無條件地、全心全意地到工、農、兵群眾中去。（四）文藝的普及重於提高；即使提高，也只可從工、農、兵的基礎上去提高，只能沿著無產階級前進的方向去提高。（五）最後，文藝的標準不在自身，而在政治，所以是政治標準放在第一，藝術標準是次要的；而且如果不符合政治標準，藝術越高明，作品反倒越有害。以上的論點，本來以為乃革命時期的臨時措施，那時候視文藝為鬥爭的工具，為了革命成功不擇手段，不得不把文藝打到政治附庸的地位。革命成功以後，按理說應該恢復正常了吧？然而很不幸的是，毛澤東的文藝觀絲毫沒有改變，依然成為共產政權下文藝遭受利用、扭曲、踐踏的依據。如何把毛氏的觀點從上到下徹底執行，則不能不靠文學體制化的作用了。

過去共產黨既然藉文藝的宣傳之力而贏得政權，自然把文藝看成是製造輿論和塑造意識形態的有利工具，因此1949年在開國前的7月就在北平召開了中華全國文學藝術工作者第一次代表大會。郭沫若擔任大會主席，茅盾、周揚分任副主席，毛澤東、朱德、周恩來等均親臨大會致詞。大會決議「一致認為他們所指出的在毛澤東主席的文藝方針之下中國文學藝術工作者今後努力的方向和任務是完全正確的，決心以最大努力來貫徹執行」。（註1）這次的文代會產生了中國文學藝術工作者聯合會，仍然是郭沫若擔任主席，茅盾與周揚擔任副主席。在文聯會下設有各種協會，其中全國文學工作者協會，簡稱「作協」，

註1：見郭志剛等主編《中國當代文學史初稿》上冊引《中華全國文學藝術工作者代表大會紀念文集》，1980北京人民文學出版社，頁34。

茅盾任主席，丁玲、柯仲平任副主席。從此所有的文學藝術工作者都納入了組織，體制化了，再沒有法外之民！

　　1949年後雖然中共斷絕了西方資本主義的影響，但在實行對蘇共「一面倒」的政策下，蘇聯的文學，特別是蘇共的文藝政策，自然成為重要的借鑑。大陸學者就觀察到：「新中國的十七年文學所接受的蘇聯文學總體性影響，在我看來不僅僅在創作方面，而是多層次的，如文學的領導方式與文學的指導思想、文學的思潮、技法及藝術形式等。……特別強調文學服務政治或從屬於政治，而且將文學服務的這一政治含義無限延伸，將文學問題當作階級鬥爭和爭奪領導權的問題，把政治擴大為政策，以及將文學為政治服務與為政策服務等同起來。……蘇聯文學的自上而下的領導方式與文學為政治服務並引向了為政策服務的指導思想理論，對我們當代文學影響之廣、負面效應之大，至今沒有得到深入的清理。」（張韌 1998：8-9）另一位大陸學者也觀察到：「我們寫反右和文化大革命的作品，與他們（蘇聯）的一批以肅反為背景的文學作品相比，感情氛圍、人物命運、矛盾糾葛的方式簡直如出一轍。」（曹文軒 1988：17）

　　在正常的社會中文學與藝術都是人民自由創作，發揮獨立見地的場域。如果要人為地加以掌控，則首先必須體制化，也就是把文學的生產與傳播納入可以掌控的組織中，蘇聯正好做了前行的榜樣。過去私人組織的文學社團一律納入黨的組織，如以上成立的文聯、作協等機構；有關發表文學作品的報刊、雜誌及出版社，也一律納入黨的組織；文學的批評機制、閱讀與消費也概由黨組織來設計、安排。在體制化下，文學的題材、風格自然都趨向一致化了，作家的個性隨之消失。（洪子誠 2002）

　　體制化的結果當然有利於傳達毛氏的文藝觀點。他的觀點既然成為1949年後所有文學運動的指標，有的作家實在不堪忍受，據理力爭而受到殘酷的打擊；有的則因無意中違反了他的原則或標準而受到整肅；還有的雖然不曾違反，但因政治的原因很容易被羅織成違反的罪名而受到懲罰，正與蘇聯在斯大林當政時走過的道路相同。

　　新中國的建立並沒有帶來安樂與和平，相反的是從1949年開始，中國大陸

立刻捲入一場政經的風暴中，土地改革、抗美援朝、鎮壓反革命、三反（反貪汙、反浪費、反官僚主義）、五反（反對資產階級行賄、偷稅漏稅、盜騙國家資財、偷工減料、盜竊國家經濟情報）、知識份子思想改造等一連串的規模龐大的社會、政治運動，使人民幾乎喘不過氣來。

文藝界在1951年初發生了對電影《武訓傳》的辯論。武訓是清末山東省一個以行乞興學的乞丐，為人們尊稱為「義丐」。孫瑜編導的《武訓傳》上映後，便有兩種不同的意見：一是認為武訓發揚了無產階級為人民服務的精神，另一種意見則認為他表現的是投降主義的態度。正當這兩種意見相持不下的時候，毛澤東親自為《人民日報》撰寫了一篇社論〈應當重視《武訓傳》的討論〉，認為武訓的行為是醜惡可恥的。他說：「向著人民群眾歌頌這種醜惡的行為，甚至打出『為人民服務』的革命旗號來歌頌，甚至用革命的農民鬥爭的失敗作為反襯來歌頌，這難道是我們所能容忍的嗎？承認或者容忍這種歌頌，就是承認或者容忍汙衊農民革命鬥爭，汙衊中國歷史，汙衊中國民族的反動宣傳為正當的宣傳。」（註2）毛澤東既然表了態，又用的是如此嚴厲的口氣，立刻在全國掀起了一個批判《武訓傳》的運動，使為武訓辯護的人從此噤不敢言，遂把行乞興學的義丐武訓打成了向資產階級卑躬屈膝的奴才；導演孫瑜也成了無產階級的罪人，從此遭到了一連串的圍剿，只好痛心懺悔。連帶其他作家的作品，像蕭也牧的《我們夫婦之間》、路翎的《祖國在前進》、朱定的《關連長》等也被套上各種罪名加以批鬥。今日大陸的學者也承認「對電影《武訓傳》的批判，所產生的後果是十分嚴重的，它不但遏制了新中國電影事業的發展，而且也給其他文化領域帶來不良的影響。直到1956年『雙百方針』提出以前，學術界、文藝界基本上是沿用批判《武訓傳》的方法解決學術問題和藝術問題；使一些本應由正常的學術爭鳴和藝術競爭方式解決的問題，常被用粗暴的政治批判方式處理。當然，這種情形，在提出『雙百』方針以後的一段時間內稍有改變，但很快又被反『右』鬥爭所強化，從這個意義上說，對電影《武

註2：郭志剛等主編《中國當代文學史初稿》上冊引《毛澤東選集》第五卷，頁50。

訓傳》的批判，在建國以後，首開文藝批評代之以政治批評的先例，它對當代文學所造成的影響，是不可低估的。」（於可訓等 1989：144）

隨著《武訓傳》的整風運動，中國共產黨又再度強迫作家及文藝工作者學習毛澤東〈在延安文藝座談會上的講話〉，並且在1953年3月派遣第一批三十多位作家赴北韓前線，巴金、曹禺、艾青、艾思奇等都在其中。（王章陵 1967）

毛澤東輕易地把藝術的討論轉化作政治問題，使廣大的文藝工作者領教了共產黨的厲害。從此以後所有的文藝討論大概都沿用了這種政治運動的模式，可說漸次閹割了人民藝術創作的原欲。接下來的文學討論，如1954年對俞平伯的《紅樓夢研究》的討論，最後演變成清除胡適思想的批判運動。從1950年到1954年，俞平伯先後出版了《紅樓夢研究》、《紅樓夢簡論》、《讀紅樓隨筆》等三本書。他研究「紅學」深受胡適的《紅樓夢考證》的影響，因此被批作是「沿著胡適的資產階級唯心主義、形式主義的立場、觀點和方法進行研究，所以在批鬥俞平伯的同時，更要擴大清算胡適思想。」（蔡丹治 1976：87）1954年10月16日毛澤東親筆寫了「關於《紅樓夢》研究問題」的信給中共中央政治局表示：「反對古典文學領域毒害」，中共由此展開了對俞平伯的批鬥，由周揚主持，經過四個月八次的鬥爭大會，最後將清算目標轉向胡適，根據陸定一的解釋，俞平伯的基本論點「是同胡的資產階級實用主義者的思想一脈相承」的。結果造成胡適次子胡思杜被迫為文批判他的父親，最後在不堪折磨下自殺身亡。

俞平伯的《紅樓夢研究》的討論，最後演變成清除胡適思想的批判運動

同年6月，左派的文藝理論大將──魯迅的弟子胡風，因為反駁林默涵和何其芳對他的批判（註3），寫了三十多萬言的自辯書《對文藝問題的意見》，上呈共產黨中央，提出建議，希望不要把文藝理論的五把

註3：1953年《文藝報》第2期發表了林默涵〈胡風的反馬克思主義的文藝思想〉，同年1月31日《人民日報》加按語轉載；同年《文藝報》第3期又發表了何其芳批判胡風的〈現實主義的路，還是反現實主義的路？〉。

刀子架在作家的頭上。這五把刀子是：（一）以共產主義世界觀束縛現實主義創作方法、（二）強制作家深入工農兵、（三）強制作家思想改造、（四）提倡通俗的民族形式、（五）規定作家以工農兵生活為創作題材。胡風的意見，實際上等於違反毛澤東的文藝路線。1955年1月中共陸續發表了批判胡風的文章，並公布「關於胡風反革命集團的材料」及毛澤東所寫的「序言和按語」。1955年5月24日《人民日報》又發表第二批材料，批判胡風進行反革命的活動，說他「惡毒的汙衊中國共產黨、汙衊黨的文藝方針、汙衊黨的負責同志、咒罵文藝界的黨員作家和黨外作家」等等，又指他「指揮他的反動集團的人們進行反共、反人民的罪惡的活動，祕密地有計畫地組織他們向著中國共產黨和黨所領導的文藝戰線猖狂進攻」。1955年7月5日第一次人大開幕的時候，胡風與潘漢年同時被捕。於是凡是過去與胡風有瓜葛的作家紛紛遭到抄家、下獄。（周芬娜 1980）這次文字獄，數千無辜的作家受到連累，猶超過封建時代的株連九族。

1956年起，大陸上基本消滅了地主階級、資產階級，並且完成了對農業、手工業和商業的社會主義改造工作。毛澤東認為天下已定，於是提出政治上大鳴大放，文藝學術上「百花齊放、百家爭鳴」的政策。不幸，天真的知識份子信以為真，認為毛氏真的是李世民再世，寬宏大量，廣納建言，於是吐苦水的吐苦水，提諍言的提諍言，使共產黨一時難以招架。到了1957年，大鳴大放的政策就一變而為引蛇出洞的陽謀，爆發了一場殘酷的反右鬥爭。文藝界資深的共產黨員丁玲、陳企霞、馮雪峰、艾青、蕭軍、羅烽等人再度遭到批鬥、被打成反革命。年輕一輩的共黨作家秦兆陽、王蒙、劉紹棠等也戴上了右派的帽子，監禁的監禁，充軍的充軍。一場反右鬥爭下來使大多數的作家被打成了右派分子，受到不同程度的迫害與改造。此次整風受到影響的範圍，是前所未有的廣大。

壓服了所謂的右派知識份子，共產黨取得了反右鬥爭的勝利後，毛澤東又發出了追英趕美的豪語，在1958年5月中共第八屆代表大會第二次會議上提出「鼓足幹勁、力爭上游，多快好省地建設社會主義的總路線」，即所謂大躍進、大

煉鋼、人民公社三面紅旗。文藝工作者自然也不能不放下筆桿，投入這一場熱火朝天的大運動中。

這期間毛澤東在一次會議上談到詩歌創作應該是現實主義和浪漫主義的對立統一，負責執行文藝政策的周揚馬上希旨毛意，大唱「革命的現實主義與革命的浪漫主義相結合」的論調（周揚 1958）。現實主義是講求客觀的，浪漫主義強調的是作者的主觀情感，二者的結合會產生出什麼結果不言可知。從這裡出發，當然會衍生出許多極端荒謬的主張，例如寫中心、演中心、唱中心的鼓吹黨中心的任務，文學從此不只是政治的工具，一變而為奉迎共產黨及其領導人的工具了。

鼓足幹勁的大躍進所帶動的狂熱與浮誇風，也沒放過文學，跟畝產十幾萬斤糧食一樣荒唐的事也發生在文學的創作中。據其間發生的北京「暢觀樓事件」（註4）所披露的一份簡報上說：一個老太太一晚寫詩一千首，一個劇作家一天創作劇本六十個，解放軍某團發動全國官兵大寫新歌謠結果寫出一億首，成為全軍的第一個「億首團」（京夫子 1990：254）。這樣的大躍進結果使國民經濟瀕臨崩潰，導致連續數年的大飢荒，文學界更苦不堪言，迫使毛澤東不得不於1959年退居第二線，把國家主席的職位讓給劉少奇。為了維持其在意識形態上的領導地位，下台以後的毛澤東並沒有忘記批判「修正主義文藝思想」，因為蘇聯的修正主義者撕毀了與中共所定的合同，撤回了支援中共工業建設的專家，修正主義已成為跟資本主義同樣可恨的敵人。由此也可以看出，在毛澤東主導下，任何一個政治運動都不會輕易放過文藝工作者，怎能不使這些已經流為工具的人在政治領導的面前噤若寒蟬？

經過了一場餓死數千萬人的大飢荒（楊繼繩 2007），1961年中共不得不調整政經政策，在經濟上推行「三自一包」（自由市場、自留地、自負盈虧、包產到戶），在文藝上提出「藝術民主」。甚至由周恩來出面批評了給人「套框子」、「抓辮子」、「挖根子」、「戴帽子」、「打棍子」的惡劣手段（註

註4：暢觀樓是北京動物園附近一座幽靜的建築，在大躍進期間，北京政委所領導的班子曾在此整理各地的
　　有關大躍進的資料，是誰主導，目的何在，後來成為一個謎。

5）。可是好景不長，人們剛要喘一口氣的時候，1962年9月中共的八屆十中全會上毛澤東又提出了「千萬不要忘記階級鬥爭」的口號，使江青、林彪、康生等人趁機展開奪權的陰謀。中共每次的政治鬥爭都是首先拿文藝開刀，這次也不例外，李建彤的長篇小說《劉志丹》被批為替高崗翻案的反黨大毒草。此案株連了上萬人，有十多人被迫害致死。

到了1963年，上海市委柯慶施和江青一夥的張春橋、姚文元等提出「寫十三年」，規定作家只能寫中共建國以後的十三年。江青反對搬演歷史劇，開始插手京劇現代化的改革，漸漸制定了文革時代的現代革命樣板戲。1965年江青到上海慫恿姚文元撰寫批吳晗《海瑞罷官》的文章。同年11月10日，上海的《文匯報》發表了姚文元的〈評新編歷史劇《海瑞罷官》〉。十九天以後，《人民日報》、《解放軍報》、《北京日報》突然於同一天轉載了姚文元的文章。這真是一件不尋常的事。誰也沒想到這篇文章揭開了一場死人無數把中國攪得天翻地覆的文化大革命！（陳永發 1998：775）

二、文革十年（1966-1976）

所謂「文化大革命」，其實是一場文化其名，政治其實的大暴亂！毛澤東為了整肅他的政敵，又一次借用文藝來實現他個人的陰謀與野心。

姚文元的〈評新編歷史劇《海瑞罷官》〉一文揭開了文化大革命的序幕。姚文一出，在北京的《紅旗》雜誌編委關鋒和戚本禹馬上為文呼應。當時擔任北京市委第一書記和市長的彭真一心維護吳晗，

姚文元〈評新編歷史劇《海瑞罷官》〉

註5：見1961年6月19日周恩來發表的〈在文藝工作座談會和故事片創作會議上的講話〉。

想把問題侷限在學術的範圍內，但是毛澤東卻把《海瑞罷官》跟在廬山會議罷了官的彭德懷聯繫起來，於是在1966年3月政治局常委擴大會議上提出文、史、哲、法、經各領域要搞文化大革命，並成立了以彭眞爲首的文化大革命五人小組。5月10日，上海的《文匯報》和《解放日報》又同時發表了姚文元的〈評「三家村」——《燕山夜話》、《三家村札記》的反動本質〉，同時批判了鄧拓、吳晗和廖沫沙三個人，都是彭眞的手下。5月11日，改組北京市委，派李雪峰替代彭眞擔任北京市委第一書記。16日，毛澤東以「五一六通知」撤銷彭眞領導的文革小組，重組「文革小組」，任命陳伯達爲組長，江青爲副組長，康生爲顧問。在「五一六通知」中，毛已經提出了小心赫魯雪夫那樣的人物，不過大多數人還沒有意味到指的是誰。

中共文革小組利用北京大學哲學系黨總支書記聶元梓與北大校長陸平的矛盾，慫恿聶元梓等於5月25日貼出了第一張揭發校黨委和校長的大字報。數天後，清華大學附中的學生成立了紅衛兵的組織。同月31日，陳伯達代表黨中央改組了《人民日報》，第二天即發出鼓吹無產階級文化大革命的社論〈橫掃一切牛鬼蛇神〉。毛澤東同時下令向全國公布聶元梓的大字報，一時之間北京大學充滿了各式各樣的大字報。在北大的帶動下，北京十五所大專院校以及部分中學掀起了批鬥領導黨委的熱潮。北京大中學校相繼成立了紅衛兵的組織，批鬥的方式不久就從文鬥發展成武鬥，把過去掌權的領導戴上高帽子拉去遊街、罰跪或拳打腳踢。到了6月下旬，北京的大專院校有上萬名學生被打成右派，數千名教師被打成反革命。作家老舍因受不了紅衛兵的折辱毆打，沉湖自盡，成爲文化大革命第一個犧牲的著名作家。

1966年8月5日，毛澤東親自貼出了〈砲打司令部——我的一張大字報〉，表示了對紅衛兵的支持。紅衛兵很快地便遍及全國，到處破四舊，抄家，打人。作家巴金、歐陽山、書法家沈尹默、畫家劉海粟，甚至已經被打成反黨集團分子而下放的丁玲都被累累抄家。翻譯家傅雷夫婦自縊身死。紅衛兵把中國大陸鬧成了人間地獄，同時毛澤東的個人崇拜直線上升，成爲人間之神。

該年年底，北京到處貼出了「打倒劉少奇」、「打倒鄧小平」的標語，毛澤

東的企圖明朗化起來。1967年元旦，北京的高等院校集合了十餘萬群眾在天安門廣場舉行聲討劉、鄧的遊行大會。周揚、陶鑄相繼下台。劉少奇欣賞的電影《清宮祕史》受到圍剿。同年7月18日，北京百餘組織的數十萬人在中南海西門召開揪鬥劉少奇誓師大會。以後劉少奇及其妻王光美在累次揪鬥中都受到不同程度的體罰與折辱。1968年10月，毛澤

劉少奇欣賞的《清宮祕史》受到圍剿

東在親自主持的中共第八屆第十二次中央委員會全體會議中以內奸、工賊、國民黨特務的罪名將國家主席劉少奇永遠開除出黨。1969年11月12日，劉少奇孤獨地病死在河南開封的監禁處所。林彪繼承了劉少奇的地位，成爲中共第二號人物及毛澤東的法定接班人。

除了林彪以外，文化大革命中趁機而起的還有江青、王洪文、張春橋、姚文元等四人幫，權力的傾軋鬥爭越演越烈。成爲第二號人物的林彪不久就露出覬覦國家主席地位的企圖心，可是毛澤東不容許再有人向他的最高權力挑戰，於1970年召開第四屆全國人民代表大會時建議不設國家主席。林彪一面在表面上大樹特樹毛澤東的權威和個人崇拜，一面在軍中廣置心腹，並積極策畫武裝政變。無奈事機不密，謀刺毛的「五七一工程」陰謀敗露，林彪一家人遂於1971年9月13日劫機外逃時摔死在蒙古的溫都爾汗。

林彪死後，在多數共黨上層領導被鬥倒鬥臭的情形下，毛澤東不得已於1973年3月解放鄧小平，恢復他國務院副總理的職務，協助周恩來處理日常政務。這時江青等四人幫在毛澤東的卵翼下日益猖獗，1974年起提出「批林批孔批周公」的口號，鬥爭的矛頭顯然指向了周恩來。1975年12月又掀起「批鄧、反擊右傾翻案風」的運動，再度把鄧小平批倒。直到1976年1月8日周恩來去世，四人幫眼看就要大獲全勝，不幸毛澤東於同年9月9日死亡，四人幫頓失倚仗，時任國務總理的華國鋒適時糾合解放軍大老葉劍英及毛澤東的侍衛長汪東興於10

月5日逮捕了四人幫，才結束了長達十年的文化大革命和中國共產黨內部的奪權鬥爭。（嚴家其、高皋1986）

文革時期慘死的老舍（左）、傅雷

文化大革命雖然實質上是赤裸裸的權力鬥爭，卻假借文化之名以行之，使全國文化遺產及文化人，包括作家在內，同受其害。十年殘酷的鬥爭，死人無數，有名的作家死的死，傷的傷，身心備受摧殘。像老舍、傅雷、田漢等均慘死，茅盾、巴金、曹禺、夏衍、丁玲、吳祖光等則受到不同程度的身心創傷。越是左傾的文人所受的傷害越大，反倒是一開始就被共產黨視為眼中釘的極右分子，像朱光潛、陳銓、無名氏等沒有受到太大的衝擊。在文化大革命期間，幾乎所有過去的文學作品都被否定，被打成了毒草。大陸學者對文革時期的文學曾沉痛地說：「虛假、輕浮、癡人說夢式的所謂『革命浪漫主義』，幾乎在十年時間裡面都佔統治地位。這其間文學迴避矛盾，粉飾現實，出現令人作嘔的假正經。一些荒唐、滑稽、褊狹甚至反動的思想，不時左右我們的文學。」（曹文軒 1988：165-166）

其實，那時候有人說全中國只剩下兩個作家，一個是已死的魯迅，另一個是受到四人幫青睞的浩然。戲劇方面則只剩下江青炮製的十齣樣板戲。

引用資料

王章陵，1967：《中共的文藝整風》，台北國際研究中心。

周芬娜，1980：《丁玲與中共文學》，台北成文出版社。

周　揚，1958：〈新民歌開拓了詩歌的新道路〉，《紅旗》第1期。

京夫子（古華），1990：《毛澤東和他的女人們》，台北聯經出版公司。

於可訓、吳濟時、陳美蘭主編，1989：《文學風雨四十年——中國當代文學作品爭鳴述評》，武昌武漢大學
　　　出版社。

洪子誠，2002：〈文學體制與文學生產〉，《問題與方法——中國當代文學史講稿》，北京三聯書店。

張　韌，1998：《新時期文學現象》，北京文化藝術出版社。

曹文軒，1988：《中國八十年代文學現象研究》，北京大學出版社。

郭志剛等主編，1980：《中國當代文學史初稿》上冊，北京人民文學出版社。

陳永發，1998：《中國共產革命七十年》下冊，台北聯經出版公司。

楊繼繩，2007：《墓碑：中國六十年代大飢荒紀實》，香港天地圖書公司。

蔡丹治，1976：《共匪文藝問題論集》，台北大陸觀察雜誌社。

嚴家其、高皋編著，1986：《文化大革命十年史》，天津人民文學出版社。

第二十九章　社會主義的詩與散文

一、文革以前的新詩（1949-1965）

詩是人民的心聲，最容易直接反映人民的情感，在專制政體下無法暢所欲言，自然會遭遇到很大的障礙。

中國本來有一個深厚的古典詩的傳統，五四時代隨著新文學的興起，年輕一代的詩人棄古典，而就新詩，到1949年已取得了相當的成績。共產黨政權甫成立時，老一輩的詩人展現了極度的興奮與熱情，譬如郭沫若在〈新華頌〉中歡呼新中國的誕生「光芒萬丈，輻射寰空」，何其芳以〈偉大的節日〉來稱頌共產政權的建立，艾青也寫出了祝詞〈歡呼〉等。久經戰亂的這一代的詩人們本對代表工農大眾的共產政權寄託了無限希望，他們開始時所表達的歡欣鼓舞之情毋寧是真誠的。成長於革命根據地或嚮往革命的年輕的一代，對革命事業也是誠心地在讚頌，因此在1957年反右鬥爭以前形成一片歌頌革命、追求新生活的樂觀之聲。然而在歌頌之中暗含的危機也是顯然的。當日的情勢，用大陸有此段經歷的學者的話來說，即是：

毛澤東〈在延安文藝座談會上的講話〉中提出的為工農兵服務的方針，不僅完善了「五四」運動以來的切近生活的努力，而且直接地為當代中國詩歌奠定了基礎。「講話」是當代詩歌最初的、也是最主要的「設計師」。它以兩部典型的詩集塑造了當代詩歌的最初形象，這就是作為史詩性的頌歌《王貴與李香香》與作為不合理的生活進行干預的戰歌《馬凡陀的山歌》。二者的相加，便是新時代的最進步的詩歌觀念。這種觀念，後來被明確定義為詩歌要為政治服務。……詩歌的形象有了根本的改變：詩歌進入了生活的每一個重要的環節。它不僅成為政治漩渦中最活躍的浪花，而且的確已成為整部「革命機器」的不可分割的部分。（謝冕 1999：4）

　　革命機器的效用不久就顯現了，1957年的反右鬥爭波及到眾多的知識份子，作為與革命機器不可分割的詩人自然更不能例外，艾青、白樺、公劉、邵燕祥等都被打成右派分子，剝奪了歌唱的權利。未被波及的，從此也只能壓抑心田中的真情實話，隨著政治上的左傾風潮盡力粉飾太平，為政治經濟的浮誇之風推波助瀾。大陸的文評家劉再復稱之為「新台閣體」：

　　「台閣體」的特點就是以千篇一律的僵化形式粉飾太平，頌揚帝王的權威，從而喪失了個體的生命感覺和個性經驗語言。以郭沫若、賀敬之、臧克家為代表的「新台閣體」也有類似特點。不過，它開始時還帶著某些真情與豪氣，不失雍容典雅，屬於革命後的謳歌文學，但發展到六、七〇年代，則變成充滿矯情的獻媚文學和阿諛文學，詩文成了夤緣求進的階梯，完全失去了文學的價值。而郭沫若、賀敬之、臧克家等則成了現代的宮廷詩人。可以說，就其境界而言，七〇年代「台閣體」後期的詩作，已降到本世紀現代詩歌的最底點。（劉再復 1995：28-29）

　　1958年毛澤東忽然指示要搜集民歌，各地的文聯、省委於是紛紛響應，郭沫

若與周揚立刻合編出《紅旗歌謠》民歌集，於1959年出版。從此各地選編的民歌集數不勝數。民歌本來是一種傳達鄉野人民心聲的極爲素樸的文學形式，一旦流爲官樣文章，還能保留多少民歌的精神與風貌，甚爲可疑了。從搜集民歌不久就擴大爲詩歌創作上的群眾運動，叫出「全黨辦文藝」、「人人是詩人」的口號。並且選拔出「詩歌縣」、「詩歌鄉」，與政治路線「大躍進」的浮誇風如出一轍。這個提倡民歌的風潮雖然沒有產生出像樣的作品，但影響卻是深遠的，它造成了幾十年來大陸詩歌的淺白化和民歌化，越來越遠離了詩的藝術性、思想性、深刻性和歧義性。

當然，全民寫詩的提倡，也並非全無正面的意義，在農民中、工人中出現了一批所謂的「農工詩人」，像王老九、劉勇、劉章、孫友田、鄭成義、黃聲孝、韓憶萍等，是以前所未有的。

提倡搜集民歌的另一個更大的收穫是發掘了不少少數民族的史詩，例如彝族史詩《梅葛》、藏族史詩《格薩爾》、蒙古族史詩《嘎達梅林》、傣族的《召樹屯》、撒尼族的《阿詩瑪》等都是因此發現的（註1）。

其中尤以《阿詩瑪》最爲著名。此詩爲雲南省人民文工團於1953年深入撒尼人位於路南縣圭山區的聚落發掘而得。前後歷時三個多月，搜集了二十種傳說異文，由黃鐵、劉知勇、劉綺進行整理，公劉加以潤色，於1954年發表。到了1959年，作家李廣田又進行了加工，並寫了序言，再於1960年由雲南人民出版社出版，才成爲今日所見的定本（郭志剛等 1994：530）。

到了1962年4月，在北京召開了「詩人座談會」，共產黨重要的領導人朱德和陳毅都曾參加，他們一致提出「說眞話」、「大膽創造」、「突破框框」、「充分發揮個性」的要求（註2）。但是這些要求，在左傾導向的政治壓力下，是否能夠發揮實質的效用，實在是一個疑問。謝冕就說：「進入六〇年代之後，階級鬥爭主題與頌歌主題的融合，最後促使了『頌歌加戰歌』的主潮的

註1：《梅葛》，1960年北京人民文學出版社出版；《格薩爾》，1962年上海文藝出版社出版；《嘎達梅林》，1979年上海文藝出版社出版；《召樹屯》，1959年北京人民文學出版社出版；《阿詩瑪》，1960年昆明雲南人民出版社出版。

註2：參閱1962年《詩刊》第三期「詩座談記盛」。

形成。這種詩歌模式更加嚴重地約束並阻塞了寫作的諸多可能性。主題的單一，內容的空泛，表達的乏味，風格的雷同，加上無所不在的隨時都可能產生的凌厲的批判，中國詩歌正步履維艱地蹣跚在一條越來越窄的路上。」（謝冕 2012）

在這樣的大環境中，我們所看到的文革以前的大陸詩歌，仍不外以表現愛國情操、歌頌社會主義建設、頌讚當政者及工農兵英雄為主體。這期間值得注意的有馮至的《韓波砍柴》、艾青的《寶石的紅星》、《黑鰻》、田間的《天安門讚歌》、《馬頭琴歌集》、《1958年歌》、郭小川的《甘蔗林 —— 青紗帳》、《崑崙行》、《林區三唱》、賀敬之的《十年頌歌》、《雷鋒之歌》、李瑛的《一個純粹的人的頌歌》、李季的《向昆侖》、張志民的《將軍和他的戰馬》、《紅旗頌》、阮章競的《金色的海螺》、《鋼都頌》等。

這個時期，除了臧克家、馮至、艾青、阮章競、田間等年紀較長的詩人外，郭小川、李季、聞捷、賀敬之、李瑛、張志民、公劉、白樺、流沙河、邵燕祥等是這一代較有代表性的詩人。

臧克家（1905-2004，生平見第十八章）在1949年後負責編輯《詩刊》，並曾鼓動毛澤東發表其古典詩詞（馬森 1995：54），他自己寫出歌頌社會革命先驅的長詩《李大釗》（臧克家 1959）。這個時期的代表作有《春風集》、《歡呼集》、《凱旋》等詩集。論者認為他這時期的詩作熱情有餘，藝術錘鍊不足。

馮至（1905-93，生平見第十八章）於1951年起擔任北京大學西方語言文學系教授兼主任。1964年起任中國科學院外國文學研究所所長及中國作協副主席。1949年後出版有《馮至詩文選集》（1955北京人民文學出版社）、《西郊集》（1958北京作家出版社）、《十年詩抄》（1959北京人民文學出版社）等。其詩受到古典詩詞及德國浪漫詩人的影響，頗講究遣詞用韻。

艾青（1910-96，生平見第十八章）於1957年被打成右派，剝奪了寫作的權利，在文壇上息旗噤聲二十多年，直到四人幫垮台才得以恢復名譽。平反後出任《人民文學》副主編、中國作協副主席。因為有出國訪問的機會，也寫了些異國風光的詩，但已失去早年那種直視現實生活的力度。1957年前的作品有

《寶石的紅星》（1953北京人民文學出版社）、《艾青詩選》（1955北京人民文學出版社）、《黑鰻》（1955北京作家出版社）、《春天》（1956北京人民文學出版社）、《海岬上》（1957北京作家出版社）等詩集，文革後出版《艾青詩選》（1979北京人民文學出版社）、《歸來的歌》（1980成都四川人民出版社）、《艾青敘事詩選》（1980廣州廣東人民出版社）、《彩色的詩》（1980南京江蘇人民出版社）、《艾青選集》（1980香港文學研究社）等。艾青善於抒情，喜用象徵、比喻的手法，例如：「像雲一樣柔軟，像風一樣輕，比月光更明亮，比夜更寧靜。」（〈給烏藍諾娃〉）這一類的句子很多。艾青雖然也嘗試過民歌體，但他駕輕就熟的仍數自由體詩。

阮章競（1914-2002，生平見第二十四章），1949年後擔任過中共中央華北局宣傳部文藝處長、《詩刊》第一副主編等。出版長篇敘事詩《漳河水》（1950新華書店）、《虹霓集》（1958北京作家出版社）、《迎春橘頌》（1959北京人民文學出版社）、《勘探者之歌》（1963北京作家出版社）及童話詩集《金色的海螺》（1956北京中國少年兒童出版社）。

田間（1916-85，生平見第十八章）1949年後他是少數創作旺盛的詩人之一，出版了十幾本詩集及多篇長詩，其中有《抗戰詩抄》（1950北京新華書店）、《我的短詩選》（1952北京人民文學出版社）、《誓詞》（1953新文藝出版社）、《芒市見聞》（1957昆明雲南人民出版社）、《馬頭琴歌集》（1957北京中國青年出版社）、《長詩三首》（1958北京作家出版社）、《天安門讚歌》（1958北京出版社）、《1958年歌》（1958北京中國青年出版社）、《東風歌》（1959北京作家出版社）、《英雄歌》（1959上海文藝出版社）、長詩《英雄戰歌》（1959北京作家出版社）、《田間詩抄》（1959北京人民文學出版社）、《趕車傳》上下卷（1959、61北京作家出版社）、《非洲遊記》（1964北京作家出版社）、《清明》（1978石家莊河北人民出版社）以及散文集《板門店記事》（1953北京人民文學出版社）、《歐遊札記》（1956北京作家出版社）、詩論《海燕頌》（1958北京出版社）。田間的詩句子短淺急促，帶有民歌的色彩。

郭小川（1919-76），原名郭恩大，筆名郭蘇、偉佩、健風、湘雲、登雲、丁雲、曉傳、袖春等，河北省豐寧縣人。1933年，日寇侵入熱河，隨家逃難至北平。1934年入北平東北中山中學，1936年入北平東北大學工學院補習班。1937年抗日戰爭爆發後，郭小川在赴延安途中參加了八路軍和共產黨，曾擔任部隊宣傳幹事、政治教員、司令部機要祕書。1941年進延安中央研究院學習。勝利後曾任其故鄉豐寧縣縣長。1948年後歷任冀察熱遼《群眾日報》副總編輯兼《大眾

郭小川（1919-76）

日報》負責人、《天津日報》編輯部副主任、中共中央中南局宣傳部宣傳處長兼文化處長。1953年任中央宣傳部理論宣傳處副處長、文藝處副處長。1955年調任中國作協書記處書記兼祕書長。1962年後任《人民日報》特約記者。郭小川屬於革命的一代，他的詩充滿了戰鬥的精神和革命的情懷，對這個階段的大陸詩歌很有代表性，試看〈投入火熱的鬥爭〉中的句子：

    公民們！
這就是
    我們偉大的祖國
它的每一秒鐘
    都過得
        極不平靜
它的土地上的
    每一塊沙石
        都在躍動，
它每時每刻
都在召喚你們
    投入火熱的鬥爭，
鬥爭
  這就是

生命，
　這就是
　　最富有的
　　　人生

在戰鬥詩外，郭小川受到推崇的是他的政治抒情詩如〈甘蔗林 —— 青紗帳〉、〈秋歌〉和敘事詩如〈將軍三部曲〉、〈白雪的讚歌〉等。他自言要「以一個宣傳鼓動員的姿態，寫下一行行政治性的句子」。雖然他的詩以情意眞切、瑰麗豐沛著稱，但今日看來仍以戰鬥的激情爲主調，當然這也是那一代所有詩作的主調。可悲的是不管他多麼表現對黨、對毛主席的忠貞不二，文革中仍然難逃被迫害至死的命運。

　　李季（1922-80，生平見第二十四章），1949年後主編武漢的《長江文藝》，並研究江南民歌。1952年轉到玉門油礦任黨委宣傳部長，完成了長詩《生活之歌》（1955北京中國青年出版社）及短詩集《玉門詩抄》一、二集（1955、58北京作家出版社）。1953年，以湖南「盤歌」的形式寫成敘事詩《菊花石》（1957武漢長江文藝出版社）。1958年，李季任中國作協蘭州分會主席，出版長篇敘事詩《楊高傳》之一《五月端陽》（1959北京作家出版社）、《楊高傳》之二《當紅軍的哥哥回來了》（1959北京作家出版社）、《楊高傳》之三《玉門女兒出征記》（1960北京作家出版社），詩中吸收了傳統說唱文學的表現手法，易懂易唱。1962年起，李季擔任《人民文學》副主編，出版長篇敘事詩《李貢來了》（1963天津百花文藝出版社）、《劍歌》（1964天津百花文藝出版社）、《石油詩集》（1965北京作家出版社）、長篇說唱詩《石油大哥》（1977北京人民文學出版社）。李季的重要作品多爲長篇敘事詩，善於融合民歌與古典詩詞。文革後曾任《詩刊》及《人民文學》主編、中國作協副主席。

　　聞捷（1923-71），原名趙文節，江蘇省丹徒縣人。幼年曾在南京煤廠做學徒。1937年到武漢從事抗日救亡宣傳，1938年參加共產黨，1940年入延安陝北公學，後參加部隊文工團。1945年任《群眾日報》編輯，發表小說、散文與

詩歌。1949年隨軍到新疆，任新華社新疆分社社長，寫了不少描寫蒙古及維吾爾人民生活的抒情詩，格調輕快、明朗，於1955年集爲《天山牧歌》（1956北京作家出版社）。1956年任《文藝報》記者及《人民日報》特約記者。1958年任作協蘭州分會副主席。聞捷的長篇敘事詩《復仇的火焰》（1959北京作家出版社），寫新疆東部巴里坤草原叛變事件，重視人物、情節，人稱「詩體小說」。聞捷於文革中被迫害自殺身死。此外尚出版有詩集《東風催動黃河浪》（1958敦煌文藝出版社）、《第一聲春雷》（與李季合作，1958長沙湖南人民出版社）、《我們遍插紅旗》（與李季合作，1958敦煌文藝出版社）、《祖國，光輝的十月》（1958北京作家出版社）、《河西走廊行》（1959北京作家出版社）、《生活的讚歌》（1959北京人民文學出版社）、《叛亂的草原》（《復仇的火焰》第二部，1962北京作家出版社）、《花環》（與袁鷹合作，1963北京作家出版社）及身後出版的《聞捷詩選》（1978北京人民文學出版社）。

賀敬之（1924-，生平見第二十四章）1949年後擔任中國劇協書記處書記。文革以後，歷任文化部副部長、中共宣傳部副部長、中國作協副主席。出版詩集有《並沒有冬天》（1951泥土社）、《笑》（1951五十年代出版社）、《朝陽花開》（1954北京作家出版社）、《回延安》（1956《延河》第六期）、《放聲歌唱》（1957北京中國青年出版社）、《鄉村的夜》（1957北京作家出版社）、《東風萬里》（1958）、《十年頌歌》（1959）和《雷鋒之歌》（1963北京中國青年出版社）及《賀敬之詩選》（1981濟南山東人民出版社）。都是典型的歌頌社會主義的政治詩，用賀敬之自己的話來說，是「詩學和政治學的統一」，「詩人和戰士的統一」（賀敬之 1977）。因爲其詩太政治化，甚至太過貼近每一次重要的政治運動，充滿了政治口號，也就更容易流爲歷史的垃圾。

李瑛（1926-），河北省豐潤縣人。1945年入北大中文系，開始創作詩歌。1949年畢業後參加人民解放軍，歷任《解放軍文藝》編輯、解放軍文藝出版社社長、解放軍總政治部文化部部長等職。謝冕認爲「他把北京大學這所中國

最高學府的學院派的風氣，帶到了軍旅，他創造了一種新的詩美：以纖細和優美的筆墨來描繪那粗獷豪放的士兵風格，並使二者有了完美的融合。李瑛在中國新詩中的貢獻在於，他再現了亞洲東部的這片廣闊土地上的自然風光，他總力求這種美具有時代的特徵，但他的基本貢獻在於捕捉它、雕刻它並力圖保存這些自然風光的魅力」。（謝冕 1999：9）作有《野戰詩集》（1951上海雜誌出版社）、《戰場上的節日》（1952上海雜誌出版社）、《天安門上的紅燈》（1954北京人民文學出版社）、《友誼的花束》（1955新文藝出版社）、《早晨》（1957北京作家出版社）、《時代紀事》（1959武漢長江文藝出版社）、《寄自海防前線的詩》（1959北京解放軍文藝出版社）、《花的原野》（1963天津百花文藝出版社）、《靜靜的哨所》（1963北京解放軍文藝出版社）、《獻給火的年代》（1964北京作家出版社）、《早林村集》（1972北京人民出版社）、《紅花滿山》（1973北京人民文學出版社）、《北疆紅似火》（1975北京人民文學出版社）、《站起來的人民》（1976北京人民出版社）、《進軍集》（1976北京人民文學出版社）、《難忘的一九七六》（1977上海人民出版社）、《早春》（1979北京人民文學出版社）、《我驕傲，我是一棵樹》（1980南京江蘇人民出版社）、《在燃燒的戰場上》（1980廣州廣東人民出版社）等部隊詩。代表作是1963年出版的《紅柳集》（1963北京作家出版社）、《李瑛詩選》（1981成都四川人民出版社）。他是多產的詩人，他的詩是從戰士的腳步獲得了節拍，從砲火的紅光獲得了色澤的戰士詩。後來他又出版《南海》（1982上海文藝出版社）、《春的笑容》（1983文化藝術出版社）、《望星》（1984天津百花文藝出版社）、《美國之旅》（1985成都四川人民出版社）、《戰士們萬歲》（1985北京解放軍文藝出版社）、《江和大地》（1986北京作家出版社）等詩集。

張志民（1926-98），河北省宛平縣人。1938年小學畢業，1940年十四歲參加八路軍，1941年參加共產黨。以後長期做部隊的政治工作，並開始詩歌、散文創作。1947年發表長篇敘事詩《王九訴苦》和《死不著》，1951年出版抗美援朝長篇敘事詩《將軍和他的戰馬》。農村合作化時期，在河北深入農村，

同時也發表不少小說作品。文革後出任《詩刊》主編。出版詩集有《天晴了》（1949北京讀者書店）、《死不著》（1950北京知識書店）、《將軍和他的戰馬》（1951五十年代出版社）、《金玉記》（1956北京中國青年出版社）、《家鄉的春天》（1956北京中國青年出版社）、《社裡的人物》（1958北京作家出版社）、《禮花集》（1960北京人民文學出版社）、《村風》（1960北京人民文學出版社）、《公社一家人》（1962上海文藝出版社）、《西行剪影》（1963天津百花文藝出版社）、《紅旗頌》（1965天津百花文藝出版社）、《邊區的山》（1980南京江蘇人民出版社）、《祖國，我對你說》（1981石家莊河北人民出版社）、《張志民詩選》（1981北京人民出版社）、《我們的寶劍》（1982群眾出版社）、《江南草》（1982上海文藝出版社）、《今情，往情》（1984成都四川人民出版社）、《七月走關東》（1985北京十月出版社）、《張志民敘事詩選》（1985北京作家出版社）、《死不著的後代們》（1986北京十月出版社）、《鄉土情思》（1987北京農村讀物出版社）、《張志民抒情詩選》（1987文化藝術出版社）、《張志民詩選》（1987北京中國文聯出版公司）等。

公劉（1927-2003），原名劉仁勇，又名劉耿直，江西省南昌縣人。1946年就讀中正大學法學院，從事學生運動，1948年曾在香港參加地下學聯活動，1949年廣州解放後回內地參加解放軍，歷任二野第四兵團新華社編輯、雲南軍區《國防戰士報》編輯、昆明部隊政治部文化部文藝助理員，曾參加搜集整理撒尼族史詩《阿詩瑪》。後任山西《火花》月刊編輯。1957年被打成右派分子，下放山西水庫工地勞改。公劉左派的妻子拒絕為右派的後代餵奶，於1958年拋棄剛生下的女兒棄夫而去。文革時更加悲慘，直到四人幫倒台才獲得平反。1978年任《安徽文藝》編輯。他1950年開始詩歌創作，很快就顯現了特出的才情。詩學家謝冕說：

公劉參與整理的《阿詩瑪》詩集書影

他的名篇〈西盟的早晨〉中的那朵奇異的雲，已經被很多人認為是詩人自我的象徵形象。在那朵雲身上，帶著讓人凜然的寒氣，也帶著旭日的光艷，而這光艷卻又是「難以捉摸」的。公劉的出現，彷彿是升起於深山谷底這朵雲彩。可惜的是，這朵雲很快就消失了。當時曾有人預言將出現一個詩歌的公劉時代，但這時代沒有到來。（謝冕 1999：10）

他出版的詩集有《邊地短歌》（1954中國人民藝術出版社）、《黎明的城》、《在北方》（1957北京作家出版社）、《白花・紅花》（1979上海文藝出版社）、長詩《尹靈芝》（1979北京中國青年出版社）、《離離原上草》（1980北京人民文學出版社）、《仙人掌》（1980成都四川人民出版社）、《母親－長江》（哈爾濱黑龍江人民出版社）、《駱駝》（1984上海文藝出版社）、《公劉詩選》（1987南昌江西人民出版社）等詩集。他的作品早期充滿革命的激情，後來漸漸對社會現象發生質疑，調子轉為冷峻。

白樺（1930-），原名陳佑華，河南省信陽縣人。在信陽師範學校藝術科學習時開始寫作。1947年因組織學生社團被開除，遂參加解放軍，1949年參加共產黨，曾任部隊宣傳員、教育幹事、師俱樂部主任等。1952年任解放軍昆明軍區創作組長。1955年調解放軍總政治部任創作室創作員。1961年起任上海海燕電影製片廠編劇。1964年調往解放軍武漢軍區話劇團任編劇。文革時被迫害，開除黨籍，1979年後獲得平反。白樺是位多面手，寫詩，也寫小說、劇作與電影劇本。他的詩作含有不少西南少數民族詩歌中的技巧。出版詩集有《金沙江的懷念》（1955北京中國青年出版社）、長詩《鷹群》（1956北京中國青年出版社）、長詩《孔雀》（1957北京中國青年出版社）、《輓歌與歡歌》（1979鄭州河南人民出版社）、《白樺的詩》（1982北京人民文學出版社）等。

流沙河（1931-），原名余勛坦，原籍四川省金堂縣，生於成都市。自幼習古文，1948年讀高中時即開始發表詩作及小說。1949年入四川大學農業化學系。1950年任《川西日報》編輯，與人合寫中篇小說《牛角灣》。1952年到川西文聯擔任編輯，1955年發表詩作《寄黃河》。1966年打成右派分子，押回金堂故

鄉，從事勞動十二年，直到文革後1978年始在金堂縣文化館任館員。1979年復出發表作品，任《星星》月刊編輯、中國作協理事、四川作協副主席。1985年起專業寫作。詩作有《農村夜曲》（1956重慶人民出版社）、《告別火星》（1957北京作家出版社）、《流沙河詩集》（1982上海文藝出版社）等。

邵燕祥（1933-），筆名燕翔、雁翔、漢野平，浙江省紹興縣人。中法大學法文系肄業。1949年任新華廣播電台資料員、編輯、記者。1951年出版第一本詩集《歌唱北京城》（華東人民出版社），後又出版《到遠方去》（1955上海新文藝出版社）、《給同志們》（1956北京作家出版社）等詩集。1957年被打成右派，剝奪了寫作的權利。文革後，於1978年任《詩刊》編輯部主任及副主編。1982年出版詩集《在遠方》（1981廣州花城出版社，獲得1979至82年優秀詩集一等獎）及《如花怒放》（1983上海文藝出版社）。所用語言樸素，風格自然。

周良沛（1933-），江西省九江縣人。因父母僑居海外，幼年被寄養在天主堂。1949年參加解放軍，擔任文工團宣傳員及文化教員，開始詩歌創作。1953年調往西南軍區，隨同部隊到拉薩。1955年後在昆明軍區政治部任創作員。1958年發表紀念美國詩人惠特曼的詩作後停筆。文革後復出。出版詩集有《藏族情歌》（1957武漢長江文藝出版社）、《古老的傣歌》（1957昆明雲南人民出版社）、《楓葉集》（1957北京作家出版社）、《飲馬集》（1980昆明雲南人民出版社）、《紅豆集》（1980四川民族出版社）、《往昔的時光》（1982上海文藝出版社）、《雪兆集》（1982北京人民文學出版社）、《雨窗集》（1983南京江蘇人民出版社）、《挑燈集》（1983成都四川人民出版社）以及其他散文集。他的作品表現邊疆少數民族的生活及風情。

二、文革時期的詩（1966-1976）

毛澤東所發動的文化大革命，從批判吳晗的新編歷史劇《海瑞罷官》揭開序幕，文人在遭受整肅的黨官之前首先成為待宰的羔羊。雖然開始受害的多半是

文史學者、戲劇家、小說家和電影工作者，詩人也終難倖免。有些詩人，像艾青、白樺、公劉等在1957年反右運動時已經被打成了右派，剝奪了寫作的權利，有的則在文革時慘遭迫害。郭小川和聞捷都受到不同程度的誣陷和鬥爭，前者受到殘害，雖然熬到四人幫倒台，但不久即病死，後者於1969年下放到奉賢縣五七幹校勞動，終因受不了殘酷的鬥爭，於1971年1月自殺身亡（趙詠梅1983：333-338）。

在萬馬齊喑的時期，詩人也都成了失聲的畫眉，倒是毛澤東自己的舊詩詞大行其道。雖然1957年《詩刊》的主編臧克家請求發表毛的詩詞時，毛澤東故作姿態地回信說：「這些東西，我歷來不願意正式發表，因為是舊體，怕謬種流傳，遺誤青年。」但是最後終不免半推半就地說：「既然你們認為可以刊載，亦可為已經傳抄的幾首改正錯字，那麼請照你們的意見辦吧！」（臧克家1958）。1957年初次在《詩刊》發表，讀者畢竟有限，到了文革期間，毛氏的詩詞逐日地用特大字號佔據了《人民日報》首版的頭條，遂成為人人必讀的重要詩作。連從來不寫詩的江青這時候也寫出了「江上有奇峰，鎖在煙霧中，尋常看不見，偶爾露崢嶸」的舊體詩，與新詩人一別苗頭。這時期，除了黨中央當權派的肆意狂言，其實難以聽到一般人的聲音了。

這種情形一直到1976年春因悼念周恩來之死在北京天安門廣場爆發了「四五」群眾運動，人民的聲音才又藉著追悼周恩來的詩歌傾瀉出來。例如〈揚眉劍出鞘〉六首之一：

欲悲聞鬼叫，我哭豺狼笑。
灑淚祭雄傑，揚眉劍出鞘。

另一首常被引用的新詩〈要真正的馬列主義〉，也大膽地批判了當政者的妄作妄為：

中國已不是過去的中國，

人民也不是愚不可及。
秦始皇的封建社會一去不復返了，
我們信仰馬列主義。
讓那孬種閹割馬列主義的秀才們見鬼去吧！
我們要的是真正的馬列主義。
為了真正的馬列主義，
我們不怕拋頭灑血，
我們不惜重上井崗舉義旗！

　　這都是無名者的作品，也算不了好詩，但是卻透露出那時代人民的心聲。

　　回顧自1949年擅寫古典詩詞的毛澤東當政後中國詩人的命運，豈止悲慘二字所可形容！每一次政治運動，詩人無不身受其害，拿謝冕的話來說：「在『文化大革命』前的近三十年中，詩人大規模的消失有三次，零星的則不計其數。第一次發生在五○年代初期，1955年開始的反『胡風反革命集團』的運動，由政治而涉及藝術，與胡風本人或與胡風主編的文學刊物《七月》（1937年10月創刊）、《希望》、《呼吸》、《泥土》等有牽連的詩人，一時間都消失了。……第二次發生在1957年前後的『反右派』運動。這是一次比反胡風鬥爭規模更大的清除。這次的特點是不分年齡（老、中、青），不分藝術主張，凡有涉及，都要消失。它沒有範圍，消失的詩人從艾青開始，包括了大批五○年代前後成長起來的很有前途的青年詩人。第三次是『文化大革命』，它對於詩歌（當然不只詩歌）的摧毀，涉及之寬廣、歷時之長久，是空前的。它的特點是『橫掃一切』。在這樣的極端的方針下，不僅是老一輩的詩人幾乎無一倖免，甚至連來自延安根據地最有成就的詩人如郭小川、賀敬之、聞捷、李季也都先後消失。聞捷、郭小川因而喪生。像這樣大規模迫害詩人的現象可說是史無前例的。」（謝冕 1999：59-60）

三、社會主義的散文

　　散文是作者直面讀者的文體，最容易坦露作者個人的情緒和心思，因此在文網如此嚴密動輒得咎的社會主義的大陸，是最易於招惹是非的文體，聰明的作家不會自陷羅網，避之唯恐不及。幾個動筆寫的，也難免陷入劉再復所說的「新台閣體」的格式。魯迅所倡導的批評社會的雜文絕跡。文革前《北京晚報》曾有鄧拓開的專欄「燕山夜話」以及《前線》雜誌和《人民日報》所開的「三家村札記」和「長短錄」等專欄，有些企圖恢復雜文的傳統，結果使其作者鄧拓、吳晗、廖沫沙、夏衍、孟超、唐弢等在文革時都因此受到殘酷無情的鬥爭（註3）。唯一比較不致惹禍的次文類應屬報告散文一類（在台灣一般稱作「報導文學」），這是自從抗日戰爭以來興起的文體，到了延安時代更成為歌頌黨、頌揚戰鬥英雄的主要文學形式，因為據實報導（當然此「實」是通過共產黨性的眼鏡所見之實），作者可以不必完全負責。因此在反右運動之前產生了不少韓戰的戰地報導或工農的事蹟報導之類的散文，其中不乏出於成名作家之手，前者如巴金的〈生活在英雄們中間〉、〈我們會見了彭德懷司令員〉、劉白羽的〈朝鮮在戰火中前進〉、魏巍的〈誰是最可愛的人〉、華山的〈清川江畔〉、楊朔的〈鴨綠江南北〉，後者如沙汀的〈盧家秀〉、蕭乾的〈萬里趕羊〉、臧克家的〈毛主席向著黃河笑〉、柳青的〈王家斌〉、秦兆陽的〈王永淮〉、劉賓雁的〈在橋梁工地上〉、〈本報內部消息〉等。

　　但是1957年反右運動一起，又使大多數作家噤聲了。譬如劉賓雁因為「揭露了現實的矛盾」，被打成反革命的「右派分子」，不准再動筆。到了六○年

註3：鄧拓等的被整肅，陳思和曾加以分析說：「對於六○年代頭腦清醒而又與執政黨關係密切的知識份子來說，經歷反右運動、大躍進、三年自然災害、反右傾運動，他們會產生一種失落與幻滅的感覺。……鄧拓這樣的黨內知識份子，他寫於《燕山夜話》與《三家村札記》中的雜文，內容非常駁雜，但確實有一些作品現實感很強烈，也很有思想的鋒芒。鄧拓的性格中，兼具政治家與文人的雙重人格：他既是一位黨性原則與政治操守都很堅定、也頗具務實精神的政治家，同時又是一位見識獨立、不願隨時俯仰的知識份子。……『三家村』的文字獄所以能夠發生，今日看來，主要是因為黨內鬥爭，毛澤東把鬥爭的矛頭指向彭真為首的北京市委，但選擇鄧拓等人作為突破口，卻也與他們這些『不合時宜』的表現有關。」（陳思和 2001：144）

代，只剩下對黨及黨所推崇的典型人物的頌歌和禮讚，諸如郭小川的〈旱天不旱地——記閩南抗旱鬥爭〉、穆青等的〈縣委書記的好榜樣——焦裕祿〉、郭光的〈英雄的列車〉等。大陸的學者也體認到問題所在，在開放後曾批評說：

> 大陸近三十年散文的總方向是偏離了現代性的，學者散文家的個性偶有閃現，但大多數時候被迫取消或自我別除了；文化內容除少數學者有反省、批判意識，絕大多數只能人云亦云，甚至媚政和公開作偽；體式退化，尤其是學者的當家文體隨筆幾近萎縮，語言被政治八股格式化，套話、空話、謊話也氾濫於學者散文文本，儘管極少數學者散文家仍是這個時段散文領域的中流砥柱。這一切都是以社會為主體的功利散文觀念同散文的浪漫主義創作方法相結合，並被極左政治推向極端所造成。（喻大翔 2000：139-140）

例外的是偶爾也有老作家偷偷寫成的散文，例如豐子愷在1971到1973年間，「利用凌晨時分偷偷寫成的一組散文。在一個舉國狂亂的大浩劫年代，這些散文疏離於時代共名之處而保持了作家平和的風格，在對舊人舊事與生活瑣事滿懷興致的記憶與書寫之中，它們體現了作家的生存智慧，並由此流露出在喧囂與混亂之中人性的生趣與光輝。」（陳思和 2001：167）但這些題為「緣緣堂續筆」的作品要等到九〇年代才能面世（註4）。

那時代抒情的散文自然也有一些，不過都泯除了個人的情緒，強擠出歡快的調子，在抒情中仍然不忘歌頌，像老作家冰心的《櫻花讚》、曹靖華的《花》、巴金的《傾吐不盡的感情》、陳殘雲的《珠江岸邊》、碧野的《情滿青山》等。其中劉白羽既有報導，也有抒情的散文問世。

劉白羽（1916-2005，生平見第二十四章）原以小說作家著稱，但在1949年後散文作品更多，一方面他有出國訪問的機會，大有報導的題材，另一方面身任政府要職，根正心紅，說話自以為不致出錯，膽量較大，才敢於染指散文。

註4：豐子愷偷寫的題為「緣緣堂續筆」的散文，直到1992年才由杭州浙江文藝出版社收入《豐子愷散文全編》中。

他的〈日出〉、〈紅瑪瑙〉、〈長江三日〉等篇都有很強的抒情性，曾選入中大學課本。他自言：「經過從三〇年代到六〇年代漫長的散文創作道路，我還是愛美的。」（劉白羽 1983）不過他的愛美及抒情自有一線正確的革命意識貫穿其間。他的散文作品有《莫斯科訪問記》（1951上海海燕書店）、《對和平宣誓》（1954北京作家出版社）、《火炬與太陽》（1956北京作家出版社）、《早晨的太陽》（1959北京作家出版社）、《紅瑪瑙集》（1962北京作家出版社）、《紅色的十月》（1978上海文藝出版社）、《劉白羽散文選》（1978北京人民文學出版社）及評論集《白羽論稿》（1985北京解放文藝出版社）等。陳思和主編的《當代大陸文學史教程》舉例評論說：

> 〈長江三日〉對三峽景物的描寫，不論是瞿塘峽的險峻、巫峽的秀美，還是西陵峽的凶惡，都有出色的描繪。正如漢賦浸透了漢帝國剛建立時的精神氣韻一樣，顯示了對國家政權的膜拜和信念，甚至比漢賦表現得更為直接。

其實，這樣的作品，也是為政治服務的，所以《當代大陸文學史教程》的看法是：

> 這種抒情性在公開發表的文學作品中，是以貌似客觀的面目出現的，即透過對客觀景物的描寫來表現古老的借景抒情手法，所抒的不再是個人的感觸，而是藉自然界的秀美與崇高，來隱喻時代的美好與崇高，傳統的藝術技巧也帶上了新的意識形態色彩。（陳思和2001：142-143）

新進作家，比較突出的則首推楊朔、秦牧等人。

楊朔（1913-68），原名楊毓晉，字瑩叔，山東省蓬萊縣人。高中畢業後出外謀生，1937年在上海創辦北雁出版社，因抗戰爆發隨即從武漢赴延安。翌年參加全國文藝界抗敵協會作家戰地訪問團，深入華北抗日根據地，寫出了根據地人民的抗敵英勇事蹟。1945年加入共產黨。勝利後發表工人鬥爭生活的中篇小說《紅石山》。國共內戰時期在晉察冀野戰軍擔任新華社特派記者。1949年後

任中華全國鐵路總公會文藝部長。1950年參與援朝戰爭，寫出長篇小說《三千里江山》和甚多通訊、特寫等散文。1955年後任中國作家協會外國文學委員會主任，以後先後擔任中國保衛世界和平委員會副祕書長、亞非人民團結理事會書記處書記、中國亞非作家常設局聯絡委員會祕書長等職。楊朔散文、小說兼善，其散文作品有《潼關之夜》（1941烽火社）、《美軍是披著人皮的畜生》（1951華東新華書店）、《鴨綠江南北》（1951天下圖書公司）、《萬古青春》（1954北京中國青年出版社）、《鐵騎兵》（1957北京作家出版社）、《亞洲日出》（1957北京出版社）、《海市》（1960北京作家出版社）、《東風第一枝》（1961北京作家出版社）、《生命泉》（1964北京作家出版社）、《楊朔散文選》（1978北京人民文學出版社）、《楊朔文集》（1984濟南山東文藝出版社）、《茶花賦》（1985北京人民文學出版社）等。論者以為陽朔的散文內容具有時代感，形式上則追求詩意（曹萬生 2010：486）。

秦牧（1919-92），原名林覺夫，又名林派光、林頑石，廣東省澄海縣人。幼年隨父母移居新加坡，1932年返國，先後在澄海、汕頭、香港等地就讀，開始寫作。1938年在廣州參加抗日宣傳工作，輾轉粵桂等地。1934年寫雜文攻擊國民黨，1945年在重慶參加中國民主同盟，任《中國工人》雜誌編輯。勝利後一度赴香港，1949年後進入東江解放區，到廣州參加接管工作，歷任廣東省文教廳科長、中華書局廣州編輯室主任、《羊城晚報》副總編輯。《作品》雜誌主編、暨南大學中文系主任、作協廣東分會副主席等職。1956年後專攻散文，偶寫小說。出版散文作品有《秦牧雜文》（1947上海開明書店）、《星下集》（1958廣州廣東人民出版社）、《貝殼集》（1958北京作家出版社）、《花城》（1961北京作家出版社）、《潮汐和船》（1964北京作家出版社）、《長河浪花集》（1978北京人民文學出版社）、《長街燈語》（1979天津百花文藝出版社）、《花蜜和蜂刺》（1980北京人民文學出版社）、《晴窗晨筆》（1981廣州花城出版社）、《秦牧選集》（1981成都四川人民出版社）、《秋林紅果》（1983北京人民文學出版社）、《秦牧文集》（1983春風文藝出版社）、《秦牧自選集》（1984廣州花城出版社）、《訪龍的家鄉》（1985長沙

湖南人民出版社）、《秦牧知識小品集》（1985黃河文藝出版社）及文藝理論《藝海拾貝》（1962上海新文藝出版社）等。評者認為秦牧的散文：

> 較能體現散文的「行散神聚」的神韻；但這種神，又落入楊朔模式了。乍一看，秦牧散文太放縱了，豐富的知識，飽滿的熱情，暢達的說理，使他的筆如同奔馬一樣，縱橫馳騁，有一種情溢於言、理勝於詞、天馬行空的氣勢。但這天馬行空是寓於思想控制之中的，有一根思想的紅線在貫穿。（曹萬生 2010：487）

也有大陸學者認為「秦、楊二家，近於媚政或使人懷疑有媚政之嫌的散文實在太多，能長久流傳的為數就少了」（喻大翔 2000：72）。

綜觀這時期的散文，實在未能達到五四以後新散文的水準。即使幾個有才情的作家像楊朔、秦牧等，在意識形態種種框框的束縛下，也難有施展的餘地。近來大陸的學者也承認：

> 「左」的文藝理論和「左」的僵化觀念，諸如要求文藝必須直接配合政治運動與宣傳任務（「寫中心，畫中心，唱中心」），「一個階級一個典型」等等，持續地、長期地強化著作家的「左」的思想意識，限制了散文創作的題材和體裁多樣化，大大地束縛了作家藝術創造性的進一步發揮，使表現十分自由的散文變得很不自由，形成了一統的歌頌性的思想表現模式，「干預生活」的題材被視為「禁區」，未能很好地發揮散文應有的文化批判功能。尤其是「反右」以後，散文只能歌頌，不能暴露，只能歌頌生活的真善美，不能抨擊生活的假惡醜，更不能觸及時弊與揭露現實中客觀存在的尖銳深刻的矛盾。於是散文表現的只是讚唱工農兵的偉績和新社會的光明，思想空間和生活空間越來越偏頗、狹小，實際上不是切近現實生活，而是越來越遠離生活。這就從根本上悖離了五四以後散文真切表現人生的現實主義傳統，而存在著比較嚴重的反現實主義傾向。（朱棟霖等 1999：62-63）

引用資料

朱棟霖、丁帆、朱曉進主編，1999：《中國現代文學史：1917-1997》下冊，北京高等教育出版社。

馬　森，1995：〈毛澤東的文藝理論與實踐〉，《馬森作品選集》，台南市立文化中心。

曹萬生，2010：《中國現代漢語文學史》，北京中國人民大學出版社。

郭志剛等主編，1994：《中國當代文學史初稿》下冊，北京人民文學出版社。

陳思和主編，2001：《當代大陸文學史教程：1949-1999》，台北聯合文學出版社。

喻大翔，2000：《兩岸四地百年散文縱橫論》，長春吉林人民出版社。

賀敬之，1977：〈戰士的心永遠跳動〉，《郭小川詩選集》，北京人民文學出版社。

趙詠梅，1983：〈聞捷傳略〉，《中國現代作家傳略》下，四川人民出版社。

劉白羽，1983：〈序〉，《紅瑪瑙》，北京文化藝術出版社。

劉再復，1995：〈大陸文學四十年的發展輪廓──從獨白的時代到複調的時代〉，張寶琴、邵玉銘、瘂弦主編《四十年來中國文學》，台北聯合文學出版社，頁28-49。

臧克家編，1958：〈毛澤東致臧克家書〉，《毛澤東詩詞十九首》，北京外文出版社。

臧克家，1959：《李大釗》，北京作家出版社。

謝　冕，1999：《浪漫星雲：中國當代詩歌札記》，廣州廣東人民出版社。

謝　冕，2012：〈動亂年代──中國新詩1960-1975〉，9月《新地文學》第21期「第二屆二十一世紀世界華文文學高峰會議特刊」，頁51-82。

豐子愷，1992：《豐子愷散文全編》，浙江文藝出版社。

第三十章　社會主義的戲劇與小說（1949-1976）

一、現代戲劇與小說的政治工具化

　　在延安時期的共產黨本來就視文藝爲政治鬥爭的工具，身兼宣傳與娛樂雙重任務的現代戲劇與受到群眾歡迎的小說更不能例外。攫奪了政權以後，共產黨一面以全國及各地的戲劇協會統御所有的戲劇工作者，以文聯、作協等組織控制小說作家，一面把各地的劇院及文學報章、刊物在剷除私營的經濟政策的風潮下一律收歸國有（更恰當的說法應該說是黨有），從此不論創作還是演出，都直接接受黨意的操縱。在劇作及小說主題方面，當然要合於共產黨的政策與方針，以歌頌社會主義、批判資本主義，思當前之甜，憶過去之苦爲原則。在人物方面，要遵循毛澤東的指示，以寫工、農、兵爲主。舞台上及小說中的工、農、兵，當然不能以個人的姿態出現，而必須都是集體中的一分子，都在爲建設社會主義而獻身。就主題與人物而言，雖不能說是千篇一律，卻可

以說是大同小異。其間偶有不同，則是受到某一時期政策的影響或人事鬥爭的左右。譬如擁護大鳴大放的作品，到大鳴大放的政策變成了陽謀，自然就該受到批判了；歌頌某一政治人物的作品，歌頌的對象一旦遭到整肅，也就變成毒草了。因此除了劇中政治路線的不同以外，原則上都是相當狹隘的所謂社會主義意識形態下的產物。在其中我們看不到人生普遍經驗中的生、老、病、死、愛情、婚姻，以及個人的獨特思維與經驗，直探人性更成為避之唯恐不及的禁忌。作者甚至也不能對人生社會問題質疑，或對某一事件採取保留的看法；他必須清清楚楚地聲明他的立場，表現他的好惡，說明他擁護的是什麼，反對的是什麼。這樣的作品當然難以呈現人生的各種面向或探索人性的深刻層次，如不流於膚淺或表面化也就戛戛乎其難了。因而使過去的知識份子作家裹足不前，竟大部分來自易於服從命令的軍人，也就不足為怪了。

　　1949年以後的作品，在形式方面基本上仍然承續了三、四〇年代話劇與小說的「擬寫實主義」的手法，一面模仿寫實主義虛擬著人生的外在形貌，一面卻以由政治領導那裡稟承而來的思維扭曲著人生的真實。由於這時期中共對西方世界的敵視，除了在與蘇共交惡前尊崇著蘇俄現代戲劇的史丹尼斯拉夫斯基（Constantin Sergeyevich Stanislavski）的演劇體系以及所謂的「社會主義的現實主義」外，有意地排除了二次大戰後西方資本主義國家所有的戲劇與小說的新思潮和新形式，基本上可以說是自我封閉的。加以嚴苛的意識形態扼殺了任何自我創發的生機，致使到文化大革命結束長達二十六年中，現代戲劇與小說的表現形式僵滯不前。以下先就兩代劇作家的作品予以概括地介紹，再申述社會主義小說家的成就。

二、前輩成名劇作家的作品

　　前輩劇作家中，到1949年後依然創作不懈而最有成就的應數老舍。

　　1949年前，老舍（1899-1966，生平見本書第十五章）本以小說著稱，到了抗日戰爭期間才開始戲劇創作（見本書第二十一章）。老舍與曹禺於1946年3

月應美國國務院之邀赴美訪問，在中國大陸「解放」前夕，老舍仍滯美未歸。在留美的數年間，老舍寫了長篇小說《四世同堂》的第三部《飢荒》及《鼓書藝人》，並會同譯者英譯了他的幾部重要小說，諸如《駱駝祥子》、《離婚》、《四世同堂》節譯本、《鼓書藝人》等。1949年10月老舍接到周恩來邀請他返國的信，12月即束裝返回北京。以老舍的盛名，當然甚受新政權的歡迎與器重，先後榮任中國文聯副主席、中國作協副主席及書記處書記、中國劇協理事、北京文聯主席、政務院文教委員、全國人民代表大會代表、政協常務委員、北京市政府委員等要職。當時老舍毋寧抱著滿腔的愛國熱誠，一心一意要爲新中國貢獻一己的力量。也許是因爲戲劇更能觸及到一般的人民大眾，老舍這時的寫作興趣從小說轉移到戲劇，很快地就寫出了兩齣歌頌新政權的五幕話劇《方珍珠》（1951上海晨光出版公司）和三幕話劇《龍鬚溝》（1951北京大眾書店）。直到1966年在迫害屈辱下投湖自盡，除一部抗美援朝的小說《無名高地有了名》（1955北京人民文學出版社）外，老舍寫出了十幾本劇作，計有：獨幕劇《生日》（1952）、三幕劇《春華秋實》（1953北京人民文學出版社）、四幕劇《青年突擊隊》（1955北京大眾出版社）、五幕劇《西望長安》（1956北京作家出版社）、三幕劇《茶館》（1958北京中國戲劇出版社）、三幕劇《紅大院》（1959北京作家出版社）、三幕劇《女店員》（1959天津百花文藝出版社）、三幕劇《全家福》（1959北京作家出版社）、六場話劇《荷珠配》（根據川劇改編，1962北京中國戲劇出版社）、四幕劇《神拳》（原名《義和團》，1963北京中國戲劇出版社）、兒童歌劇《青蛙騎手》（1960）、三幕兒童劇《寶船》（1961）、歌舞劇《消滅細菌》（1952）、《大家評理》（1953）、曲劇《柳樹井》（1952）、京劇劇本《十五貫》（1956）、《青霞丹血》（1959北京人民出版社）、《王寶釧》（1964），此外尚有翻譯的蕭伯納作品《蘋果車》（1956），以及死後才發表的《火車上的威風》（獨幕，1979）和未完成的《秦氏三兄弟》（1957？），作品可說眾多。

老舍曾被海外的評論家譏爲歌德派作家，正因爲他的作品多半都在歌頌社會主義與共產黨。這樣的指責毋寧是多餘的，大陸的作家有誰不在歌頌呢？老舍

表現得不過特別熱心而已。老舍多數的作品都是為了趕任務而寫的，像《春華秋實》、《紅大院》、《女店員》、《全家福》等，時過境遷以後再看，實在沒有什麼意思。但是趕任務的作品也有較好的，例如《龍鬚溝》，其中的人物與語言就相當出色，但是因為最後不能不強調共產黨的恩德，就不能不顯出其宣傳與歌頌政權的用意。

在老舍的劇作中最引起注意的是《茶館》。《茶館》脫胎自未完成的劇作《秦氏三兄弟》，也許正因為寫到中途老舍改變了主意，把《秦氏三兄弟》中的秦二爺寫進《茶館》裡，因而不必再寫《秦氏三兄弟》了。《茶館》寫的是北京裕泰茶館歷經戊戌政變（1898）、軍閥割據，直到抗戰勝利時期的種種變遷。時間久，人物眾多，不計背景人物，

1958年《茶館》首演劇照

上場說話的就多達五十餘人。這些人物包括三教九流形形色色，個個生龍活虎，正是老舍自言以人帶戲的寫作方式（老舍 1982）。老舍土生土長在北京，一寫到北京人，不管是小說還是戲劇，就表現得生龍活虎，當行本色。不過《茶館》也只有第一幕最成功，二、三幕因為加入政治路線的干擾，就無法完成老舍所追求的呈現社會真實的效果了。而且這齣戲除了人物生動外，欠缺情節的發展與轉折，故李健吾稱之謂「圖卷戲」（李健吾 1982）。

其次表現特出的應數曾撰寫〈義勇軍進行曲〉曲詞的老劇作家田漢。田漢二〇年代起就開始戲劇創作（見本書第十二章），抗日戰爭時期的劇作也十分豐富（見本書第二十一章）。田漢在解放前已經加入共產黨，1949年後歷任中國劇協主席及黨組書記、全國文聯副主席、全國人民代表大會代表、政協委員、政務院文化教育委員、文化部戲曲改進局局長、藝術事業管理局局長、北京戲曲實驗學校校長等職，可說在政界、戲劇界都受到重視，但是也應了俗話所說的「爬得越高，摔得越重」。

田漢當然也有趕任務的作品，例如配合抗美援朝政策的《朝鮮風雲》（1950

《人民戲劇》第一卷第四期）、宣傳水利建設的《十三陵水庫暢想曲》（1958《劇本》第八期）和應周恩來的號召歌頌民族團結的《文成公主》（1961北京中國戲劇出版社）。但是他的《關漢卿》（1958《劇本》第五期）一劇，藉著關漢卿反抗強權的形象借古諷今地透露了他對當代的不平。話劇以外，這時期田漢創作了更多京劇劇本，譬如《白蛇傳》（1953《劇本》第八期）、《金鱗記》（原名《追魚》，與安娥合作，1957《劇本》第八期）、《西廂記》（1959北京中國戲劇出版社）、《謝瑤環》（1961《劇本》第七、八期）等。也正因為《謝瑤環》一劇在1964年文化界的整風中被康生指為「毒草」，使田漢成為重點批判的對象。文革開始後，田漢被打成「戲劇界牛鬼蛇神的祖師爺」、「反革命修正主義分子」、「漏網的大右派」、「反共老手」、「叛徒」等，終於1968年瘐死獄中。

　　另一位左派文壇大將郭沫若在抗日戰爭期間曾有兩年多完成六個歷史劇的紀錄（見本書第二十一章）。郭沫若是繼魯迅之後最受共產黨寵遇的作家，1949年後榮任全國文聯主席、政務院副總理、中國科學院院長、中國科技大學校長、中共中央委員、人大副委員長、全國政協副主席等要職，成為文壇和學界的領袖。郭沫若本來擅長寫史劇，1949年後所寫的《蔡文姬》（1959北京文物出版社）和《武則天》（1962北京中國戲劇出版社），也都是史劇。過去郭沫若善用以古諷今的手法，作品中洋溢著浪漫的氣息。1949年後不能諷今，重點放在重評歷史人物上，例如《蔡文姬》為曹操翻案，《武則天》為武氏翻案，都為了投毛澤東之所好（註1）。雖然都有政治的寓意，也不乏抒寫個人情懷的浪漫。郭氏自言「蔡文姬就是我！是照著我寫的」（註2）。可見其中是有所寄託的。

　　一向創作力旺盛的曹禺在1949年後只寫了一個半戲，宣傳思想改造的《明

註1：毛澤東〈浪淘沙・北戴河〉詠曹操說：「往事越千年，魏武揮鞭，東臨碣石有遺篇。蕭瑟秋風今又是，換了人間。」郭沫若自言為曹操翻案是受到毛詞的誘發（張志勳 1989：177）。至於為武則天翻案，也有人說是呼應江青的野心，但鑑於寫作的年代，這種假設並不可靠，只能說也是希旨毛澤東的口味。

註2：語見《蔡文姬・序》（郭沫若 1959）。

朗的天》（1954《劇本》第九、十期）和與人合作的《劍膽篇》（與梅阡、于是之合作，1961《人民文學》第七、八期），都是趕任務的作品，前者是在周恩來的授命下為宣傳思想改造而作，後者是中蘇斷交後在羅瑞卿的授意下為砥礪人民的鬥志而寫。這些作品都難以使作者發揮他的才情，如與1949年前具有創意之作如《雷雨》、《原野》、《北京人》等相比，可說判若霄壤。一直到晚年，等到毛澤東死後，四人幫垮台，大陸對外開放，改變了政治方向以後，曹禺才敢說出「束縛太多」以及「滿腦袋都是馬列主義概念，怎麼腦袋就是轉動不起來呢？」也才敢抱怨：「總是要管，三管兩管，就越寫越簡單化了。」（田本相、劉一軍 2001：42）

此外，在前輩劇作家中，夏衍寫了《考驗》（1955北京人民文學出版社），宋之的寫了《保衛和平》（1956北京人民文學出版社），丁西林寫了歷史喜劇《孟麗君》（1961），于伶寫了《七月流火》（1962）等。

綜觀前輩劇作家，除老舍表現特出，田漢與郭沫若尚能維持一貫的水平外，其他的不是噤口不言，就是虛應故事，言不由衷，三、四〇年代話劇的光彩已不復可見了。

三、新進劇作家的作品

由於戲劇具有重大的宣傳功能，在國共內戰時期的解放軍部隊中原就有與戲劇有關的文宣隊一類的組織，因此解放後有不少出身軍旅的人躋身於劇作家的行列，像陳其通、沈西蒙、胡可、趙寰、所云平、丁一三等都可稱之為軍中劇作家。

陳其通（1916-2001），筆名陳貫之、陳然、浩然（與小說家浩然同名），四川巴中人，1932年參加工農紅軍，翌年參加共產黨，擔任區少共書記、縣獨立團政委、師宣傳隊長，並參加了二萬五千里長征。抗戰時期，先後擔任延安補充團政治處主任、劇團隊長、旅宣傳隊長、團參謀長等職。1949年後，歷任總政治部文化部文藝處副處長兼文工團團長、軍委總政治部文工團長、總政治部

宣傳部副部長兼解放軍藝術學院副院長、中國文聯委員、中國劇協理事、中國作協理事等。1957年初曾與同事陳亞丁、馬寒冰、魯勒四人發表對「雙百」方針的意見，引起毛澤東的注意。因為毛的態度搖擺，一會批左傾教條主義，一會又批右傾修正主義，導致馬寒冰自殺及批評他們的另一位軍官的悲慘命運。同時此事件也為反右運動拉開序幕。

　　陳其通三〇年代開始劇作，1949年發表多幕劇《砲彈》（1950上海雜誌公司），1957年修改1949年前的舊作《風雲路程三萬里》成《萬水千山》（1957北京中國戲劇出版社）一劇，描寫共軍有名的二萬五千里長征。此外尚作有大型話劇《同志間》（1957北京中國戲劇出版社）、《通天喜》、《井崗山》，獨幕劇《二分錢》、《心願》、《青梅》、《階級兄弟》及歌劇《繡荷包》、《董存瑞》（1957北京中國青年出版社）、《兩個女紅軍》（1959北京中國戲劇出版社）、《柯山紅日》（1960北京解放軍文藝社）等。作者善於攫取典型事件和典型人物。

　　沈西蒙（1919-2006），上海市人，幼家貧，1939年抗戰時期參加新四軍及共產黨。1949年後曾任解放軍總政治部文化部副部長。文革後1980年當選全國劇協副主席。抗美援朝期間寫了宣傳劇《楊思根》（1956北京中國青年出版社），但是引起注意的作品是與漠雁、呂興臣合作的《霓虹燈下的哨兵》（1964北京人民文學出版社）。雖然寫

《霓虹燈下的哨兵》演出劇照

的是兵，卻非戰場，而以都市生活為背景，以「南京路上好八連」的事跡為素材，表揚了革命戰士如何智勇地戰勝了敵特的破壞活動。此劇在表達上吸收了電影手法，在當日毫無創意的話劇形式的對比下顯得新穎，後也搬上了銀幕。

　　胡可（1921-），原名胡騰駒，山東省益都縣人，滿族。肄業於山東第十與第一中學。1937年參加八路軍，從事演劇及文宣工作。1939年參加共產黨。1949年後任解放軍華北軍區政治文化部創作員。1952年參加抗美援朝之戰。1958

年後歷任解放軍石家莊軍分區副政委、北京軍區政治部宣傳部副部長、解放軍總政治部文化部副部長、解放軍藝術學院院長、中國戲劇家協會副主席等職。1949年前已創作過多齣獨幕劇以及多幕劇《清明節》、《戎冠秀》等。1950年與其妻胡朋合作四幕劇《戰鬥裡成長》（1950《人民文學》第五、六期），是解放初期最常演的劇目之一。其他尚有《英雄的陣地》（1952《劇本》第七期）、《戰線南移》（1954《劇本》第六期）。他的五幕劇《槐樹莊》（1959《劇本》第八期）寫從土地改革到社會主義改造期間農村中的尖銳矛盾與鬥爭。靠著多年在軍中演劇的經驗，作者精於營造戲劇的張力。

海默（1923-68），原名張澤藩，山東省黃縣人。十一歲喪母後隨父去北京，就讀於北師大附屬平民小學及育英中學。1941年到晉察冀解放區，進華北聯大。1944年進延安魯迅藝術學院，並參加魯藝文工團，開始寫作劇本。1950年後任中南文工團創作部主任。1951年赴援朝戰場受傷返國。1953年加入共產黨，1956年起任北京電影製片廠編劇。1967年被打成黑幫分子，翌年被殘害致死。1978年北影製片廠爲他平反。作有劇本《洞簫橫吹》（1956《劇本》第十一期）及《礦山的主人》、《火》、《故鄉》，歌劇《棄暗投明》、《秋收歌舞》、《米》及改編電影劇本多部。

1959年他的劇作《洞簫橫吹》遭到批判，定性爲「反黨、反社會主義的毒草」，到1962年經周恩來與陳毅在「廣州會議」上表態才獲得肯定。但是到了1967年文革時再度被打成毒草，作者海默也因而被打成反革命，不久，被迫害致死。對該劇的批判與討論，後來大陸學者總結說：「這場討論，不僅沒有對創作和理論起到應有的推動作用，相反，卻在客觀上爲任意上綱上線、羅織罪名的惡劣傾向興推波助瀾之風，致使我們在相當一段時間裡，很難見到寫眞實、抒眞情、針砭時弊的好劇目。這種教訓是極爲深刻的。」（於可訓等1989：23）

趙寰（1925-），原名趙子輔，又名趙子厚，遼寧省丹東市人。1945年入燕京大學新聞系，在校期間常參加劇社活動。1950年參加解放軍，任第四十八軍政治部宣傳員。1952年任中南軍區部隊藝術劇院和戰士話劇團創作員、廣州軍

區戰士話劇團團長。曾獲1964年文化部優秀話劇創作獎。劇作有《三個戰友》（1957北京中國戲劇出版社）、《紅櫻歌》（1963北京中國戲劇出版社）、《秋收霹靂》（1979《劇本》第一期）、《十年一覺神州夢》（1981北京中國戲劇出版社）、《藍藍翡翠島》（1982《南粵劇作》）、《馬克思流亡倫敦》（1983《劇本》2月號）及電影劇本《董存瑞》（與丁洪、董曉華合作）。他的作品風格樸實，節奏明快。

　　所云平（1928-），原名所如意，山東省掖縣人，十二歲參加膠東孩子劇團。1946年參軍，主要擔任宣傳及演劇工作，並加入共產黨。曾任膠東軍區分區文工團分隊長、南京軍區前線話劇團編劇、總政治部文工團創作員、話劇團團長。作有多幕話劇《在前進的道路上》（1956《解放軍文藝》8月號）、《水往高處流》（與王云合寫，1958北京中國戲劇出版社）、《東進序曲》（與顧寶璋合寫，1959《解放軍文藝》10月號）、《我是一個兵》（與白文合寫，1960北京中國戲劇出版社）、《針鋒相對》（1963《長江文藝》）、《東進！東進！》（1979武漢長江文藝出版社）等。他善於寫大場面大事件，以氣勢雄偉著稱。

　　丁一三（1931-96），原名薄殿輔，筆名丁力，河北省寧河縣人，1948年參加人民解放軍，擔任宣傳員。作有獨幕劇《永遠的戰友》（1952中南人民出版社）、多幕劇《女飛行員》（1965北京中國戲劇出版社）、《陳毅出山》（1980北京中國戲劇出版社）及電影劇本《英雄虎膽》（1958中國電影出版社）。

　　1949年以後也出現了一批專寫社會主義工農業建設的劇作家，像超克圖納仁、黃悌、崔德志、趙羽翔、武玉笑、王正等。

　　超克圖納仁（1925-），蒙古族，吉林省前郭爾螺斯蒙古族自治縣人。1941年於北平匯文中學就讀，1946年返鄉參加革命。翌年任內蒙古文工團演員及創作員，1950年開始寫作。1952年在錫林郭勒盟任團區委書記，1958年起歷任人民公社黨委副書記、《草原》文學月刊副主編、內蒙文聯副祕書長等職。1960至65年在內蒙古大學文藝研究班學習。他是個產量豐富的話劇作家，寫有近四十個劇本，主要作品有《我們都是哨兵》（1956《劇本》第一期）、《巴

音敖拉之歌》（1957北京中國戲劇出版社）、反映牧民鬥爭的四幕劇《金鷹》（1959《劇本》第二期）、《嚴峻的歲月》（1963《草原》）、《戈爾丹大叔》（1963北京中國戲劇出版社）、歌頌四五運動的《紅霞萬朵》（1979《草原》）、獲獎的電影劇本《成吉思汗》及《超克圖納仁劇作選》（1984北京中國戲劇出版社）等。他的作品主要取材於草原牧區人民的生活。

黃悌（1926-98），原名黃庭愈，江蘇省江寧縣人，1948年北京大學畢業，曾參加北大劇藝社及祖國劇團。從北大畢業後先後在華北大學第二文工團、中央戲劇學院創作室、文化部藝術局劇本創作室、中國戲劇家協會劇本創作室從事創作。韓戰時曾赴戰地體驗生活，寫出《鋼鐵運輸兵》（1954上海新文藝出版社）。1958年後，歷任西安話劇院副院長、西安市文聯主席。此外尚有劇作《保衛幹事》（1955北京通俗讀物出版社）、《巴山紅浪》（1960《北京戲劇》第五期）、《臥虎鎮》（與楊克忍合寫，1960北京中國戲劇出版社）、《山野新歌》（1963北京中國戲劇出版社）、《尖兵傳》（1964《劇本》話劇專刊）、《山花爛漫》（與萬一合寫，1964《劇本》第十二期）、《延河水》（與萬一等合寫，1969《延河》）、《西安事變》（與曹天富合作，《陝西戲劇》）、《將軍巷一號》（1983《西安戲劇》）等。黃悌專寫英雄事跡與英雄人物。

崔德志（1927-），筆名馬非，黑龍江省青岡縣人，1946年就讀於哈爾濱大學文學系時開始創作，畢業後進東北人民藝術劇院擔任專業編劇。1960年任遼寧人民藝術劇院編劇。作有《立功》（集體創作，1950北京三聯書店）、《恭賀新禧》（1955《人民文學》第三期）、《時間的罪人》（1955《遼寧文藝》第八期）、《愛的波折》（1956北京通俗文藝出版社）、《毛病在哪裡》（1956《遼寧文藝》第十二期）、《未完的故事》（1956《新港》第九期）、《生活的讚歌》（1959《劇本》第十期）、《韓巧嶺》（1961《文藝紅旗》第十二期）、《報春花》（1979《劇本》第十期）及《崔德志劇作選》（1983春風文藝出版社）等。他主要寫工業的改造，特別是創造了不少紡織女工的典型。

趙羽翔（1928-），遼寧省開原縣人，滿族。1947年畢業於吉林師範學校，

1979年加入共產黨。歷任樺甸縣教育科科員、文化館館長、吉林省話劇團及省文聯創作員、《說演談唱》雜誌戲劇編輯、吉林省戲劇家協會創作室主任、《戲劇文學》主編、吉林省劇協副主席、名譽主席等職。劇作以獨幕劇為主，計有《不管事的主人》、《兩個心眼》、《關不住》、《學犁記》、《初試》、《春分頭一天》、《驚蟄時節》、《戰士》等。多取材農村生活。

武玉笑（1929-），陝西省葭縣人。1939年十歲時參加八路軍。抗戰時期曾在陝甘寧邊區民眾劇團及隴東文工團擔任演員。1948年加入共產黨。1949年後歷任甘肅省話劇團編導、藝委會主任、甘肅省文聯副主席、作協甘肅分會主席等職。主要作品有《在康布爾草原上》（與汪鉞等合作）、《天山腳下》、《滾滾的白龍江》（與胡耀華合寫）、《遠方的青年》、《大雁北去》、《愛在心靈深處》、《西去的駝鈴》、《一個快樂的苦命人》及《武玉笑劇作選》等。他是紅小兵出身，所寫當然很符合黨的要求。

王正（1930-），筆名王黎焚、王亦放、左辛，湖北省雲夢縣人。1949年肄業於國立社會教育學院藝術教育系，加入共青團，先為組織安排在蘇州學聯工作，隨即調往北京青年藝術劇院。1951年赴朝鮮戰地慰問演出。1957年反右運動時被打成右派，流放黑龍江八五三農場勞動改造，在艱苦的環境中繼續創作。1962年摘掉右派的帽子，返回青藝。1973年中國話劇團在北京成立，他被調去擔任編劇，深入煤礦區體驗生活。1978年徹底平反，重回青年藝術劇院任文學組長、創作組長、藝術委員會副主任等。1985年出任中國劇協書記處書記，兼中國戲劇出版社總編輯。1988年任中國戲劇出版社社長。1989年出任中國劇協的掌門黨委書記。主要作品有《讓青春更美麗》（與曹燦合作）、《報童》（與邵仲飛等合作）、《遲開的花朵》、《喜哥》、《雙人浪漫曲》等，主要寫的是年輕人的理想與浪漫追求。晚年寫了《三個爬山的人》，出版《王正劇作選》（2005北京中國戲劇出版社）。

這期間大陸的兒童劇發展很快，主要的作家除了上文提到的老舍和小說家張天翼偶有兒童劇作品（如1953年的《蓉生在家裡》、1954年的《大灰狼》）外，尚有任德耀、劉厚明等。

任德耀（1918-98），筆名王十羽，江蘇省揚州人。1940年畢業於四川江安國立戲劇學校舞台美術系，先後在遵義血痕劇社、重慶中央青年劇社工作。1947年，在宋慶齡領導下籌組中國福利基金會兒童劇團。1950年加入共產黨，隨中國青年訪蘇代表團赴莫斯科訪問，並考察蘇聯兒童戲劇，歸來後出任兒童劇團團長。1957年擴建爲兒童藝術劇院後，歷任副院長、院長、名譽院長兼藝術指導。對兒童的編劇、導演、舞美、管理及人才培訓貢獻卓著。曾任《兒童戲劇報》主編、中國戲劇家協會上海分會副主席。作有兒童劇《友情》、《小足球隊》、《馬蘭花》、《好伙伴之歌》、《宋慶齡和孩子們》等二十餘部，並出版有《任德耀劇作選》及《任德耀作品精選》。1991年獲全國優秀兒童少年工作者稱號及第二屆中國話劇榮譽金獅獎，1994年獲首屆寶鋼高雅藝術特別榮譽獎。

　　劉厚明（1933-89），北京市人，1953年畢業於北京師範學校，在該校第二附屬小學任教，開始兒童文學創作。1955年任北京工讀學校教導主任。1960年起，先後任北京少兒讀物編委會編輯、北京人民藝術劇院編劇、《兒童文學》叢刊編委、《東方少年》副主編等。主要兒童劇作品有《夏天來了》（1955北京少年兒童出版社）、《去見毛主席》（1956北京中國少年兒童出版社）、《錶》（1957北京少年兒童出版社）、《星星火炬》（1960長春吉林人民出版社）、《常河叔叔》（1961北京少年兒童出版社）、《小雁齊飛》（1962北京中國少年兒童出版社）、《山村姊妹》（1964北京中國戲劇出版社）、《箭桿河邊》（1965北京中國戲劇出版社）等。劉作語言幽默詼諧，富有喜劇情趣。

　　就以上的作品可知，1949年以後，除了兒童劇外，話劇創作乃謹守毛澤東〈在延安文藝座談會上的講話〉，不但取材未超出工、農、兵的範圍，連作者也多工、農、兵出身，特別是軍中出了不少劇作家，這是以前沒有的現象。在反右鬥爭前，戲劇創作本來曾經有一度非常旺盛，據《劇本》雜誌統計，1953至57年間平均每年收到小型劇作有五六千份之多，其中大多數都曾經演出，量雖多，質不夠精，難以經得起時間的考驗，今天幾乎都消失不見了。即使大陸學者也無法諱言地說：

當時接連不斷出現的文藝批判運動，給當代話劇的發展造成了無形的阻力；特別是對話劇直接配合政治運動和政策的要求，更使話劇無可奈何地陷入公式化、概念化的泥坑，致使這個時期的話劇——尤其是多幕劇，雖然數量不少，但在思想和藝術上都屬於上乘的佳作並不多，精品更是微乎其微。（朱棟霖等 1999：47）

像海默似地因戲劇創作而賠上性命，在古今中外的社會裡也是少見的。另外楊履方的《布穀鳥又叫了》（1957《劇本》第一期）也遭受到《洞簫橫吹》一樣的命運。

四、前輩小說家的作品

1949年後老一輩的小說家像李劼人、冰心、葉紹鈞等早已不再寫小說。許欽文、許杰、廢名、何家槐等只能回憶魯迅。郭沫若、茅盾做了官，不方便再寫小說。巴金、靳以在新環境下只能寫些散文，寫不出小說。老舍轉去寫戲劇，看來無暇再寫小說。但是生前卻也寫了一部有關他幼年生活及旗人習俗的小說《正紅旗下》，可惜尚未完成斯人已杳。論者以為此作「屬於其最為成熟的作品之列，在藝術造詣上幾乎超過了他以往的任何小說，可是由於文革的開始，作者受到殘酷迫害而自殺，小說只寫了十一章而已，在文學史上留下了莫大的遺憾」（陳思和 2001：129）（註3）。沈從文被整得幾乎求生不得，當然無能再執筆了。丁玲被鬥成反黨分子，流放北大荒，也無力寫小說了。施蟄存轉事翻譯與研究。吳組緗、錢鍾書改去研究古典文學。多產的通俗小說家張恨水只能去改編無關政治的民間故事。蕭軍也只寫了一本《吳越春秋史話》（1980哈爾濱黑龍江人民出版社）。端木蕻良倒是寫出了曹雪芹傳記的上卷（1980北京

註3：《正紅旗下》的前十一章，文革後曾刊於1979年《人民文學》第4、5兩期，並收於《老舍文集》第七
　　卷（1984北京人民文學出版社）。

出版社，中卷與人合寫）。張天翼去寫童話。駱賓基去研究文字學。黃谷柳、師陀等筆也鏽了。只有較年輕的抗日戰爭時期成名的一代，49年後都擔任了各省文聯或作協的主席或副主席，還有些作品問世，其中有艾蕪、沙汀、蹇先艾、歐陽山、姚雪垠、草明、王西彥、陳殘雲、周而復、司馬文森、碧野、路翎及解放區出身的趙樹理、周立波、劉白羽、孫犁、馬加等遵守黨的教條繼續寫作。但是其中有被整死的，像趙樹理，有被整殘的，像路翎，其他人在反右及文革中無一倖免，只有程度的差別而已。

艾蕪（1904-92，生平見第十五章），49年後出任重慶市文化局長、重慶市文聯副主席、作協四川分會主席等。繼續寫作出版有短篇小說集《新的家》（1954北京通俗讀物出版社）、《夜歸》（1958北京作家出版社）、《艾蕪小說選》（1981長沙湖南人民出版社）、長篇小說《百煉成鋼》（1958北京作家出版社）、《都市的憂鬱》（1959香港新月出版社）、《艾蕪中篇小說集》（1958天津人民出版社）等。

沙汀（1904-92，生平見第十五章），49年後任西南文聯副主任、作協創作委員會副主任、作協四川分會主席等。1978年後曾任中國社會科學院文學研究所長。這時的短篇小說多在表彰農村的基層幹部，並嘗試書寫人民內部的矛盾。出版有短篇小說集《醫生》（1951海燕書店）、《過渡》（1959北京作家出版社）、《祖父的故事》（1963上海文藝出版社）、中篇小說集《青楓坡》（1978北京人民文學出版社）等。

蹇先艾（1906-94，生平見第十章），49年後任作協重慶分會副主席、貴州省文聯主席、作協貴州分會主席等。出版短篇小說集《山城集》（1956北京作家出版社）、《倔強的女人》（1957上海新文藝出版社）、《蹇先艾短篇小說選》（1981北京人民文學出版社）及散文集等。

歐陽山（1908-2004，生平見第十五章），49年後歷任華南和廣東文聯主席、廣東作協主席、華南人民文藝學院院長、《作品》主編等職。寫作出版有中篇小說《前途似錦》（1955北京作家出版社）、長篇小說《三家巷》（《一代風流》第一卷，1959廣州廣東人民出版社）、《苦鬥》（《一代風流》第二卷，

1962廣州廣東人民出版社）、《柳暗花明》（《一代風流》第三卷，1981北京人民文學出版社）、《聖地》（《一代風流》第四卷，1983北京人民文學出版社）、《萬年春》（《一代風流》第五卷，1985北京人民文學出版社）。開始的時候，此作甚受注目與推崇，「1960年左右，全國有十五種報刊、雜誌發表評論文章，召開讀者座談會，對作品做詳細的討論、爭鳴。討論中，大都持熱情讚揚的態度，評價的意見均極高。」（於可訓等 1989：229）可是不旋踵到了1964年，政治氣候改變了，遂出現了對《三家巷》和《苦鬥》全盤否定的意見，譬如認爲這兩部作品「實際上不但對革命鬥爭描寫得不眞實、不典型，而且歪曲了革命歷史，醜化了黨。作者在作品中大肆宣揚資產階級個人主義，宣揚階級調和論和人性論，宣揚沒落階級的戀愛觀和黃色毒素，對廣大讀者特別是青年起著嚴重的腐蝕作用。這種宣揚資產階級思想情感的腐蝕性的作品，是代表資產階級的利益同黨爭奪青年一代的。是無產階級和資產階級之間的階級鬥爭在文藝戰線上的反映」（謝芝蘭 1964）。最後的總結是「幾經起伏，經過了肯定—否定—再否定—肯定的過程。……由於歷史的原因，討論的性質逐步以政治鑑定代替了學術上的爭鳴，最終的惡果是窒息了文學的發展」（於可訓等 1989：242）。其實，《一代風流》是歐陽山極具野心的巨構，可惜爲教條主義及黨八股所限，只能盡量書寫小資產階級的知識份子如何在革命的熔爐裡鍛鍊成無產階級的革命家而已，無法使作者參透人生的眞味，或做特出的藝術追求。

姚雪垠（1910-99，生平見第二十二章），1949年後隱居致力寫作長篇歷史小說《李自成》（1963-81北京中國青年出版社）。農民起義的李自成不用說是受到毛澤東肯定的人物，但一意希旨毛意的這部長篇歷史巨作到現在尚未受到評論者的一致肯定。

草明（1913-2002，生平見第十五章），1954至64年在鞍山落戶，任鞍鋼第一煉鋼廠黨委副書記。1964年後爲作協北京分會專業作家。文革初在老舍被鬥時草明在場，忽然揭發老舍在美國曾拿美金的版稅（老舍只好回答說：在英國還拿過英鎊呢！），草明的揭發使老舍的處境雪上加霜。朋友之間互揭瘡疤，

是文革期間的一般現象。共產黨（應該說是毛澤東）的手段專壓榨出醜惡的人性，確實厲害！草明在此期間作有長篇小說《火車頭》（1950北京作家出版社）、《乘風破浪》（1959北京作家出版社）、短篇小說集《愛情》（1956北京工人出版社）、《延安人》（1957天津人民出版社）、《草明短篇小說集》（1957北京作家出版社）等。

王西彥（1914-99，生平見第二十二章），1950年後歷任《文藝月報》編委、中國作協理事、作協上海分會副主席等職。出版作品有短篇小說集《在網罟裡》（1950上海中華書局）、《人的道路》（1951上海文化工作社）、《朴玉麗》（1955北京中國青年出版社）、《眷戀土地的人》（1957北京作家出版社）、《新土壤》（1958上海新文藝出版社）、《黃昏》（1977香港中流出版社）、《悲涼的鄉土》（1982廣州花城出版社）、《王西彥小說選》（1982北京人民文學出版社）、《王西彥選集》（1985成都四川文藝出版社）、長篇小說《古城的憂鬱》（1956上海新文藝出版社）、《微賤的人》（1956上海新文藝出版社）、《春回地暖》（1963北京作家出版社）、《在漫長的道路上》（1983天津百花文藝出版社）、《村野的愛情》（1983長沙湖南人民出版社）及多種評論集等。他是出版作品眾多的一位，但並未受到評論者的重視。

陳殘雲（1914-2002，生平見第二十二章），1950年由香港返回廣州，任華南文學藝術學院祕書長。1954年後歷任保安縣縣委副書記、廣州市公安局辦公室副主任、廣東省文聯副主席、作協廣東分會副主席、中國作協理事等職。發表小說有中篇小說《山村的早晨》（1954北京作家出版社）、《喜訊》（1954華南人民出版社）、《深圳河畔》（1981《收穫》第四期）、長篇小說《香飄四季》（1963廣州廣東人民文藝出版社）、《山谷風煙》（1979廣州廣東人民出版社）、《異國鄉情》（1982花山文藝出版社）、《熱帶驚濤錄》（1984廣州花城出版社）及多種電影劇本。

周而復（1914-2004，生平見第二十二章），49年後出任中共中央華東局統戰部祕書長、上海市委統戰及宣傳部副部長。1959年調北京，歷任對外文化友好協會、中國拉丁美洲友好協會、中日友好協會副會長、全國政協副祕書長、

文化部副部長等職。1985年訪日期間因參觀靖國神社及嫖妓問題被開除黨籍，撤銷職務，從此深居簡出，直到2003年恢復黨籍。出版作品有短篇小說集《山谷裡的春天》（1955北京人民文學出版社）、中篇小說《西流水的孩子們》（1956北京少年兒童出版社）、長篇小說《上海的早晨》（第一部，1958北京作家出版社；第二部，1962北京作家出版社；第三部，1980北京人民文學出版社；第四部，1980北京人民文學出版社）、《南京的陷落》（《長城萬里圖》第一部，1987北京人民文學出版社）。

司馬文森（1916-68，生平見第二十二章）於內戰時期原在香港任《文匯報》主編，1952年被英國殖民當局遞解出境。返回廣州後任中共華南分局文委、中南軍政委員會委員、中南文聯常委、《作品》月刊主編。1955年起歷任駐印尼大使館文化參贊、對外文委三司司長、駐法大使館文化參贊等職。出版作品有中篇小說《汪漢國的故事》（1955廣州廣東華南人民出版社）、長篇小說《南洋淘金記》（1964北京作家出版社）、《風雨桐江》（1964北京作家出版社），另有劇作問世。

碧野（1916-2008，生平見第二十二章）於49年後在鐵路總工會、中央文學研究所、中國作協及新疆文聯等處工作。1960年後曾任作協湖北分會副主席、中國作協理事等。出版有長篇小說《我們的力量是無敵的》（1950新華書店）、《鋼鐵動脈》（1955上海新文藝出版社）、《陽光燦爛照天山》（1959北京中國青年出版社）、《丹鳳朝陽》（1979天津百花文藝出版社）及中篇小說集《烏蘭不浪的夜祭》（1980成都四川人民出版社）、《紅豆之思》（1982武漢長江文藝出版社）以及散文集等。作品緊跟黨的路線。

路翎（1923-94，生平見第二十二章）於1950年後在北京青年藝術劇院、中國劇協劇本創作室工作。後受到胡風案株連，長期囚禁在秦城監獄，精神受到極度摧殘，出獄後曾當掃地工。1980年平反。入獄前的作品有長篇小說《燃燒的荒地》（1950上海作家書屋）、短篇小說集《平原》（1952上海作家書屋）、《朱桂花的故事》（1952天津知識出版社）及平反後的小說、散文集《初雪》（1981銀川寧夏人民出版社）。

以下是解放區出身，或在解放戰爭中成長的紅彤彤的共產黨作家。

趙樹理（1906-70，生平見第二十四章），49年後出任全國曲藝協會主席及《說說唱唱》主編、《曲藝》主編。1959年反右運動時因替農民說話受到批判。1964年被逐出北京，下放山西，深入農村，曾擔任山西省晉城縣委書記。文革開始後，在「打倒周揚樹立的黑標兵」下，遭到殘酷的批鬥。1967年1月8日《光明日報》發表〈趙樹理是反革命修正主義文藝路線的「標兵」〉一文，他遂被押解遊遍山西城鄉，並被打折肋骨，又被從高台上推下跌斷髖骨，仍不能脫離批鬥，終於1970年含冤鬥死。在受到批鬥前寫有長篇小說《三里灣》（1955北京通俗讀物出版社）、長篇評書《靈泉洞》（上部，1959北京作家出版社）、短篇小說集《劉二和與王繼聖》（1956北京通俗讀物出版社）、《鍛鍊鍛鍊》（1958太原山西人民出版社）、《套不住的手》（1962太原山西人民出版社）等。1962年後，他的《鍛鍊鍛鍊》「隨著中間人物論的提出，作品又被視為寫中間人物的標本重新受到人們的關注，經歷了一次浮沉。在文革中，作品被誣為『反黨、反社會主義的毒草』，作者也被打成了『叛徒』、『黑作家』、『寫中間人物的祖師爺』，遭到關押、批鬥，備受折磨，直至飲恨身亡」（於可訓等 1989：36）。

周立波（1908-79，生平見第二十四章），1951年下放北京鋼鐵廠體驗生活，創作長篇小說《鐵水奔流》。1955年回故鄉湖南益陽落戶，並任湖南省文聯主席兼黨組書記。1959年完成反映農村合作化的長篇小說《山鄉巨變》。文革後任作協湖南分會主席。出版有長篇小說《鐵水奔流》（1955北京作家出版社）、《山鄉巨變》（1960北京作家出版社）、短篇小說集《鐵門裡》（1955北京工人出版社）、《禾場上》（1960上海文藝出版社）、《周立波文集》（1983上海文藝出版社）。他是最早寫工業與工人的作家之一。周立波所代表的湖南作家在「山藥蛋派」和「荷花淀派」之外又被稱為「茶子花派」。

馬加（1910-2004，生平見第二十四章）曾參加韓戰，後來任東北作協主席、遼寧省文聯主席、作協遼寧分會主席等。出版有長篇小說《開不敗的花朵》（1950北京新華書店）、《祖國的東方》（1955北京作家出版社）、《紅色的果實》

（1960北京作家出版社）、短篇小說集《雙龍河》（1950北京三聯書店）、《新生的光輝》（1955北京作家出版社）、《過甸子梁》（1959春風文藝出版社）、自傳體長篇小說《北國風雲錄》（1983北京中國青年出版社）等。

孫犁（1913-2002，生平見第二十四章），49年後未從事公職，專心寫作。但對知識份子一連串的批判鬥爭，特別是1955年的批判胡風，株連如此之廣，使一直擔心犯錯的孫犁嚇到精神崩潰，輟筆不寫了，以致「十年荒於疾病，十年廢於遭逢」。如果說當日沈從文因外在的壓迫而沉默，孫犁則是主動的自我退縮。從1956年因病輟筆，逃過了文革的迫害，1977年復出再度運筆，但他的重要作品都是過去寫的了。49年後出版有短篇小說集《采蒲台》（1950北京三聯書店）、《荷花淀》（1959北京人民文學出版社）、長篇小說《風雲初記》一、二、三集（1951、53、63北京人民文學出版社）、中篇小說《鐵木前傳》（1957天津人民出版社）、《村歌》（1961北京人民文學出版社）、小說散文集《白洋淀紀事》（1958北京中國青年出版社）等。孫犁是遠離政治（雖然不能完全擺脫）而能有所成就的少數作家。其短篇〈荷花淀〉、〈蘆花蕩〉、〈囑咐〉被認為是「荷花淀派」的代表作。2003年在河北省安新縣建有孫犁紀念館。2004年人民文學出版社出版了七卷本《孫犁全集》。

孔厥（1914-66，生平見第二十四章），1950年起在文化部電影局工作。1963年任農村讀物出版社編輯。出版有短篇小說集《受苦人》（1953上海新文藝出版社）、《孔厥短篇小說選》（1982北京人民文學出版社）及長篇小說《新兒女英雄傳》（1980北京人民文學出版社）。

袁靜（1914-99，生平見第二十四章），49年後歷任中央電影局劇本創作組編劇、作協天津分會、天津文聯黨組領導成員。出版作品有中篇小說《中朝兒女》（與孔厥合著，1953上海新文藝出版社）、《小黑馬的故事》（1959北京中國少年兒童出版社）、《紅色少年奪糧記》（1962天津百花文藝出版社）、《朱小星的童年》（1978鄭州河南人民出版社）、長篇小說《淮上人家》（1956北京中國青年出版社）、《紅色交通線》（1959北京作家出版社）、《伏虎記》（1981哈爾濱黑龍江人民出版社）。

劉白羽（1916-2005，生平見第二十四章）於1950年參與編寫大型紀錄片《中國人民的勝利》，獲史大林文學獎。抗美援朝期間兩度赴戰地，後又出國訪問亞非諸國。1955年後歷任中國作家協會黨組書記、副主席、書記處書記、文化部副部長、解放軍總政治部文化部長等職。1949年後出版有中篇小說《火光在前》（1950北京新華書店）、短篇小說集《青春的閃光》（1959北京作家出版社）、《劉白羽小說選》（1979北京人民文學出版社）及多種散文集。

柳青（1916-78，生平見第二十四章）於49年後當選爲文聯委員、作協理事、作協西安分會副主席，並任《中國青年報》及《延河》編委。1952年起，擔任陝西省長安縣委副書記，在皇府村落戶長達十四年，寫了不少農村的文章，也發表了不少有關農村的小說，其中反映農業合作化運動的長篇小說《創業史》特別受到注目，文革時也因此書獲罪，被打成反動權威、黑作家、黨內走資本主義道路的當權派，失去自由。繼則家遭搗毀，關進牛棚，身心備受煎熬，妻子被迫害致死。柳青逝世前

《柳青精選集》

未能完成下卷。出版有長篇小說《銅牆鐵壁》（1951北京人民文學出版社）、《創業史》（第一部，1960；第二部上卷，1979；下卷，1979北京中國青年出版社）及中篇小說《恨透鐵》（1959北京作家出版社）。他的《創業史》一書頗受到重視，咸認爲是當代史詩性的說部。

馬烽（1922-2004，生平見第二十四章）於1951年在中央文學研究所學習，並兼任副祕書長。後來任作家協會青年部副部長。1956年後任山西省文聯副主席、作協山西分會主席、汾陽縣委書記。文革後任山西省委宣傳部副部長、省文聯主席。作品風格幽默，具有泥土氣息。出版有短篇小說集《村仇》（1950北京三聯書店）、《金寶娘》（1951天下圖書公司）、《三年早知道》（1958太原山西人民出版社）、《我的第一個上級》（1959北京人民文學出版社）、《太陽剛剛出山》（1960北京作家出版社）、傳記《劉胡蘭傳》（1978北京中國青年出版社）等。

西戎（1922-2001，生平見第二十四章）於1952年北京文學研究所任編導組副組長。1953年去山西省汾陽縣體驗生活，兼任縣委副書記。1954年返北京從事專業創作。1956年後任山西省文聯副主席、黨組副書記、作協山西分會副主席、《火花》雜誌主編等。文革後任山西省文聯、作協山西分會主席、《汾水》主編。作品富地方色彩。出版有短篇小收集《誰害的？》（1950天下圖書公司）、《麥收》（1956北京作家出版社）、《一個年輕人》（1956太原山西人民出版社）、《蓋馬棚》（1957太原山西人民出版社）、《終身大事》（1959太原山西人民出版社）、《姑娘的祕密》（1959北京人民文學出版社）、《豐產記》（1963北京作家出版社）、《送老大進城》（1980北京人民文學出版社）等。

五、新進小說家的「正確」作品

新進的小說家多半是在共產黨與解放軍栽培下成長的一代，意識形態一體紅彤彤，連作品的題目也喜用「紅」字，像《紅旗譜》、《紅日》、《紅岩》之類，主題不離革命歷史題材，都旨在宣揚共產黨革命的成功，中國社會與經濟巨大的變革，從個人到集體，從資產階級思想到無產階級觀念，從個人利益到為人民服務，為未來的共產社會烏托邦預唱讚歌。當然那時候不會預見到社會主義的蘇聯及東歐垮台、崩解，也不會夢想到毛澤東身後中國社會的大轉彎，修正主義替代了毛澤東思想，走資派得勢上台，從集體主義又回到個人主義，貪汙腐化、貧富懸殊再度出現，與毛澤東的路線背道而馳，但是也造成了前所未有的財富。今日來看這些貫穿了紅彤彤的毛思想的革命歷史說部，毋寧是一種諷刺了；然而也真實地記錄了當日那些追隨奔向共產主義烏托邦的人們的夢囈。這些作品，或寫革命歷史，或寫革命戰爭，大陸文評家黃子平統稱之為「革命歷史小說」，他說：

> 「革命歷史小說」在中國大陸的當代文學史中並無統一的稱謂。較簡潔的，

叫「革命歷史題材」小說，或「革命鬥爭歷史題材」小說。有的則將專寫戰爭的另歸一類，稱為「反映革命武裝鬥爭歷史」的小說，或簡稱叫作「軍事題材」小說。儘管稱謂不一，從六〇年代直到九〇年代的十來部當代文學史教科書，其所論述的作品群卻都大致相同，正好證明了這些作品業已「正典化」（canonized）了。（黃子平 1995：255）

以下就是這些正典化了的作者的介紹：

梁斌（1914-96），原名梁維周，河北省蠡縣人。十一歲離家就讀縣立高小時加入共產主義青年團。1930年進省立保定第二師範學習。1934年開始寫作。抗戰和內戰期間，從事地下革命和游擊活動，並擔任蠡縣縣委。1948年隨軍南下，在湖北襄陽和武漢擔任宣傳新聞工作。1953年開始創作反映農民鬥爭的多卷長篇小說《紅旗譜》，1958年出版第一部，反響熱烈，並改編為話劇、電影等。1963年又出版了第二部《播火記》。

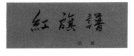

梁斌反映農民鬥爭的多卷長篇小說《紅旗譜》（2004北京中國青年出版社）

《紅旗譜》寫三〇年代窮苦農民與地主間的鬥爭，把家族的仇恨冠上階級鬥爭的帽子，就分出了正義與剝削，善良與邪惡，在那時候是正確的處理，但是文革時梁斌仍被控為王明左傾機會主義路線翻案。他不承認，不低頭。文革後，獲得平反，他於1983年出版第三部《烽煙圖》。他曾任河北省文聯副主席、作協河北分會主席，身後在天津元寶山莊紀念公園中有梁斌紀念墓園。

另一位以寫農村的革命鬥爭著稱的作家是陳登科（1919-98），他是江蘇省漣水縣人。十二歲入私塾讀書，十五歲喪父，自己勞動養家。1940年參加革命，在抗日游擊隊擔任警衛、通訊員等，勤奮自學到《鹽阜大眾報》擔任記者，後調往前線任新華社隨軍記者，1948年寫出著名長篇《活人塘》。1950年就讀中央文學研究所，並專事寫作。1953年完成寫蘇北人民敵後抗日鬥爭的長篇小說《淮河邊上的兒女》及1964年的長篇小說《風雷》。文革中慘遭迫害。文革後

復出，繼續寫作，並任安徽省文聯副主席、作協安徽分會主席等職。主要著有長篇小說《淮河邊上的兒女》（1954北京作家出版社）、《黑姑娘》（1955北京中國青年出版社）、《移山記》（1958北京中國青年出版社）、《活人塘》（1960北京人民文學出版社）、《風雷》（1964北京中國青年出版社）、《赤龍與丹鳳》（1979上海文藝出版社）、《破壁記》（與蕭馬合作，1980北京人民文學出版社）、中篇小說《杜大嫂》（1951上海新華書店）、《雄鷹》（1965北京中國青年出版社）等。他的小說多取材自農村，以濃郁的地方鄉土氣息著稱。

與《紅旗譜》同樣是「紅字號」的小說《紅日》（1957北京中國青年出版社）寫的是1947年解放軍從守勢改採攻勢的時候，在山東從漣水之戰、萊蕪之戰到孟良崮戰役，在對全程戰役的敘述中凸顯解放軍的英勇及偉大領袖指導思想的正確。陳思和認為：「《紅日》突破了以往傳奇小說將著墨重點放在『連隊』上的寫法，直接以中共一支『常勝英雄軍』與國民黨的王牌軍之間展開的大規模戰役為敘述中心，將筆觸從軍師團一直延伸到連排班，從高級將領寫到普通戰士，從軍隊寫到地方，從戰場寫到後方醫院，視野開闊而層次分明，場面宏大而結構緊湊，應該說是在敘事上非常有特色的。」（陳思和 2001：70）

吳強（1910-90），筆名吳薔、葉如桐，江蘇省漣水縣人。幼家貧，幾經輟學去做酒店學徒及小學教師而終讀至大學。1933年開始寫作，同年在上海參加左翼作家聯盟。1938年在皖南參加新四軍，隨即參加共產黨，任軍政治部宣傳部文藝幹事、科長及政治部宣傳部長等職。1949年後任華東軍區政治部文化副部長。1952年轉業至地方，曾任作協上海分會代理黨組書記、中國作協上海分會副主席。善於描寫軍事場面及戰士的英勇形象，除《紅日》外，尚有長篇小說《三戰三捷》（與宋潔合作，1952上海新文藝出版社）、《堡壘》（1979上海文藝出版社）、中篇小說《他高高舉起雪亮的小馬槍》（1954上海新文藝出版社）、《養馬的人》（1955上海新文藝出版社）、小說散文集《新潮集》（1965北京人民文學出版社）及《吳強近作》（1982成都四川人民出版社）。

另一部同樣描寫解放軍英勇事蹟的是《保衛延安》，以西北戰場延安的保衛

戰爲中心，寫出了著名的沙家店之戰。1937年國民黨的大將胡宗南以二十五萬的兵力，在空軍配合下攻佔共黨的指揮中心延安，迫使中共的最高領導狼狽逃竄。此戰是在毛澤東親自統帥下由主將彭德懷指揮的，意義非同小可，史稱戰略轉移，雖敗猶榮。《保衛延安》一書因此被認爲是氣勢雄偉的史詩之作。

杜鵬程（1921-91），原名杜紅喜，筆名司馬君，陝西省韓城縣人。幼年在孤兒院，後當過學徒。1938年到延安，入八路軍隨營學校及魯迅師範學校，1942年就讀延安大學。1944年下工廠工作，翌年參加共產黨。1946年在《邊區群眾報》工作。1947年任新華社隨軍記者。1949年後曾任新華社西北野戰軍第一兵團野戰分社主編及新疆分社社長。1954年後在作協西安分會從事專業創作。他曾親身經歷了延安的保衛戰，故能寫出其中的細節，馮雪峰認爲此作「夠得上他們描寫的這一次具有偉大歷史意義的有名的英雄戰爭的一部史詩的」作品（馮雪峰 1954）。黃子平卻說出此作的下場：「杜鵬程講他寫《保衛延安》，四年多裡九易其稿，反覆增添刪削數百次，把『百餘萬字的報告文學，改爲六十多萬字的長篇小說，又把六十多萬字變成十七萬字，又把十七萬字變成四十萬字，再把四十萬字變成三十萬字』。在這裡我們已無法知曉如此巨量的文字搬運的詳情，作者在前線戰地親身經歷積累的十幾斤重的筆記材料，百分之七八十被排除於定稿之外的情形，還是頗能說明『史實』之轉換爲『經典敘述』的艱難的。『刪削』掉的文字既無可考，『增添』的部分卻反而更能昭顯『不可以寫什麼』。在小說出版後五年，小說中用了一萬餘字篇幅精心塑造的彭德懷元帥本人，即在廬山會議上栽了跟頭，變成『右傾機會主義分子』。小說亦即立刻被黨下令封存，就地銷毀。」（黃子平 1995：258）

長篇小說《紅岩》（北京中國青年出版社）出版於1961年底，據說兩年中發行四百多萬冊，到八〇年代再版二十多次，總發行量超過八百萬冊，創下當代暢銷小說發行的紀錄（曹萬生 2010：444）。這部小說之所以

總發行量超過八百萬冊的《紅岩》(1961北京中國青年出版社)

如此暢銷，因為寫的是被國民黨囚禁在重慶「中美合作所」集中營的渣滓洞與白公館中的英勇的共產黨人，在酷刑逼供下始終堅貞不屈而最後終於逃獄成功的故事，其中有令人震驚的殘酷的肉體刑罰，有曲折離奇的逃獄場面，很符合一般讀者的搜奇心理。文革中這本書被汙衊為叛徒文學而遭禁，作者也受到連累，文革後再度暢銷。

　　這部小說的作者是兩位親身經歷過被刑及逃獄的共產黨人，故能寫得身歷其境。其中一位是羅廣斌（1924-67），四川省成都市人。早年就讀於昆明西南聯大附屬中學，後來在重慶西南學院求學時參加學生運動及共產黨的地下工作。1948年被國民黨逮捕，囚禁在渣滓洞、白公館集中營，1949年11月越獄成功。49年後歷任新民主主義青年團重慶市委統戰部長、重慶市青聯副主席等職。除《紅岩》外，尚寫有短篇小說集《血海深仇》（1956瀋陽遼寧人民出版社）、報告文學《聖潔的血花》（與劉德彬、楊益言合作，1950華東人民出版社）及回憶錄《在烈火中永生》（與劉德彬、楊益言合作，1959北京中國青年出版社）。另一位是楊益言（1925-），四川省武勝縣人。1943年畢業於重慶北碚兼善中學，考取上海同濟大學電機系。1948年因參加反美反蔣學生運動被校方開除。返回四川，在中國鉛筆廠職工夜校執教，於同年8月被捕，囚禁在渣滓洞集中營。1949年11月成功越獄。49年後歷任中國新民主主義青年團重慶市委辦公室主任、團市委常委等職，並擔任團刊、黨刊編輯工作。除與羅廣斌合作的作品外，尚寫有與劉德彬合作的長篇小說《大後方》（1984北京中國青年出版社）。

　　寫給沒受多少教育的工農兵閱讀，就不能追求個性化或藝術的獨特性，因此響應毛澤東文學號召的作家盡量求取通俗易讀，恢復傳統話本或章回小說，加上革命英雄事蹟，也是一種通俗的可行之道，以上諸作多少都有這種傾向。另一部可稱為傳奇或通俗的新武俠小說的代表作是曲波的《林海雪原》。這部小說是寫1946年冬天東北民主聯軍（共軍）一支小分隊在團參謀長少劍波的率領下深入東北的林海雪原剿滅土匪的故事，重心在偵察英雄楊子榮與威虎山的土匪頭子座山鵰鬥勇鬥智的傳奇情節。這一部分在文革中曾改編成樣板戲《智取

威虎山》。陳思和說這部小說「仍然爲普通讀者帶來了強烈的閱讀快感，它在浪漫傳奇的審美趣味上，統一了戰爭小說的一般藝術特點，使原來比較刻板僵硬的創作模式，融化在民間的趣味下。（陳思和 2001：72）」

曲波（1923-2002），原名曲清濤，山東省黃縣人。少年時在私塾學習，十一歲進拳房習武，1938年十五歲參加八路軍，改名曲波，轉戰於膠東各地。1943年進膠東軍政大學學習，1944年任大隊長，團政委。1946年冬，隨部隊轉戰東北，曾率小分隊深入牡丹江深山清剿當地土匪，此爲他後來寫成長篇傳奇小說《林海雪原》所本。1947年南下，在遼瀋戰役中身受重傷。1950年轉業，先後在第一機械工業部和鐵道部的有關企業工作。曾任齊齊哈爾機車製造廠廠長、第一機械工業部第一設計院院長、鐵道部工業總局副局長等職。曲波是業餘作家，在文革時受到迫害，手稿《橋隆飆》爲紅衛兵看作是毒草而焚燬，文革後始得出版。所出版的長篇小說有《林海雪原》（1957北京人民文學出版社）、《戎萼碑》（1977濟南山東人民出版社）、《山呼海嘯》（1977北京中國青年出版社）、《橋隆飆》（1979北京人民文學出版社）。其中以《林海雪原》最負盛名。

以上可說都是軍人寫軍事或寫農民的作品，同時期也有一部寫知識份子的小說相當受到讀者的歡迎，那就是楊沫的《青春之歌》。

楊沫（1914-96），原名楊成業，筆名楊君默、楊默，湖南省湘陰縣人，生於北京，其妹楊成芳（白楊）爲三〇年代著名影星。1928年考入北京西山溫泉女中，因家庭破產而失學。父親離家出走，母親迫其出嫁，因抗婚而離家。1930年結識小學教員張中行，同居生有一子一女，開始寫作。五年後分手，與中共地下黨員馬建民結婚，育有三個子女。抗戰爆發後，在冀中中共游擊區從事婦女宣傳工作。1943年起任《黎明報》、《晉察冀日報》副刊主編。49年後，由於病痛工作不順，閉門寫作長篇小說。1955年完成初稿，原名《燒不盡的野火》，後來改名爲《青春之歌》，主要寫「一個小資產階級知識份子怎樣改造成爲無產階級革命戰士的過程」（楊沫 1993：405）。書成先在《北京日報》連載，後於1958年初由北京作家出版社出版，立時成爲暢銷作品。1959年搬

上銀幕，極為轟動。因為受到批評太過小資產階級，漠視農民，楊沫又趕緊修正，於1961年再版修正本，加入了主人翁林道靜的農村生活與跟地主的鬥爭。雖然是畫蛇添足，但為了政治正確，連老舍都重寫了《駱駝祥子》。不管政治上多麼正確，楊沫文革時仍然受到嚴厲的批判。文革後曾任北京電影製片場編劇、北京市作協副主席、全國人大常委等職。楊沫之子馬波（筆名老鬼）也是作家。

　　繼楊沫之後另一位頗受讀者歡迎的女作家是茹志娟（1925-98），筆名阿如、初旭，浙江省杭州市人。初中畢業後於1943年在上海頤生小學任教，同年隨兄參加新四軍，先入蘇中公學學習，後歷任蘇中軍區前線話劇團演員、組長和華東軍區文工團分隊長、創作組副組長等。1947年參加共產黨，1950年開始發表小說創作。1955年轉業到上海，任《文藝月報》編輯。1960年後開始專業創作。文革中中斷寫作，1977年復拾文筆，歷任《上海文學》副主編、作協上海分會副主席、黨組書記、中國作協理事等。作品以短篇小說為主，短篇小說集《關大媽》（1955北京中國青年出版社）、《黎明前的故事》（1957蘇州人民出版社）、《靜靜的產院》（1962北京中國青年出版社）、《百合花》（1978北京人民文學出版社）、《草原上的小路》（1982天津百花文藝出版社）、小說散文集《高高的白楊樹》（1959上海文藝出版社）、中篇小說《她從那條路上來》（1983上海文藝出版社）及《茹志娟小說選》（1983成都四川人民出版社）等。

　　徐懷中（1929-），原姓許，河北省邯鄲縣人。1945年太行中學畢業後參加人民解放軍，翌年加入共產黨。曾任晉冀魯豫軍區政治部文工團團員、第二野戰軍政治部文工團美術組組長。1947年隨軍進入大別山區，在區鄉領導武工隊。49年後，歷任西南軍區政治部文工團研究員、解放軍報社編輯、總政治部文化創作員、昆明軍區文化部副部長、八一電影製片廠編劇、解放軍藝術學院文學系主任、總政戰部文化部副部長、中國作協第四屆主席團委員。曾任作家莫言的指導老師。所作小說都在反映解放軍戰士在邊防的勞動與鬥爭，短篇小說〈西線軼事〉獲「自衛反擊，保衛邊疆英雄讚」文學作品一等獎及1980年全國

優秀短篇小說一等獎。主要著作有中篇小說《地上的長虹》（1954北京人民文學出版社）及長篇小說《我們播種愛情》（1957北京中國青年出版社）。

以上的作品路線正確，都曾受到讚揚，但到了文革時也都變成毒草。唯一在文革時當紅的作家只有浩然一人而已，故有人言，文革時全中國只剩下兩個作家：一個是死了的魯迅，另一個是活著的浩然。

浩然（1932-2008），原名梁金廣，天津市寶坻人。十三歲前只念過三年小學、半年私塾，十四歲即參加革命活動，當兒童團長。1948年十六歲加入共產黨。1953年調通縣地委黨校當教育幹事，並參加農村合作化運動。1954年後任《河北日報》及《友好報》（俄文版）記者。寫作能力全靠閱讀自修，1956年發表第一篇短篇小說。1960年曾下放山東省昌平縣東村勞動八個月，並擔任黨支部書記。1961年任《紅旗》雜誌編輯。1964年起專事創作，發表其代表作長篇農村小說《艷陽天》（第

浩然（1932-2008，文革中除魯迅外僅存的作家）

一部，1964；第二部，1965；第三部，1966北京人民文學出版社）。文化大革命期間完成符合文革標準三突出的長篇小說《金光大道》（第一部，1972；第二部，1974北京人民文學出版社），成為文革時的唯一樣板作品。然後又寫出同樣符合文革標準的中篇小說《西沙兒女》（1974北京人民出版社）和《百花川》（1976天津人民出版社），受到四人幫的讚賞。但是浩然為人忠厚老實，並未因此仗勢欺人，故四人幫垮台後未受影響，依然寫作不輟。1986年浩然夫婦到河北省三河縣定居，受到三河縣領導的尊寵，為其特建新宅，並配備座車及司機，可說十分禮遇。1997年當選為北京作協主席，2003年任名譽主席。浩然自言一生寫農民，為農民而寫。作品眾多，除以上所舉外，尚有短篇小說集《喜鵲登枝》（1958北京作家出版社）、《蘋果要熟了》（1959北京作家出版社）、《新春曲》（1960北京中國青年出版社）、《珍珠》（1962天津百花文藝出版社）、《蜜月》（1962北京出版社）、《杏花雨》（1963上海文藝出版社）、《霞集》（1963北京中國青年出版社）、《老支書的傳聞》（1966北京

出版社）、《楊柳風》（1973北京人民出版社）、《春歌集》（1973天津人民出版社）、《丁香》（1979北京人民文學出版社）、《花朵集》（1980成都四川人民出版社）、《浩然短篇小說選》（1981石家莊河北人民出版社）、中篇小說《棗花姑娘歷險記》（1980長城文學叢刊）、《彎彎的月亮河》（1982天津百花文藝出版社）、《勇敢的草原》（1982哈爾濱黑龍江人民出版社）、《浮雲》（1983長春吉林人民出版社）、《高高的黃花嶺》（1983天津百花文藝出版社）等。文革後又寫了《蒼生》、《樂土》、《活泉》、《圓夢》等作，當然是以文革後新的視角來處理了。

　　浩然一生生活在農村，對農村的生活、農民的語言、思想瞭解至深。他的代表作《艷陽天》雖然因為符合黨的教條難免扭曲人性，但卻也眞實地反映了農民的日常生活，其中的農民語言也十分純眞、出色。可惜他費力三突出的《金光大道》中的人物類如四人幫牽線的人偶，令人難以卒讀。所謂「三突出」，即「在所有人物中突出正面人物來，在正面人物中突出主要英雄人物來，在主要英雄人中突出中心人物來」，以便達到神化最高領袖的目的。浩然所塑造的高大全，即是這類人物，無奈金光大道並非人間之路，就如虛幻的雷鋒形象一樣，只有在極權的社會中才能產生這般欺人眼睜的作品。

長篇農村小説《艷陽天》

六、新進小說家的「問題」作品

　　1956年4月28日毛澤東在中央政治局擴大會議的總結中提出了「雙百方針」，即藝術上的「百花齊放」與學術上的「百家爭鳴」。5月26日中央宣傳部長陸定一對文藝和科學界人士做了「百花齊放，百家爭鳴」的報告，指出雙百方針「是提倡在文學藝術工作和科學研究工作中有獨立思考的自由，有辯論的自由，有創作和批判的自由，有發表自己意見、堅持自己意見和保留自己意見的

自由」（陸定一 1956）。1957年2月，毛澤東在最高國務會議上發表〈關於正確處理人民內部矛盾的問題〉講話，再度重申「雙百方針」。周揚隨即分別在《文匯報》和《人民日報》上發表貫徹「雙百方針」的聲明（周揚 1957）。經過這種種的聲明與保證，天真的知識份子、作家們真的信以為真了，有的人觸及愛情的禁區及人道主義，像鄧友梅的〈在懸崖上〉、宗璞的〈紅豆〉、陸文夫的〈小巷深處〉等。譬如陸文夫不但因觸及人道主義受到批判，更因相信思考的自由，籌辦《探索者》雜誌被打成右派，長期下放農村及工廠勞動。也有的人竟然嘗試稍稍揭露所謂社會的「陰暗面」，像劉紹棠的〈田野落霞〉、劉真的〈英雄的樂章〉、王蒙的〈組織部新來的青年人〉等。其中尤以在1956年《人民文學》9月號上發表的〈組織部新來的青年人〉曾引起廣泛地爭論，在當日各重要報章雜誌都刊載過討論的文章，主要的問題是小說是否反映了真實？而小說中的主管是否真是「官僚主義」？王蒙自己辯解說：「我著重寫的不是他工作中怎樣『官僚主義』，而是他的『就那麼回事』的精神狀態。」（王蒙1957）不管作者如何自辯，因為他多少批評了代表黨的官員，在反右鬥爭中就受到狠狠的批判，而作者王蒙也因此被劃為「右派」，驅逐出北京。其他眾多作家均因類似的問題被打成右派，受到胡風案連累的更因入秦城監獄，遭受精神、肉體的雙重折磨。

陸文夫（1928-2005），江蘇省泰興縣人。1948年高中畢業後赴蘇北解放區，入華中大學。1949年後任新華社蘇州支社採訪員、《新蘇州報》記者。1955年開始發表小說，1957年到江蘇省文聯創作組從事專業創作，翌年即因作品受到批判及參與籌辦《探索者》雜誌被打成右派，長期下放農村及工廠勞動，直到文革後的1978年才回到蘇州繼續寫作。1985年當選為作協副主席、江蘇省作協主席、蘇州市文聯副主席等。出版以短篇小說為主，有短篇集《榮譽》（1956上海新文藝出版社）、《二遇周泰》（1964上海文藝出版社）、《小巷深處》（1980上海文藝出版社）、《特別法庭》（1982廣州花城出版社）、《小巷人物誌》一、二集（1984北京中國文聯出版公司）、中篇小說《美食家》（1983《收穫》第一期），及長篇小說《有人敲門》（1981北京人民文學出版社）。

陸文夫的作品所表現的針砭時弊與地方色彩甚爲突出，朱棟霖等主編的《中國現代文學史》對此有詳盡的評論：

　　陸文夫小說的創作特色首先在於針砭時弊的準確與深刻。他善於從歷史的變遷角度考察生活，小中見大，反映出社會歷史內涵和思想意蘊。其次，他的作品具有濃郁的幽默感，陸文夫戲稱爲「糖醋現實主義」。他善於從普通人帶喜劇色彩的日常生活中挖掘深層的悲劇因素，輕鬆中見鋒芒，笑聲中有反省，顯示出一種機智幽默風格。顯然，他吸收了蘇州評彈的幽默風格與語言藝術。蘇州評彈藝術講究「理、味、趣、細、技」，運用輕鬆風趣幽默的生活化語言敘述故事，十分細膩傳神。這對於陸文夫八○年代的小說創作產生影響，細膩的心理描寫與機智幽默的敘述藝術獲得奇妙的結合。再次，陸文夫的小說中有著深厚的文化地域特色。他不僅著力於蘇州的地方風物的描寫，更關注這一地域居民的情感態度與生存境況。他的小說創作，準確傳達了變化中的蘇州的文化情境，成為具有代表性的地域文化小說。（朱棟霖等 1999：98）

　　宗璞（1928-），原名馮鍾璞，筆名任小哲、豐非，河南省唐河縣人，爲哲學史家馮友蘭之女。抗戰時就讀西南聯大附屬中學，1945年回北京，1951年畢業於清華大學外文系，後在社會科學院外國文學研究所從事研究工作。在反右運動中受到批判，1959年下放河北農村。1960年調到《世界文學》編輯部工作。文革時被迫中斷寫作，1978年後回北京外國文學研究所，重新發表作品。主要作品有《宗璞小說散文選》（1981北京出版社）及中篇小說《三生石》（1981天津百花文藝出版社）。

　　劉眞（1930-），原名劉清蓮，山東省夏津縣人。1939年參加八路軍，1943年參加共產黨。內戰時期開始寫作。49年後曾任文工團隊長、創作室主任、師文化隊長等。1951年進入東北魯迅文藝學院，1952年到北京中央文學研究所學習。1954年後在作協武漢分會從事專業創作。1958年到河北省文聯工作。六○年代被打成修正主義者，1972年調往邯鄲文化創作組。文革後出任河北省文聯

副主席。作品有短篇小說集《林中路》（1957北京作家出版社）、《長長的流水》（1963北京作家出版社）、《英雄的樂章》（1981石家莊河北人民出版社）等。

鄧友梅（1931-），筆名右枚、方文、錦直，原籍山東省平原縣，生於天津。1942年參加八路軍。次年軍隊精簡返回天津做工，被強押至日本做工。1945年勝利後返國，再加入八路軍，任通訊員、文工團員、見習記者等。1956年發表短篇小說〈在懸崖上〉，因而於1957年被打成右派，下放勞動。1962年調鞍山市文聯從事創作。文革後回北京定居。1985年當選爲作協書記處書記，並任北京市文聯書記處書記。作品有短篇小說集《鄧友梅短篇小說選》（1981北京出版社）、中篇小說《早逝的愛》（1982北京中國青年出版社）、《煙壺》（1985上海文藝出版社）、長篇小說《京城內外》（1985北京人民文學出版社）。

王蒙（1934-），河北省南皮縣人。1948年就讀於河北省立高中，參加共產黨。49年後在北京從事青年團工作，開始寫作。1956年受到蘇聯作家尼古拉耶娃的小說《拖拉機站長和總農藝師》的影響（張韌 1998：12），在《人民文學》9月號發表中篇小說《組織部新來的青年人》揭露共產黨幹部的官僚主義，引起很大反響，因此被打成右派，下放北京市郊勞動。1961年成爲「摘帽右派」，故於1962年調至北京師範學院任教。1963年自願遠去新疆維吾爾自治區，在伊犁巴彥岱公社勞動，曾任生產大隊副大隊長。1973年調維吾爾自治區文化局，翻譯維吾爾文作品。1975年調文藝創作研究室工作。文革後1979年返北京，在作協北京分會專事創作，並任作協北京分會副主席。1982年當選中共中央候補委員。1985年當選全國作協副主席，增選爲中共中央委員。1986年出任文化部長。1989年發生六四天安門事件，因而下台。王蒙是文革後少數勇

作者與王蒙合影，1992年攝於北京

於創新的小說家，譬如他曾不避現代主義，嘗試意識流的技巧。作品以中篇居多，在《組織部新來的青年人》（後來新版書名改為《組織部來了個年輕人》）外，計有中篇小說《布禮》（1978《當代》第三期）、《青春萬歲》（1979北京人民文學出版社）、《冬雨》（1980北京人民文學出版社）、《蝴蝶》（1980《十月》第四期）、《雜色》（1981《收穫》第三期）、《如歌的行板》（1981《東方》第三期）、《湖光》（1981《當代》第六期）、《相見時難》（1982《十月》第二期）、《莫須有事件》（1982《上海文學》第十一期）、《深的湖》（1982廣州花城出版社）、《木箱深處的紫綢花服》（1984上海文藝出版社）、《淡灰色的眼珠》（1984北京作家出版社）、《王蒙中篇小說集》（1985長沙湖南人民出版社）、《加拿大的月亮》（1986北京作家出版社）、《王蒙中篇小說選》（1986福州福建人民出版社）、長篇小說《活動變人形》（1986北京人民文學出版社）、《王蒙選集》四冊（1986天津百花文藝出版社）及散文、雜文集多部、自傳三部。朱棟霖等主編的《中國現代文學史》對王蒙作品的批評：

王蒙被打成右派的中篇小說《組織部來了個年輕人》(2003北京人民文學出版社)

> 王蒙在當代文壇地位的確定不僅在於他的作品顯示出的思想、文化方面的厚度，而且也在於他是小說創作藝術探索道路上的急先鋒。早在寫作〈夜的眼〉時，他便嘗試著借鑑西方「意識流」的創作技巧，常常用主觀感受、內心獨白、自由聯想、夢幻等藝術手法來表現生活。1979到1982年，正如王蒙自己所總結的，從〈夜的眼〉到〈相見時難〉，「都有遠遠大於相應篇幅的時間和空間的跨度。」在借鑑西方的創作手法的同時，他也注重吸收中國傳統小說的創作手法，注重故事情節的展開。另外，王蒙特別看重語言在提示主題方面的作用。王蒙對語言有過人的敏感和把握，他具有「以最公開的語言，傳達最不宜公開也不易公開的靈魂祕密的說話藝術」。（朱棟霖等 1999：93）

劉紹棠（1936-），北京市通縣人。中學時期即開始發表散文及小說。十七歲出版短篇小說集《青枝綠葉》（1953上海新文藝出版社）。1953年加入共產黨。1954年考入北京大學中文系，次年退學到共青團中央工作。1956年加入作家協會，人稱「神童作家」，同時返鄉從事專業創作，並兼任高級農業社黨總支副書記。1957年發表議論〈現實主義在社會主義時代的發展〉、〈我對當前文藝問題的一些淺見〉等，翌年被打成右派，開除黨籍，下放北京市郊鐵路和水利工地勞動。1966年返鄉，堅持寫作。文革後任北京作協常務理事、《中國鄉土小說》叢刊主編。文筆清新，作品眾多，泰半寫村野風光、鄉土人情，被歸為「荷花淀派」。主要作品除《青枝綠葉》外，有短篇小說集《山楂村的歌聲》（1954上海新文藝出版社）、《私訪記》（1957北京作家出版社）、《中秋節》（1957北京通俗讀物出版社）、《峨眉》（1982廣州花城出版社）、中篇小說《運河的槳聲》（1955上海新文藝出版社）、《劉紹棠中篇小說集》（1981長沙湖南人民出版社）、《鷓鴣天》（1982南京江蘇人民出版社）、《瓜棚柳巷》（1983長春吉林人民出版社）、《魚菱風景》（1983哈爾濱黑龍江人民出版社）、《小荷才露尖尖角》（1984廣州花城出版社）、《煙村四五家》（1985上海文藝出版社）、《蒲柳人家》（1985北京人民文學出版社）、長篇小說《春草》（1980長春吉林人民出版社）、《雞鳴風雨女蘿江》（1980長春吉林人民出版社）、《地火》（1981哈爾濱黑龍江人民出版社）、《狼煙》（1983長春吉林人民出版社）、《京門臉子》（1986花山文藝出版社）、《豆棚瓜架雨如絲》（1986花山文藝出版社）、《柳敬亭說書》（1986長沙湖南文藝出版社）、《這個年月》（1986中原農民出版社）、《十步香草》（1986西安陝西人民出版社）及《劉紹棠小說選》（1980北京出版社）等。

從以上的作家生平可以窺知，不管是寫作路線正確的，還是有問題的，他們一概都是共產黨員，足見非共產黨員不可能寫作，而想寫作的人也非要事先入黨不可，這正是共產黨控制作家的厲害處。但是共產黨員的頭銜也並不能保證人身的安全，文革中受到折辱、迫害，以致死亡的多半都是共產黨員，甚至連

貴如國家主席的劉少奇也無法倖免。這正是集權於一人的結果。德國納粹時代的希特勒如此，蘇共時代的斯大林如此，毛共時代的毛澤東亦復如此。在神化一人，少數人掌控共產黨，共產黨又以無孔不入的細密組織掌控全體人民的狀況下，怎能期待作家從心所欲地進行創作呢？

引用資料

王　蒙，1957：〈關於《組織部新來的年輕人》〉，5月8日《人民日報》。

田本相、劉一軍，2001：《苦悶的靈魂——曹禺訪談錄》，江蘇教育出版社。

老　舍，1982：〈人物、生活和語言——在河北省戲劇座談會上的講話〉，克瑩、李穎編《老舍的話劇藝
　　　術》，北京文化藝術出版社。

朱棟霖、丁帆、朱曉進主編，1999：《中國現代文學史1917-1997》下冊，北京高等教育出版社。

李健吾，1982：〈讀《茶館》〉，原刊1958年《人民文學》1月號，轉載克瑩、李穎編《老舍的話劇藝
　　　術》，北京文化藝術出版社，頁384-385。

周　揚，1957：〈就「百花齊放，百家爭鳴」問題答《文匯報》記者問〉，4月9日《文匯報》；〈繼續放
　　　手貫徹「百花齊放，百家爭鳴」的方針〉，4月10日《人民日報》。

於可訓、吳濟時、陳美蘭主編，1989：《文學風雨四十年——中國當代文學作品爭鳴述評》，武昌武漢大學
　　　出版社。

張志勛，1989：《沫若史劇概論》，東北師範大學出版社。

張　韌，1998：《新時期文學現象》，北京文化藝術出版社。

曹萬生主編，2010：《中國現代漢語文學史》，北京中國人民大學出版社。

郭沫若，1959：《蔡文姬·序》，北京文物出版社。

陳思和主編，2001：《當代大陸文學史教程：1949-1999》，台北聯合文學出版社。

陸定一，1956：〈百花齊放，百家爭鳴〉，6月13日《人民日報》。

馮雪峰，1954：〈論《保衛延安》的成就及其重要性〉，《文藝報》第14、15期。

黃子平，1995：〈「革命歷史小說」——「革命」的經典化與再浪漫化〉，張寶琴、邵玉銘、瘂弦主編
　　　《四十年來中國文學》，頁255-269。

楊　沫，1993：〈談談林道靜的形象〉，《楊沫文集》第5卷，北京十月文藝出版社。

謝芝蘭，1964：〈《三家巷》、《苦鬥》是宣揚資產階級思想感情的腐蝕性的作品〉，12月1日《南方日
　　　報》。

A History of Global Modern Chinese Literature
—Two Waves of Westernization in Modern Chinese Literature

Synopsis

Professor Ma Sen's lifelong devotion

One hundred years of Chinese Literature in the epoch of diaspora

The first literature history book that deals with Chinese writers all over the world- including those in China, Taiwan, Hong Kong, Macao, Southeastern Asia, Europe and America.

A complete heritages and legends of global Chinese Literature development within the most near hundred years

Volume I
Tide from the West: The first Wave of Westernization and Realism
The first wave of Westernization in mid-19th century, it's shock and results on China. Then comes the climax of the tide -New Culture/ New Literature Movement of May Fourth- that make a surge of new literatures and a new generation of writers.

Volume II
Wars and Diversification: Interruption of Westernization
Because of Japan's invasion into China and Chinese civil war, the westernization process was interrupt, then new literature and new generation developed during wartimes. The literature of Shanghai as an isolated island and of Liberated Area, and the diversification of literature in Taiwan and China: new literature in Taiwan before the Restoration and socialism literature in China.

Volume III
Rebirth after Diversification: the second Wave of Westernization and Modernism/Post-modernism
This volume discuss the secondary Westernization of Taiwan literature after Kuomintang government move to Taiwan - this is to be differentiated with the first wave that adored realism, the secondary wave has modernism and post-modernism as it's mainstream. The surge of writers of modernism and post-modernism literature in contemporary Taiwan. New literature and light literature in Hong Kong and Macao. Then comes the modernism literature under the secondary wave of Westernization in late-1990 that after mainland China was open up to the world, and the achievements of new generation of post-Cultural Revolution and oversea Chinese writers. The final stage will be the network literature of new generation writers that cross-over regional boundaries, and Chinese literature is marching toward the world.

文學叢書　434

世界華文新文學史——中國現代文學的兩度西潮
中編　戰禍與分流：西潮的中斷

作　　者	馬　森
總 編 輯	初安民
責任編輯	孫家琦　黃子庭　陳健瑜
美術編輯	林麗華
校　　對	孫家琦　黃子庭　呂佳眞　陳健瑜　馬　森

發 行 人	張書銘
出　　版	INK印刻文學生活雜誌出版有限公司
	新北市中和區建一路249號8樓
	電話：02-22281626
	傳眞：02-22281598
	e-mail：ink.book@msa.hinet.net

網　　址	舒讀網http：//www.sudu.cc
法律顧問	巨鼎博發法律事務所
	施竣中律師
總 代 理	成陽出版股份有限公司
	電話：03-3589000（代表號）
	傳眞：03-3556521
郵政劃撥	19000691 成陽出版股份有限公司
印　　刷	海王印刷事業股份有限公司

港澳總經銷	泛華發行代理有限公司
地　　址	香港新界將軍澳工業邨駿昌街7號2樓
電　　話	(852) 2798 2220
傳　　眞	(852) 2796 5471
網　　址	www.gccd.com.hk

出版日期	2015年2月　初版
ISBN	978-986-387-003-6

定　　價　　370元

Copyright © 2015 by Ma Sen
Published by INK Literary Monthly Publishing Co., Ltd.
All Rights Reserved
Printed in Taiwan

本書榮獲 文化部 MINISTRY OF CULTURE 編輯力出版企畫補助

國家圖書館出版品預行編目資料

世界華文新文學史 ── 中國現代文學的兩度西潮
　　中編　戰禍與分流：西潮的中斷
　　　　／馬森 著.
　　--初版，--新北市：INK印刻文學，
　　2015.02　面；　公分（文學叢書；434）
　　　ISBN　978-986-387-003-6（平裝）
　1.中國文學史 2.臺灣文學史 3.海外華文文學 4.文學評論
　　820.9　　　　　　　　　　　103021258

A History of Global Modern Chinese Literature
—Two Waves of Westernization in Modern Chinese Literature
Volume II, Wars and diversification: Interruption of Westernization
First Edition

by Ma Sen (馬森)

Printed in Taiwan
All rights reserved. No part of this book shall be reproduced or transmitted in an form or by any means, electronic or mechanical, including photocopying, recording, or by any information or retrieval system, without written permission form the publisher:

INK Literary Monthly Publishing Co., Ltd.
8F., No.249, Jian 1st Road,
Zhonghe Dist., New Taipei City 235, Taiwan (R.O.C.)
ink.book@msa.hinet.net
http://www.sudu.cc

Chief Editor: Chu An-ming
Text Editor: Sun Chia-chi   Huang Tzuting   Chen Chien-yu
Art Director: Lin Li-hua
Publisher: Chang Shu-min

This publication receives funding support from the Editor Power Project Grant Program by Ministry of Culture, Republic of China (Taiwan)

Library of Congress Cataloging in Publication Data

Ma Sen (馬森),
A History of Global Modern Chinese Literature
—Two Waves of Westernization in Modern Chinese Literature
Volume II,Wars and diversification: Interruption of Westernization
1.Literature
2.Chinese language and literature
3.Chinese literature—History and criticism
I. Title.
PL2250 2015

ISBN 978-986-387-003-6 (paperback)